에로티시즘 詩 심리학에 말 걸다

에로티시즘 詩 심리학에 말 걸다

윤향기

국학자료원

인생은 한 권의 책! 어리석은 이는 책을 마구 넘기지만
현명한 이는 열심히 읽는다. 단 한번 밖에 생을 읽지 못한다
는 것을 알고 있기 때문이다.

- 상 파울

목차

인간은 어디서 와서 어디로 가는가? 사랑은 무엇일까? 사랑의 완성이란 무엇을 의미하는 것일까? 완성을 넘어선다는 것은? 이 물음은 에로티시즘연구를 위해 단기간에 제기된 의문이 아니다. 아마 사춘기를 방황하며 갖기 시작한 물음이었던 것 같다.

비에 흠뻑 젖은 비행기가 하얀 구름바다를 수직으로 솟구쳐 올라 드높은 창공으로 눈부시게 비행할 때, 산부인과 분만실에서 아기의 탄생을 축하해주던 손으로 곧장 장례식장으로 달려가 향을 올릴 때, 안개 낀 숲으로 경이로움을 뜯어먹고 사는 한 사람이 왔다가 안개와 함께 소리 없이 사라져갈 때, 엑스터시에 도달했던 매혹의 섹스가 끝나자마자 충만감과 동시에 미끄러지듯 허탈감을 동반할 때, 그 때쯤 자연스럽게 생겨나는 물음일 것이다. 이것은 그러면서도 어느 한곳에 정주하기를 거부하고 울고 웃으며 욕구하고 욕망하기를 거르지 않는 에로토스(Erotos) 즉 에로스(Eros)와 타나토스(Thanatos)의 가르침이기도 한 것이다.

　성(性)은 미셸푸코가 『성의 역사』에서 말했던 것처럼 "그토록 저급하고 그토록 하찮은 주제가 아니다." 보고 듣고 먹고 만지는 모든 사회 문화제반에는 에로티시즘이라는 기표가 핵심을 이룬다. 이제 성행위는 윤리성에 대해 말하는 대신 새로운 섹슈얼리티를 어떻게 소비할 것인가, 어떻게 하면 더 발칙한 에로티시즘으로 말초신경에게 만족을 배란할 것인가에 촉수를 세운지도 오래되었다. 그리하여 어느 한쪽에서는 이미 무위자연으로 돌아가 소박한 밥상과 걷기명상과 단순한 성생활을 구가하기에 이르렀다.

　이 책은 에로티시즘의 이론과 실제를 분석한 종합책이다. 전체 구성은 에로티시즘 - 성(性) - 몸 - 인간 - 가상세계 - 글쓰기의 치유 순서로 진행될 것이다. 각각의 주제들은 독립적이며 동시에 다른 것들로 우로보로스(ouroboros) 같아 무한한 확장을 펼치는 에로티시즘의 변주공간에서 서로 겹치고 엇갈리며 충돌하기도 한다. 나는 이들의 유쾌한 질주에 발맞추어 앞의 질문에 해답을 찾으려고 프로이드씨의 쾌락의 원칙을 넘고, 융 아저씨의 집단 무의식도 건드리고, 사드 백작과 로렌스의 성혁명 강의도 들어가며, 엘렌 식수아줌마와 크리스테바의 하얀 젖으로 쓴 분노에 동참을 하기도 하고, 푸코, 마르쿠제, 바타이유씨의 작은 죽음도 경험하며, 반 제넵씨의 노트도 디딤돌삼아 시대의 스타였던 한 국여성 시인들의 시를, 문화적 성취를, 시대를 가로질러 에로티시즘적 심리로 분석하였다.

고대 그리스 사람들은 예술의 원천을 이성적인 테크네(techme)와 비이 성적인 뮤지케(musike)로 보았다. 테크네에 의한 예술작업 즉 포이에이 스(poièsis)만을 시작(詩作)으로 인정했지만 나는 정열과 영감인 뮤지케의 날개를 달고 인간의 고유한 본질인 에로티시즘을 가로지르는 생체험 을 만나 몸을 떨며 공감할 것이다.

시문학에 나타난 에로티시즘의 본질은 자기완성이나 자기고양과 단단히 결속되어 있다. 에로스의 상상력에 창작적 토대를 둔 시인들의 작품 논의를 여성성과 결부시킨 것은 인류보편의 에로티시즘에 관한 연구가 되지 않게 하고, 사회적 약자인 여성들의 성, 즉 사회적 의미의 여성적 주제학적 위상을 마련하고 여성성이라는 관점 하에서 여성들 의 몸과 에로티시즘을 논하기 위함이다. 이를 위해 한국의 대표적 여 성시인, 호모 로퀜스(Homo loquens) 17명을 논의의 대상으로 삼았다.

시는 그들이 삶의 비의를 지고 신성으로 가는 길과 현실의 밑바닥에 사정없이 내동댕이쳐지는 길에서 동시에 영감을 얻는다. 그래서 시는 모방된 거짓이지만 현실보다 더 생생하다. 그리고 참으로 놀라운 것은 현대 여성시인들의 시 작품 속에서 거의 100년이란 세월의 거리를 한 순간에 되돌아간 것 같은 남근에 대한 피해의식이 적나라하게 드러난 다는 사실이었다. 언뜻 생각하면 21세기 대명천지에 그럴 일이 일어날 것 같지 않지만 아직도 현실에서의 여성편차는 그리 녹녹치 않다는 것 을 작품을 통해 더욱 사실적으로 체득하게 되었다.

매끄럽지 못해 간혹 울퉁불퉁하다. 그러나 생기발랄한 성의 가솔들 을 만나 잠시나마 친족성을 확인하고 그에 어울리는 명화의 무른 속살 도 감상하며 詩, 심리학의 통찰을 통해 성장 에너지와 자연 치유력이 발견되기를 진심으로 기원한다. 의례적인 인사 같지만 이 부족한 원고 를 선뜻 좋은 책으로 만들어준 국학자료원 여러분께도 한 아름의 감사 를 드린다.

2011년 6월
풍무리에서 윤향기

1부   에로티시즘이란 무엇인가

용기를 내어서 그대가 생각하는 대로 살지 않는다면
머지않아 그대는 사는 대로 생각하게 된다.

– 폴 발레리

1. 성의 무한 속도

'속도' 하면 직선의 매혹인 기차가 생각나던 때가 있었다. '시간'을 생각하면 사방 40리 되는 바위 위에 백 년마다 한 번씩 하늘에서 선녀가 내려왔다 가느라 옷깃으로 스쳐 그 바위가 다 닳아 없어지는 겁(劫)이란 단어가 생각나던 때가 있었다. 그러던 것이 21세기에 들어와서는 이소연이 탔던 우주선이 떠오르고, 어떤 종교의 교주보다 더 추앙받는 '돈'과 맞물려 돌아간다. 그렇다. 성과 돈은 과거, 현재, 미래가 클라인의 항아리 혹은 뫼비우스의 띠처럼 시작과 끝도 없는 시간이란 KTX를 타고 무한 속도로 달리기 시작했다.

성(sexuality)의 역사 역시 인류의 역사와 비례한다. 성이란 인간다움의 한 표징인 동시에 존재확인의 수단이기도 하다. 영어의 sex는 라틴어의 sexus에서 온 것으로 가르다, 자르다, 나누다라는 뜻을 지닌 동사 secare와 연관된다. 인간의 경우, 성은 생물학적인 성(sex)과 사회적인 성(gender)으로 구별된다. 영어의 섹슈얼리티(sexuality)는 육체적이고 본능적인 경우에, 에로티시즘(eroticism)은 정신적이고 예술적이며 제의적인 성격을 가진 경우에 흔히 사용하지만 이 책에서 사용된 '성'은 전자와 후자를 모두 의미한다.

프로이트에 따르면 삶은 마치 시시각각으로 두 개의 극, 즉 생명과 죽음의 극 사이를 움직이고 있는 시계추와 같다. 즉 생명의 에너지는 에로스와 타나토스의 긴장관계 속에서 생성되는 것이다. 에로티시즘은 태어나는 순간 죽고 죽는 순간 다시 태어난다. 이처럼 느림의 표상이든 빠름의 표상이든 에로티시즘은 자기 속도를 지닌다. 그 속도에는 목적지가 없다. 순간순간 여정에서 마주치는 대상들과의 능동적인 접속이야말로 에로스와 타나토스가 생명의 탄생과 육신의 죽음인 에로토스(Erotos)를 넘어 더 포괄적인 상징으로 코드화되는 영역이다. 이때 에로스는 조화나 보존의 의미 영역에 속하는 속도이며, 타나토스는 부조화나 파괴의 의미 영역에 속하는 속도이기도 하다. 그렇기 때문에 창조력은 조화와 보존을 유지하고자하는 의식의 산물이며, 타나토스는 조화를 깨고 파괴를 가져옴으로써 에로스를 자극하고 고무시키는 기제로써 재탄생을 만들어낸다. 따라서 타나토스와의 반대자장 속에서 형성되는 에로스의 상상력은 획일적이거나 단선적인 세계가 아니라는 것이다. 시작과 끝과의 긴장 속에서, 생명과 죽음의 대립위에서 그 리듬의 에너지는 더 강렬하게 방출된다. 이런 리듬의 연속에서 삶의 에너지는 생성되며 그 둘은 서로의 원주를 결코 벗어나지 못한다.

잠바티스타 지골라, <줄리엣 가의 축제>, 1819,
밀라노 트리불지아나 미술관. 시의 축제에 오신 당신! 즐거운
매혹에 취하십시오.

에로티시즘이란 개념은 선험적인 것이라기보다는 시대상황에 따라 변화 가능한 역사적 맥락의 흐름이다. 육체성 상실과 회복의 축인 에로티시즘이 진정한 완성을 이루게 되는 것은 성행위를 통한 원초적인 몸으로 서다. 몸은 미적 감흥을 불러일으키는 제 2의 언어이자 초자연에서부터 가상세계까지 넘나드는 불멸의 생명공간이기 때문이다. 이 공간이야말로 생명력이 충만하고 상실된 자아가 회복되는 성스러운 장소이다. 그러던 것이 신세대로 내려올수록 자신의 몸을 열어 성적 도발은 물론 몸을 화폐의 소재로 둔갑시킨다. 시간이 돈이라는 원리가 작동됨과 동시에 신비주의적 여성의 몸을 해학의 애브젝션(abjection)으로 형상화시킨 과감성이 특징으로 주목된다. 극단적인 자기모멸과 해방에 대한 동경이 반문화적 충동 속에 집약되어 있는 심리 기제인 이것은 시문학과 기성 문화 질서를 해리시키고자 하는 카니발적 기능을 수행한다. 현실에 대한 극도의 부정 인식을 통해 상징계의 가변성에 대한 모든 상상계가 소멸되었음을 의미하는 동시에, 그 세계의 권력 앞에서 무력하게 노출된 개인의 악마성을 암시한다. 때론 육체의 감옥, 육체의 죽음, 육체의 기형성과 불구를 변용, 증언하기도 한다.

인간의 성은 자연적·개인적 영역에 속한다기보다 사회 속에서 끊임없이 변화하면서 재구성되는 것이다. 성은 인간의 원체험인 동시에 의미와 근거에 물음을 던지며 끊임없이 재검토하고 재평가해야하는 담론이다. 또한 성은 유기적 연관성으로써의 정치적, 철학적인 것이기도 하여서 진보와 보수, 이성애자와 동성애자, 사회운동가와 여성 해방가들은 성을 둘러싸고 서로 상반된 입장을 치열하게 개진해 왔다. 성에 관련된 대표적인 용어에는 에로티시즘, 섹슈얼리티와 포르노그라피 등이 있다. 이 세 용어는 무분별하게 남용되고 있거나 착종되어 있기 때문에 먼저 그 용어들의 쓰임새를 정리하고자 한다. 성행위를 지칭하는 용어로는 섹슈얼리티를 사용하고, 성에 내재한 인간의 내적 의식을 가리킬 때는 에로티시즘을 사용해야 이론상으로 합당하겠지만, 섹슈얼리티 자체가 모든 상품의 최고 가치가 되어가는 시대이니만큼 여기서는 에로티시즘을 섹슈얼리티(성행위)를 포함하는 복합의 개념으로 사용하려고 한다. 왜냐하면 각 시대에 따라 문화적 성(gender)과 생물학적 성(sex)은 물론 에로티시즘의 양상과 사회적 속성 역시 의미가 조금씩 변화하기 때문이다.

컴퓨터 기술은 화가의 손에서 붓을 해방시키고, 시인의 손을 펜에서 해방시켰다. 그러나 미학적시각의 풍요와 더불어 지기행동 양식의 출처가 되어주는 시적사유를 드러내기 위해 시인은 옛날이나 지금이나 밤새 머리를 쥐어짠다. 인간의 에로티시즘이란 유일하되 고유한 것으로서 고정되는 문자도, 녹음되는 소리도, 복사되는 사진도 아니기 때문이다.

인간이란 육체와 욕망을 지닌 성적존재라는 함의가 고스란히 숨겨져 있는 장소에 불과하다. 이 말은 프로이드식으로 말하면 성이란 인간존재의 모든 에너지와 활력의 원천으로 세상의 문화예술의 근간이 되어왔다는 뜻이기도 하다. 그리하여 수천년 이어져 온 종교적 금욕과 몸의 멸시라는 풍습을 단숨에 뒤집고 말았다. 그런 의미에서 에로티시즘은 성적농담이 도락의 경지에 도달하든, 육체의 쾌락에 몰입하든 간에 인간의 감추어진 진실을 어떻게 드러내고 자기완성의 아름다움을 어떻게 이룰 것인지에 대해 고민하는 정신세계의 내적 삶인 것이다. 이때 세계에 대한 매개체로서의 몸은 단순히 생물학적인 단계를 벗어나 삶의 비의(祕意)를 드러내는 상징적 숙주가 된다.

에로티시즘 속도에는 어떤 형태로든 그 시대의 정신적인 특징이 투사되어 있기 마련이다. 조르쥬 바타이유는 이에 대해 인간의 에로티시즘이 동물의 성행위와 다른 것은 내적 삶을 문제 삼는다는 점에서 그렇다. 동물에서 인간으로의 추이과정에 어떤 결정적인 단계를 인간은 알지 못한 채 인간이 생계를 위해 연장을 제조하고 노동을 하면서 수만년이 흘렀다. 노동과 죽음을 의식하면서 부끄럼 없이 행하던 성행위를, 부끄럽게 여기게 되면서부터 인간은 동물성에서 벗어난 것이다. 에로티시즘을 인간의 고유한 생식행위라고 한다면 그것은 에로티시즘에 대한 객관적 정의이다. 에로티시즘에는 인간의 내적 삶, 즉 종교적 양상이 뿌리 깊이 연결되어 있다. 그리하여 과학을 거부하는 내적 체험만이 에로티시즘의 전체적인 모습을 볼 수 있게 해주며, 내적 체험만이 그것을 정당화시켜준다는 것이다.

로랑 드 라 이르, <문법의 알레고리>, 1650, 런던 내셔널 갤러리.
꽃을 잘 기르고 다듬어주듯 시의 문법은 말의 심리에 질서를 부여한다.

　품격 있는 시의 문법은 품위 있는 무게의 철학적 내용을 담고 있어
야 한다는 암묵적인 동의가 지배적일 때, 에로티시즘은 저급한 하위문
화의 범주를 벗어나지 못한다. 그러나 기존 관념의 해체에 주력했던
근대 시문학과 달리 20세기 시문학은 규칙위반의 영역을 포괄하는 상
상력으로 새로운 삶의 방식을 재구성해내는 탁월한 힘을 지니게 되었
다. 그동안 이성애 중심주의 속에서 좀처럼 모습을 드러내지 않던 성
적 소수자들을 부쩍 전면에 내세우는가 하면, 개인을 옭아매는 억압의
기제로 작용했던 몸을 재구성하기 위한 시도가 우리 문학에서 특히 두
드러진 현상으로 대두되는 일은 흥미롭고도 주목할 만하다.

　플라톤이 "몸이란 영혼의 감옥"이라고 단정 지은 육체란 하나의 물
질적 조건으로 구성된 단일한 실체가 아니라 이데올로기적으로 구성
되는 복잡하고 변화무쌍한 존재다. 대 철학자인 그 역시 변화무쌍한
존재인 현실의 성, 즉 매혹과 쾌락에 대해 좀 더 깊이 있는 성찰과 물음
을 던지지 않은 것은 아쉬운 점으로 남는다.

　물질로 된 육체가 현세부정을 전면에 내세워 죄, 구원, 득도를 다른
무엇보다도 더 잘, 극적으로 드러나게 하는 곳이 바로 여성의 몸이다.
그간 자연의 응용물인 여성의 몸은 늘 주변화 되어 왔으며 '부족한 인
간'으로서 넘치거나 새는, 예측 불허이자 규제 불능의 대상으로 비하
된 비이성과 열등의 징표였다. 이는 여성의 몸을 특정한 조건하에서
사회문화적 구성체로 보는 관점으로서 남성－정신, 여성－육체라는
서구철학의 이항 대립적이고 가치우월적인 사고방식과 여성의 몸을
여성의 자유로운 사회활동을 위해 극복되어야 할 장애물이라고 보는
입장이다. 이것은 반여성적 편견으로서 디스토피아(dystopia. 현대사회의 부
정적인 모습)적 결과이다. 그렇다면 한계의 징표이면서 동시에 극복의 대
상이 되는 몸이 그 연원을 에로티시즘에 두는 이유는 분명하다. 왜냐

하면 에로티시즘에서 몸을 자본의 척도로 보는 또 다른 이유는 성과 관련되는 문제로써 성적 욕망이 에로티시즘의 상수이며 욕망의 의미 지평이 몸이기 때문이다. 따라서 에로티시즘에서 자아 인식의 자리는 당연히 몸으로 한정될 수밖에 없으며 자아상실감은 몸의 결핍감과 육체성 상실이란 이미지를 수반하기에 이른다.

몸은 역사적 견지에서 에로티시즘을 획득할 때 비로소 그 존재의미가 설정된다. 바타이유의 "에로티시즘은 죽음까지 파고드는 삶"이란 명제는 육체의 에로티시즘뿐만 아니라 내적 충동이 자극한 정신적 에로티시즘의 복합기제인 동시에 이항대립 하는 관계로 본 견해다. 고대로부터 이어져온 관념적이고 초경험적인 종교적 신비주의에서도 성적 은유의 흔적들은 발견된다. 이렇듯 인간들은 사랑하는 사람을 소유할 수 있는 에너지 그 연속성의 은유를 얻기 위해 태초부터 노력을 해온 것이다. 이 연속성으로의 접근과 도취의 보편성이 없다면 에로티시즘이나 신성은 파악하기 힘든 일이다. 이런 측면에서 에로티시즘이 쾌락의 원칙을 넘어서 매혹과 폭력의 두 얼굴로 문학사에서 지속적인 소재가 되어온 것은 자연스러운 현상이라 할 수 있다. 따라서 문학사 속에서 지속적으로 드러나고 있는 에로티시즘과 관련한 인간의 원형의식을 해독하는 일이야 말로 바로 문학연구가 해야 할 또 다른 과제이기도 하다.

이런 문제의식은 장르가 세분화되면 될수록, 전문분야가 많아지면 많아질수록 해당분야에 대한 문학사의 올바른 정지작업은 일차적으로 그 전문분야에 관심을 갖고 있는 사람들에 의해서라도 제대로의 자리매김을 하려는 노력이 절실히 필요하게 된다. 여성문학도 마찬가지다. 편향성이나 편협함을 가져올 것이 분명한 소외문화를 다룰 때 전

니키 드 생팔, <춤추는 흑인 나나>, 1966.
나는 자유로운 여자, 생명의 환희를 노래한다.

체적인 위상 가운데 특정 소외문화가 갖는 의의를 객관 타당한 입장에서 밝혀내려는 자세가 무엇보다 필요하다는 이경영의 지적은 본 연구의 중요한 출발점이다.

일반적으로 여성문학은 여류문학, 여성해방의 문학·페미니즘문학과 혼용되어서 쓰일 때가 많다. 여기에서 말하고자 하는 여성문학은 일반적으로 여성에 의해 쓰인 문학으로 여성으로서 지배규범과 상식에 도전하는 의식을 가진 여성작가의 문학이며 또한 에로티시즘을 전달하는 시학이다. 그러나 여성문학은 여성만을 위한 문학이 아니다. 태초의 카오스였을 때 최초의 여신 가이아(Gaea)가 하늘을 지키는 남신 우라노스(Uranos)와 바다를 지키는 남신 폰토스(Pontus)를 스스로 낳은 것처럼 남성에게, 사회에게, 전 인류의 공동체에게 새로운 상상력과 창조적 지성을 제공한다. 남성이 자기를 알려면 여성문제를 알아야한다. 여성문제는 곧 남성의 문제이기 때문이다. 여성이라는 타자의 범주가 존재해야만 남성주체도 공고히 성립하기 때문이다. 따라서 여성이 쓴 모든 문학을 가리키는 여류문학과 큰 차이점을 가진다.

최근 들어 여성학 분야가 발전하면서 성에 관한 좀 더 폭넓은 관심과 연구가 본격적으로 시작되었다. 한국어 속에 여성언어 즉 남성성과 확연히 구분하여 쓰이고 있는 여신, 여교수, 여자대학교, 여류문인, 여기자, 여경, 여류화가, 여주인, 여군, 여사장, 여의사, 여장부 등과, 남성과 여성을 나란히 나타내는 합성어인 자/녀, 소년/소녀, 형제/자매, 신랑/신부, 견우/직녀, 선남/선녀, 부/모, 장인/장모 등을 보면 언제나 남성을 의미하는 말이 당연히 앞을 점유한다. 더 고대의 여성비하발언을 살펴보면 구약성서에서 여성이 남성의 갈비뼈로 제조되었음을 천명하고, 원시불교에서는 여성이 스님이 될 수 없다고 못 박고 있으며, 『도덕경』과 『동의보감』에서조차 성차별 발언은 종종 드러난다.

여성주의를 의미하는 페미니즘(feminism)이란 말은 있어도 남성주의를 의미하는 미니즘(minism)이나 메니즘(menism)이란 말이 없다는 것만 보아도 아직도 남근중심사회임을 반영하는 시각이 지배적이라는 걸 알 수 있다. 그런 만큼 여성문학을 따로 묶어 연구한다는 것은 일면 큰 의미가 있다고 판단된다.

1920년에 태동한 한국 근대시는 프랑스 상징주의의 영향으로 에로스적 상상력이 공수되었으며, 1930년대에 이르러서는 그것이 내면화를 거쳐 형상성을 갖추기에 이른다. 다시 1950년대에는 에로스의 시적 수용은 고무적이었다가 1960~1970년대에 들어와 더욱 활성화되기에 이른다. 이 분야의 논의를 검토할 때, 시적 경향이 에로티시즘에 관한 관심을 불러일으키는 주요 계기가 된 것은 전봉건 시인에 의해 에로스연구가 양성화되고 부터이다. 전봉건은 에로스를 창작적 모태로 삼았을 뿐만 아니라, 자신이 발행하는 잡지 『현대시학』을 통해 1년간이나 이 주제를 특집 테마로 다루며 관심을 표명했기 때문이다. 개개인 속에 숨어 있는 다중적 정체성(multiful identity) 중에서 성을 도구화하여 서정주는 「대낮」에서 환각적 도취의 관능성을 통해 작은 죽음의 너머를, 최근에는 정진규의 「몸시」 연작과 강우식의 에로티시즘 연작시를 통해 섹슈얼리티의 미학적 관점과 아름다운 자유를 구현해왔으며, 오탁번은 「굴비」에서 야담을 시로 차용하여 성을 담론화시켰으며, 이승하는 「아버지의 성기를 노래하고 싶다」를 관통하여 성을 초월한다. 이것은 미셸푸코의 이론처럼 성적 쾌락이 그 자체로 악이거나 아니면 그것이 과오의 자연적 상흔들이 아니라는 걸 증명해주는 단서들이다. 단서들 사이로 아스라이 퍼져나가는 저녁연기처럼 "아무리 고매한 사람들이라도 엉덩이가 없다면 어떻게 앉을 수 있으랴?"라며 깔깔 웃어대며 뛰어가는 요한 볼프강 폰 괴테의 음성이 들려온다.

이처럼 고전시가에서뿐만 아니라 현대시의 전개과정도 지속적인 확장으로서의 에로스 상상력을 떠나서는 논의되기 어렵다. 자기 승화로 성장시키는 에로스를 중요한 시적 소재로 하여 현대시가 그 지평을 확장해온 것이 사실이기 때문이다. 또한 한국 현대시의 근대성 해명에도 그간 줄기차게 외면해 온 성, 즉 에로티시즘이 핵심적 주제가 되어 한 축을 이루어 왔다. 그러나 그동안 여성문학에서 여성의 모성성, 육체로 글쓰기, 여성 해방구 등과 관련된 연구는 있었지만 여성들의 심리학적 어법, 상징기제, 문화구성 원리로서의 체험, 에로티시즘의 주체로서의 연구는 전무한 편이었다. 엄밀한 의미에서 에로스의 연구가 지속적으로 발전하지 못한 가장 주된 요인으로는 에로스의 비가시적인 가시성을 성적 노출로 한정시키고 폄하시키는 폐쇄적인 사회적 풍토에서 기인했다. 이와 같이 한국문학에서는 단편적으로 에로스문학비평을 다룬 것이 있었을 뿐 실제적이며 전반적인 작품의 총체적 비평이나 포괄적인 에로스연구는 답보 상태였다. 그러나 최근 문화의 변방에서 소외되었던 성담론이 눈에 띄게 드러나는 성과에 힘입어 몇 편의 새로운 논문들[1]이 등장한 것은 우리시 연구사에 대단히 중요한 일로 여겨진다. 에로티시즘이란 명제가 석사와 박사논문으로 본격 연구된 위의 '소수 문학논문'들에 비해 미학과 문화전반에서는 상상을 초월할 만큼 연구의 진척이 빠른 것을 볼 수 있다. 성이라는 다양한 층위의 명제는 분석학적으로나 역사학적으로나 문화제반에 걸쳐 막중한 실체의 근원인 만큼 최선의 노력으로 탐구해 볼 만한 가치를 지니고 있

---

1) 최진양, 「한국현대시의 에로스 시론 시고」, 부산대 석사논문, 1985.
　김경주, 「현대시에 나타난 에로티시즘」, 경북대 석사논문, 1986.
　전미정, 「한국현대시의 에로티시즘 연구」, 서강대학교 박사논문, 1998.
　윤향기, 「기생문학에 나타난 성」, 경기대학교 석사논문, 2002.
　하경숙, 「기녀 시조 속에 나타난 에로스 양상」, 선문대 석사논문, 2004.

다. 그렇다 하더라도 성을 주로 사회적 성차(gender) 즉 여성다움과 남성다움의 문제로 바라보는 제한된 시각이 남아 있는 한 더 많은 보완이 요구 된다.

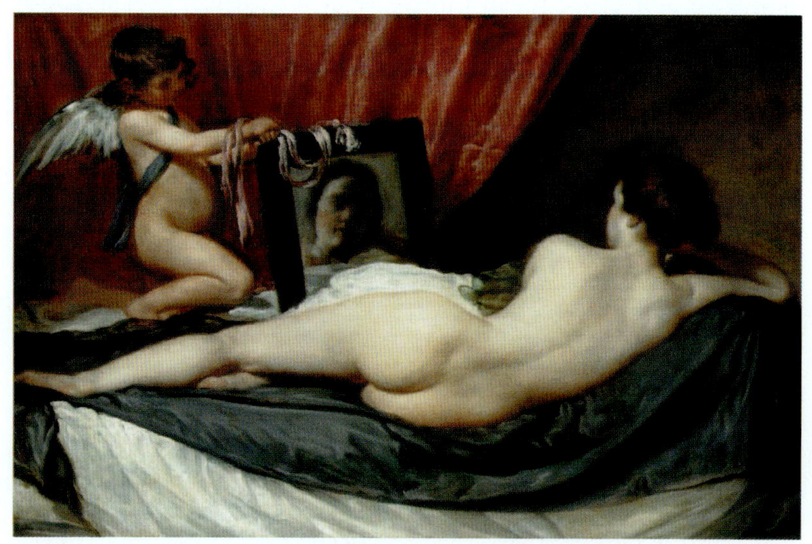

벨라스케스, <거울을 보는 비너스>, 1644, 런던 내셔널 갤러리.
내 꿈 건드리지마. 내 사랑 손대지마. 거울은 물의 유전자를 갖고 있다.

2. 쾌락의 원칙을 넘어서

실증과학이 아무리 발달한다 해도 성이 본능에 불과하다는 주장을 궁극적으로 완벽하게 입증하기는 누구라도 어려울 것이다. 같은 맥락으로 에로티시즘 이론을 종합적으로 정의하는 것도 역시 쉽지 않다. 왜냐하면 에로티시즘 이론은 지구상의 오래된 미래인 에로티스트의 수만큼이나 많고, 먼저 다녀간 에로티스트 숫자들과 앞으로 올 새로운 에로티스트 숫자의 만큼이나 다양하고 다변하게 존재하기 때문이다.

오래된 미래이며 영원한 미래이기도 한 성은 인류의 전 생애를 지배하는 신비로운 생사의 리듬이다. 또한 모든 예술작품의 외설시비 틈새에는 늘상 인간 커뮤니케이션의 가장 원초적인 형태로 섹슈얼리티가 존재한다. 섹스가 가장 이타적인 방식으로 가장 이기적인 인간의 놀이로 등장 그 놀이를 통하여 놀이하는 인간, 호모 루덴스(Homo Ludens)가 되게 하는 순간이기도 하다. 이때의 이타성과 이기심은 사회제도나 윤리도덕에 대해 늘 적대적이 된다. 물론 에로티시즘 안에서 고통과 쾌락은 분리되지 않는다. 왜냐하면 섹스란 몸이라는 감옥 안에서 쾌락의 원칙을 넘어 영혼을 해방시키는 놀이이기 때문이다. 그리하여 진정한 이타심(利他心)과 초월적 신성을 들어내는 섹스만이 그 가치를 부여받기에 이른다.

푸코에 따르면 섹슈얼리티는 인종, 계급, 성별, 연령, 취향, 규범, 제도에 따라 다양하게 구성된다는 점에서 유동적이고 다원적인 것이라 말한다. 이는 섹슈얼리티를 거론할 때 이를 둘러싼 사회, 경제, 문화적 맥락은 물론 무의식, 집단무의식(collective unconscious), 외상(trauma)을 중층적으로 이해해야 하기 때문이다.

따라서 우리나라 여성시의 여러 가지 특정적 요소들 중 에로티시즘을 부각시키고자 한 것은 여성의 자연스러운 본질, 즉 이항대립적 체계에서 벗어나 생명을 사랑하고 양육하며 축복하는 에너지로서의 에로스에 부여된 사회적, 문화적, 심리적 역할과 특성들을 살펴보고 에로티시즘의 세 가지 형태, 즉 육체의 에로티시즘, 내면의 에로티시즘, 그리고 신성의 에로티시즘이 시문학 속에서 다양한 사회적, 문화적 요인들과 뒤얽히면서 존재의 고립감에 어떻게 상징화되었으며 존재의 연속감을 어떻게 드러내었는지에 대해 차례로 언급하고자 함이다.

그렇다면 왜 여성시인들은 에로티시즘에 관심을 갖는가? 이 질문은

존 윌리엄 워터하우스, <금빛 상자를 여는
프시케>, 1903, 개인소장.
아, 궁금해. 무엇이 있을까?

남성 시인들의 에로티시즘에 대한 관심과의 차이점을 부각시키게 만든다. 물론 남성시인과 여성시인, 공히 인간보편으로서의 성에 대한 미감의 공존을 미학적으로 표현하고자 할 때만이 시에 내재된 에로티시즘은 에로티시즘으로서 목적을 달성할 수 있다. 왜냐하면 인간으로서의 성에 대한 관심과 그것의 예술적 표현은 여타의 다른 대상이 아닌 남성 여성 공통적 에로티시즘에 대한 관심을 갖는 이유이며 매우 일반적이고 보편적인 것이기 때문이다. 하지만 성차가 분명히 존재하고, 또한 사회적 동물인 인간이 사회학적 성차를 통해 각각의 성으로 살아가는 한, 여성과 남성이 경험하고 바라보는 에로티시즘에 차이가 있을 수밖에 없는 것은 사실이다. 그렇다면 여기서 그 어떤 영역보다 모순과 역설 등 이성적인 테크네(techne. 기술)로는 쉽게 접근할 수 없는 뮤지케의 원초성 그 자체로서의 에로티시즘뿐만 아니라 사회학적 의미의 성, 섹슈얼리티와 관계를 가질 수밖에 없는 성적 억압과 여성 억압이라는 주제를 깊이 다루도록 하겠다. 따라서 에로티시즘의 양상을 초시간적이고 인류보편의 원초적 에로티시즘을 의식한 사회학적 성으로서의 에로티시즘 미학을 다루고자 한다. 그것은 결국 에로티시즘과 토니 볼프의 여성성, 다시 말해 1. 어머니와 아내(Penelope), 2. 여자 친구인 헤타이라(Hetaira), 3. 아마존(Amazone. 그리스 신화에 나오는 호전적 여인족), 4. 메디알레(Mediale. 영매의 힘을 지닌 중개자)의 만남을 포괄하여 페미니즘과 일정한 궤도를 같이 하여 복잡하게 구성되는 성정체성을 규정해보고자 한다.

특히, 지금까지의 여성시인들을 대상으로 하는 연구들 가운데 여성성에 관한 연구는 많이 있지만, 여성시인들의 작품에 나타난 에로티시즘을 섹슈얼리티 문제와 연결하여 다룬 고찰은 거의 없는 실정이다. 이러한 연구 실태를 기반으로 '한국 여성시의 에로티시즘'에 대해 고찰함으로써 한국에서의 에로티시즘 문학연구의 시발점을 삼고자 한다. 에로티시즘 문학비평론으로 총체적인 여성 시론을 형성하는 것은 한국문학에서는 처음 시도하는 작업이므로 에로티시즘을 형성하는 지배논리가 어떠한 수용양태로 진화하는지를 규명하기 위해서 첫째, 에로티시즘의 개념과 정의를 명확하게 규정하고 둘째, 에로티시즘을 보다 거시적인 작가 정신으로 확산하여 조명하고 셋째, 작품 속에서 그들이 여성으로 체현된 에로스의 비가시적인 가시성을 분석하여 미래 시학의 한 방향을 설정해보고자 한다. 통시적인 입장에서 시 전반의 전개양상을 살피고 에로티시즘의 전형적 패러다임을 구축하는 데 에로스가 인간의 보편적 정신으로 에로티시즘을 이끌어 내는 주요한 문학적 소재이며, 인간의 진정성 회복이야말로 문학이 나아가야 할 방향이라고 판단하기 때문이다.

예술은 실재와 비실재 사이의 좁은 틈에 존재하는 무엇이다. 그것은 실재하지 않으나, 실재하지 않는 것이 아니다. 실재하나 실재하지 않는 것처럼 은밀하게 숨어 지내던 성담론이 1990년대 들어와 성담론뿐만 아니라 정신신경과, 분석심리학과, 비뇨기과, 여성학회 등에서 건강한 성에 대한 정보가 홍수를 이루었다. 이것은 우리를 둘러싼 사회 문화제반의 개념도가 달라졌다는 신호이다. 에로티시즘과 섹슈얼리티라는 단어가 유사한 용어로 사용되어 오던 서구에 성과학과 정신분석이 대두되면서 서구의 성이 문제시되기 시작하였다. 한 몸으로 보이던 그 둘 사이는 명백하게 갈라지고 그 둘 사이의 차이를 논증하여 독립적 영역으로 구축한 조르쥬 바타이유의 주장은 다음과 같다. 에로티시즘의 내적 삶이란, 인간이란 각 개체가 불연속적인 상태로 존재하는 데서 오는 고립감이나 불안감을 뛰어 넘고자 하는 연속성에의 희구가 성행위를 통해 비유적으로 드러나는 의식이라고 공표한다. 성적인 결합은 어느 의미에서 인간이 체험하는 황홀(엑스타시스. exstasis)의 전형이며 엑스타시스란 말의 올바른 의미는 이 세상으로부터 밖에 나가(ex) 있는 상태(stasis), 즉 초출(超出)이란 것이므로, 성적결합이 에스태틱(ecstatic)하다는 것은 곧 어느 의미에서 죽음을 상징한다고 해도 좋을 만하다. 죽음이야말로 생각해보면 내적 자기가 완전히 육체와 결별해 버리는 것이기 때문이다.[2] 에로티시즘과 엑스타시스, 신비주의 사이에는 명백한 유사성이 있다. 그러한 관계들은 두 가지 이상의 체험을 함께 체험할 때만이 비로소 명징하게 드러날 수 있다. 만약 쾌락에 성적 도취를 넘어선, 어떤 종교적 신비나 마취가 없다면 그것은 멸시받아 마땅할 것이다. 죽음이 멀리서 그림자가 비치지 않는다면 우리는 결코 그 극단적인 희열을 맛볼 수 없었을 것이다. 죽음 못지않게 견디기 어려운 초월의 순간에 우리는 비로소 존재하기에 이르는 것이다. 신비주의 이 거룩함의 체험을 보다 정밀하게 분석한 독일 철학자 루돌프 오토는 이를 '누미노제'라 부르고 인간존재가 느끼는 경외의 감정을 '두렵고

---

2) 今道友信, 백기수역, 『애론』, 탐구당, 1981, 157쪽.

떨리는 신비감(mysterium tremendum)’과 ‘황홀한 감정(mysterium fascinosum)’이라고 솔직하게 서술한다. 이런 의식은 다시 죽음을 뛰어 넘고자 하는 생명욕을 함유하게 된다. 바타이유와 함께 들뢰즈나 펠릭스 가타리도 인간의 섹슈얼리티가 어떻게 生과 死의 공간에서 그토록 격렬하게 진동하는지를 해명하려고 노력한 인물들이다. 그러나 그들의 이러한 생각은 프로이트의 두 가지 본능설에 기대고 있다.

두 가지 본능설에서 에로티시즘의 미학적 속도란 제약적 속도에 대한 배반으로부터 시작된다. 성(性)은 종에 있어서 청경(聽經)이며 전진이고 퇴보이며 죽음이다. 시각형상을 넘어 존재의 활동을 몸으로 느끼는 감응인 에로토스인 것이다. 에로스와 타나토스의 사이에서 쉬지 않고 진동하는 운동법칙인 셈이다. 결핍과 충족의 의미축 위에는 늘 마음이라는 아니무스(Animus-Geist. 심혼)와 아니마(Anima-Seele. 심령)가 동행하는데 이들은 본디 움직이는 것(animal)으로서의 남성의 본질, 여성의 본질을 의미한다. 이처럼 운동하지 않는 것은 마음도 에로스도 아니다. 마찬가지로 성이 자아를 의미화 시키며 궁극적으로 추구하는 세계란 불연속적인 인간들의 삶속에서 모종의 연속성이 구현되는 시간은 오직 생식(生殖)의 순간이기 때문이다. 비록 죽음은 육체적 파괴를 가져오지만 죽음은 이미 생명을 품고 있어 우리를 초월시키는 우주의 질서에 다름 아니다. 이처럼 성은 원초적으로 생(生)과 사(死)라는 이중적 의미를 공존하고 있는 모순적 특질을 지닌 다형의 도착(polymorphous perversity)이다. 다른 동물들과 달리 인간에게서 성이 존재론적 차원의 문제로 확장되는 것도 알고 보면 성 속에 각인되어 있는 에로스와 타나토스의 강한 결속력 때문일 것이다.

3. 에로스의 진화론

　현실원리로서 억압받는 자아에게 세계는 구속, 편협함, 상실, 부조화, 단단함, 차가움, 파괴와 같은 죽음의 표상으로 인식된다. 반대되는 극점을 향해 달려가려는 정신으로서 에로티시즘의 표상으로 나타나는 것은 따뜻함, 회복, 부드러움, 통합, 자유, 조화, 완전 등이다. 따라서 에로티시즘 속의 에로스 본능은 규범에의 위반심리가 되는 것으로서 다양한 층위의 존재변환을 보여준다. 이 규범에서 위반의식은 내면적으로 더 심화되는 지점에서 제의의식이 가미되는데, 이는 성을 상상력의 근간으로 삼고 있는 에로티시즘의 속성과 같다. 이때 위반의 속성은 강력한 경계이며 폭력의 궤적이 보여준 경계와 경계사이, 극단과 극단사이에서 출렁이는 물결일 수밖에 없다. 그리하여 위반의 최고의 극치는 죽음이다. 물론 억압과 고통의 세계로부터 해방을 도울 수 있는 것은 오직 에로스에 의해 가능하다고 마르쿠제는 주장한다. 에로스가 타나토스와 절대적인 의미쌍을 이루게 되는 것은, 사랑의 대표적인 두 가지 분류로서 사랑은 항상 한쪽이나 한 부분의 희생을 요구한다는 점을 상기하면 쉽게 이해가 될 것이다. 그리고 그 희생 속에는 다른 쪽의 삶이나 생명을 살리게 된다는 재생이나 순환을 특징으로 하는 이타심이 들어있기 마련이다. 이기적인 자기 충족적인 사랑이 에로스의 직접적인 투사라면, 희생적 사랑은 타나토스를 거쳐서 형성되는 제의적인 에로스역할진화라고 말할 수 있기 때문이다.

'생'과 '사' 그리고 '연속성'이라는 지표를 동시에 지녀야 하는 에로티시즘의 함의는 그 역설적 논리로 인해 수많은 해석적 여지를 지니게 된 것도 이러한 제의적 특질과 무관한 것이 아니다. 그리하여 인간의 성행위 자체가 인간의 삶속에서 갖는 기능과 그것을 통해 도출해낸 성 속에 깃든 인간의 내적 의식을 에로티시즘으로 규정하여 그 제의적 특성을 파악해야 한다. 타나토스는 경계를 넘어서는 초월의 경험임에 틀림없다. 죽음은 생명의 연속이며 신성한 연속적인 세계로 들어가는 또 다른 문턱이다. 그래서 반 제넵은 에로티시즘이란 이것과 저것, 여기와 저기로, 이 세계와 저 세계의 사이에 위치하는 것으로, 이것에서 저것으로, 여기에서 저기로, 이 세계에서 저 세계로 건너가기 위해 필요한 제의와 만나는 지점이 된다고 말한다.

에로티시즘은 이런 경계선인 제의의 시간을 넘어 이 세계 저 세계로 건너가려는 위반의 강력한 에너지이다. 더욱이 이 위태로운 위반은 영원을 향한 불멸성을 갈망하는 생명력으로서 그 이면에는 최초의 완전한 자아의 삶과 통합하고자 하는 저항적 의식이 내포되어 있다. 그 완전한 세계란 연속적 원리가 지배하는 우주 합일의 세계와 같은 공간이다. 이 공간이란 분리나 분열은 그 그림자도 찾아볼 수없는 가장 원초적인 세계, 즉 에로티시즘이 궁극적으로 도달하려고 하는 세계, 즉 니

파블로 피카소, <해변을 달리는 두 여인>, 1922, 파리 피카소 미술관.
에로스와 타나토스, 우리는 한몸의 찬가야.

드바나(Nirvana. 열반)를 말한다. 이는 한 다른 세계로 건너가려는 위반의 정신이다. 이때 경계 위반은 불멸성을 갈망하는 생명욕이며, 그 이면에는 최초의 완전한 삶과 통합하고자 하는 지향적 의식이 내포되어 있는 것이다.

월리 파시니는 과거에 성은 종교적 법열에 이르는 수단이나 고차원적이고 영적인 영역으로 진입하는 방식으로 여기기도 했다. 나오미 울프도 여러 경전에서 욕망이 높은 가치를 지니는 것으로 다뤄지고 있음을 지적하고 있다. 코란에서는 결혼의 테두리 안에서 여성의 쾌락과 욕망의 기도문으로서 찬양했으며 카마수트라나 탄트라 경전에서는 성행위를 영적 고양을 위한 수단으로서 종교적 법열과 금욕으로 가는 통로로 인식했다.3)고 말한다. 또한 에로티시즘은 자신이 아닌 것, 자신에게 결여된 것, 자기가 현재 소유하지 않고 있는 것, 자기가 자유대로 할 수 없는 것에의 갈망이다. 단순히 육체, 단순한 생리적 만족에의 추구가 아니라 주체성의 영역인 자아의 완성(the perfection of self)을 이루려는 의식에서 출발하여 자아의 완성에 도달하기를 갈망하는 주체이다. 인간성의 진정한 회복을 소망하는 것이 문학의 정신이라면 상실된 자아를 완전하게 회복하려는 근원적 의식이 에로티시즘인 것이다.

이렇듯 인간의 육체화를 통하여 판독되는 에로티시즘은 인류 최초의 원형인 코스모스를 회복하는 근간이 되었다. 혼돈, 무질서, 상실 압박에서 벗어나고자 하는 욕망은 원초적으로 연속적인 안락한 세계에 대한 갈망에 다름 아니다. 에로티시즘이 도달하고자 하는 낙원의식은 결국 인간이 세기를 건너 유전으로 물려받은 인류의 종교성이다. 이 종교성이란 어떤 종교형태를 지칭하는 것이 아니다. 인간의 근원적인 삶에 대한 물음에서 시작하여 인간의 내적 의식에 대하여 조명하는 것이 종교성의 기본적 태도이다. 에로티시즘의 의미축을 이루는 금기, 위반, 제의성, 코스모스 등은 범인류적인 정신적 현상으로서 종교 형성의 기반이 되어 왔다. 낙원 사상이 언제나 인간의 근원과 존재양식의 문제로 환원되는 것도 이 때문4)이라고 말할 수 있다. 태양이 오른쪽으로 와서 앉고, 달이 왼쪽으로 와서 앉는, 우주의 생명리듬에 동화하는 에로티시즘의 원리는 창조 이전의 원형상태의 인간경험의 전체, 즉 화석이 된 인간의 그림자를 우주화로 환원시키는 힘이다.

---

3) 윌리 파시니, 『욕망의 힘』, 에코, 2006, 35쪽.

4) 성현경, 『한국소설의 구조와 실상』, 영남대학교출판부, 1981, 5~7쪽. 전미정, 「한국현대시의 에로티시즘 연구」, 서강대학교 박사논문, 1998에서 재인용.

이러한 근원적 현상을 통해 에로티시즘의 시작세계가 삶의 구체적이고도 내밀한 체험을 내면화하여 인간의 원초적 의식을 구현한다. 그것은 욕망과 밀착되어 있는 에로티시즘이 단지 성적욕망의 노출만이 아니라는 사실이 입증된 셈이다. 에로티시즘의 본질은 자기완성이나 자기고양과 단단히 결속된 근원적인 정신세계이며, 새벽닭 울음소리에 물든 세계이며, 자기 자신의 영혼을 가로질러가는 세계이며, 한 번도 걸음을 멈추지 않은 세계이기 때문이다.

물론 인간이 만든 도덕적 규범이란 몸의 본능보다 정신의 우위를 확보하려는 노력의 결실들이었다. 그렇기 때문에 오랜 역사를 통해 금욕이라는 기표는 몸에 대한 부정적 견해로서 몸의 욕망을 억제하는 고상한 덕으로 칭송되어 왔다. 무용한 작업이라고 거들떠보지도 않던 것들이 근대에 들어와 여성들의 자아정체성 찾기가 활발해지고, 여성의 목소리로 여성의 말을 하기 시작했으며, 드디어 어떤 탈주의 난생(oviparity)같은 하얀 젖과 울음소리로 몸의 글을 쓰게 된 것이다. 다시 말해 이것은 관계적 투사에 억압당했던 여성들이 자기중심적 투사로 숨어 있던 여성의 힘을 이끌어 낸 다성적 공간으로서의 에로스 발굴인 셈이다. 이런 전통은 분명 상속 되어진 것이 아니라 획득되어진 명제다.

과거 '성'에 대한 어휘 사용이 비유적 이미지나 에로틱한 분위기 범주였다면, 최근에 와서는 상징이라는 문화적 장치 없이 직접 성을 표현하기에 이르렀으며, 시인 자신이 미리 속물인 것처럼, 악한인 것처럼, 자신의 몸을 도구화하여 도발적으로 표현함으로써 자아 존중감을 비속적으로 표출하였다. 그때 에로스와 타나토스의 기표들인 황홀과 종속, 희생, 공포, 예속, 질투 같은 감정들은 우리를 심연의 구렁텅이에 빠뜨릴 수도 있고, 우리를 정상에 올려놓을 수도 있다. 여성 시인들이 에로티시즘에 관심을 갖고 작품의 요소로 선택하는 것은 인간의 근원

월리엄 브퀘로,
<에로스에게 납치되는 프쉬케>, 1889.
몸속의 어둠이 사라지는 것 같아.

문제인 에로스와 타나토스의 끊을 수 없는 연속성을 모든 것을 아우르는 초 가치적인 범주로 설정하고, 질서의 왜곡, 심화, 역동성으로 인하여 세기를 거쳐 진화해온 때문이 아닌가 한다.

여성적인 것의 특징은 약하고 섬세하며 수동적, 감정적이고, 남성보다 창조력은 떨어지고, 남성적인 것은 강하고 능동적이며 이성적인 것이라고 남성들은 가르쳐왔다. 그리하여 남성과 여성은 태어나면서부터 서로 다른 경험을 하며 살아간다. 경험이 다르므로 생산해 내는 이미지도 다를 수밖에 없다. 따라서 이 경험의 차이가 천 마리의 쓰르라미가 한꺼번에 우는 소리처럼 여성주의 예술에 반영되는 것 또한 당연한 일이다.

인간의 실존적 맥락에서 끊임없이 욕망의 범주에서 벗어나지 않는 것이 성(性)에 관한 담론이다. 섹슈얼리티와 에로티시즘에 대한 여성적 시각을, 지엽적이며 주변적인 것에 대한 헛된 노력이라고 말하는 사람도 있을 것이다. 남성들이 만들어 낸 위계질서 안에서 아무런 비판적

검토 없이 당연한 것처럼 따라오던 여성들이 거대 담론을 거스르며 모든 것에 새로운 의문을 제기하고 새로운 예술적 대안으로 에로티시즘을 모색하게 되었기 때문이다. 오히려 남성의 것과 확실히 구별되는 여성만의 이미지 즉 임신, 출산, 수유, 부드러움, 배려 등이 가을 찬바람에 방앗간에 실려 온 나락들처럼 작품에 수용되면서 여성작가 사이에서 다양한 양상의 작품들이 탄생하게 되었다. 이때 여성 시인들의 에로티시즘적인 감성은 직관과 통찰이라는 기표에 의해 사물과 밀착하거나 아예 사물 속에 들어가 하나가 되고자 한다. 그것은 사물과 교감이 가능해지는 능력으로서 그렇게 되기 위해선 자신을 부단히 비우는 방하착(放下着), 또는 놓음으로써 행복을 찾는 방념(放念)이 필요하다. 그래서 사물과 내밀하게 만나는 감각의 직접성은 인식보다는 사물과 단절되지 않는 공감을 지향하며 비언어적인 것으로 자신을 드러내기에 이른다. 따라서 에로티시즘의 생명력을 노래하고 여성적 관심을 표방하고 있더라도 사물과 관계 맺는 방식이 생태적이지 못하면 이것 또한 자연에 대한, 생명에 대한 또 다른 대상화로 빠질 가능성을 열어 놓은 셈이다. 그리하여 여성작가들을 창조적이게 하는 '상상'이란 우주의 범주적 대상을 해방시키고, 꿈을 현실화시켜주는 추동력이 되는 것이다.

이렇게 창조된 에로티시즘 미학으로서의 시의 기능은 존재 속에 새겨진 집단무의식의 신화들처럼 존재론적 함의를 지닌다. 시는 있던 것을 참으로 있게 하고, 없던 것을 현실태로 가능하게 한다. 욕망의 순환은 시를 낳고 시는 존재를 낳기 때문에 여성 시인들이 본능적인 에로티시즘에 지속적인 관심을 표명하게 되는 것으로 보인다. 이로써 유구하게 앓아온 여성 집단 심리인 '결핍'이라는 트라우마에서 해방되고자 하는 심리가 보상성을 얻게 된 것이다. 또한 여성 육체에 대한 사회의

무책임한 반응의 양식은 여성의 에로틱한 이미지가 여성들의 집단적 환상과 욕망을 수렴하고 파급하는 역할을 한다고 보기에 이르렀다. 그래서 오늘날 서구의 성에 대한 학문적 풍토가 성숙하게 된 것은 성에 대한 가치를 충분하게 부여하고 당당하게 인식하려는 욕망의 지질학적 탐사 결과이다. 예술보다 학문이 보수적인 것은 직관적이거나 종합적이지 않고 분석, 논리적이기 때문이다. 그러나 문학에서의 성의 인식은 회화에서보다 훨씬 동적이다.5)라는 언급도 주목할 만하다. 이 명제는 결국 문학에서 숭고한 성애로 이어지지만 때론 강간, 간통, 수간, 동성애, 양성애, 가상섹스 등 기존의 도덕률로는 배척당할 만한 요소들로

---

5) 정종진,『한국 현대문학의 성 묘사 전략』, 우리문학사, 1990, 16~19쪽.

제시된다. 그리하여 문학은 다른 예술진폭보다 더 리얼리티를 획득하게 된다.

여기서 논의 되는 여성시인 호모 로퀜스(Homo loguens)는 17명이다. 작품대상으로 첫 번째, 1920년대에서 1950년대에는 김명순, 나혜석, 김일엽, 노천명, 모윤숙을 조명하고, 두 번째, 1960년대부터 1990년대는 허영자, 강은교, 문정희, 고정희, 최승자, 김혜순을 조명할 것이며, 세 번째, 2000년대에는 신현림, 이연주, 최영미, 김언희, 김이듬, 안현미를 조명할 것이다. 이 시인들이 선별된 이유로는 이들이 하나같이 문학비평사에 자주 언급되었거나 시적 표현의 파격성에 담긴 여성성으로 인해 논의 선상에 놓였던 시인들이기 때문이다. 더욱이 대중의 호응을 얻었다는 점에서는 당대 사회문화의 인식의 한 단면을 엿볼 수 있으리라는 판단도 개입되었다. 이 시인들의 첨예한 시적 정신을 해명하는 데 에로스, 에로티시즘은 결정적인 열쇠가 될 것이다. 시인의 각기 다른 고유한 체험에 따라 시인들의 개별적인 시세계를 드러내는 개인의 취향을 배제하지 않으며 그들이 지닌 에로티시즘의 특징을 밝히는 데 주력할 것이다. 에로티시즘적인 여성시 작품을 분석하여 인간의 보편적이고 근원적인 의식에 숨어 있는 디스토피아적 여성성을 도출해내고 에코토피아적 여성학의 위상을 마련할 것이다.

서구에서는 에로티시즘 미학을 예술영역과 실재계에서 욕망의 해소책으로 상정한 데 반하여 동양에서는 예술영역과 실재계를 뛰어 넘어 종교적 승화로 보았다. 그런 의미에서 푸코 역시 『성의 역사』에서 서양은 전반적으로 성에 대한 지식을 추구하는 반면, 동양은 전반적으로 에로티시즘을 위한 테크닉이 예술화되어 있다고 격찬한 것은 나름대로 의미 있는 일이다. 그러나 그리스 신화를 보면 여성의 성에 대해 무한한 공포심을 갖고 여성의 성을 지배하는 것을 볼 수 있다. 그리스 신화에서 가장 힘이 세고 또한 가장 유명한 제우스의 아들로 태어난 영웅, 헤라클레스도 여성에게 빠져 파멸에 이르렀고, 삼손도 데릴라의 유혹에 빠져 힘을 잃고 만다.

런던에서는 볼 수 없었던 <소년은 잘 생겼다>라는 제목의 술잔을, 작년 여름 국립중앙박물관에서 열린 '대영박물관전'에서 보았다. 토끼를 쫓고 있는 젊은 미남은 근육질의 몸짱이다. 늙은 남자가 미소년에게 구애하는 것이 당시의 전통이며 이때 사랑의 선물로 토끼를 사주는 것이 보편적이었다. 그러니 선물받은 토끼를 놓쳐 잡으려고 쫓아가는 소년은 애가 달았다. 그리스전을 통해 그리스가 돈을 버는 게 아니라 훔쳐간 영국이 돈을 챙기는 전시회에 나는 입장료를 지불한 셈이었다.
　강의 시간에 학생들에게 세상에서 가장 아름다운 말 10개를 적어내라고 하면 1. 사랑 2. 어머니 3. 꽃 등등의 순서로 대답한다. '사랑'이

<소년은 잘 생겼다>, 기원전 510~500년경, 대영박물관

란 워낙 모호하고 다양한 뜻을 내포하고 있지만 가만히 생각해보면 남
녀 간의 성적인 사랑 역시 그 중심에 있으리라 여겨진다. 사랑의 담론
에 적합한 의미와 대상도 고정된 것은 아니지만 유대인의 성전인 탈무
드에서도 성에 대한 긍정적 현신으로서 섹스는 창조의 행위이며 이것
없이는 자기완성을 이룰 수 없다는 계율이 있는가 하면, 인도나, 중국,
우리나라의 전통에도 남자가 힘을 유지해야 할 필요를 느낄 때에는 성
관계를 갖지 못하게 하는 것이 강력한 비책으로 제시되기도 한다. 고
대 인도에는 아래 그림에서와 같이 남편이 죽으면 산 부인을 함께 장
작더미에 던지는 순장(殉葬)의식이 있었는가 하면, 중동과 아프리카 원
주민사이에서는 여성의 음핵절제와 음부봉쇄를 의무시하는 여성할례

<고대 인도의 순장 벽화>
자신들도 언젠가 그리 될 줄도 모르고.

(female circumcision)가 그들의 전통적인 통과의례(通過儀禮)로서 현재까지도 지속되어 오고 있다. 우리나라 신라시조인 혁거세의 왕비 '알영'은 태어나면서 새의 것과 같은 입부리를 일부러 잘라내었고, 고구려의 시조 '고주몽'을 낳은 '유화'는 애를 낳기 직전에 같은 행동을 했다고 한다. 이것은 두 여인이 다 음순자르기를 당하고 있는 것으로 해석할 수 있고, 따라서 '알영'과 '유화'도 할례를 한 것이라고 추정할 수 있다.6) 중국은 유교 전통 속에서, 여자의 발을 자라지 못하도록 전족관행(foot binding)을 하여 여자의 행동을 완전 통제한 시기가 1000년 이상 지속되었으며, 일본에서도 여성들에게 순종을 강요하며 '오하구로'7)라 하여 미혼여성과 기혼여성을 이빨 색으로 구별시킨 시대가 있었으며, 19세기 미국과 영국여성들 사이엔 코르셋(corseting)이라는 허리를 졸라매는 복식이 있었다.

남근사회로부터 받은 여성의 눈물과 억압의 변주사례는 전 세계적으로 이루 다 헤아리기 어려우나, 이와는 반대로 평등한 성애를 위하여 알라의 주문8)을 사용하는 소수민족이 있다. 인도네시아 섬마을 '쁘

---

6) 김열규,『욕』, 사계절, 2009, 112쪽.

7) 1963년 일본에 파견되었던 조선통신사 김인겸의 일본견문록인『일동장유가(日東壯遊歌)』에 "구경하는 왜인들이 산에 앉아 굽어본다. 그 중의 남자들은 머리를 깎았으되 뒤통수만 조금 남겨 고추상투를 하였고, 발 벗고 바지 벗고 칼 하나씩 차 있으며, 여자들의 치장은 머리를 깎지 않고 밀기름을 듬뿍 발라 뒤로 잡매어 족두리 모양처럼 둥글게 감았고, 그 끝은 둘로 틀어 비녀를 질렀으며 노소와 귀천을 가리지 않고 얼레빗을 꽂았구나. 의복을 보아하니 무 없는 두루마기 한 동으로 된 옷단과 막은 소매가 남녀 구별 없이 한가지요, 넓고 크게 접은 띠를 느슨하게 둘러 띠고 늘 쓰는 모든 물건은 가슴 속에 다 품었다. 남편이 있는 여자들은 이를 검게 칠하고 뒤로 띠를 매었고, 과부, 처녀, 계집아이는 앞으로 띠를 매고 이를 칠하지 않았구나."라는 구절이 기록되어 있다.

8) 강윤희, 「인도네시아 쁘딸랑안 여성들의 외설주문」,『비교문화연구 제13집』, 서울대학교 비교문화연구소, 2007, 16쪽.

으젠느 아제, <코르셋들>, 1891.
몸의 구속이 정신의 구속을 낳는다.

딸랑안'에는 여성들이 그들의 몸과 욕망에 대한 자연스러운 시각을 보여주는데 이는 남근중심에 대한 단순한 배척이 아닌 자신들의 성이 가지는 구애의 적극성을 반영한다. 쁘딸랑안에는 이 소수민족의 여성들이 사용하는 「몬또챠블(monto cabul)」이라는 외설주문이 있다. 여성들의 외설주문에는 성관계전에 사용하는 욕망을 여는 주문과, 성관계 이후에 사용하는 몸을 잠그는 주문이 있다. 성관계전에 사용하는 '일곱 가지 맛의 기도'라는 제목의 외설주문은 여성의 성관계시 자신의 욕망을 열기위해 사용하는 주문 중 하나이다. 여기서 일곱 가지 맛이란 쁘딸

랑안 사회에서 성관계시 남성이 느끼는 여성의 질의 일곱 가지 느낌을
말한다.

> 알라의 이름으로 꾸닛(생강종류의 식물)이 자라네.
> Ehan(야초의 일종)가 자라네.
> 거울위에 자라네.
> 완전히 아문 다시 돋은 새살,
> 나는 일곱 가지 맛을 사용한다.
> 꼭 그가 앉거들랑, 자꾸 느껴지고
> 이 내 뿌끼(여성의 성기)구멍이
> 그가 일 년을 길을 가고,
> 그가 세 달을 배를 타도,
> 내 이 뿌기 구멍이 자꾸 자꾸 느껴지네
> 열 번을 첩을 찾고
> 백번의 애인을 찾아도
> 내 뿌끼 구멍만큼 맛있는 건 없도다
> 그의 부인 ○○○
> 알라여, 모하메드여,
> 일곱 가지 맛을 사용하는 나를 축복하소서.

　여자들의 주문은 보다 구체적으로 사회의 관점을 차용하고 패러디
하며 동시에 미래의 전복을 꿈꾸고 있다. 이처럼 과거의 조상들로부터
전승, 구전되어 온 외설주문인 「몬또챠블」을 강박적으로 반복함으로
서 그러한 외설주문이 지닌 초월적인 힘을 현재에 다시 불러일으킬 수
있다고 믿는다. 이를 연구한 연구자들의 말에 따르면 '조상들의 말'은
전지전능한 알라에게서 기원한 것이다. 여기에 고프만이 구분한 세 가
지 레벨의 화자 개념을 적용시킨다면 알라는 제 1의 화자 또는 책임자
가 되며, 알라의 메시지를 전달받아 다시 인간의 말로 바꿔놓은 조상

은 작가로, 그러한 조상의 말을 되풀이하는 현재의 화자는 에니메이터
(animator)가 된다. 조상의 말에는 신이 인간에게 가르쳐준 신비하고 초
월적인 주술적 힘이 내재되어 있으므로 이 주술을 반복하는 행위만으
로도 이 주문에 내재되어 있는 힘을 현재에 다시 불러일으킬 수9) 있다
는 주장이다.

위의 예에서는 남근중심적(phallocentric)인 관습의 표현과는 다른 대안
이 표현되고 있음을 알 수 있다. 그리하여 사회 내에서의 섹슈얼리티
언어와 또는 여성들의 성적욕망은 사회적인 의미를 가진 것으로 재정
의 될 수 있다. 에로티시즘의 미학이 모든 예술의 창조적 에너지이듯
세상의 모든 샤머니즘과, 그 많은 신화에서 종교적 상징들에 이르기까
지 성과 관련되지 않은 것이 없다.

멜라네시아인들의 경우 '마나(manna)'10)는 신비적이고 활동적인 힘
으로 물리적인 힘과는 다른 힘, 곧 성스러운 힘이다. 자연현상, 장소,
뛰어난 영웅, 사제, 창조자, 치유자는 모두 이 영적인 힘, 즉 영적인 에
너지인 마나를 소유하고 있다고 믿는다. 어쩌면 '마나'나 신체험에서

---

9) 강윤회, 위의 논문, 17쪽.
10) 멜라네시아와 폴리네시아 군도의 토어로서 '이긴다', '힘 있는' 따위의 뜻. 사람들
　　의 종교에서 인간 · 영혼 · 무생물 등을 창조했다는 초자연적인 힘. 마나는 선일
　　수도 있고 악일 수도 있으며, 유익할 수도 있고 해로울 수도 있다. 이 개념은 19세
　　기 서구에서 종교의 기원에 관한 논쟁에서 처음으로 사용되었다. 처음에는 비상
　　한 현상이나 능력을 통해 나타나는 비인격적, 초도덕적, 초자연적인 힘이라고 생
　　각되는 것을 기술한 때에 사용되었다. 따라서 평범하지 않은 것은 무엇이든(예를 들
　　어 비범하게 생긴 돌) 그것의 내부에 가지고 있는 마나 때문이라고 여겼다.19세기와
　　20세기 초의 학자들은 이런 마나의 유형을 그들이 유사하다고 믿는 다른 종교적
　　인 현상, 특히 다코타(수족)와 이로쿼이 인디언들 가운데 유행하는 와칸(wakan)과 오
　　렌다(orenda) 등과 비교했다. 20세기 초의 인류학자들은 마나가 모든 종교의 배후에
　　있는 보편적인 현상이었으나 후에 인격화된 힘과 신으로 대체되었다는 이론을 발
　　전시켰다.

는 이미 가장 거룩한 것이 가장 속되며, 가장 속된 것이 가장 거룩한 것이다. 성속이 엄연히 구분되었다가 세계의 존재양식에 통합, 극복되는 엘리아데(M. Eliade)의 변증법이 통합된 것으로 보인다.

이런 고대의 경험에서와는 달리 서구의 역사에서 이성과 비이성의 대립, 혹은 아폴로와 디오니소스로 대변되는 두 개의 대립적인 세계관의 한 가운데에는 금욕주의와 육체성의 탐닉이라는 몸에 대한 두 가지의 상반된 태도11) 가 자리 잡고 있었던 것인데, 이는 중세 유럽의 마법 박해 양상에 와서는 성차(性差)에 따른 억압의 변용으로 변질되어 왔다.

J.C.F von 실러, 「오를레앙의 처녀」에 나오는 삽화 <박식한 친구들>, 1801.
위선을 뒤집어 쓴 욕망의 원형

그리하여 서구의 에로티시즘은 기존질서의 신앙을 어지럽히는 여성을 마녀로 낙인찍어 산채로 화형식에 처하기에 이르렀다. 이것은 금욕주의와 육체성의 탐닉이라는 서구의 상반된 에로티시즘이 악마숭배·마녀박해의 강박관념으로 표출된 결과의 일부분이었다. 인간존재의 필수 조건이며 삶 곳곳에 존재하는 이중적 의미를 공유한 성의

---

11) 박혜경, 「제도의 바깥을 꿈꾸는 몸, 혹은 정신」, 『문학과 사회』, 1997, 1205쪽.

미학은, 서구중세에 이르러 정신적인 가치를 중시하는 기독교에 의해 이들 본능의 승화가 저지되고 에로티시즘(알몸)의 표현이 금지되기에 이르렀다. 그 당시 철학자들과 수도사들은 영혼과 육체를 분리시키고 육체와 성을 철저히 외면함으로써 순수이념을 무조건 배척했다.

이후 르네상스는 선험적 선악의 경계를 흔들며 에로스와 타나토스를 영접하고 마중하던 알몸을 회복시켰다. 하지만 서구의 에로티시즘의 역사[12]는 18세기의 자유사상과 함께 종교의 수직적인 속박에 도전한 스페인 설화의 주인공 돈 후안, 성의 전면적 자유와 개인주의를 주장한 사드 백작, 카사노바, 마조흐와 같은 인물들이 나타나면서부터 근본적인 변화가 생겼다. 미셸 푸코가 사드백작의 문학 『소돔 120일』을 최초의 근대소설로 명명하고 사드의 성애소설을 근대소설의 기원으로 찬양한 바 있는데 그의 소설 중에는 남창, 여성과의 항문성교 또는 똥, 쓰레기 등의 아브젝트(abject)이미지가 고스란히 담겨있다. 사드 백작이 욕망의 주체와 대상인 인간의 유한성을 성찰했다는 점에서 근대성을 띠고 있다면, 20세기 성애문학을 대표하는 D. H.로렌스에 따르면 성은 아이러니하게도 인간의 욕망이 엉켜 삶을 경계 너머로 밀려

---

12) 에로티시즘이 금기의 주제이긴 해도 에로티시즘을 주제로 한 책들이 없었던 것은 아니다. 가장 우선적으로는 C. 로버츠. C. 윌스의 『부부관계를 위한 테크닉』과 성년을 준비하는 청소년들에게 참고가 될 만한 해부학적 지식의 저서로 반 데어 벨데의 『완전한 결혼』들이다. 그리고 아직 학계에 발 디딜 틈이 없어 보이던 에로티시즘이 학문으로서 진지한 옷을 입고 선을 보인 최초의 『에로티즘 문학사』는 1927년 스투트가르트에서 폴 엔글리쉬 박사에 의해 출간되었다. 그리고 후고 하인의 독일의 흥미로운 에로틱 도서』(1929), 프랑스 작가 자크 고르빌의 『유럽의 에로티즘사』(1933) 등 에로티시즘 문학에 관한 사전, 선집 그리고 참고서적들이 꾸준히 출간되었으며, 그 후로 파스칼 피아가 1971년 『에로티즘 작품 사전』, 1979년 장 자크 포베르가 『에로티즘 강독 선집』, 그리고 1981년 패트릭 커니가 런던에서 『사생활』 등을 발간하였지만 비교적 20세기 초 성담론을 자유롭게 한 이들로는 클로소우스키, 장 쥬네 그리고 바타이유 등을 들어야 할 것이다.

내기도 하는 또 다른 아름다움이다. 섹슈얼리티를 증오하는 것은 미를 증오하는 것이며 남성 없는 여성, 여성 없는 남성을 증오하는 것으로서 이는 성을 기본적으로 관계의 범주로 보지 않는 개념이다. 따라서 성의 매력이야말로 미의 매력이며, 에로스와 타나토스의 본능으로서의 살아 있는 미학이다. 이것은 곧 성이 인간생활을 보다 아름답게 그리고 윤택하게 하는 근본인 바, 서구 시민사회의 전리품인 식민주의─근대주의를 비판하고 있다는 점에서 반근대성을 지향한다. D. H.로렌스는 성에 관한 자신의 견해를 밝힌 산문 「바다─인간과 성」에서 서구 시민사회의 근대 이념을 다음과 같이 비판하고 있다.

> 둘이 하나로, 언제든지 둘이 하나로 되어 가지 않으면 안 된다. 서로 교류하는 달콤한 사랑과 관능의 완성을 추구하는 격정적이고도 드높은 사랑이 언제나 하나의 사랑이 되어 서로 겹쳐 있지 않으면 안 된다. 그리고 그때에 우리들은 장미꽃처럼 피어나는 것이다. 우리들은 사랑조차 초월한다. 사랑이 완성되면 사랑을 뛰어 넘는다.
>
> (……)
>
> 우리들은 이웃 사랑의 이름아래 이웃을 증오하는 어리석고 뒤죽박죽인 행위 속으로 돌진해 들어간다. 우리들은 자신의 내부의 분열·이중성 때문에 발광하게 된다. 신들은 인간이 신을 너무 지나치게 받들기 때문에 인간을 멸망시키고자 하는 것이다. 이것이 이웃 사랑의 자유·평등의 말로인 것이다. 우애에 넘치고 평등을 추구하는 것에만 나의 자유가 허용되어 있다면 도대체 자유는 어디에 있는 것일까.[13]

이상의 인용문을 토대로 볼 때, 미학 이미지로서의 인간의 성은 자

---

13) D. H. 로렌스, 「바다─인간과 성」, 『성적 인간』, 홍사중 편, 태극출판사, 1978, 43~44쪽. 송희복, 「시와 에로티시즘」, 『시와 문학의 텍스트와 상관성』, 월인, 2000, 196쪽. 재인용.

연적 의미의 성이 아니라 사회학적인 성, 정치학적인 의미의 성이라는 인식이 우선한다. 따라서 성은 근대사회 속에서 상대적으로 해방되었다고 표현할 수도 있으면서 동시에 여전히 해방시켜야 하는 대상으로 놓여 있다. 즉 가장 인간다운 욕구인 욕구된 욕구인 성은 인간의 주관적 미학인 자유와 결부되어 있기도 하며 객관적 미학인 정치성과도 결부되는 것이기 때문이다. 그것의 한 사례가 사드 후작의 경우이다. 사드는 에로티시즘 역사의 최고봉을 이루었으며, 그가 사랑하다 버린 여자들 중 누구도 그를 원망하는 사랑이 없었으며, 그의 사상적 영향은 현대의 바타이유에게까지 미쳤다. 사드의 이름에서 유래된 사디즘(sadism) 이후 19세기에는 성의 터부가 더욱 강해져 위선적 경향이 짙어졌으며 19세기말에는 오스트리아의 마조흐가 성도착을 의식적으로 표현한 마조히즘(masochism)이 성행하였다.

20세기는 프로이트의 세기라 할 만큼 이 시대의 에로티시즘은 그의 리비도 학설과 억압의 이론에 의해 크게 좌우되었다. 그리하여 모든

프랑스 문화부가 공개한 사드의 초상화
그의 일기 원본./AP 연합뉴스

인간의 행위에서 성적인 동기를 찾으려는 "불안은 무엇이며 왜 생길까?"라는 프로이트의 이론은 하나의 학문으로 자리 잡았다. 그 이후 대중사회로 불리는 현대의 특징 중의 하나는 에로티시즘의 대중화이다. 이는 우선 마음의 경험적 측면인 '의식'을 연구대상으로 하는 의식심리학이 대세를 차지하다가 이윽고 행동주의가 대두하자 행동관찰에서 접근하는 '행동의 과학'으로서의 심리학을 제기하게 된다. 그것은 에로티시즘 미학적 이미지로서 인터넷·광고·영화·텔레비전·활자 등 모든 미디어와 스트립 쇼, 누드 사진 등의 섹스 산업과 패션 등의 풍속현상에 의해 널리 소비되고 있다. 2000년대의 문학에서도 예외는 아니어서 과거 육체가 시속에서 심미적 의미로 표현되던 것들과는 달리, 근대미학에 대한 반성을 통해 총체적 완성을 향한 다양한 질주를 하고 있다.

현대는 몸짱 시대다. 몸이 존재를 대표하고 섹슈얼리티가 추앙받으며 행복의 필수조건으로 진화하고 있다. 새로운 세기의 도래와 더불어 성의 상품화는 이제 이상한 일도 이상하지도 않다. 우리가 멋진 저녁을 위해 꽃을 사고 와인을 사고 옷과 새 식기를 사지만 궁극적으로 사고 싶은 것은 성행위인 것처럼 말이다. 성이 세상에서 가장 중요한 것은 아니다. 하지만 그에 비견될 수 있는 것은 아무것도 없다는 필즈 W.C의 말처럼 현재 가장 불온한 영역에서 숭고하게 떠돌고 있는 것 중의 하나가 몸이다. 몸에 대한 전례 없는 지식과 관심의 증대는 몸이 자아정체감의 중심이 된 사회에서 육체사회 또는 육체자본이라는 말이 낯설지 않게 되었다. 더욱이 사람의 품위와 인격을 나타내는 척도로 바뀐 당대에 몸과 정체성의 관계는 여성이 비정상의 기호이자 차이의 기호로서 열등성의 함의를 띠고 있던 서구 과학담론을 뛰어넘었다. 몸이 중요해질수록 몸 가꾸기에 열중하게 되고 당연히 성적 의미도 그만큼 커지기 마련이다. 그리하여 심신이원론을 극복하고 몸을 자아정체성의 중심축으로 받아들일 수밖에 없는 것은 하루가 다르게 발전하는 과학, 의학기술과 생명공학의 연구 성과로 인하여 몸이 다시 디자인되고 재 프로그램 될 수 있는 대상이 되었기 때문이다.

현대사회는 성을 고무하고 성에 대한 담론을 끊임없이 축적하고 있다. 게다가 성을 우리들의 정체성의 핵심이자 진리의 소재로 만들고 있다는 푸코의 도발적인 주장이 확연하게 증명되는 시대를 맞고 있다. 마찬가지로 그는 마지막 저서인 『성과 진리1』에서 내재화된 미시적 권력에 대한 분석을 성담론의 중심으로 제시한다. 이를테면 인간의 소원과 욕망을 욕망의 지배 기술의 체계로 끌어들이는 것이 성담론이라는 것이다. 이는 무의식적이며 자율적인 것으로 생각하는 성적 욕망이 원초적인 자연스러운 상태에 있는 것이 아니라 성 담론에 의해 신체 내부에 각인되고, 내재화되고, 구조화되기 때문이라는 것이다.

서구 인본주의 즉 이성 중심주의는 정신과 육체를 이분화하여 이성과 정신을 남성적 원리의 기초로, 감성과 육체를 여성적 원칙의 기초로 삼아 여성적 원칙은 비이성적이고 문화 활동에 저해가 되는 것으로 금기시하였다. 그 뿐만 아니라 남성적 원리는 여성적 원리에게 사회성 다져넣기를 의도적으로 거부해온 것이 사실이다. 그리하여 여성들이 철이 든 나이에 접어들게 되어도 여성들 스스로 자신의 세계를 상상하는 자율적인 권리를 잊어버리도록 만들었다.

이러한 특질들은 성에 부가된 금기성과도 무관하지 않다. 금기로 인해 고유체험을 담은 성은 에로티시즘의 주요한 의미소가 되는 것이다. 여러 사회문화적 금기(tabou) 중에서 가장 억압이 심한 대상인 섹슈얼리티는 그 금기로 인하여 자아를 노출시키는 효과를 얻게 된다. 그리하여 금기라는 기제가 억압에서 자아를 노출시키는 가장 적합한 방식이 에로틱한 상상력이라는 주장은 설득력을 얻게 된다. 이것은 에로티시즘을 수반한 몸이 대표적 금기의 장소가 되며, 동시에 위반을 소통시켜 주는 통로가 됨으로써 에로티시즘의 욕망은 궁극적으로 자기존속의 문제로 귀결된다. 따라서 인간의 욕망은 생식이라는 자연 본래의 목적과 무관하게 성에 탐닉하고 쾌락이라는 에로티시즘을 추구하여 자기를 완성시킨다.

고대 <미투나상>, 인도 카주라호 칸다리아 마하디바 사원.

프로이트의 학설은 인간의 욕망 중 가장 기본이 되는 성욕으로부터 출발한다. 그러므로 모든 인간은 쾌락 원리를 현실 원리로 억압해야 한다고 한다. 그렇게 하지 않으면 인간은 무한정 쾌락을 추구하기 때문이다. 쾌락원리인 욕망이 현실욕망의 욕망에 의해 억눌리는 순간부터 '무의식'이 생기게 된다. 이 때 무의식의 에로티시즘에서 자아 존속을 영위시키는 기제는 어머니와 단단하게 결속되어 있던 구순기의 자아 획득이다. 이는 타자와의 결속을 통해서만 가능한 것이다. 이때 에로티시즘에서의 성욕은 처음으로 아이가 젖을 빨면서 어머니와 결부되는데, 자기 종속의 문제와 밀착되는 생존 유지를 위한 필수 수단으로서 쾌락 범주이다.

이렇게 성욕은 생물학적 본능과 분리할 수 없는 것이지만 자라면서 생존과 분리된 독자성을 띄게 된다. 이러한 성장의 단계를 프로이트는 구순기, 항문기, 남근기라고 구분 지었는데 이때까지의 성욕은 일종의 자기성애(auto sexual)다. 이 상태는 아직 성적 분화가 이루어진 주체라고 부를 수 있는 단계는 아니지만 쾌락 원리에 의해서만 지배받고 있는 것이 사실인 현상단계이다. 이렇게 하여 에로티시즘 기저에 깔린 거세 콤플렉스의 효과는 쾌락 원리에서 현실 원리로의 이행, 또 자연에서 문화로의 이행을 연결시키기에 이른다. 쾌락원리와 현실원리의 갈등 사이에서 빚어지는 양상이 억압이라고 말한다. 현실원리란 자아를 억압하는 금기이며 쾌락원리란 그 금기에 맞서는 욕망이기 때문이다.

근대 사랑의 역사 역시 몸의 충동역사이다. 에로스의 충동은 불연속적인 몸으로부터 출발하는 쾌락이다. 그렇다면 인간에게 있어 성의 의미는 무엇일까? 프로이트 식으로 말하면 성이란 종(種)에 있어서는 생이며 전진이고, 다른 한편으로서는 퇴보이며 죽음이다. 성은 생과 사랑이라는 이중적 의미를 공유할뿐더러 모순적 특질을 보이게 되는 이유가 여기에서 기인한다. 따라서 성은 생사를 인식하게 하는 매개체로서 인간 존재의 의미를 묻기도 한다. 짐승의 성별이 단순한 종의 존속을 위해 존재한다면 인간의 성별은 실존적 문제이다.

이처럼 프로이트는 『쾌락의 원칙을 넘어서』에서 자기 자신을 보호하고 쾌락을 추구하고자하는 심리의 내면에는 인간심리인 자기파괴본능이 있음을 밝히고 그는 이를 죽음의 본능, 혹은 타나토스라 부르게 된다. 타나토스는 신비로운 자학적 성향을 띄고 자아에 충격을 주어 창의력의 발판이 되기도 한다. 에로스와는 상반된 방향의 행위이지만 서로 유기적으로 맞물리며 일상을 지배하는 야생의 서사시이다. 불안과 쾌락의 간극은 모호하고, 파괴적인 힘과 건설적인 의지는 융합하여 복합적인 인식의 태도에 이르게 된다. 무의식적으로 추진하는 자신에 대한 공격성은 쾌락을 추구하는 에너지원이면서 예술행위의 원초적 에너지가 된다. 따라서 인간의 많은 행위는 매혹과 폭력, 쾌락과 광끼의 자기보존이라는 목적만으로 설명하기에는 너무 복잡한 면이 있다. 에로티시즘은 자기보존이 존재하는 한, 행위와 장소의 외면(défection)을 겪어야 하기 때문이다.

바타이유는 인간사회의 두 가지 무질서의 인자를 죽음과 에로티시즘으로 든다. 이 둘은 하나이다. 바타이유에게는 에로티시즘의 순간 그 자체도 죽음의 축소판, 그래서 '작은 죽음'이기 때문이다. 절정의 순간 암컷과 수컷은 무한한 범람과 극도의 착란 속에서 몸부림치며, 황홀하게 의식을 잃고, 마침내 심연으로 빠져들기 때문이다. 에로티시즘과 죽음이 두 가지 중요한 금기와 위반의 주제가 되는 이유는 거기에 있다. 인간의 역사는 금기와 위반의 역사이며, 에로티시즘은 위반을 통해 자신의 한계를 극복함으로써 신성에 도달하고자 하는 인간의 욕구이다.[14] 인류가 정한 금기의 대상은 대개 인간에 내재한 동물성으로서 성과 관련된다. 이를테면 알몸을 보이지 않기, 시체와의 접촉 금지 등은 모두 동물성으로부터 멀어지고 인간성을 구현하고자 하는 욕망의 산물이다. 환언하면 금기의 위반은 결국 동물성으로의 회귀인데,

---

14) 정순진, 「외설과 에로티시즘의 경계」, 『인문과학논문집』 24호, 1997, 182쪽.

이 동물성은 원래의 본능적 동물성이 아니라 이미 신성화한 동물성, 육체에 스며든 신적 형상화이다. 그러므로 금기의 위반은 곧 신성에의 돌입이 되는 것이다. 바타이유의 문학적 동기는 한 마디로 죽음까지 파고드는 삶, 즉 성금기의 위반으로서의 에로티시즘이다. 그래서 그가 잊지 말라고 말하는 것은 그의 에로티시즘 미학은 인간 정신의 정상, 즉 인간중심의 완성을 차지하는 에로티시즘으로써 고독, 침묵, 극단과의 대면, 즉 죽음과의 대면이기도 하다는 것이다.

푸코에 와서는 마르쿠제나 프로이트와 달리 성은 권력과 쾌락을 생성하는 도구로 나타나며 후기 자본주의 사회는 성적 에너지를 확산함으로써 권력을 행사하고 시민을 통제한다고 주장한다. 권력과 연관되어 논의되기 시작한 에로스는 성에 대한 새로운 시각을 열게 하였다. 그리하여 모든 예술작품 속의 에로티시즘 미학은 위반과 금기를 통해 현실원칙을 부정하고 쾌락원칙을 추구하게 된다.

퇴계(退溪) 이황이 선조의 부름으로 한양 갈 때 어느 지인의 누옥에 머무르게 되었다. 한 소년이 그에게 물었다.

"우리말에 여자의 소문(小門)을 보지라 하고 남자의 양경을 자지라 하니 그 뜻이 무엇입니까?

"여자의 소문은 걸어 다닐 때 감추어지므로 보장지(步藏之), 남자의 양경은 앉아 있을 때 감춰지므로 좌장지(坐藏之)라 한다."

"그럼 여자의 그것을 씹이라 하고 남자의 그것을 좆이라 하는 건 또 무슨 연유입니까?"

"여자는 음기(陰氣)라 축축할 습(濕)인데 된소리가 되어 씹이라 하고, 남자는 양기(陽氣)라 마를 조(操)를 쓰는데 된소리로 좆이 된 것뿐이다."

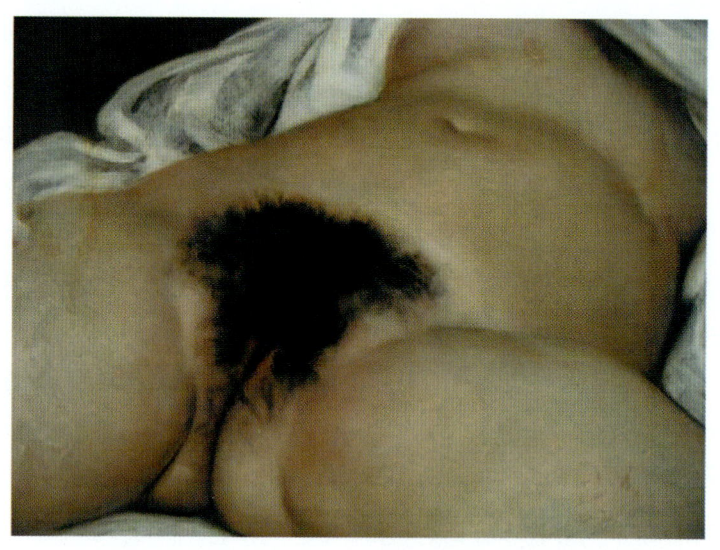

쿠르베, <세계의 기원>, 1866, 파리 오르세미술관.
해부학적으로 정확히 묘사된 여인의 토르소가 배치되어 있으며, 쿠르베가
오랜 시간 동안 고심했던 인간의 기원에 관한 문제는 상징과 진실이란
몸으로 환원된다고 생각했다. 1955, 정신분석학자 자크라깡의 유품에서
발견되어 신비로움이 더해졌다.

　남녀 생식기의 정상 이름 "자지"와 "보지"가 일상어법에서 사라지
고 욕설에나 등장하는 요즘, 퇴계에게 당돌한 질문을 던졌던 소년 이
항복은 삶의 중심점이 되는 몸의 특징에 내재된 비속어의 의미소를 통
해 성이 비유의 세계로서 자연으로까지 끌어올린다는 것을 이해하게
되는 것 같아 웃음을 자아낸다. 이러한 점을 비유해 보건대 성은 이미
에코토피아(Ecotopia. 생태적 이상향)에서 독특하게 태어나고 에코토피아의
독특함이라는 바위에 부딪혀 죽는다. 이 상황은 서로 꼬리를 문 우로
보로스(ouroboros)같아 무한한 확장을 펼친다는 것이다. 이런 뒤섞임을
잘 드러내는 노자 사상의 '무가 유를 낳는다'를 재해석하면 남근이란

월리엄 브로그 브케로, <새벽>, 1881.

없는 곳 즉 여근에서 남근이(생명)이 탄생하는 것으로 이해되어야 한다. 서양의 상징주의를 앞서는 노장사상은 견고한 어떤 것이 아니라 자연을 품어 안고 흐르는 따스함으로의 진행이기 때문이다.

한국 문학적 전통들 가운데서 섹슈얼리티에 관한 언급은 삼국유사에서부터 찾아볼 수 있다. 그곳에는 이미 성에 대한 선덕여왕의 지혜로움이 나타나 있다. 선덕여왕은 백제병사가 여근곡에 숨어있음을 아는 슬기와 더불어 신라군이 백제군을 섬멸할 것임도 예언하는데, 그 자리에서 "여근이 남근을 삼켜버리니 어찌 남근이 살아남겠느냐"라는 말을 한다. 남성이 여성을 먹는 것이 아니라 여성이 남성을 삼킨다는 즉 부드럽고 여린 것이 단단하고 강한 것을 이긴다는 도덕경적 사고가 신라시대에만 해도 있었다고 정순진은 말한다. 초월적인 신을 남성으로 비유하지 않고 여성으로 비유한 긍정의 '힘'이 우의에 놓인 경우다. 이때만 해도 여성이 우주를 생산하는 자이며 우주를 길러내는 자로서의 자기중심적 투사이다. 그러던 것이 어느 때부터인지 여성은 비천한 존재 - 악마 - 마녀 - 반인반수로 전락되면서 남성은 하늘 - 가해자 - 능동자 - 위 - 씨 - 비행사 - 선장

으로 파악되고, 여성은 내자―안사람―밭―땅―현빈(玄牝. 계곡)―항구
―차고―암소 등의 억압적 단어로 지칭되어오면서 동등했던 '흡입'
은 '삽입'에 비해 제2의 단어로 전락하고 만다. 이것은 많은 세대를 거
쳐 무의식적으로 이루어진 성역할에 대한 여성성과 남성성에 대한 고
정관념, 즉 남성의 성은 생래적으로 충동적이고 강하며, 여성의 성은
본래적으로 욕구를 갖지 않는 존재라는 신화의 믿음이 낳은 결과로 추
론해 볼 수 있다.

　고대 원시시대의 다신론에서는 불의 신, 물의 신, 나무의 신, 폭풍의
신, 파괴와 창조의 신, 사랑의 신, 죽음의 신 등 신화적 다신형태로 나
타난다. 다신론은 궁극적 실재의 구체적 특성을 나타내지만 통일성과
보편성이 결여되어 있다. 하지만 고대 원시시대에서 가장 흔한 샤머니
즘의 대표적인 우상으로는 남근 숭배 사상이 제시 된다. 그 상징물을
노자사상의 '무가 유를 낳는다'는 발상에서 프로이트 식으로 재해석
하면 '남근이란 없는 곳(여성의 성기)에서 생긴 보이는 것(남성의 성기)'로 설
명되고 만다. 그래서 홉킨스의 '펜은 페니스다'라는 말은, 한자문화권
에서 사람 '人'자가 오직 남성만의 전유물이었던 남근우상숭배 시대
의 전형적이며 동일한 패러다임으로, 남자만이 오직 창작이 가능하다
는 것으로 이것은 남성을 파샤(pascha) 혹은 마초(macho) 이미지로 보는 시
각이다. 이런 시각의 기술은 현대사회에서는 어떤 논자도 수용하지 않
는 관점이지만, 모든 인간들이 충분히 진화되기 위한 실천적 함의에서
는 여성들에 대한 배려와 젠더의 다양한 층위를 끊임없이 인정할 줄
아는 것이어야만 한다. 그래서 전인적 에로티시즘의 미학문화는 성기
중심적 오리엔테이션, 즉 흡입과 삽입 모두 주체적인 행위로 간주될
때 비로소 총체적인 언어를 획득할 수 있게 될 것이다.

　여기서 섬세한 감각의 다발(bundle of impression)이 에로티시즘이라면 이

총체적인 언어의 획득이란 에로티시즘적 시를 상징한다. 때론 달콤하고 때론 따스하며 때론 단단하고 때론 두려울만큼 차가워지는 이 역설적 이미지들은 오래된 파르마콘들처럼 차고 넘친다. 그러나 에로티시즘은 자신에게 투사하는 모든 역설을 끝없이 긍정하며 전진한다. 모든 분리를 넘어서 어디서부터 온지 모르는 새로운 만남에 가슴을 떤다. 성애는 아니지만 뜻밖의 만남에 대해 파블로 네루다는 이렇게 표현하였다.

그러니까 그 나이였어……시가
나를 찾아왔어, 몰라, 그게 어디서 왔는지,
모르겠어, 겨울에서인지 강에서인지.
언제 어떻게 왔는지 모르겠어,
아냐 그건 목소리가 아니었고, 말도
아니었으며, 침묵도 아니었어,
하여간 어떤 길거리에서 나를 부르더군,
밤의 가지에서,
갑자기 다른 것들로부터,
격렬한 불 속에서 불렀어,
(……)

― 시(詩) 부분

사실 지각보다 더 원초적인 시란 초월적 신비인 감각의 덩어리로부터 파생되는 것 인지도 모른다. 마치 종교에서 약자의 구원을 목표로 하듯 여성시에서는 에로티시즘에 나타난 에로스와 타나토스의 비밀스런 덕을 문제로 다룬다. 이 때 에로스와 타나토스는 서로를 동시에 바라보게 되고 둘은 서로가 각각 동일한 자연의 양끝임을 깨닫게 되며 삶과 함께하는 죽음인 에로토스가 된다.

신이 지배하던 시대의 도착증은 수도자나 신비주의자들의 채찍고행, 소신공양(燒身供養), 배설물 먹기 등 천한 육체에 벌을 주던 의식이 근대에 와서는 자유주의자들과 사드의 쾌락을 장려하는 도구로 사용되었다. 정신분석학 영향으로 이제 도착증은 탈신성화 된 채 치료, 관

헬무트 뉴턴, <부인 준과 모델들이 있는 자화상>,
파리의 보그 스튜디오, 1981.
실체와 카메라와 관객의 시선의 삼각구도의 관음증.

리해야 할 질병으로 분류되었다. 대부분의 문화권에서 좁은 의미의
성, 곧 성행위는 사적 공간, 은밀한 공간에서 탄생된다. 과거의 성이나
현대의 성 모두는 뭔가 부끄러운 것, 감추고 싶게 수줍은 것으로 의미
화 한다. 관음증(voyeurism)은 절시증(Scopophilia)이라고도 불리는 성적 도착

증(paraphilia)의 하나로 취향과 편견이 배제된 욕망의 기호다. 훔쳐보기, 엿보기의 매력은 불 끈 도덕심에 당겨지는 폭죽인 동시에 관객의 자리에서 성취되는 즐거운 타락이다. 본능과 충동의 구분을 제안한 프로이드조차 인간은 바라만 보면서도 쾌락을 느낀다고 말한다. 다중적으로 존재하는 성적 충동은 파편화되어서 도착적 성격을 띠므로 이를 다중 도착증이라고 설명한다. 도착적 성행위라 말하든 성행위의 도착적 성격에 대해 말하든 마찬가지다. 그것을 억지로 들춰보는 행위는 성폭행이 되고 몰래 엿보는 행위는 도착적 성행위가 된다는 점에서 그렇다.

한 예로 <고다이버 부인>이란 누드화에 얽힌 이야기다. 그녀는 남편인 레오프릭 영주의 과중한 세금 탓에 신음하는 농민들을 위해 세금을 낮출 것을 간청하지만 거만한 레오프릭 영주는 "당신의 농민사랑이 진심이라면 그 사랑을 몸으로 실천해라. 만약 당신이 완전한 알몸으로 말을 타고 내 영지를 한 바퀴 돈다면 세금감면을 고려하겠다."라며 빈정거렸다. 하지만 아름다운 그녀는 짧은 고민 끝에 농민을 대신하여 악덕 영주의 횡포에 맞서 말을 타고 마을을 한 바퀴 도는 '누드시위'를 벌였다. 그 어질고 깊은 뜻에 감동한 마을 사람들은 시위가 끝나는 동안 누구도 그 알몸을 보지 않기로 하고 집집마다 문과 창을 걸어 잠그고 커튼을 내려서 영주 부인의 희생에 경의를 표했다. 그런데 마을의 왼편 마지막 집에 살고 있던 피핑 톰이라는 양복재단사는 그만 호기심의 충동을 억제하지 못해 약속을 어긴 채 커튼 사이로 훔쳐보고 말았다. 어두컴컴한 동굴 같은 극장에 숨어 앉아 배우가 하는 양을 훔쳐보듯 나신을 훔쳐본 즐거움도 잠시 피핑 톰은 하늘의 노여움을 사 눈이 멀고 말았다. 욕망은 가능한 가장 큰 상실을 요구한다. 그 후 '피핑 톰'이란 엿보기 좋아하는 사람, 즉 '관음증'을 의미하게 되었다. '피핑톰증후군(Peeping-Tom)' 또는 '보예리즘(Voyeurism)'이라고도 하는 관음증

존 콜리어, <고다이버 부인>, 1898.

은 발가벗고 있는 사람들의 신체나 성기, 성행위를 훔쳐봄으로써 성적
인 극치감을 느끼는 증상으로 고착 되었다.

그래서 그들에게는 파라섹스(para-sex. 곁다리 sex)가 가장 만족스러운 섹
스인 것이다.

에로티시즘의 온갖 경사에 끼어들지 않는 적이 없는 피핑톰은 수치
와 마찬가지로 욕망의 또 다른 얼굴일 뿐이다. 다른 한 예로 나치 때의
도착증은 인종청소, 생체실험, 고문 등으로 유전학, 우생학의 가면을
쓰고 나타난 사상 유례 없는 범례였다. 알랭 로브그리예가 『관음증 환
자』라는 소설을 출간하자마자 롤랑바르트는 시선의 문학(Iillérature du
regard)라고 이름 붙이며 극찬을 한 바 있다. 마찬가지로 사디즘, 마조히
즘, 페티시즘 등 도착적 성행위들은(노출증, 소아성애 제외) 공공질서를 해치
지 않는 한 국가가 간섭할 수 없는 사적인 영역이 되었다. 당대의 자본

주의가 이루어낸 업적으로는 그 감춰진 성본능을 들추거나 엿보는 것, 또는 훔쳐보는 것의 매개로 상품을 만들어 팔며 훔침의 욕망에 기댄다. 현대 자본주의 사회는 자체가 감춤과 드러냄의 도착적 세상이다. 아동 성폭행사건에 분노하면서 미성년 걸그룹의 섹시댄스에 넋을 놓는 어른들의 이중성, 이제 삶 자체가 도착적이다. 그러나 이 경우에, 드러낸다는 것은 과대포장으로 그릇 드러내는 것이므로, 그 드러냄 역시 감춤이다. 그러니까 허영심도 감춤의 욕망인 셈이다.

국어학자 이남덕은 『한국어 어원연구』에서 감추다, 숨기다, 가리다, 품다, 가두다, 담다, 훔치다 같은 낱말을 '수장(收藏)음폐(陰蔽)개념어'라고 부르고, 이 말들의 어근형이 '검다(黑)'의 어근과 한 뿌리라고 설명한다. 이런 의미에서 보면 결국 성행위는 감추고 싶다는, 몰래 숨어서 하고 싶다는 이야기의 다른 표현일 것이다. 이와 같이 성적 호기심의 원동력은 비밀스럽고, 감추어져 있고, 숨겨져 있으며 가리고 싶고, 다시 품고 싶으며, 가두고 싶고, 훔치고 싶은 것을 알아보고자 하는 욕망이다. 그래서 몸은 모체와 혈연을 확인시켜주는 상징적 수단이 되기도 하고 몸에 지닌 상처의 생김새는 심리학적 서사에서 자기정체성을 확인시키는 증표로 사용되기도 한다.

이것은 에로티시즘 미학에서 자기 정체성을 확인하는 지점을 자아의 욕망, 몸의 욕망으로 보기 때문이다. 박혜경에 따르면 몸은 제도와 제도 밖에 비스듬하게 걸쳐 있는 일종의 경계의 영역이다. 몸에는 근본적으로 제도적 억압에 의해 완전히 점령되지 않는 잉여의 영역에 존재한다. 그 잉여의 영역이 몸이 가진 이중적 존재방식을 결정짓는다. 도덕적 금기체계를 통해 몸을 관리하고 통제하려는 제도적 억압의 틀은 끊임없이 몸 자체가 지닌 고유의 자연성, 생물학적인 에너지에 바탕을 둔 몸 자체의 고유한 욕망과 충돌한다[15]고 말하고 있다. 이때 몸에 대한 욕망은 타자에 대한 욕망으로 전이되며 타자의 욕망은 단순히 육체적 욕망의 대상임을 거부하게 된다. 이를테면 인간의 낭만적 환상이나 욕망을 충족시키려는 내적 욕망, 즉 에로스적 주체의 실존조건을 자기 환상 속에서 되찾고자 하는 것이 에로티시즘인 것이다. 그리하여 거세의 지표를 강하게 지니는 현실 앞에서 인간은 생래적으로 더욱 에로틱한 대상에 몰입하게 되는 것은 일상의 좌절이 곧 에로스를 상승시키는 주요 동인이 된다는 것을 의미하기에 이른다.

서양의 여성해방이론이 우리나라에서 본격적으로 소개된 것은 1970년대라고 볼 수 있다. 시몬느 보봐르의 『제 2의 성』, 밀레트의 『성의 정치학』, 미첼의 『여성의 지위』 등에서 자유주의적 여성해방론이 소개되었다. 그러나 1980년대에 오면서 70년대의 자유주의적 여성해방론은 사회주의적 여성해방론으로 변모하고, 80년대 후반부터 한국적인 실천성의 여성해방으로 바뀌게 되었다. 그리고 페미니즘문학 비평의 방향도 여성문제가 사회전반에 걸친 구조에서 파생되는 문제이며 그 해결방식도 전체 사회운동과 동시적이고 통일적으로 이루어져야 한다는 기본입장으로 결집되었다.[16]

시간을 달리는 한국현대시의 에로티시즘적인 표현은 몇 단계를 거친다. 단순한 에로틱한 분위기 묘사단계, 시대의 압력을 감당하지 못해 보이는 위악적 단계, 전통과 문명비판이 혼재된 단계 그리고 고통스러운 정직성 단계, 비속어로 자기를 응시하는 단계, 가상세계와 자기 해체 등이 그것이다. 이제 현대시에서 성의 표현이 더 이상 금기시된다거나 신성모독이라는 관념은 완전히 퇴조되었다.

과거와 달리 한국 현대 시학에서는 聖과 俗의 결합을 기본 매개로 하

---

15) 박혜경, 위의 책, 1205쪽.

16) 김정자, 「한국시에 나타난 페미니즘」, 『동양문학』 33호, 동양문학사, 1991, 258쪽.

여 당당하게 純과 性을 결합시키고 있다. 이를 한국시의 국면에서 말하자면 시에서 성은 관능적인 이미지와 에로스적 상상력으로 형상화되거나 직설적으로 성행위를 묘사하거나 진술하는 방식으로 나타난다. 성애를 지나치게 묘사한 에로티시즘을 외설이라 부르지만 외설의 형식까지 포함해 에로티시즘은 도덕을 내걸고 지배계층의 미학과 담론의 뒤로 몸을 숨기는 권력의 치부를 겨냥한다고 정순진은 주장한다.

이처럼 권력은 성을 에로티시즘과 외설로 이분화 시켜 이중구조 안에 가둔다. 하지만 권력을 비판하기위해, 권력의 간섭으로 잃어버린 부분을 회복하기 위해, 인간의 건강성을 회복하기 위해, 에로티시즘은 지배세력이 금기시하는 표현으로 성을 다룬다. 현대 여성 시인들의 변화된 시의 중핵에는 기존의 시적 전통과는 무관한, 무의식과 제도, 질서 등으로는 해명되지 않는 미학적 사실과 미학적 설명이 배제된 낯선 미학들이 포진하고 있음을 보여준다. 그럼에도 불구하고 성을 테마로 삼은 시의 무의식들은 더 본질적인 것, 더 근원적인 것으로 깊이 들어감으로서 대개의 친절한 독자들에게 힐끔거리거나 엿보는 관음증을 선물하기 일쑤다.

융은 외향적인 시는 외부적 경험을 변용하는 데서 생기고, 내향적인 시는 내면적 요소가 시인의 외면적 의식 상태를 압도함으로써 창작된다고 말한다. 마찬가지로 시에서 미학적 상상력이란 무의식적인 행동과 심리에 의해 우연히 포착되는 결과가 아니다. 무의식은 개인이 의식하지 않지만 그의 행동에 영향을 주는 모든 사유, 욕망, 자극, 감정들의 종합모드이다. 이러한 에로티시즘의 근간인 시들은 사회통념이나, 자연의 무위나, 생물학적 현상이나, 종교이론에서까지도 인드라망처럼 뻗어 있는 욕망의 근원을 발견하게 하여 금기와 위반의식의 모티브로 작용하기도 한다. 이때 에로티시즘은 인간 본질적 문제들 즉 죽음

─(섹스)─삶─(섹스)─죽음의 승화된 형식을 거쳐 인간 실존의 문제들을 연속적으로 형상화 해내기도 하지만 철학자 알랭바우디의 말처럼 만남─포옹─헤어짐이라는 가장 높은 억제의 순수함에 이르기도 한다. 그리하여 시속에 나타나는 에로티시즘의 미학적 기반은 가부장적 공포의 세계를 서둘러 봉합하려는 행위를 포착하게 된다. 그리하여 인류의 불행과 신경증을 인간의 무의식 속에 존재하는 생물학적 원리로서 파악하여 에로스와 타나토스의 본능이 승화된 상태로 전진한다.

그렇다하더라도 칸트처럼 성을 감성과 이성으로부터 분리시키는 것은 물론 잘못된 것이며 거짓이다. 먼저 이성으로부터의 분리 반론을 들여다보자. 오이디프스는 최근에 결혼한 그의 신부 조카스타와의 관계에 대해 '나는 조카스타와 성관계를 즐겼다'고 말할 수 있다. 그러나 오이디프스는 후에 조카스타가 그의 어머니인 것을 알게 된다. 이때 그는 '나는 그때 어머니와 성관계를 즐겼다'고 말할 수 없다.[17]

이것은 다시 말해 성이 단순히 생리적이고 본능적이라고 설명하기엔 너무 불가능한 면이 내재되어 있기 때문이며 섹슈얼리티 속에는 에로스와 타나토스의 미학이 맞물려 있기 때문이기도 하며 한편 정신분석에서 모성은 결코 자애롭고 온화한 이미지가 아니기 때문이다. 오히려 주체가 상징질서에 진입하기 위해 버려야 하는 더럽고 혐오스러운 몸이며 주체를 위협하는 무서운 몸이다. 그래서 어머니의 몸이란 결코 영역 밖에 존재하는 것이 아니라 주체의 무의식 속에 지울 수 없는 흔적으로 남아 작가들의 예술작품 안에서 재현되는 창작의 에너지로 승화 되는 그 무엇이다.

이와 같이 인간이 성행위를 통하여 작은 죽음을 맞이하는 순간은 섹

---

17) 정대현, 「성문화의 오늘과 내일」, 『지배문화 남선문화』 제4호, 또하나의문화, 1995, 57쪽.

스가 언제나 죽음과 맞물려 있는 순간이다. 에로스와 타나토스의 본능은 언제나 팽팽한 고무줄로 이어져 있으면서 상호 모순 또는 상호 공존관계를 유지하는 것이 일반적인데, 어떤 상징이 한쪽에 고무적 계기를 부여하면, 두 본능 중 하나가 월등히 우세해지며 다른 하나를 억압한다. 채호기의 시 「죽음을 차고 오르는 섹스」에서처럼 에로티시즘의 시에서 에로스와 타나토스는 오이디프스와 조카스타의 관계처럼 치명적인 근친상간이다. 아니마와 아니무스이기도 한 그 둘은 숙명처럼 에로스의 무의식속에는 타나토스가 잠복해 있고, 타나토스의 무의식에는 에로스가 창조적 자세로 감춰져 있다. 생리학적 흥분의 중추역할을 하는 테스토스테론이 남성에게만 나오는 것이 아니라 여성에게서도 나오고, 여성호르몬이라고 하는 에스트로겐 역시 남성에게서도 나오듯이 말이다.

부정의 고고학으로 시를 물들이는 이매지너인 젊은 시인들은 성의 미학에 중독되는 특징을 보인다. 그 뿐만 아니라 현대성 미학의 또 다른 특성은 인간을 사물화 시키며 재생산도 가능케 한다는 것이다. 그들은 성 호르몬의 욕동으로 백지라는 침대에서 언어와의 성행위를 통해 글이라는 자식을 생산해낸다. 그것은 환각의 도취와 합일에서 맛본 엑스터시 경험이 가져다 준 공허감을 떨구려고 관능 안에서 홰를 치며 새 출발의 원점을 향해 떠나는 것이다. 에로티시즘의 리토르넬로 (ritornello. 합주와 독주의 되풀이)는 지루한 반복이 아니다. 카스트라토의 고저처럼 차이 있는 반복을 말한다. 그리하여 여기에서는 에로티시즘에서 시작하여 에로티시즘이 아닌 모든 것으로 나아간다. 이렇게 얻은 작품은 시간을 뛰어넘어 걸작으로 기억되기도 하고 그저 쾌락의 흔적으로 남기도 한다.

역사적으로 고전 미학은 어디까지나 미의 본질을 묻는 형이상학이

윤향기, <외로움의 외부>, 「흙, 바람을 채집하다」, 2002.

어서 플라톤과 마찬가지로 영원히 변하지 않는 초감각적 존재로서의 미의 이념을 추구한다. 이에 반해서 근대 미학에서는 감성적 인식에 의하여 포착된 현상으로서의 미, 즉 '미적인 것(das Ästhetische)'을 대상으로 한다. 이 '미적인 것'은 이념으로서 추구되는 미가 아니라 어디까지나 우리들의 의식에 비쳐지는 미이다. 그러므로 미적인 것을 추구하는 근대미학은 자연히 미의식론을 중심으로 전개된다. 마찬가지로 시학에서의 에로티시즘 역시 감성적 현상으로서의 미학의 기초를 선험적인 데 두지만, 의식에 비쳐지는 단순한 현상으로서의 미적인 것을 탐구하는 방향은 당연히 경험주의와 결부되어 왔다. 우리 시문학도 예외는 아니어서 19세기 후반부터는 사변적 미학을 대신하여 경험적 미이론을 '실험미학'이라고 주장하였다. 그러나 21세기 시학의 입장은 미적인 것에서보다는 오히려 금기시 했던 애브젝트 혹은 가상의 상상력

속에서, 혹은 강렬한 쾌감을 동반하는 게슈탈트 붕괴 현상에서 인간중심의 완성으로서의 미학을 탐구하고 있다고 보아도 무방하다. 그들은 프로이트의 근친상간에 반대하는 오이디프스적 금지이건, 라깡의 주이쌍스(jouissance. 열락)에 대한 금지이건 신세대 시인들에게 금지는 주체가 되기 위해서 애브젝트가 되어야만 했던 '내던져진 대상'으로서의 어머니의 몸, 여성들의 몸이 아니다. 건전한 사회를 위해 추방되어야 했던 애브젝트도 아니다. 출입금지구역을 해체하고 육체를 유지하기 위해 배설물을 배출하는 것과 마찬가지일 뿐인 주관적 미학인 애브젝션일 뿐이다. 이것은 애브젝트인 배설물 역시 주체외적인 것이 아니기 때문에 완전하게 외적인 것으로 치부할 수 없는 이유이기도 하다. 그로 말미암아 에로티시즘 미학은 이제 심리학은 물론, 사회학적 미학, 분석철학을 거쳐 분석미학의 현상해명 등 다채로운 연구분야로 개척되고 있음을 본다.

2부 성적 환타지

사랑은 끝없는 신비다.
그것을 설명할 수 있는 것은 아무것도 없기 때문이다.
― 타고르

2부 성적 환타지

　서구의 페미니즘 역사가 인권문제와 여성해방을 함께 수용했던 것
처럼 한국의 페미니즘 역사 역시 여성의 권리 찾기와 여성의 자아완성
의식, 즉 자기중심적 투사로부터 시작되었다. 1920년대에 여성문인
제 1세대라고 일컬어지는 김명순 · 나혜석 · 김일엽 등에 의해서 페미
니즘문학이 태동되었다. 사회적 규범을 거치지 않는 인간 내부의 욕망
이란 코드가 문화라는 여과기를 거쳐 문학작품에서 어떻게 재현 또는
발현되는지 읽을 수 있다.

　1920~1950년대 여성시의 에로티시즘 은 곧바로 신여성 운동으로
활발하게 전개되기 시작하였다. 1924년에 '여성동우회'가 결성되고,
1927년에는 '근우회'가 창립되었다. 이 당시 이미 문단에서 활동하던
여성문인들은 시 · 소설 · 산문 · 그림 · 삽화 · 만화에 이르기까지 모
든 여러 장르에 걸쳐 집필의 열정을 쏟았다. 그들은 개인감정에 충실

하여 자유로운 삶을 추구했다는 공통점을 가지고 있으며, 대부분 일간지나 여성지 기자로 한 몫을 하고 있었다.

근대사회에서의 여성교육은 '여자의 지식이 남자와 동등하여야 평등 권리와 자유쾌락이 있어 집에 있으면 나라를 잘 다스리고 사회에 나가면 나라 사랑하는 사상에 힘써 문명한 사회가 될 것이므로 제일 먼저 힘쓸 일은 여자교육이며 지식 있는 어머니가 아들의 교육도 잘 시킬 수 있다'라고 주장하는 여성지『여자 지남』1호가 1908년에 출간되고, 『가정잡지』(1906), 『여자계』(1917), 『신여자』(1920), 『여자시론』(1920), 『신여성』(1923), 『부인』(1925), 『장한』(1927), 『신가정』(1933), 『여성』(1936), 『모던조선』(1936), 『우리가정』(1936)이 같은 해에 출간되었다. 또 이와는 달리 발간 연대가 확실치 않고 발행호수도 명확하지 않은 단명한 잡지들로『자선부인회잡지』,『부녀세계』,『가정공론』,『부녀지광』, 『여성지우』,『부인공론』등이 별도로 발간될 정도로 눈부신 발전을 이룩하였다.

여성의 인간화를 주장하며 주체적 삶을 살고자 하였던 김명순 · 나혜석 · 김일엽 등은 자유연애론과 혼인론의 발표, 자유로운 애정행각, 가정생활파탄 등으로 세간의 비난을 몸으로 받아내야만 했다. 김정자는 이러한 사정을 인간 해방적 문학은 당대 문단과 사회로부터 외면당하고 말았지만 그러한 창작의 과정을 통하여 이 땅의 여성들에게 개인적 · 집단적인 독자성 · 특수성 · 주체성을 인정하였으며, 여성의 인간적 존엄성과 권리를 왜곡하는 문화적 편견 및 오류를 거부하였고, 사회구조 및 여러 가지 조건들이 그 동안 여성의 삶을 억압해 왔었음을 인식시켰다. 또한 여성은 그 변화를 위하여 주체적 · 능동적으로 대응하고 노력으로 실현시킬 수 있다는 가능성을 보여주었다.[1]고 분석하기도 한다. 전통과 근대가 혼재해 있던 식민지 사회에서 엘리트 신여성이 추구하고자 한 예술의 의미란 식민위기의 순간에 대한 창조적 반응 또는 생존을 향상시키고자하는 초월적 반응으로서 페미니스트의 자전적 에너지였다. 그 힘이란 가부장주의에 대항하여 부권제 이데올로기의 실천적 역사를 분석, 비판할 수 있게 한 페미니즘인 것이다.

1970년대부터는 각 대학에 여성학강좌가 개설되고, 구호적 운동차원에서 벗어나지 못하던 여성문학은 1988년 '한국여성문학회'를 창립시켰으며, 1989년에는 「현대 여성과 소설의 특성과 그 문제점」, 1990년에는 「한국문학과 외국문학의 페미니즘」이라는 주제로 학술발표회를 개최하기에 이르렀다. 비슷한 시기에 『여성과 문학』, 『여성』, 『한국여성문학』, 『또 하나의 여성』, 『여성운동과 문학』 등 많은 여성문학 전용 매체들이 출간되고, 여성단체들이 결성되었다. 그러나 이 당시 고발성에 그친 여성문학작품들의 남성현실의 극단적 묘사와 현실 비판적인 태도는 지식여성들의 허위성과 비생산적인 행동이라는 날카로운 지적을 받아야만 했던 한계를 갖고 있었다.

이들은 기존 남근중심 아래에서의 여성의 역할을 지적했으며 새로운 개념의 정조관념과 애정관을 가지고 있었다. 그녀들의 이러한 주장은 여성의 억압의 뿌리를 성, 성별 체계에 있다고 보고, 남성의 여성에 대한 육체적 지배력에 대하여 여성의 성 활동을 재구성해야 한다고 믿는 서구 급진적 페미니즘의 이론에 연관 지어진 관점이라고 할 수 있다. 이들이 제시한 여성의 권리에 대한 선각자적인 의식과 대담하고 주체적인 실천은 한국 페미니즘 역사를 본격적으로 열어가는 행보가 되었다[2]고 할 수 있다.

한국의 1910년대가 페미니즘의 첫 번째 단계인 지배세력의 질서를

---

1) 김정자, 위의 책, 257~258쪽.
2) 서진영, 『20세기 한국시의 사적조명』, 태학사, 2003, 497쪽.

모방하고 전통예술평가기준과 개념을 내면화하는 단계였다면, 1930년대부터는 지배전통의 기준과 가치에 저항하면서 소수집단의 가치와 권리를 주장하는 단계였다. 즉 남성적인 시선에 깔려 있는 성차별의 뉘앙스를 읽어내고, 그것에 의해 억압되어온 여성의 문학을 주장하는 것이다. 1970년대부터는 관계적 투사에서 벗어나 자신의 정체성을 추구하는 자기중심적 투사단계를 이끌어 낸다. 남과 여를 적대화하지 않고 빼앗긴 권리요구보다 여성 스스로 목소리를 찾고 자기언어로 글쓰기를 하는 단계라는 것이다. 이와 같이 근대란 개인, 즉 여성 자신의 자유에 대한 자각으로부터 시작되어 남자에 의해서만 존재의 의미를 갖던 여성작가들이 자신의 자각위에서만 의미를 갖게 된다. 근대의 여성주체자각이란 여성적·남성적 이원구도의 소산으로서 자신의 삶을 스스로 꾸리고자 하는 자아 존중감의 욕구이다. 이 일탈적 욕망이라는

퐁덴블로파, <가브리엘레 데스트리스와 자매>, 1596,
파리 루브르박물관.
어때? 꽃잎도 떨려?

단어에는 여성들을 계몽으로 이끄는 원동력으로서 일종의 집착에 가까운 쾌락의 원칙이 내재되어 있는 것이다.

1. 용기(容器)로부터 탈주하는 성

여성을 용기(容器)로 사용했던
고대 잉카의 도자기 술잔

1920년대의 시문학사는 3·1운동, 좌익 이데올로기의 등장, 본격적인 서구 문예 사조의 유입 등으로 소란스러웠다. 그 영향 속에서 3·1운동의 실패로 민족적 좌절을 겪었다. 그러나 일제가 문화정치로 전환함으로써 1920년 「조선일보」, 「동아일보」 창간되었고, 『창조』, 『폐허』, 『백조』, 『개벽』 등 동인지와 종합지가 간행됨으로써 문학의 저변이 확대되었으며 전문 문학인의 등장으로 문학적 기반이 확립되었다. 한국의 여성운동 역시 '근대화', '개화'를 위하여 몸부림치는 지적 풍토와 민족의 열망을 바탕으로 하여 태동되었다. 유교적 여성관을 탈피하고 새로운 여성상을 부각시키는 일은 곧 개화운동의 일환으로 간주되었던 것이다. 1924년 '여성동우회'의 결성으로 여성의 사회적 해방론이 대두되기 시작하였고 1927년 '근우회'의 창립으로서 분산되고 부분적이었던 여성운동이 대동단결하여 전체적인 운동으로 전환되었다.

이러한 시대적 배경 속에서 **김명순**(金明淳, 1896~1951)[3]은 최초의 현대 여성작가로 문단에 데뷔하게 되었고 1925년에 여성으로서는 최초의 시집인 『생명의 과실』을 상재하였다. 그의 집은 부유했으나 기생출신의 어머니를 둔 서녀였다. 서녀라서, 기생의 딸이라서, 당시 사회로부터 폭력과 비난, 조롱을 받았음에도 글쓰기는 멈추지 않았다. 그러나 김일엽과 나혜석에게 글쓰기가 여성해방이념을 바탕으로 여성계몽을 선구하는 표현 방식이었다면, 김명순에게 글쓰기는 출생의 비천함을 극복하고 가족, 제도, 문단 등 제도권 안에서 정식으로 인정받기[4] 위해서 선택된 것이다.

> 내가 성장하는 나라는 약하고 무식하므로 남에게 이겨본 때가 별로 없었고 늘 강한 나라에 업심만 받았다. 나는 이런 경우에서 벗어나야겠다. 지금의 한마디 욕, 한 치의 미움이 장차 내 영광이 되도록 내 모든 정력으로 배우고 생각해서 무엇보다도 듣기 싫은 '첩'이란 이름을 듣지 않

---

3) 평남 평양에서 김희경의 서녀로 기생의 몸에서 태어남. 망양초, 망양생, 탄실, 명순 등 여러 이름으로 1917년 『청춘』지에 글을 발표, 문예현상공모에 여성으로서는 최초로 당선. 『매일신보』기자, 영화배우로도 활동.

4) 이희경, 「여성문학의 흐름에서 본 1920년대 여성시」, 『한국언어문학』 제48권, 한국언어문학사, 2002, 15쪽.

는 정숙한 여자가 되어야 하겠다. 남의 압제에서 벗어날 길은 일본처녀
들과 같이 공부하는 것이다.5)

<꽃을 꺾고 있는 처녀>, 높이 31cm,
스타비애에서 출토, 서기 약 50~60년, 나폴리,
국립 고고학 미술관.

김명순은 서녀 출신이라는 주위의 멸시를 경험한 것과 약소국으로서 받는 치욕스러운 조국의 비애를 동일하게 인식, 자신의 것으로 받아들이기 시작하였다. 이러한 상황의 출구로 선택한 길이 바로 일본유학이었다. 유학만이 차별과 멸시에서 벗어날 수 있는 유일한 통로이며 압제에서 뛰어오를 수 있는 전망이라고 보았기 때문이다. 1917년 『청춘』지에 단편소설을 발표, 문예현상 공모에 여성으로서 최초로 당선되는 영예를 누렸던 당선작 「의심의 처녀」는 20매 내외의 짧은 분량이다. 나혜석의 『경희』에 비해 매수는 짧지만 유년의 공간에서 자기 성찰적 의미를 개진한 것으로 완결성에서도 뒤지지 않는 당시 보기 드문 작품이다. 이 작품에 대해 이광수는 극찬한 바 있다.

---

5) 김명순, 『생명의 과실』, 경성, 1924, 194쪽.

> 나(이광수-인용자)는 조선 문단에서 교훈적이라는 구투를 완전히 탈각
> 한 소설로는 외람하나마 내 무정과 진순성군의 부르짖음(학지광)과 그 다
> 음에는 이「의심의 처녀」뿐인가 합니다.6)

이 언급에 대해 박죽심은 이광수의 이런 호평은 한참 후 자세한 근거 없이 요한과의 '교담록'에서 「의심의 처녀」가 일본 작가를 표절한 것이라고 돌변한다. 이 표절시비는 일본의 어느 작가의 작품인지 확인되지도 않은 채, 이광수의 말 한마디로 확대 재생산된다. 이광수의 표현대로라면 이인직부터 시작해 표절시비에 휘말린 작가가 한 둘이 아니다. 문제는 같은 제재로 얼마나 창조적인 작품을 만들어내느냐에 있을 것이다. 설사 김명순의 「의심의 처녀」가 표절의 혐의가 있다고 하더라도 이 작품의 아우라는 전혀 훼손당하지 않는다.7)고 평가하고 있다.

김명순은 전통여성들과는 달리 자신의 정체성을 인지한 상태에서 남성성의 영역으로 표상되는 근대의 공간에 자신을 투사, 구현하고자 하였다. 완벽하지 못한 서구 여성의식을 근대의 한 부분으로 받아들인 여성들의 근대란 근대성 자체가 내포한 가부장중심사회에 대한 일종의 도전의식이었다. 남성성과 동일시하고자하는 의식을 구현해나감으로써 자신들의 사상적 미숙성을 극복하는 한편 근대적 연애관을 실천하고자한 전략으로 드러낸 것이다.

> 한 알의 씨앗을 얼른 집어물고
> 하늘 나는 마음아
> 사람의 구질구질한 꼴을

---

6) 박죽심, 「근대 여성 작가의 자기표현 방식」, 『어문논집』 제32집, 민족 어문학회, 2006, 335~336쪽에서 재인용.

7) 박죽심, 위의 논문, 335~336쪽.

눈역여보느냐 네적은새의 몸으로서
이리비틀 저리비틀
썰물에 취해
너덜거리는 격정뿐
아모나 모르고 툭툭다치고지난다
세상아 이책임 누에게지우느냐

– 김명순, 제목없음, 『조선일보』[8]

　자신의 작업에 '광끼'라는 이름을 붙이며 수많은 상징을 낳은 랭보는 스스로를 "난 타인이다"라고 말했다. 또한 사르트르의 『구토』에서 로캉탱 을 통해 "내가 나의 얼굴을 아는 것은 오히려 타인의 얼굴에 의해서다"라고 목청을 높인다. 이때 나는 또 다른 너의 나며, 또 다른 나의 너이기도 한 것이다. 김명순 역시 몸담고 있었던 남근 중심사회의 질서로부터 지극히 타인이 되고 싶었던 것이다. 그러나 그 당시는 소수의 선구적 여성들의 힘으로 무너뜨리기에는 너무나 굳건한 타인의 벽이었다. "아모나 모르고 툭툭다치고지난다/ 세상아 이책임 누에게지우느냐"라는 구절의 내면에서 드러난 것처럼 새가 날고 싶어도 날아오르지 못하게 방해하는 세상이었다. 위의 시에서 '새'는 김명순의 처지를 고스란히 대변하는 등가물로서 어떤 양상의 염원으로 나타난다. "이리 비틀 저리 비틀"라는 시어는 시인의 격절의 심리적 토포스(topos)다. 그것은 땅에 펼쳐진 인간 세상에 대한 지속적인 관심이기도 하며 시인의 정황을 나타내는 사물인 동시에 시인 자신의 심리를 투사하는 자아의 분신으로서의 사물이다. 원한, 탄식 이후에 오는 체념의 정서는 한(恨)의 한 속성으로 체념이 극사실화 되었을 때는 오히려 생의 근원을 바라보는 관조의 혜안이 열리기 마련인데 시적 화자의 내면

---

8) 김명순, 『조선일보』, 1925. 7. 17.

은 부유하는 '죽음' 이미지와 맞닿아 있다.

김명순을 모델로 쓴 김동인의 소설 『김연실전』에서의 소설 속 묘사는 김동인이 의도적으로 그를 성적으로 문란한 여성으로 낙인찍는다. 혈통에 대한 당시 사람들의 이런 편견은 상상을 초월하는 것으로 미루어볼 때 당시 조선사회에서 서출이란 호칭으로 살아가야만 했던 김명순의 일생은 규정되는 바가 크다 하겠다. 『김연실전』에서 악의로 그려졌음에도 불구하고, '여자 이상(李箱)'이라고까지 불렸던 김명순은 자신에 대한 거짓소문의 피해의식을 시적 승화로 기울였다. 그가 사랑한 사람에게는 어두운 달빛이 비쳤고 많은 사람들을 자신의 동화 속으로 끌어들였지만 그의 곁으로는 죽음의 마법처럼 슬픈 신화만 들어찼다. 때때로 나는 리히텐슈타인의 그림 <가망없는> 연인을 보고 있으면 그의 녹아내리는 날개가 생각나곤 했다. 그리하여 빈발성망각증(pyknolepsie)에 갇힌 그는 어제의 일을 작년처럼, 작년의 일을 어제처럼 여기며 세상을 향해 그의 시 속 한 구절처럼 "이 사나운 곳아, 이 사나운 곳아"를 부르짖으며 도쿄의 한 정신병원에서 로댕을 원망하던 까미유크로텔처럼 홀로 죽어갔다.

그렇지만 그의 문학작품 속 에로티시즘 미학은 자기 승화로 성장시키는 지속적인 힘으로 표출되곤 한다. 그에게 문학이란 무거운 삶의 사막에 고인 한 가닥 눈부신 오아시스였다. 그러나 여성의 본능이 자유로워지고자 하면 할수록 전통적인 가부장 질서의 금기로 인하여 자유로운 개인의 영역과 여성해방공간은 기존권위의 합리성이란 한계에 부딪치고 만다.

김명순은 이상적이고 관념적인 서구의 플라토닉 연애에 더 가까웠으며, 나혜석은 일본 신여성들이 주장한 자유로운 성해방론에 더 기울어 있었다. 이러한 차이에도 불구하고 이들에게서는 성의 자유와 아울러 서구 근대의 이상적 연애가 병존했다9)고 평가할 수 있다. 이와 같이 신여성들의 소명의식은 공통적으로 글쓰기라는 문학을 통하여 여성해방의식을 펼치고자 노력하였지만 글쓰기의 구체적 동인은 서로 달랐던 것이다.

로이 리히텐슈타인, <가망없는>, 1963.

(상략)
주린이의 입에서 굴러서
눈먼이의 손길레 부서지는것아
내마음에서 사라져라
오오 「사랑」이란거짓말아

— 김명순, 「저주」 부분10)

---

9) 김경일, 위의 책, 126쪽.

(상략)
옛날의 왕자와 가티
유리관속에서 춤추며살줄밋고
일하고 공부하고사랑하면
재미나게 살수잇다기에
밋업지안은 세상에사러왓섯다
지금이뵈는 듯 마는듯한 서름속에
생장되는 이 답답함을 엇지하랴
미련한나! 미련한나!

— 김명순, 「유리관 속에」 부분11)

사람은 타자 또는 외부의 대상물에서 기댈 곳을 찾고자 하는 원초적 심리가 있다. 심신이 지쳐 쉬고 싶을 때, 모든 관계로부터 인정을 받지 못하고 자존감에 상처를 받았다고 느껴질 때, 아니무스는 일탈의 분위기로 우리를 몰고 간다. 그 대상은 친구나 연인일 수도 있고, 철학이나 이념일 수도 있고, 복종회로인 종교나 주술일 수도 있다. 이것들에 어깨를 기대는 건 이 험한 세상을 헤쳐 나가는데 크나큰 힘이 되겠지만, 자칫 잘못하면 이 대상들에 몸을 내맡기고 가려다 자기 자신을 잃어버리고 더 깊은 늪에서 허우적거리는 경향이 있다. 김명순의 「저주」역시 현재에 대한 실존적 물음, 미래에 대한 의문부호로 남겨진 껍질뿐인 사랑에 대한 탐색이다. 자신의 신분과 관계없이 풍요로운 희망을 열망했던 심리상태는 수컷은 지배하고 암컷은 복종한다는 비루한 애정관을 폭로함으로써 전통적인 여성성에서 벗어나 새로운 관계 확립을 모색하려는 그 무엇이다. 여기서 그 무엇이란 시적 자아인 아니무스가 그

---

10) 김명순, 『생명의 과실』, 문학사상사, 大正14년, 3쪽.
11) 김명순 위의 책, 37쪽.

도라 마르 촬영, <하얀 거미줄 속의 누쉬
엘뤼아르>, 1932.

동안 억압되어왔던 욕구와 욕정 그리고 세상에 대한 분노와 복수의 세계로 이성적 정신을 이끌고 가는 것이다. 그러나 "오오 「사랑」이란거짓말아"는 영적인 원리인 지혜와 인애로 무장된 아니무스가 집단 무의식속의 가부장적 DNA와 마주치는 현장이다.

이것은 여권 문제를 사회적 쟁점으로 부각시키는 데 초점을 맞추는 사례로서 김명순의 아니무스는 시 「유리관 속에」서 유리관을 공주의 성, 내지는 불행이 존재하지 않는 행복한 온실로 언급하고 있다. 그것은 그 속에 숨어 있는 다중적 정체성을 성과 사회계급, 집단적인 기억(collective memory), 외상이란 용어를 통해 시각언어로 표현한 것이다. 타인과 유기적으로 잘 연결되어 있지 않으며 안정된 위치로 알았던 그러나 최초의 의사소통이 전개되다 순환과정의 입구가 막혀버림으로서 그 성이 어느 사이 사방이 훤히 내다보이는 불행한 감옥으로 변신한다. 그 안에 갇혀 살아야하는 기막힌 운명은 사랑 – 자유 – 여자 – 몸 – 목숨의 자유를 빼앗는 가둠의 공간, 즉 서출의 딸, 기생의 딸이라는 유교적 조선사회의 질서에 대한 투사적 동일시와 내재화된 정서적 교환을 의미한다.

희망을 여행하다가 왜곡된 사랑에 대해 갈등하는 이 시를 보면 영화 <토탈 이클립스>(1995)에서 베를렌느가 랭보와의 동성애적 추억을 "나

의 가장 빛나는 죄악"이라고 회상하는 장면이 떠오른다. 하여 나는 기회
가 주어진다면 울고 있는 그녀에게 존레논의 노래로 눈물을 닦아주고
싶다.

> 천국이 없다고 생각해 봐요
> 하려고만 하면 그다지 어렵지 않을 거예요
> 발 밑에는 지옥이 없고
> 머리 위에는 빈 하늘만
> 펼쳐 있다고 상상해 봐요
> 모든 사람들이
> 오늘을 위해 살아간다고 상상해 보세요 아하,
> (……)

— <이매진. imagine> 부분

당시 남성들이 진정한 남성성을 획득하기 위해서 명성과 업적을 가
져야 했던 반면 여성의 경우에는 모던한 아름다움이 필요했다. 그런
이유로 당시 여성에게 지적(知的)이라는 단어는 비본질적이며 종종 부
적절한 것으로 간주되곤 하였다. 그럼에도 불구하고 여성문학인들은
끊임없이 지적인 자기의 목소리로 말하길 욕망했으며 불평등으로부
터 약화된 에로스의 본능을 획득하려고 부단히 노력했다. 그러나 유토
피아에 대한 욕구와 자기 내면에 대한 욕구에 눈을 뜬 시적 자아에게
는 쾌락원칙과 현실원칙을 어떻게 조화롭게 수행시킬 것인가란 관건
이 남는다.

> 길, 길 주욱 벗은 길
> 음향과색채의양변을건너
> 주욱 벗은길

길 길 감도는 길
산넘어 들지나
굽이굽이 감도는길
(……)

                                            - 김명순, 「길」 부분[12]

리차드 프랭클린, <영묘한 장미>.
이 장미 시들면 어쩌지……

문화를 상징하는 가부장 중심적인 이데올로기가 정법한 체제라면, 시적 에로티시즘은 정치적 억압을 성 억압으로 치환하여 정법으로부터 벗어나려는 해방이데올로기이다. 김명순은 시 「길」에서 만큼은 서출이라는 소외감도, 핍박과 냉대도 벗어던진 에로스가 충만한 길이다. 남성의 몸과 남성의 몸 사이에서 포획되어 잊어버렸던 어둠 속의 길이

---

12) 김명순 위의 책, 35쪽.

아니다. 시인의 몸속을 감돌아 몸 밖으로 나온 에로스를 희망하는 길이다. "회상의 파란 새"도 기를 수도, 아버지로부터 아낌없는 사랑을 받을 수도 있고, "처녀거지"도 되지 않는 희망찬 새 길의 아름다운 미학이다. 그러한 염원의 원동력으로 출발한 그는 어떠한 담이나 벽도 뛰어넘어 서로 조화를 이루는 평등한 세계에서 살길 염원했다 그러나 작가적 생애나, 여성성으로서의 생애나, 인간적인 생애는 추방과 유폐의 연속이었다. 그런 불합리한 환경 속에서도 위의 시 「위로」에서의 심리는 기존질서로부터 질시당하고 억압당한 트라우마 위에 펼쳐지는 벗과 시인의 자기 고백적 약속이다. 어느 봄날 벗과 약조한 자신들의 미지의 희망인 낙원을 거론하던 때를 회상하는 파르마콘 기제의 작품이다. 이루어질 수 없는 불확실한 생에 대한 자기 고백과, 자전적인 문학적 특성을 당시 여성성의 자아발현이라는 한계와 원인으로 규명하기에는 김명순이라는 신지식인의 삶은 더없이 힘겨웠던 것으로 보인다.

나혜석(羅蕙錫, 1896~1949)[13]은 화가로서의 활동 외에도 사회제도와 관습의 모순을 지적하고 여성의 권리를 주장하여 남성중심사회를 신랄하게 비판하는 시론을 발표한 한국 최초의 본격적인 여성 칼럼리스트다. 특히 전통적인 개인, 여성, 어머니의 여성상을 뛰어넘어 적극적이

---

13) 경기도 수원 출생. 진명여학교 졸업. 오빠 나경석 후원에 동경 유학. 우리나라 최초 여성 서양화가로 도쿄미술학교 졸업. 첫사랑 최승구 폐결핵으로 사망. 1914년 유학생 동인지 『학지광』에 「이상적 부인」이란 최초의 글을 발표. 1923년 고려 미술회 발기 동인. 1927년부터 3년동안 남편과 세계일주. 파리 8개월간 미술수업 받음. 1929년 수원에서 개인전. 여권신장과 자유연애론 등에 관한 글 발표. 1933년 미술연구소 '여자미술학사'를 설립. 1935년 정조관념 해체 주장. 서울 정신여학교미술교사 하던 중 3·1운동 참가 후 체포되어 5개월간 옥고. 문예지 『폐허』 창간동인, 고려미술회 창립동인. 최린과 염문으로 김우영과 이혼하고, 『삼천리』에 「이혼고백서」 발표.

나혜석, <나부>, 1928, 호암미술관.

며 진취적인 새로운 여성상을 구축하는 여성해방과 여성의 인간 회복을 절규하는 시와 산문 그리고 소설을 썼다. 당시 90퍼센트 이상의 여성문맹인구와 비교해 볼 때 신여성 엘리트그룹에 속했던 그는 일본 유학까지 마친 지식인이었다. 최동호의 구분을 따라서 우리는 나혜석의 일생을 세 단계로 나눌 수 있다. 초반 유년시절부터 18세(1896~1913)까지의 각성 이전의 단계와 중반 19세부터 32세(1914~1927)까지의 자유로운 예술활동 단계, 종반 33세부터 53세(1928~1948)까지의 재기의 노력과 실패의 단계14)로 나눌 수 있다. 이는 발단, 절정, 파국과 같이 극적인 구조를 가졌다고 말할 수 있겠다.

우리 조선 여자도 인제는 그만 사람같이 좀 되어 바야만 할 것이 아니오? 여자다운 여자가 되어야만 할 것이 아니오? 미국 여자는 이성(理性)과 철학으로 여자다운 여자요, 불국(佛國) 여자는 과학과 예술로 여자다운 여자요, 독일 여자는 용기와 노동으로 여자다운 여자요. 그런데 우리는 인제서야 겨우 여자다운 여자의 제일보를 밟는다 하면 이 너무 늦지 않소? 우리의 비운(悲運)은 너무 참혹하오 그래.
— 나혜석, 『學之光』 12권, 1917년 4월호

---

14) 최동호, 『진흙천국의 시적 주술』, 문학동네, 2006, 200~201쪽.

　　남근사회에 대한 저항과 유교질서에 대한 부정으로 근대적 사유에 의한 개성의 발현이 바로 자유연애였다. 연애란 단어는 우리고유의 자생단어가 아니라 중국과 일본을 매개로 탄생한 것으로서 엄청난 폭발력을 발휘했다. 하지만 연애의 에너지는 파괴적이기도 하여서 연애의 에로스에 한 번 휘감긴 청춘 남녀들이 스위트 홈을 꿈꾸다 이루어지지 않게 되면 자살로 종결되곤 하였다. 이덕화는 나혜석은 이광수를 비롯한 모윤숙의 자유연애론을 완강하게 거부했으며 이광수나 모윤숙이 자유연애를 영적인 개성의 결합으로 인정하면서도, 육체적 결합을 분리해서 논하는 데는 분명, 당대의 자유연애에 대한 부정적 견해가 토대가 되었을 것[15]이라고 추정한다.

　　나혜석은 당시의 남성 지식인 계층과 유사하게 20대 전부터 이미 사회활동을 개시하면서 진보적 대열의 선두에 섰다. '탕녀'라는 극단적 지칭까지 들어야 했던 이들에 대한 당대사회의 시각은 매우 이율배반적이었다. 『신여자』에 실린 그의 그림[16]에서 나타나듯이 남성들의 이중적 시각에 의해 한편으로는 흠모의 대상이면서 한편으로는 질시의 대상으로 주목받았던 것이다.[17] 변모해가는 역사의 수레바퀴 속에서 '자기 언어'를 갖고 현실을 극복해나가려던 여성예술가인 나혜석은 파리에서 최린과의 염문으로 김우영과 이혼하고, 「정조유린 손해

---

15) 이덕화, 위의 논문, 206쪽.

16) 『신여자』 2호(1920. 4. 40쪽)에는 나혜석의 그림과 글이 함께 실려 있다. 양장을 하고 바이올린을 들고 뾰족구두를 신고 가는 여자를 한복 입은 두 남자와 서양식 옷을 입은 남자가 쳐다보면서 "저것이 무어신고. 시속 양금이라든가. 앗다 그 기집애 건방지다. 저거를 누가 데려가니"라고 말하는 평과 "고것 참 입부다. 장가나 안드 렷더면 …… 쳐다나 보아야 인사나 해보지. 라는 평이 엇갈렸다.

17) 유진월, 「김일엽의 『신여자』 출간과 그 의의」, 『비교문화연구』 제5집, 경희대학교 부설 비교문화연구소, 2001, 55쪽.

로렌스 알마 타데마, <더 이상 묻지 마세요>, 1906, 개인소장.

배상 소송문」을 최린에게 청구해, 조선의 도덕과 인습에서 비롯된 남녀불평등 문제를 제기한다. 결혼한 여자가 남편 아닌 남자와 성관계를 가지는 것과 결혼한 남자가 부인 아닌 여자와 성관계를 가지는 것을 구별하여, 여자의 간통만 엄격하게 처벌되던 시대에, 몸을 던졌음을 시인하고 외부요소의 개입 없이 자신의 페르소나를 벗어던진 사건은 당대 풍습을 고려할 때 파격 그 자체였다.

나는 사람이라네
남편의 아내 되기전에
자녀의 어미 되기전에
첫째로 사람이라네
나는 사람이로세
구속이 이미 끊었도다
자유의 길이 열렸도다

천부의 힘은 넘치네
아아 소녀들이여
깨어서 뒤를 따라오라
일어나 힘을 발하여라
새날의 광명이 비쳤네

— 나혜석, 「노라」 부분[18]

바람의 강한 애무를 받아 한강이 마구 몸을 뒤틀고 있을 것 같았다. 점점 심해지는 바람의 속도가 마치 시계바늘을 거꾸로 돌린 것처럼 갑자기 89년 전에 가서 딱 멎는다. 1922년 입센의 『인형의집』 번역판 서문으로 위의 시 「노라」를 쓰고 있는 나혜석을 만난 것이다. 나혜석은 사람으로 살고자 외치며 주체적인 삶을 누리기 위해 독립된 인격체가 되려고 노력한다. 나혜석의 일생은 한마디로 실험적이지만 자신의 모든 선험적 경험을 총동원하여 다음 세대의 소녀들을 가르친다.

레비스트로스의 『신화학』 속 축제에서는 '말(house)과 여성의 교환'이 자연스럽다. 이것은 우리 전통사회에서 '여자는 사유재산목록 제 1호'로 여기는 개념과 동시성을 이루는 기제다. 시적 자아는 시를 통하여 분연히 남자의 즉물 대상, 재산으로서의 가치에서 탈피할 것을 호소한다. 금기가 설정한 성도덕이란 넓게는 사회문화, 좁게는 가족 친지 안에서 쾌락을 자의적으로 배분하고 자아의 완성을 위해 자기를 잊지 말고, 자신을 사랑하는 길만이 타인을 사랑하는 길이 된다는 것을 공표하는 심리적 등가물이다. 봉인된 편지와도 같아서 선뜻 바라보지 못했던 성행위는 한 개인의 이기적 만족을 위해 상대를 이용하는 것이 아니다. 이성을 만나 사교를 하는 행위를 통해 자신을 표현할 뿐 아니

---

18) 나혜석, 「노라」, 『인형의 집』, 『매일신보』, 1921.4.3.

라, 상대를 이해하고 변화시킨다는 점에서 노동 및 예술 활동과 마찬가지로 철저히 대상적이라는 주장이다.

> 조선 남성 심사는 이상하외다. 자기는 정조 관념이 없으면서 처에게나 일반 여성에게 정조를 요구하고 또 남의 정조를 빼앗으려고 합니다. 서양이나 동경 사람쯤 하더라도 내가 정조 관념이 없으면 남의 정조 관념이 없는 것을 이해하고 존경합니다. 남의 정조를 유인하는 이상 그 정조를 고수하도록 애호해주는 것도 보통 인정이 아닌가. 종종 방종한 여성이 있다면 자기가 직접 쾌락을 맛보면서 간접으로 말살시키고 저작시키는 일이 불소하외다. 이 어이한 미개명의 부도덕이냐.

> 어디로 갈까. 집도 없고 부모도 없고 자식도 없고 친구도 없는 이 홀로 된 몸, 어디로 갈까, 어디로 갈까.
> ― 나혜석, 「이혼고백장」, 『삼천리』 1934, 8~9

이혼 후 그는 갈 곳이 없었다. 『삼천리』에 「이혼고백서」를 발표하면서 당시의 성 억압철폐, 여성의 자유 실현 등 기존의 인습을 강력히 비판하였다. 이와 같이 세상을 떠들썩하게 했던 나혜석의 「이혼 고백서」, 「정조유린 손해배상 소송문」 사건과 김일엽의 「신정조론」 사건을 통해 여성들의 책임이 아닌 여성들의 권리를 통해 여성이 자기의 출현을 알렸다. 성의 평등을 주장했던 당시는 열녀를 여성의 미덕으로 가치화하던 시대, 일부다처제와 같은 여성과 남성의 성(性)이 다르게 규정·관리되던 시대에서 막 벗어나 근대적 가치관을 정립하던 시기였다. 이러한 사회적 조건에서 그들의 주장은 기층 사회는 물론 개명된 사람들도 받아들이기 어려운 것[19]이었기 때문이다. 결국 '성적 체험의

---

19) 이희경, 위의 논문, 15쪽.

장 밥티스트 그뢰즈, <깨어진 거울>, 1760.
이 근심을 어찌할 것인가.

글쓰기'는 그가 가족과 문단은 물론 주변으로부터 버림받고 행려병사자로 생을 마감하게 되는 결정적 동기로 등장하게 된다. 그 당시 여성들이 겪고 있던 '정신적 변비'[20]를 치유하려던 선각자의 길은 이렇듯 험했다.

이혼을 통해 나혜석은 자신이 평소에 마음에 품고 있던 자아완성의 길 즉 사람다운 길, 예술가의 길로 더욱 매진할 수 있는 기회가 될 수도 있었다. 이혼이 그 당시에 특이한 사건이 될 수도 있었지만 꼭 특이한 사건이라서 사회적 문제로 부각되었던 것이 아니다. 그것은 「이혼고백서」에서 "정조는 취미다"라는 말을 던진 게 화근이었으며 나혜석이

---

20) 빌헬름 라이히, 곽진희역, 『작은 사람들아 들어라』, 일월서각, 1991, 65쪽.

철옹성 같은 남성들의 벽에 부딪친 것은 이혼 과정을 통해 자신이 깨달은 우리 사회의 이중적 성규범, 여성 섹슈얼리티의 억압상황을 폭로하고 여성의 주체적 섹슈얼리티를 주장하였기 때문[21]이라는 주장에 동의할 수밖에 없다.

예를 들어 결혼의 절대조건으로 내세운 것이 '죽은 애인의 무덤에 비석을 세워주시오'였고 그리고 신혼여행을 그 무덤으로 간 것이다. 더욱이 추후 결혼 허락의 세 개의 조항 중 첫째, 일생을 두고 지금과 같이 나를 사랑해 주시오. 두 번째, 그림 그리는 것을 방해하지 마시오. 세 번째, 시어머니와 전실 딸과는 별거케 하여 주시오. 이러한 당당함은 나혜석의 『경희』에서도 자신이 원하는 우리나라의 이 근대적 섹슈얼리티를 자각해 가는 것에 대해서 잘 보여주고 있다. 이것은 성별사회에서 여성의 자원과 남성의 자원은 동등하게 평가되지 않는다. 여자의 자원인 몸은 소멸하는 유한한 자원이지만 남성의 자원은 몸의 기능 상태나 나이에 의해서가 아니라 세상에서 무슨 일을 하는지에 의해 형성된다. 그리하여 자유연애는 결국 성별 자원의 교환이 된다. 남성이 여성에게 원하는 것은 '몸'이거나 보살핌이며, 여성이 남성에게 원하는 것은 자원이다[22]라는 최근 여성논자의 말과 그 궤를 같이 하는 것으로도 해석할 수 있다.

여성도 성감기제(性感機制)의 연속적 존재로서 욕망을 느끼고 욕망에 대해 만족해 할 권리가 있다. 이것은 다시 말해 욕망이란 인간이면 누구나 갖고 있는 자연적인 속성이며 어떤 대상에 의해 발생된 욕망이 아니라 스스로 발생되는 욕동이라는 것이다. 맞는 말이다. 조절이 불

---

21) 정순진, 「여성이, 여성의 언어로 표현한 섹슈얼리티」, 『대전대학교 인문과학논문집』 제39집, 2004, 45~50쪽.
22) 정희진, 『페미니즘의 도전』, 교양인, 192~193쪽.

가능한 사냥꾼회로가 에로티시즘이다. 에로티시즘의 규칙들은 필경 규칙을 벗어난 곳에 자신들의 영역을 마련하는 특성이 있다. 이렇듯 섹스라는 진지한 주제가 나혜석의 현실세계에서는 마녀사냥의 굴절 된 욕동으로 부각되었다.

마르쿠제는 『에로스와 문명』에서 인간 개개인이 억압된 문명의 질 곡에서 벗어나서 자신의 삶을 마음껏 실현할 수 있게 된다면 죽음을 합리적인 것으로 받아들일 것이라고 가정한 바 있다. 그러나 인간은 어떤 대상에 의해서도 완전한 충족은 불가능하다. 자아의 죽음을 요구 하는 본능이 끊임없이 새로운 상징과 표현을 찾는 것처럼 나혜석은 시, 소설, 에세이, 논평, 만화, 삽화, 그림, 자유연애에 이르기까지 다양 한 체험을 거치며 상징과 표현의 근원적 동력을 찾으려 애썼다. 나혜 석의 이런 여정을 미루어 볼 때 쾌락원칙을 넘어서 완전한 만족을 요 구하는 죽음 본능이 예술 창조의 가장 큰 에너지원이라고 인지한 프로 이트의 해석과 정확히 일치하는 모습이다.

(……)
아프다 아파

(상략)
박박 긁는 듯
쫙쫙 뼈를 긁는 듯
빠작빠작 힘줄을 옥죄는 듯
쭉쭉 핏줄을 뽑아내는 듯
살금살금 살점을 저미는 듯
오장이 뒤집혀 쏟아지는 듯
도끼로 머리를 바수는 듯
(중략)

마르크 샤갈, <모성>, 1913,
암스테르담 시립미술관.

이 내 작은 몸
공중에 떠 있는 듯
구석에 끼어 있는 듯
침상아래 눌려 있는 듯
오그라졌다 펴졌다
땀 흘렸다 으스스 추웠다
(중략)
10분간에 한번

5분간에 한번

(중략)

갖은 양념 가(加)하는지
맛있게도 아파야라

— 나혜석, 「母된 감상기」 부분23)

　여성에게 섹스나 모성은 자원이자 탈출할 수 없는 억압기제이다. 나혜석은 위의 시에서 두 가지 점에서 모성의 신비화를 비판한다. 모성이란 처음부터 있는 것이 아니라 어머니가 된 사람만 아이를 키우면서 발현되는 것이고, 모성으로 살아간다는 것은 예술가의 자아를 버려야 할 만큼 장애가 된다는 점이다. 출산의 고통을 의도적인 기쁨과 행복의 조건으로 묶어 입속에 넣고 침묵으로 대신했던 여성들에 비해 그 순간의 치열한 고통을 대상화시켜 자신의 몸을 스스로 말한 그의 「母된 감상기」는 파격이라 할 만하다. 그리하여 나는 이 시를 만난 순간 가수 마돈나가 구입하여 거실에 걸어놓고 감상하는 프리다 칼로의 그림<나의 탄생>을 연상하지 않을 수 없었다.

　이와 같은 모성의 신비화는 남성은 여성이 지닌 생명 창조력에 대한 두려움 때문에 모성을 제도화하고 관리함으로써 여성이 스스로 모성을 체험하고 지배하는 것을 막았다.24)는 리치의 이론을 돕고 있다.

　나혜석은 1921년 5월 어머니로서 출산하는 현장에서도 그림과 글쓰기를 놓지 않았다. 이 시는 개체와 개체의 에로스적 체험의 보상으로서 여성 혼자 겪어내는 산욕(産褥) 장면의 주된 통증 장면이다. 그 마

---

23) 나혜석, 『동명』, 1922, 17쪽.

24) 리치 아드레네, 김인성 역, 『더 이상 어머니는 없다』, 평민사, 1995. 이희경, 「여성 문학의 흐름에서 본 1920년대 여성 시」, 『한국언어문학』 제48권, 한국언어문학사, 2002, 8쪽. 재인용.

프리다 칼로, <나의 탄생>, 1932.
존재에 대한 세계에 대한 인식이 열린다.

법이 가장 강렬해지는 순간을 생생하게 묘사하고 있다. 아이를 낳는 고통을 이처럼 사실적으로 표현한 예는 당시로는 찾기 힘든 것이다. 시인이 출산의 고통을 남편에게 애걸하다 급기야 욕을 하고, 결국 자신의 신세를 탓하고 있음이 흥미롭다. 왜냐하면 나혜석이 아이를 출산함으로써 그 자신이 여성임을 자각하는 결정적 계기가 되며 동경 유학생 시절 이상적 부인을 논하는 고상한 자리가 아니라 육신이 찢어지는 고통 가운데 자신의 아이를 출산하는 자리25)이기 때문이다. '첫날밤의 침대, 출산의 침대, 죽음의 침대'까지 여성의 여정은 침대에서 침대에

---

25) 최동호, 위의 책, 213~214쪽.

로의 이행 과정이다. 그는 그 두 번째 침대에 청춘을 바치고 있다.

운율감이 뛰어난 4연의 마지막 부분의 "갖은 양념 가(加)하는지 맛있게 아프다"라고 표현한 역설의 미학 또한 출중한 비유법이다. 여성들의 자존심을 지켜주던 첨예한 모델의 화려함이나 탕녀라는 인식과 달리 문필가, 서양화가, 주부, 아내, 어머니로서의 소임을 다한 10여 년간의 결혼생활은 총체적인 슈퍼우먼의 여정이었다. 그 바쁜 와중에서 직관적으로 아이의 욕구를 알아차리는 '레버리 몽상(reverie dream vision)'도 그녀는 소중히 여겼다. 이런 상황을 고려해볼 때 그 시기에 이미 페미니스트로서 면모를 과시했던 주체적인 삶을 살려고 노력한 인물로 평가받아 마땅하다.

나혜석의 둘째 아들, 전 서울법대 김진 교수는 TV에 나와『그땐 그 길이 왜 그리 좁았던고』에서 "모친이 좀 더 감정이나 글 발표를 절제해줬더라면"하는 아쉬움을 토로하는 것을 보았다. 충만한 끼가 있는 나혜석과 결혼, 신혼여행을 옛 애인의 묘로 가줄 정도로 너그러웠던 남편 김우영은 그녀를 광활하게 방목하고 자신도 다른 열정으로 살았더라면, 아마 멕시코 화가 프리다 칼로보다도 그녀는 더욱 발칙한 그림으로 명성을 얻지 않았을까.

아무려나 그가 자기의 예술과 행복을 독자적인 독립의지가 아닌 남편을 매개로하여 달성하려고 한 점은 아쉽게도 한계로 지목되는 범주이다.

나혜석, <김일엽 선생님의 가정생활>, 1920, 신여자 제4호.
미술가적 안목으로 조선옷의 특색을 살리자는 비판적 대안을
동아일보에 제시하는 등 주체적 태도를 가졌다.

프랭크 웨스턴 벤슨, <백조들의 비행>, 1889.

펄펄 날던 저 제비
참혹한 사람의 손에
두쭉지 두 다리
모두 상하였네
다시 살아나려고
발버둥치고 허덕이다
끝끝내 못 이기고
그만 척 늘어졌네
그러나 모른다
제비에게는
아직 따뜻한 기운 있고
숨쉬는 소리가 들린다
다시 중천에 떠오를
활력과 용기와
인내와 노력이
다시 있을지
뉘 능히 알 이가 있으랴

— 나혜석, 「신생활에 들면서」[26]

1930년 이혼 후, 극도의 경제적 위기에 몰린 나혜석은 1934년 모든 것을 책임지겠다던 최린에게 불란서로 유학 갈 여비를 청구하였으나 거절당한다. 마지막 방법으로 「정조유린 손해배상 소송문」을 발표하고, 사건 직후 재기를 모색하던 중 그는 한없이 불공정한 게임의 법칙에서 헤어날 수 없는 자신의 신세를 한탄하고 또 한탄하며 마음을 추슬러 발표 한 시가 바로 위의 작품이다. 자신의 정체성을 부정해야 비로소 가능한 현모양처를 여성의 덕이라고 거짓 포장한 사회적 이데올

---

26) 『삼천리』, 1935.2.

로기에 마지막 힘을 다하여 포효하는 작품이다.

「신생활에 들면서」의 초장에서 제시된 "펄펄 날던 저 제비"란 다름 아닌 나혜석의 시적 자아, 분신이다. "다시 중천에 떠오를" 은 가느다란 희망이 내포되어 있는 시적 자아의 희구이다. "사람 손에 (……) 모두 상하였네"라는 유폐의 상황과 중장의 "그만 척 늘어졌네"라는 시어 '새'는 자신의 처지를 환기시키는 대상이자, 처절한 자기분열의 상징으로서, 화자 자신의 고독한 분신인 동시에 화자 자신의 염원을 표상하는 신

르네 마그리트, <장롱속의 철학>, 1947.
그리운 이름이 자신의 몸을 데리고 나올 때가 있다.

접물(神接物) 등 다양한 역할을 부여받는다.

인류의 초기 시대부터 새는 인간에게 하늘로 승천이 가능한 동물이라고 받아들여졌고 새가 가진 날개와 비상 탓에 하늘과 인간의 매개자라는 원초적 믿음의 대상이 되었다. 새의 이러한 원초적 상징성은 인간세계의 모든 신화나 문화, 예술의 영역에 그 유산을 남기고 있으며 특히 대지와 천상의 매개자 또는 초월의 이미지로 나타나는 경우가 보편적이다. 그래서 영혼불멸의 사상에서는 사람에게 영혼이 있다고 생각했다는 점과 새를 통해서 영혼을 하늘로 실어 보낸다고 생각했다는

점이다. 따라서 새는 단순히 하늘을 나는 동물로서 이해되기보다는 하늘과 땅(인간)의 매개자로 여겨져 왔다. 이런 관점에서 새는 오랜 시간 동안 다양한 문화권 안에서 천상과 지상의 매개자로서의 문화적 상징체로서 기능해 왔으며 이런 역할은 집단 무의식의 차원에서는 원형적 심상이 되기도 했다.27)고 말할 수 있다.

> 야원(野原)가운데 깔려 있어 값없는
> 모래가 되고 보면 줍는 사람도 없이
> 바람불면 먼지되고
> 비오면 진흙되고
> 인마(人馬)에게 밟히면서도
> 싫다고도 못하고 이 세상에 있어
> (……)
>
> — 나혜석, 「沙」 부분28)

　　1921년 『폐허』에 게재된 「沙」는 자신의 인생을 미리 예견한 것처럼 출구가 막혀버린 시적 자아의 심중을 고백한 것이다. 세상이 보는 그는 그가 보아왔던 그에게서 멀어져 갔다. 엔돌핀이고 생동감이었던 그의 예술적 결과물들은 한쪽 삶을 빼앗김으로서 종합예술인으로서의 면모도 움츠러들 수밖에 없었다. 위 시 속의 모래는 외부 환경에 의해 스스로를 변화시켜야만 남근사회에서 그의 얼굴은 사라지고 타인의 시선만 남아버린 자아를 상징한다. 야원 가운데 깔려있는 먼지 – 모래 – 진흙은 바로 시적 화자 자신이다. 모래처럼 가부장질서에 의해 좌지우지되는 여성의 수동적인 존재적 특징을 잘 형상화 하였다. 그러나

---

27) 이경영·윤향기, 「매창집에 나타난 '새' 이미지 연구」, 『한국문예비평연구』 제28집, 한국현대문예비평학회, 2009, 95쪽.

28) 나혜석, 「沙」, 『연옥에서 고고학자처럼』(이명원편), 새움, 2005. 112쪽.

신지식인으로서 상실한 자존감 때문에 자기 자신을 객관화시키지 못하는 부자유한 자유연애인의 한계를 안고 있다.

"에미를 원망치 말고 사회제도와 도덕과 법률과 인습을 원망하라. 네 어미는 과도기에 선각자로 그 운명의 줄에 희생된 자이었더니라."

나혜석은 이혼과 사회적 매장 속에서 오른쪽 그림과 같이 죽어가는 순간에도 사남매의 아이들에게 당당히 말하며 숨을 거두었다. 인습에 의해 속박되지 않고 의욕적으로 활동했으나 마지막엔 파킨슨병으로 비참하게 생을 마침으로써 그는 오히려 진정한 선구적 여성이 되었다. 단군의 어머니 웅녀가 그

로이 리히텐슈타인, <물에 빠진 소녀>, 1963, 뉴욕현대미술관.

랬듯이 이 땅의 여성들은 죽음으로써 신화가 된다. 어지러운 시대, 슬픔의 땅 조선에서 청운의 부푼 꿈을 안고 동경 유학길에 올랐던 어린 소녀 나혜석이 세상의 어떤 여자도 가질 수 없었던 모든 것을 다 가진 후 다시 어느 누구보다도 가슴 아픈 죽음을 맞이해야 하는 이야기는 유리성의 공주에서 탕녀로, 다시 근대의 여신으로 살아나는 오늘의 신화[29]가 된 것이다.

---

29) 이태숙, 「유리성의 공주에서 탕녀로, 다시 근대의 여신으로」, 『현대시학』420호,

김일엽(金一葉, 1896~1971)[30]은 한국 최초의 여성 시인이다. 그는 신체시의 효시로 알려져 있는 최남선의 「해에게서 소년에게」보다도 1년이나 더 빠른 1907년(11세)에 이미 「동생의 죽음」이라는 시를 쓴 바 있어서 사실상 우리나라 신시의 지평을 연 사람 중의 하나임이 밝혀졌다.[31] 이처럼 식민지시대 지식인이었던 그는 언어를 교직하는 분야 즉 문학, 논설, 외국문학 번역 등의 글쓰기 행위에 대해 과감하고도 투철한 열의를 쏟았을 뿐만 아니라 가부장중심 개념에 대한 투쟁수단으로써 소외되어 왔던 여성성의 속성을 드러내는 계기를 마련하였다. 이러한 글쓰기라는 평생의 정신작업은 남근사회의 편견과 소외로부터 벗어나게 해주는 유일한 실천적 통로였다.

글쓰기에 있어서 뿐만이 아니라 생물학적 관계에 있어서도 결코 차별을 두지 않는 평등한 성애를 주장하고 실천한 선구적 여성해방운동 작가[32]로 그의 다의적인 활동을 높이 평가하였다. 이처럼 '평등한 성애'를 주창한 그는 성에 대한 제도와 이념을 뛰어넘는 우리나라 자유연애론의 표본이 되기에 부족함이 없었다. 당시 '신여성'은 새로운 교육을 받은 인텔리로 서구 유행을 지각없이 받아들이는 허영에 들뜬 여성들의 대명사였으며 심한 경우 '탕녀'로까지 매도되던 시기에 김일

2004, 28쪽.

30) 평안남도 용강 출생. 본명 김원주. 이화학당에서 수학하고 일본 유학, 도쿄 영화학교에서 공부한 한국 최초의 여자 유학생, 문예지『폐허』동인, 1920년 잡지『신여자』창간. 윤심덕, 나혜석 등과 동시대의 '신여성'으로서 「자유연애론」과 「신정조론」을 주장. 훗날 수덕사(修德寺)에 입산, 만공의 제자가 되어 여승으로서 생애를 마쳤다. 수필집『청춘을 불사르고』를 간행하고, 그후『어느 수도인의 회상』,『행복과 불행의 갈피에서』등의 수필집 발간.

31) 노미림, 「김일엽의 여성성 고찰」, 『여성연구』제67호, 한국여성개발원, 2004, 292쪽.

32) 노미림, 위의 논문, 299쪽.

월리엄 부궤로, <큐피드에 맞서는 소녀>, 1880, 게티미술관.

엽은 1921년 동아일보에 젊은 남녀의 교제에 대해 개방적인 논설을
게재한다. 당연한 결과로서 지지보다 구설에 휩싸였지만 그에 굴하지
않고 투철한 페미니즘 의식으로 자신의 급진적인 애정관이 녹아 있는
「신정조론」을 1927년에 발표한다.

　… 남녀가 서로 사랑을 나누었다는 것이 문제될 것은 없다. 정신적으로, 남성이라는 그림자가 완전히 사라져버린 여인이라면 언제나 처녀로 재생할 수 있는 것이다. 그런 여인을 인정할 수 있는 남자라야 새 생활을 창조할 수 있다는 것을 강조하는 여인, 그것이 바로 나다.
— 김일엽, 「신정조론」 부분[33)

　'자유연애'를 통해 낡은 관습을 비웃고 연애는 가장 자유로워야 한다고 외친 김일엽. 그녀도 알고 보면 잘못된 인습의 피해자였다. 그렇기 때문에 '남성이라는 그림자가 완전히 사라져버린 여인'의 진정한 사랑은 언제든지 정조를 재생할 수 있다는 「신정조론」을 과감하게 주장할 수 있었다. '사랑은 인생의 지상선(地上善)을 의미한다'고 주장하였던 브라우닝과 같은 전형적인 자유주의·개인주의 사조와 논쟁의 여지는 있지만 궁극적으로는 모성애에 대한 옹호로 수렴되는 개인주의와 자유연애, 결혼의 절대자유, 성적 자유의 남녀평등을 주장한 스웨덴의 작가 앨런 케이의 영향도 있었으며, 일본의 연애의 신성과 연애지상주의를 설파한 구리야가와 하쿠손의 '근대의 연애관'[34)도 그에게는 적지 않은 영향을 끼쳤다.

　당시의 누구나 그랬던 것처럼 그 역시 부모의 중매로 얼굴 한번 보지 못한 남자와 결혼식을 올렸다. 하지만 남편은 자신이 의족을 한 장애인이란 사실을 숨겼고, 결혼 후에야 이 사실을 안 그는 신뢰에 기반을 두지 못한 결혼생활을 일찌감치 청산했다. 이때부터 그는 본격적으로 여성 잡지를 통해 신여성운동론을 전개했다.

　작가의 위대한 정신의 크기가 숭고한 작품의 원천이며, 이런 문학적

---

33) 김일엽, 「신정조론」, 『조선일보』, 1927.
34) 김경일, 위의 책, 128쪽.

인 잠재력은 좀 더 심원한 것 즉 에트나(etna)의 불꽃같은 열정으로부터 솟아 나온다. 이것은 유한성 속에 갇힌 인간이 신 속에 들어가 자신의 한계를 초월한다는 의미에서의 강렬한 파토스의 표출이다. 여기서는 유한한 인간존재에 대한 인식이 우선한다. 인간이 자신의 한계를 초월하기 위하여 신적인 완전성을 동경하여 품는 열정이 파토스의 숭고함인 것처럼[35] 김일엽이 일제식민 당시의 질곡으로부터 탈출구로 불교에 귀의하여 정신의 완전성을 향해 구도자로서 삶을 키워갔다. 육체적으로는 죽을 수밖에 없는 인간이 정신 속에서 죽음의 공포를 뛰어넘은 용기는 신적인 절대 경지에 도달하고자 한 종교적 염원으로서의 파르마콘이기도 하다.

　사회개조를 위해선 여성운동이 맞물려야 한다는 당시사회의 견해와는 달리 그는 전통사회의 부조리를 척결하고 민족개조를 위해서는 여성해방이 선결되어야 한다고 주장했다. 이것은 김명순이나 나혜석과도 공통된 견해이다. 「새벽의 소리」에서 그는 자신을 어둠을 직시하는 자로서 위치 짓는다. 이때의 어둠은 윤동주나 이육사가 바라본 식민지현실의 어둠이 아니라, 여성을 "캄캄한 방중에 가두는" 여성 억압의 어둠이다. 시 「알았거든 나서라」의 시적 화자는 큰 소리로 "막힘 헤치고/ 모든 준비 가지고 따라 나서라/ 아름다운 새벽을 나서 맞으라/ 새때 새날 새일이 함께 오도다"라는 표현과 함께 당당한 명령어 "나서라", "맞으라", "오도다"는 분명히 다가오고 있는 밝은 새날에 대한 희망을 표현한다. 이 작품 속 시적 자아는 가부장 중심사회에서 여성이 노예적인 삶을 영위하는 것에 대한 신랄한 비판으로서의 진취적인 여성관을 보여주는 전사, 어느새 민중을 이끄는 여전사로 체현되기를 갈

---

35) 김상봉, 「롱기누스와 숭고의 개념」, 『서양 고전학 연구』, 1995, 220~222쪽.

드라크루아, <민중을 이끄는 자유의 여신>, 1830, 파리 루브르 소장.

망한다. 뉴욕의 자유의 여신상 모델이 된 드라크루아의 <민중을 이끄는 자유의 여신>이란 명화처럼 붉은 깃발을 나부끼며 보부도 당당하게 두 가슴을 드러낸 채 민중을 이끌고 있는 여신을 연상하게 하는 작품이다.

이 시로 보아 김일엽에게 글쓰기는 여성에 대한 자각과 여성해방을 추구하는 각성의 결과물임을 추론케 한다. 그러나 여성전사로서의 투쟁적인 시적 언술만을 보여주지 않는다. 이를테면 다음의 시에서 나타나는 여성적 섬세함과 감각적인 표현은 에로티시즘의 영역과 접목되기도 한다.

뒤뜰의 흩린 조희
날려온 휴지임을
모름이 아니언만
하두 아쉰 맘에
만저거려 보노라

- 김일엽, 「휴지」 전문36)

　뒤에서 다시 언급하겠지만 김일엽의 작품세계는 입산을 경계로 초기 시에는 전통적인 시조형식과 비슷한 면을 지니고 있었으나 불교에 귀의한 후의 작품성향은 산문적인 경향으로 변모된다. 위의 시 「휴지」는 감정의 절제와 여운, 그리고 풍부한 성적 상상력이 잘 구현된 6행 단시다. 완벽한 시조 형태를 지니고 세속적 님에 대한 그리움을 진솔하게 드러낸다. "뒤뜰의 흩린 조희/ 날려온 휴지임을"모르지 않지마는 시적 자아의 님의 소식을 기다리는 안타까운 심정을 잘 표출하고 있다. 혹여 님께서 보내신 편지가 아닌가 하여 만져 보지만 이미 그녀의 흰색은 녹아 버렸고 그녀는 휴지가 규정할 수 없는 존재임을 깨닫는다. 흔한 소재인 휴지의 부드러움을 매개로 여성의 님에 대한 그리움은 노골적이거나 색정적, 원초적인 시어는 아니지만 "만저거려"보는 손가락의 촉감으로 원초적인 그리움을 포착하고 그것을 육감적인 성찰로 묘사한다.

　어느 해 프랑스에 갔을 적에, 화제의 레스토랑이 특이한 컨셉으로 인기를 끌고 있다 하여 들어간 적이 있다. 촉감의 극대화를 위한 비법으로 컴컴한 식탁에 촛불 한 자루가 켜져 있고 음식은 인도인과 같이 손가락으로 주물러 먹었다. 생경하여 불편하기 그지없는 이 레스토랑

---

36) 김일엽, 위의 책, 40쪽.

로렌스 알마 타데마, <꽃의 여신 플로라>, 1877, 개인소장.

이 왜 그리 잘될까? 아마도 그것은 사람들이 촉감이라는 감각의 만족
을 통해 신뢰와 애착을 높이려는 데 있지 않을까 생각되었다.

     당신은 나에게 무엇이 되었삽기에
     살아서 이 몸도
     죽어서 이 혼까지도
     그만 다 바치고 싶어질까요
     보고 듣고 생각하는 온갖 좋은 건
     모두 다 드려야만 하옵니까?
     내것 네것 가려질 길 없고
     조건이나 대가가 따져질 새 어딨겠어요?
     혼마저 합쳐진 한 몸이건만
     그래도 그래도
     그지없이 아쉬움
     그저 남아요
     당신은 나에게 무엇이 되었삽기에?
                        — 김일엽, 「당신은 나에게 무엇이 되었삽기에」 전문[37]

     고적(孤寂)도 서러움도
     모두 다 잊고서는
     한 세상 웃음 웃고
     살아 볼까 하건마는
     불의(不意)에 나타난 님은
     눈물의 씨 되어라
                          — 김일엽, 「틈입자」 전문[38]

  현상이란 그 시간을 따로 떼어놓고는 이해될 수 없다. 아라비아 속

---

37) 김일엽, 위의 책, 16쪽.
38) 김일엽, 위의 책, 31쪽.

담 "사람은 그의 부모보다 그들의 시대를 더 닮는다"처럼 위의 시는 그가 종교에 입문한 후 유일하게 만나기를 기원하는 한 사랑이다.

현실적인 모든 것은 가상으로 해체되고, 가상 뒤에서 통일적 의지의 본성이 자신을 알린다. 지혜와 진리의 영광에 온통 둘러싸인 시인의 신앙적 파토스는 시인 자신의 영적 대상에 대한 사유 앞으로 우리를 데리고 간다. 시적 자아인 여성주체는 '몸'과 '영혼'까지 사랑해줄 완전한 인격, 나만을 사랑해줄 오직 한 사람을 찾고 있는 것이 아닌, 즉 현재완료형 '찾았다'이며 현재완료형으로 고시된 시적 자아 역시 오직 하나의 여성으로 남기를 갈망한다. "혼마저 합쳐진 한 몸이건만"의 기표들에 주목해보면 에로스적 에로티시즘과 타나토스적 에로티시즘의 극점이 리얼하게 현현됨을 알 수 있다. 이처럼 에로스는 삶의 본능이고 타나토스는 충동적 죽음, 또는 죽음본능의 의미를 지니며 "그지없이 아쉬움/ 그저 남아요" 처럼 늘 충만 뒤에 연속적으로 다가오는 결핍으로 실증된다.

「틈입자」에서의 시적 자아는 험난했던 현실태, 즉 상징 질서의 어떠한 억압도 일어나지 않도록 "고적(孤寂)도 서러움도/ 모두 다 잊고서는/ 한 세상 웃음 웃고/ 살아 볼까" 했건마는 이 재생제의가 채 끝나기도 전에 새로운 상징계에서 "불의(不意)에 나타난 님은/ 눈물의 씨"로 발현되어 여성의 성적 욕망의 영속성을 제시한다. 그러나 이러한 영속성이란 경계 안에는 우리가 통상 우리의 내면에서 찾고자 하는 유쾌하고 친밀한 상징들만 있는 것은 아니다. 진지한 것, 슬픈 것, 우울한 것, 어두운 것도 역시 똑같은 쾌감을 가지고 직관되듯이 짝사랑이라는 동경에도 다양한 감정들이 다층화 되고 있다.

1
못 안아 볼 님이라서
가슴 홀로 울고 있고
못 미칠 두 팔이라
빈 가슴만 비벼댈 제
내 혼은 철없는 아가 같아
울부짖어 마잖으니
님도 아마 대답 있아올듯
봉(峰) 윗구름 비 되어 나리듯이
단(壇) 윗 손길 한번만 드리소서

2
짝사랑의 그 열도는
악마의 열병 같아
도를 넘는 고열이 이 몸을 다 사르고
혼마저 마구 태워
몸부림치다 못해
소리조차 높아질 제
(중략)
그리 덥진 않더라도
미온루(微溫淚) 한방울만
이 혼 위에 떨구소서.

— 김일엽, 「짝사랑」 부분[39]

에로티시즘이 가져다주는 희열이 종교적 명상(contemplation religieuse)처럼 극단을 뛰어넘는 엄청난 격정이라는 사실은 아무도 부인할 수 없을 것이다. 에로틱한 행동은 더러울 수도 있으며, 성적 접촉을 배제하는 지극히 고상하고 깨끗한 것일 수도 있다. 「짝사랑」에서 주목되는 사랑

---

[39] 김일엽, 위의 책, 52쪽.

에드워드 힉스, <평화의 왕국>, 1759, 런던 왕실 컬렉션.

은 두 짝이 마주보는 방법이 아니라 반응 없는 대상을 지속적으로 연모하는 마음이다. 고독하고 불우한 그 유폐생활은 "못 안아 볼 님이라서/…/ 빈 가슴만 비벼"대지만 이런 감옥 같은 짝사랑은 도리어 시인에게 높은 사상적·예술적 성장을 가져다주어, 역사적 운명과 민중의 생활 등에 깊은 통찰의 기회를 주었다고 할 수 있다. 이 때 사회질서의 권력과 시적 자아인 개인과의 대립 모순보다는 에로스적 에로티시즘을 조명한 것은 시인의 성적 욕망인 섹슈얼리티라를 종교적 명상 범주로 묶는 행위이며, 의례적이고 반복되는 타인과의 실존적 상호교통의 불가능성이다.

욕망의 탐닉으로 말미암아 탐미의 "도를 넘는 고열이 이 몸을 다 사르고/ 혼마저 마구 태워/ 몸부림치다 못해/ 소리조차 높아"질 때는 에로스성과 타나토스성의 생명과 죽음의 이중적 기호와 성의 금기성이 결합된 순간이다. 이런 디오니소스적 육체의 희구는 육체의 에너지를 소모하는 작은 죽음의 체험으로 응집되는 순간이다. 그런 응집의 반대 심리인 짝사랑의 현실태는, "창문을 차 던지고", 페르소나를 벗어 던지고, 뛰쳐나가는 고립되고 무의미한 유폐 공간 즉 짝사랑에서의 탈출을 의미한다. 탈출에 성공했다는 것은 그 짝사랑의 대상과 소통이 되어 사랑을 이루게 되었음을 당당하게 폭로하는 미학적 성취의 근본 심성을 견지한다. 이렇게 인생은 누구 없이 종교에 열광하고 죄의식에 괴로워하며 생존의 상처를 어루만지며 산다. 중심부나 주변부나, 남성이나 여성이나, 어른이나 아이나 그들이 받는 생존의 상처는 본질적으로 같은 것이다. 왜냐하면 끊임 없는 삶의 윤무를 보장해 주는 것은 다름 아닌 죽음이며 삶의 균형은 안정과는 반대의 모습 즉 치솟음이며, 넘침이기 때문이다. 사랑의 모든 것은 죽음을 향해 있다. 다시 말해 그의 사랑은 흘러넘치나 시끄럽지 않고 과도하나 낭비되지 않으며 이때 자기 성찰은 인간의 성적인 욕망과 죽음본능과 연결되어 있다는 의미이다.

「금 닙새 하나」는 "나는 천애에 더도을은 외로운 한닙새였습니다./ 비바람에 부닥기고 발길에 밟혔습니다./ 그러나 구렁에 빠지잔코 진흙 속에 뭇치기 전에/ 엇더케 이렇게 안윽한 님의 압헤 니르럿슬가요." 에서볼 수 있는 것처럼 은폐된 생의 이면을 시적 자아로 기표화 할 때에도 김일엽은 언제나 당당한 면모를 드러내는 것이 주목된다. 신화가 인간들에게 환상을 선물했듯이 여성시인들에게 말하는 주체가 되고, 그의 말을 모르는 대상들이 경청하고, 다시 글로 남겨진다는 것만큼

기쁜 일이 또 있을까. 여성의 말을 비천시하고 벙어리가 되어 살기를 강권했던 시대의 '도리'와 '본분', 즉 페르소나를 벗어던진 시적 자아의 진실한 아니무스적 언어 창출은 여성의 말을 대중화시키는 데 크게 공헌한 셈이다.

참 나의 근원을 깨달았을 때 집착을 놓아버릴 수 있는 김일엽의 대승사상은 내가 깨달은 만큼 민중들을 이끌어 가겠다는 그의 기본정신인 이타적 사랑(altruisticlove)을 의미한다. 이런 시적 자아의 무의식은 김일엽이 승려가 되기 전에 이미 체득된 선각의식으로서 모든 일상에 '나'가 빠지고 난 후의 행동으로 체현되는 기제들이다. 극심한 피해의식과 자신에 대한 자존감이 상실되었을 때 대타자에게 투사했던 기제와 미학적 자의식과 지난했던 젊은 날의 광기를 함께 내려놓음으로서 김일엽의 몸과 마음은 훨씬 더 맑아져 자유로운 무아를 체득하는 작품에서 '아이스테시스(aisthesis)'40)효과로 승화된다.

1915년부터 동경의 한국여학생들과 모임을 가지고 친목회지인 『여자계』를 발행하여 한국여성의 사회적 각성을 촉구하는 선봉장으로 활약하였다. 1910~1920년대의 시가 속인으로 있으면서 자기번민으로 들끓는 갈등의 서러운 호소였다면 1930년대의 그 시는 불가에 출가한 승려로서의 인간적 불행을 극복한 자족적인 삶을 이야기 한다. 많은 수식어를 통해 시적 자아의 욕동과 갈망기제를 방하착(放下着)한 지복한 종교인으로서의 불가의 집단무의식인 교훈적이고 사명적인 포교의식을 드러낸다. 시기하는 마음을 수회하는 마음(隨喜心. 남의 선행을 보고 기뻐하는 일)으로, 옹졸한 마음을 포용하는 마음으로, 인색한 마음을 보시하는

---

40) 권성훈, 『시치료의 이론과 실제』, 시그마프세스, 2010, 53쪽.
　　미학의 그리스어. 감응과 지각이라는 의미로 아름다움에 대한 느낌의 이론. 더 특수하게 말하면 예술적 아름다움에 대한 이름이다.

마음으로 바꿀 때, 남의 시선이 끼어들지 않는 시기하는 마음을 내려놓는다, 옹졸한 마음을 내려놓는다, 인색한 마음을 내려놓는다고 말한다.

김명순, 나혜석, 김일엽의 시에서 공통적으로 나타나는 것은 외부세계에 대한 극심한 피해의식이다. 이 피해의식의 내면을 지배한 것은 여성성의 순수가 침해되는 것을 걱정하고 대안으로서의 담론, 즉 '기생'과 '신여성'을 쉽게 구별하여 타락에 빠지지 않도록 감시의 시선을 강화하기 위한 장치였다. 그러나 그들의 자유연애와 문학취미에 대해 여성이 근대성의 체현자로 등장하자, 실패한 존재로서의 식민지 남성들은 신여성을 부정적으로 보게 되었을 뿐만 아니라 남성들은 일종의 두려움 같은 정신적 취약성과 미숙성으로 신여성들을 비난하기에 이르렀다. 이러한 외부세계에 대한 그녀들의 극심한 피해의식은 자신에 대한 자존감이 상실되었을 때 나타나는 아니무스적 기제로써 미학적 자의식이 구현되지 못했을 때 나타나는 심리적 현상이다. 이런 상황에서 김일엽은 시, 산문 모든 부분에서 그 당시 사회문화에 대한 저주에 가까울 정도의 분노를 표출하고 있다. 아래 글은 그의 기고문 「여자교육의 필요」의 일부이다.

> 고등교육을 받은 여자로서 고상한 이상과 위대한 목적을 가지고서 실현코자 노심초사하는 여자가 무수합니다. 그러나 그러한 여자를 이해하고 활용할 만큼 우리사회가 발달하지 못하였고 또한 우리의 가정이 그러한 여자를 알아주고 환영할 만한 정도에 이르지 못하였습니다.[41]

김일엽은 「남자에게 승순(承順)을」이라는 글에서 이것도 남녀동등의

---

41) 김원주, 「여자교육의 필요」, 『동아일보』, 1920.4.6.

신사조를 흡수하신 제씨는 격렬히 반대하야 현대사조에 뒤진 언론이
라 하실지나 우리는 현대조선사회를 표준하야 언함이니 금후의 시세
변동과 인문발달에 의하야 어떠한 추세로 향하던지 당분간은 남자에
게 승순하야 그의 동정하에 점진적 태도를 취할 일42)이라 하였다. 이
는 당시조선사회의 상황에 맞추어 남녀평등이라는 궁극적 목표달성
의 속도를 조절한다는 입장을 알리고 있다.

　김일엽이 나혜석의 행려병자의 길이나 김명순의 정신병원의 삶에

---

42) 『신여자』, 1호, 8쪽. 노미림, 위의 논문에서 재인용.

서 비껴 설 수 있었던 것은 속세에 대한 애정을 접고 자신이 좋아하는 종교에 몸을 의탁했기 때문이기도 하지만 반대로 사물과 사람의 본질에 가까이 갈 수 있었기 때문으로 본다. 자식까지 버리며 절로 들어간 근원적인 이유에는 불교법문이 그녀에게 어떤 감화를 주었겠지만, 자신의 여성해방론이 현실에서 무용해지고 더 이상 발붙일 곳이 없게 된 상황에서 선택한 최선이었다. 이렇듯 그녀는 사회주변과 문단현실에 대한 관심을 꺾지 않는 김명순과 나혜석과는 달리 자신의 거취를 확정시키는 변모를 보였다. 가족과 제도 혹은 도덕보다도 먼저 섬기고 싶고 우위에 놓고 싶었던 것은 바로 김일엽의 글쓰기였는지도 모른다. 그렇다. 누구나 자신의 상여에 꽃송이를 그리며 걸어가고 싶은 것이 '삶'이 아닐까? 바늘구멍 같았던 그녀들의 옵스큐라를 돌이켜본다. 지금은 너무 밝아서 오히려 길을 잃고 허우적대는 시대의 중심에서 캄캄한 어둠 속에서 한 줄기 시로 온 세상을 담고자 했던 찬란한 열정의 화신들을 그리워한다.

2. 자기중심적 투사

1930년대는 전대의 미숙한 경지를 넘어 본격적인 개화를 알리는 중요한 시점이었다. 이러한 시단의 흐름 속에서 노천명의 위상은 어떠했을까? 근대시사에서 제 1세대들의 여성성이 가부장중심에 대한 저항의 에로티시즘으로서 개인의 반항으로 드러난 데 비하여, 제 2세대인 **노천명**(盧天命, 1912~1957)[43]과 모윤숙의 시어에서는 에로스가 축소된 채

---

43) 황해도 장연 출생. 본명은 노기선(盧基善). 이화여전 영문학과 졸업. 『조선중앙일보』 기자. 1935년, 『詩苑』 동인. 『詩苑』 창간호에 「내 청춘의 배는」 발표. 「중외일보」 여성지 기자. 1938년 첫 시집 『산호림』 출판. 안톤 체홉의 「앵화원」 연극에서 라네프스카야 부인의 딸 아냐로 분장 열연함. 「매일신보」, 「서울신문」 편집국 문화

다방면에서 대조적인 양상을 보여준다. 이들은 자신이 여성이라는 성별을 넘어서 가부장중심사회의 일원으로서 동등하게 대우받기를 갈망하는 반면, 자신 외의 여성들에 대한 생각은 극히 전통적이고 보수적인 양상을 보인다.

이에 따를 때 두 시인 노천명과 모윤숙의 아니무스적여성성은 지배세력의 시각과 별반 다르지 않으며 이들의 시속에 드러나는 에로티시즘은 보수적인 에로스 영역에 멈추는 결과를 가져왔다고 평가받고 있다. 독신으로 살았던 노천명의 시에는 주로 개인적인 고독과 슬픔의 정서가 부드럽게 표현되고 있으며, 전통문화와 농촌의 정서가 어우러진 소박한 서정성, 현실에 초연한 비정치성이 특징이다. 이를 테면 노천명의 대표적 작품으로 알려진 향토성 짙은 「이름 없는 여인이 되어」나 「사슴」 등이 그런 평가를 유발시킨다.

> 어느 조그만 산골로 들어가
> 나는 이름 없는 여인이 되고 싶소.
> 초가지붕에 박넝쿨 올리고
> 삼밭엔 오이랑 호박을 놓고
> 들장미로 울타리 엮어
> 마당엔 하늘을 욕심껏 들여놓고
> 밤이면 실컷 별을 안고
> 부엉이가 우는 밤도 내사 외롭지 않겠소.
> 기차가 지나가 버리는 마을

부 기자. 1945년 두 번째 시집 『창변』 간행. 초판본인 이 시집에는 친일적인 시 「승전의 날」, 「출정하는 동생에게」, 「진혼가」, 「흰 비둘기를 날리며」 등이 실려 있음. 6개월간의 옥중 생활. 서라벌대학 등에 강사. 지병인 재생불능성뇌빈혈증세 악화됨. 민족문제연구소가 2008년 발표한 민족문제연구소의 친일인명사전 수록 예정자 명단 중 문학 부문에 선정되었다. 총 14편의 친일 작품이 밝혀짐.

놋양푼의 수수엿을 녹여 먹으면
내 좋은 사람과 밤이 늦도록
여우 나는 산골 얘기를 하면
삽살개는 달을 짖고
나는 여왕보다 더 행복하겠소.
　　　　　　　－ 노천명, 「이름 없는 여인이 되어」 전문[44]

모딜리아니, <엎드린 누드>, 1917, 개인 소장.
사랑의 뒷덜미를 누군가 건드리고서 갔다.

　몇 십년 전만 해도 우리나라 기찻길 옆 마을에는 유난히 아이들이
많았다. 특별히 스포츠를 즐길 수도 없는 서민들은 일찍 잠자리에 들
었다가 기차가 기적을 울리고 지나갈 때마다 잠에서 깨어 행복한 밤
스포츠를 즐긴 보상으로 여겼다. 위의 시 「이름 없는 여인이 되어」에
서　노천명은　"여인 · 초가지붕 · 박넝쿨 · 삼밭 · 오이 · 호박 · 들장

---

44) 노천명, 『사슴』, 솔출판사, 1997, 162쪽.

미 · 울타리 · 마당 · 하늘 · 별 · 부엉이 · 기차 · 놋양푼 · 수수엿 · 좋은 사람 · 여우 · 산골 · 삽살개 · 달" 같은 시어와 숲 속의 빈터나 나무 그늘 아래서 디오니소스를 경배하며 사랑의 열기를 만끽한다. 그러나 이제 이런 옛 시골의 것들은 너무 멀어지거나 사라져버린 사랑의 매개물들이다. 자연의 단어들은 전혀 우리를 놀라게 하거나 물론 비난하지도 않으면서 동물과 제신과 결정(結晶)들과 별들과의 친족성을 이루며 치유의 힘까지 갖고 있었다.

여왕보다 행복한 낭만주의적 동경을 살던 그녀는 여신이 되고 싶어 우아하게 시골로 달려갔고 여왕 분장을 한 채 순박함의 축제를 벌였다. 자연성으로 꽉 채워져 문명의 이기인 기차마저 멈추지 않고 지나치는 세계의 순리에 몸을 맡긴 채 도덕, 규범, 질서 등 아무런 이항대립(binary opposition) 없는 토속의 세계를 형상화했다. 인간이 오늘날 다시 되찾고 싶은, 반드시 회복되어야 하는 원초적 에로스의 삶이다. 노골적인 에로스의 격정이나, 위험하고도 매혹적인 관능이나, 에로티시즘적인 향유는 없지만 도시와 대비되는 순연함이 살아 있고, 본능에 충실하고자하는 지고지순한 여성성, 페르소나를 벗어버린 상태에 놓여 있다. 다시 말해 전쟁과 이데올로기, 고독 등 모든 명분으로부터 탈주하고 싶은 시인의 심리가 잘 투사되었다. 그러나 사회적 성공이라는 문제 앞에서 노천명은 항상 이중적이었다. 그는 남성 못지않은 성공을 하여 새로운 근대시대의 주인공이 되고 싶은 생각과, 다른 한편으로는 세속의 명리와는 전혀 다른 소박한 여인의 삶을 살고 싶기도 하였을 것이다.45)

1920년대 선배시인들에 의해 주창된 '자유연애'와 '신정조론'은 근

---

45) 김종태, 「노천명 시에 나타난 여성성의 발현 양상」, 『한국문예비평연구』 제28집, 창조문학사, 2009, 79쪽.

대여성들의 성적 욕망을 근대적 자아로 이끌어내기에 충분했다. 하지만 푸코의 견해대로 섹슈얼리티는 자연적으로 주어진 에로스의 욕동이 아니라 사회문화적으로 구성된 고정적이지 않은 역사성이라서 당대 사회 제반의 문제가 노천명의 섹슈얼리티에도 맞물리는 체계로 작동했다.

프리다 칼로, <상처 입은 사슴>, 1946.
네가 사라지고도 너는 상처로 남아있어.

모가지 길어서 슬픈 짐승이여,
언제나 점잖은 편 말이 없구나
관(冠)이 향기로운 너는
무척 높은 족속이었나 보다.

물속의 제 그림자를 들여다보고
잃었던 전설을 생각해 내고는
어찌할 수 없는 향수(鄕愁)에
슬픈 모가지를 하고 먼데 산을 쳐다본다.
– 노천명, 「사슴」 전문46)

「사슴」을 읽으면 윌리엄 와일러 감독의 <로마의 휴일>(1953)의 오드리 헵번의 강렬한 이미지인 '모노 섹스'적 매력이 겹쳐지고, 신비로운 소녀풍의 상징인 프랑스 여류화가 마리로랑생의 청순한 애조가 겹쳐진다. 다시 말해 어느 세기에 읽어도 영혼에 진한 울림을 주는 노천명의 이 시의 매력은 섹스를 초월한 신비의 에로티시즘이미지라는 말이기도 하다. 노천명만큼 고색창연한 베일을 쓰고 있는 시인도 드물 것이다. 남색치마에 반회장저고리로 외롭게 살다 간 시인, 태어나 죽을 때까지 고독했던 여자, 잦아드는 눈물의 시인 그녀를 둘러싼 수사들은 그녀가 남긴 몇 장의 흑백 사진만큼이나 아련한 향수와 미감을 느끼게 한다. 어쩌면 그것은 한 시인에 대한 이미지가 아니라 이화여전 출신의 지식인으로 신문사 기자 생활을 했던 신여성, 평생 독신을 고집했던 고독 벽을 지녔던[47] 추억 속의 한 여성에 대한 그리움에 대한 미학이기도 하다. 이처럼 김현자나 허창운의 지적처럼 인간의 삶에 나타나는 모순들을 문제 삼으면서 사회의 결손이나 빈약함에 대해 보완적이고 수정적인 기능을 지닌다고 한다면 노천명 시인에게 현실적 모순은 어떻게 형상화 되었을까. 그 한 범주로 일제식민지와 한국전쟁의 시대성과, 결혼하지 않은 직장여성에게 가해지는 남근질서의 폭압 등일 것이다.

1930년대 계몽주의 문학에서 새로이 구현된 여성성은 에로스의 충만한 힘으로 민중을 돌보고, 구원해야만 하는 계몽가로서의 여신이었다. 계몽운동 여성들에게 여성의 섹슈얼리티는 은폐되거나 배제되어야만 하는 개념일 뿐이었다. 위의 시에 나타난 낭만적 페이소스란 여신의 머리에 씌워진 관, 거느릴 타자, 돌봐야 할 민중이 없는 고립된 타

---

46) 노천명, 위의 책, 44쪽.

47) 김현자, 「식물적 상상력과 전제의 미감」, 『노천명전집』 1 비평, 295~317쪽.

나토스적 여신의 나르시스적인 에로스다. 신지식 여성이 누렸던 문화적인 어떤 전략적 코드나 사회적 위계질서는 시인이 서 있는 사적 영역에서는 그저 무용할 뿐이다. 그런 면에서 위의 시는 당대 사회, 가부장중심사회에서 여성이란 존재가 어떤 위상으로 존립했는가를 극명하게 보여주는 기준을 마련한다. 의식과 무의식을 지배당하고 착취당한 여성의 말, 인간의 말을 잃어버리고 "물속의 제 그림자를 들여다보고/ 잃었던 전설을 생각해 내"는 한송이 수선화다. 아니 숲속의 한 마리 사슴이 표출해 내는 내면성이다. 이는 여성으로서 감당하고 극복해온 내적 고뇌의 파노라마로서 빈틈없는 결벽으로 인한 폐쇄성까지 엿보이게 하는 기제이기도 하다.

(상략)
연못 창포 잎에
여인네 맵시 위에
감미로운 첫여름이 흐른다.
(중략)
풀 냄새가 물큰
(중략)
청머루 순이 뻗어 나오던 길섶
어데선가 한나절 꿩이 울고
나는
활나물, 호납나물, 젓가락나물, 참나물을 찾던
잃어버린 날이 그립지 아니한가, 나의 사람아.
(하략)

　　　　　　　　　　　　　　　　　　　　－ 노천명, 「푸른 오월」 부분[48]

─────────────

48) 노천명, 문학과 현실사, 1999, 77쪽.

다니엘 리디웨이 나잇, <오월의 꽃밭>, 1887.
사랑을 기다리는 시에는 그리움만 있는 것이 아니다.

　시에는 아름다운 색과 그리움의 색만 있는 것이 아니다. 그 속에 희망의 색과 절망의 색이 교묘히 배합되어 있다. 청색을 말하거나 청색을 벽에 투사할 때, 가장 자주 나타나는 연상은 하늘과 산과 바다다. 괴테의 『색채론』에 따르면 청색은 불안하고 유약하며 동경하는 느낌으로 지고한 순수성의 매혹적인 허무와 같다고 표현한다. 하이멘탈은 파

랑을 지속성, 헌신, 진지함, 축적, 심화, 자제의 경험 개념과 연결시킨
다. 욜란데 야코비는 심연, 휴식, 공포, 상실, 비애와 결부시키고, 칸딘
스키는 영원한 초 현세의 중심이며 반면에 현세의 휴식, 자기만족이라
하고, 체발리어는 꿈, 신비, 무의식, 명상으로 치환한다. 마찬가지로 프
랑스 낭만주의자들에게 푸른색이 동경을 의미하는 것으로 사용된 것
역시 같은 이치라고 할 수 있다.

위의 시에서 시각, 미각, 후각, 청각을 본능적인 감각기관으로 파악
하는 것도 그러한 효과의 수행법이다. 복합적 감각 작용에 의한 다층
구조인 섹스로 직접 체현되진 않았지만 이런 감각들이 무의식에 의해
성감이 구현되는 작품이다. 성감을 일으키는 모든 삶의 요소들은 성행
위를 끌어당길 뿐만 아니라 각기 특수한 성적 역할을 한다. "풀 냄새가
물큰" 옛날 향이 뛰놀던 들판은 자연 그대로 에코페미니즘적 에로스
의 세계이고, 명절날 비단치마 나부끼며 떼지어 춤추던 전설 같은 에
로스인 것이다. 확실하게 표출되는 섹슈얼리티는 거세되어 있지만 온
몸의 감각들이 일제히 호응하며 축제를 주관한다. 이 때 에로티시즘적
성감 기제들을 불러들이는 성충동이 엔돌핀이라면 맞물린 감미로운
쾌감은 생동감으로 작동된다. 비록 옛 기억을 떠올려 그때 느꼈던 행
복의 확실감과 실질감은 한 시간이 그냥 한 시간이 아니라 향기 – 소리
– 계획으로 가득 찬 비기(秘技)의 한 시간인 것이다. 생명본능으로 확장
되는 이런 모습은 그 시대 분단 상황의 아픔을 극복하고자 한 의도적
장치로도 볼 수 있지만, 과거의 향수에서 미래 지향적 세계로 비상하
고자 하는 시인의 레미니상스적 에로티시즘으로 볼 수도 있다.

또한 전래되는 우리 것을 계승하고자 하는 욕구의 발현으로 볼 수
있다. 특히 청색 이미지를 사용하여 생명으로 충만한 오월의 약동감을
생생하게 전달하고, 여성다운 자학 – 고독 – 꿈의 절제 – 옥중의 고뇌

－인정의 연민 등을 풀어내며 시각에서 후각, 청각, 미각으로 이어지는 지각의 순차성에 따라 감상을 제어하는 경지라는 평을 듣는다.

　눈을 감고 자신과 융합하는 시인들은 그 황홀경에서 연속성을 확인하고, 자기를 완성하며, 거듭거듭 새롭게 산출되는 감각의 돌기들이기 때문이다. 위 시에서 대상과 시인이 전면 융합을 이루는 이것은 좋은 사람과 몰입했던 시간에 다름 아니다. 예컨대 노천명이 시와 완전히 하나가 되었던 시간과 대상과 장소에 대한 그의 토포필리아(topophilia. 場所愛)인 셈이다. 이것이 바로 시인을 여기까지 끌고 온 것은 생명에 대한 사랑(바이오필리아), 장소에 대한 사랑(토포필리아), 새로움에 대한 사랑(네오필리아)가 아닐까.

보리는 그 윤기나는 머리를 풀어헤치고
숲 사이 철쭉이 이제 가슴을 열었다

아름다운 전설을 찾아
사슴은 화려한 고독을 씹으며
불로초 같은 오후의 생각을 오늘도 달린다
(중략)
더불어 꽃길을 걸을 날은 언제뇨
하늘은 푸르러서 더 넓고
마지막 장미는 누구를 위한 것이냐
하늘에서 비가 쏟아져라
그리고 폭풍이 불어다오
이 오월의 한낮을 나 그냥 갈 수는 없어라
　　　　　　　　　　　　－ 노천명, 「오월의 노래」 부분49)

49) 노천명, 위의 책, 189쪽.

클로드 모네, <양산 든 여인>, 1875, 워싱턴 갤러리.

　유대전통의 지혜가 여성 이미지로, 동양철학의 도가 음(陰)의 이미지로 나타나는 것은 모두 남성중심사회에서 파생된 아니마적 원형이라고 말할 수 있다. 이 때 아니마는 시대와 문화에 따라 다양한 원형 이미지를 지니게 된다. 음(陰)을 아니마, 양(陽)을 아니무스라 부르는 이유는 하나의 인격이란 음양의 합일임을 암시하는 셈이다. 그리하여 sex란 아니마와 아니무스의 합일된 체험, 즉 남자 속에 여자(아니마)가, 여자 속에 남자아니무스가 들어가 서로가 서로를 원하게 되는 것이다. 이는 섹스가 생산과 죽음의 컬트일 뿐 아니라 성스러운 제식으로 등장하는 것은 개인적 욕망을 넘어 공동체의 코스믹한 의미체계를 상징하기 때문이다. 밀교의 합체불에서 오르가슴의 극치를 음과 양이 끊임없이 왕래하고 소통되는 도의 경지로 본 것이나, 『주역』에서 우주적 차원의 "일음일양지위도(一陰一陽之謂道)"라 표현한 것 역시 같은 맥락으로 볼 수 있다.

성적 체험이 결핍된 존재는 진정한 의미에서 인간의 파토스적 가치의 세계로부터 격절되어 스스로를 파멸시키고 싶은 욕망, 스스로를 남김없이 잃어버리고 싶은 욕망의 장소, 즉 꿀벌색 사막이나, 눈부시게 푸르른 대양이나, 텅 비어 있는 여백이기도 하다. 그곳은 "아름다운 전설" 속에 들어 있는 에로스의 근원을 향한 욕망의 터, 타나토스의 심층에 내재되어 있는 욕망의 터로서 여성이 자신의 몸을 스스로 체화하였을 때 획득할 수 있는 현실태이다.

누가 오는데 이들처럼 부산스러운가요
목수는 널빤지를 재며 콧노래를 부르고
하나같이 가로수들은 초록빛
새옷들을 받아들었습니다
선량한 친구들이 거리로 거리로 쏟아집니다
(중략)
삼월의 햇빛 아래 모든 이지러졌던 것들이 솟아오릅니다
보리는 그 윤나는 머리를 풀어헤쳤습니다
바람이 마음대로 붙잡고 속삭입니다
(하략)

― 노천명, 「봄의 서곡」 부분50)

<합환상>, 고대 네팔 조각상.

「봄의 서곡」은 다양한 섹슈얼리티를 드러내는 시공간으로서 생명력으로 충만하여 죽었던 것들을 태동시키는 카니발적 장소다. 그렇기에 초록빛 나무나 눈부신 햇살, 바람을 아름답다고 느끼는 것은 시적 자아가 외롭지 않다는 것 그리고 그가 한 번의 생을 통해 그가 생각하는 것보다 존재 속에 깊숙이 들어가 생명력의 주체인 에로스적 에로티시즘, 곧 여성만의 쥬이상스(jouissance)에 취해있다는 점이다.

루스 이리가레이는 「하나가 아닌 성」이란 글에서 여성의 성은 하나가 아니고 여성의 성기관은 여러 다양한 요소 ─ 입술, 질, 음핵, 목, 자궁, 가슴 ─ 으로 이루어져 있기 때문에 여성의 희열 역시 통일되지 않고 다양하며 무한하다. 그러므로 여성은 시각보다 촉각에 우선권을 둔다. 이러한 맥락에서 볼 때 여성의 문체는 촉각과 액체성과의 친밀한

---

50) 노천명, 위의 책, 173쪽.

관계로 설정된다. 그래서 서로 접촉하는 데서 느끼는 여성의 언어가 텍스트를 단선적인 것이 아니라 유동적이며 시적으로 만들기 때문에 확고하게 굳어진 기존의 형식이나 기존의 관념, 비유, 개념 등에 대해 저항하고 파괴한다는 것이다.

여성적 리비도는 여성담론으로 나아가는 것은, 즉 글을 쓰고 싶은 욕망, 자신을 속속들이 살아내고 싶은 욕망, 언어에 대한 욕망 등은 자신의 성욕에서 출발한다. 이러한 충동은 여성들의 주체적이고 자발적인 성의 표현을 가능하게 하고 그 즐거움, 즉 쥬이상스의 힘이 글쓰기를 통해 드러난다. 여성의 육체에서 비롯한 이 쥬이상스는 바로 여성의 리비도적 특징을 드러내는 것으로 '유동적'이고 확산과 지속의 개념51)을 가진다. 이 때 목적이나 폐쇄에 대한 걱정 없이 즐거움을 주고 베풀어주는 것이 바로 원초적 쾌락이 된다. 라캉의 말대로 인간은 결핍된 주체라면 그 결핍된 주체를 살아가게 하는 것은 과연 무엇일까. 결핍주체로서 그 어떤 대상을 끊임없이 욕망하고 미끄러지며 미끄러지는 그 동력으로 살아가는 것이 아닐까. 무엇인지 알 수 없는 근원적 욕구를 드러내는 다음 시를 살펴보자.

나는 나는 산색시
산에 여(實)노라
붉게 타다 못해
검게 질리어
나는
산에 산에 여노라
산이 영롱함은 눈물에 젖은 탓
산새도 못오게

---

51) 임명숙, 위의 논문, 24쪽.

가시 돋치고
산협의 긴긴해를
송이송이
붉게 타노라

— 노천명, 「산딸기」 전문[52]

「산딸기」의 '산'은 문명이 배제된 태고의 순수 원시림이다. 산색시의 열정은 마치 태양처럼 타오르며 슬그머니 외설을 끌어들인다. 더듬거림도 멈춰지고, 알아들을 수 있는 말이 더 이상 없는 산딸기의 농염한 육체미학을 시적 자아가 욕망하는 에로티시즘과 연결시킴으로써 여성적 특징을 강조한다. 이처럼 사랑이 응집된 여성의 섹슈얼리티는 "산새도 못오게/ 가시 돋치고/ 산협의 긴긴해를/ 송이송이/ 붉게 타'는 몸으로써 시적 자아가 욕망하는 몸이며 에로티시즘의 붉은 결정체가 되는 것이다. 이렇게 원초적인 여성의 섹슈얼리티가 발현되는 순간 쥬이상스는 곧 산색시의 '실(實)'로 역할 역전을 한다. 임명숙은 이에 대해 시적 자아에게 있어 산딸기는 유기적 인격체이다. 여기에서 표상되는 모든 것들의 관능미보다는 자신 속에 내재되어 있는 에로스적 욕망을 거침없이 채워 나가는 시인의 의식이 더 감각적이다. 이처럼 도전하는 청춘의 여성적 섹슈얼리티는 아무런 치장 없이 온몸으로 쓰는 향성을 지닌 진솔된 여성적 글쓰기[53]를 이루고 있다 고 평가를 내리고 있다.

인간이 쾌락의 노예가 되면서 도덕과 금기가 등장하였다 그때부터 관능적 기쁨은 자제의 명령에 복종해야 했고 심지어 자제를 배우고 익히는 데 기여했다. 사회문화적 공간 속에서 몸은 자유롭지 못하더라도

---

52) 노천명, 위의 책, 250쪽.
53) 임명숙, 「노천명의 여성적 글쓰기 연구」, 성신여대 박사논문, 2004, 68쪽.

상징계를 지향하는 쥬이쌍스만이 시인을 밑도 끝도 없는 저 너머 세계
로 빠뜨릴 수 있는 에로티시즘인 것이다. 다시 말해 무의식 속에 억압
되어 있는 시인의 에로티시즘은 종종 의도된 통제와 의식적 인식이라
는 환영을 모욕하고 혐오감을 주는 만큼 감동을 주는 개인적 보상심리
로서 욕망에 노출되고 싶은 기제에 다름 아니다.

(상략)
황혼이 시시각각으로 다가섭니다
하루하루가 금싸라기 같은 날들입니다
어쩌면 청춘은 그렇게 아름다운 것이었습니까
연인들이여 인색할 필요가 없습니다

적은 듯이 지나버리는 생의 언덕에서
아름다운 꽃밭을 만나거든
마음대로 앉아 노닐다 가시오
남이야 뭐라던 상관할 것이 아닙니다
하고 싶은 일이 있거든 밤을 도와 하게 하시오
총기(聰氣)는 늘 지니어지는 것이 아닙니다

나의 금싸라기 같은 날들이 하루하루 없어집니다
이것을 잠가둘 상아 궤짝도 아무것도
내가 알지 못합니다
(하략)

— 노천명, 「추풍(秋風)에 붙이는 노래」 부분54)

에로티시즘으로서의 미학의 정체성은 신이 내려준 선물가운데 가
장 아름다운 원형 중의 하나이다. 미적 이미지로서의 에로티시즘의 충

---

54) 노천명, 위의 책, 192쪽.

존 윌리엄 워터하우스, <판도라>, 1896,
개인소장.
에쿠쿠! 그래도 희망은 남아있는거지.

만감은, 번식기에 단 한 번의 섹스로 몸을 떠는 동물들의 충만감과는 다른 인간만이 느끼는 열락이다. 그러니 연인들이여 남이야 뭐라던 상관할 것 없이 에로스의 욕망을 맘껏 표출하라고 권유한다. 왜냐하면 인간의 삶은 미학적 사실과 미학적 설명 없이 다만 유한하기 때문이다.

　세상 어딘가에 아름다운 욕동으로 들끓고 있는 '청춘'의 몸과 마음을 달아나지 못하게 잠가둘 상아궤짝이 있다. 그런데 그것이 어디에 숨어 있는지 "내가 알지 못합니다." 이때 '상아궤짝'은 신격화된 구체물로서 신만이 지닌 인간의 시간을 정지시킬 수 있는 신격물, 즉 판도라의 상자가 된다. 황혼기로 들어선 여성이 느끼는 청춘의 소중함을 어떤 초월적인 힘을 빌려 의탁해보고자 하는 심리기제의 상징물이다. 그러면서도 그곳은 "인색할 필요 없는" 섹슈얼리티적 욕망과 하루하루의 갖가지 소리들이 담겨지기를 바라기도 하는 존재의 집이기도 하다. 이는 시적 자아가 욕망하는 몸과 정신을 스스로 불태움으로써 얻어지는 견고한 가치로 상승한다.

노천명은 향토적 정서를 바탕으로 하여 절제와 인간적인 비애감, 이국정서의 분위기로 고단한 삶에 위로와 치유를 받았다. 그의 시는 절제의 미학과 내향적인 결구로 자신을 표출한다. 그의 순수 지상주의는 애써 현실을 외면하느라 용기 있게 비판하지 못하는 한계를 지니고, 독자적인 시 세계를 개척하는 듯 보이지만 내면에는 현실을 부정하고자 하는 부끄러움의 미학으로 제시된다. 자기가 몸담고 있는 시대에 대한 고민이 좀 더 이지적으로 나타나, 눈물과 참회로 자화상을 그리고 있다. 현대문명에서 벗어나 자연의 세계에 귀의하고자 하는 반(反)도시적 경향의 전원적 목가시(牧歌詩)라고 평가되지만 에로티시즘적 미학 관점에서는 그렇게 일의적으로 규정할 수만은 없다.

> 내 가슴에선 사정없이 장미가 뜯겨지고
> 멀쩡하니 바보가 되어 서 있습니다
>
> (중략)
>
> 그 새벽은 골짜구니 밑에 묻혀 버렸으며
> 연인은 이미 배암의 춤을 추는지 오래고
> 나는 혀끝으로 찌를 것을 단념했습니다
>
> 사람들 이젠 종소리에도 깨일 수 없는
> 악의 꽃 속에 묻힌 밤
>
> 여기 저도 모르게 저지른 악이 있고

남이 나로 인하여 지은 죄가 있을 겁니다

성모 마리아여
임종모양 무거운 이 밤을 물리쳐 주소서
그리고 아름다운 새벽을

저마다 내가 죄인이노라 무릎 꿇을 –
저마다 참회의 눈물 뺨을 적실 –
아름다운 새벽을 가져다 주소서
　　　　　　　 – 노천명, 「아름다운 새벽을」 부분[55]

　성(聖)에 의해 성(性)을 금기시해온 예술의 초월적 얼굴은 항상 기도형태를 띤다. 일반적으로 문명화된 문화권에서 강조하는 객관적 현실이나 과학적 사고와 같이 이성 자체가 아닌 도구이성에 호소하는 가치를 받아들이는 것은 같은 맥락이다. 이 같은 현상은 곧바로 자기폐쇄로 나타나게 되는데 이때 에로티시즘은 도구 이성이 가장 억압하려는 기제이기 때문이다. 노천명은 운명의 날을 예감하면서 성(性)을 금기시하도록 훈련시켜온 성(聖)에 몰입한다. 불운하게도 일제치하와 6·25전쟁 공산치하에서 치루어야 했던 친일적 행각에 평생토록 고뇌하고 참회하고 그로 인해 고독과 싸워야 했던 자기중심적 투사적 일들을 이 시를 통하여 참회하였고, 종교적 수직 질서를 통하여 화해와 용서를 빌며 보들레르처럼 악에서도 아름다운 꽃송이를 건져 올리며 기도하는 것이다.
　이승을 떠나기 전에 자신의 존재를 기울여 남긴 위의 시 한 편의 핏빛 호소는 그날 밤의 타나토스를 이겨내고자 했던 마지막 에로스의 근

---

55) 노천명, 위의 책, 174쪽.

파블로 피카소, <카사헤마스의 죽음>, 1901, 파리 피카소 미술관.
누군가의 색이 번지는 저녁이다.

원어(Grundworte)인 셈이다. 마르틴 부버의 표현을 따라서 말하자면 그와의 관계 속에, 거룩한 근원어 속에 선다. 근원어는 그들 바깥에 존재하고 있을 때 어떤 것을 진술하는 것이 아니다. 오히려 근원어가 말해짐으로써 하나의 존재가 세워지는 것[56]이라고 말할 수 있다. 바로크 시대 비너스와 큐피드는 늘 장님으로 그려졌다. 그러나 위 시에서는 상상할 수 없었던 어둠과 위협을 뺀 사랑이 눈물의 다리를 건너 아름다운 새벽에 도착한다. 이로써 그의 마지막 에로스는 인간중심의 미학이라기보다 신 중심의 미학이 된 셈이다. 그렇지만 1950년대를 극복하는 한 방법으로써 그의 에로티시즘 미학은 죽음을 극복하고 생명력으

---

56) 마르틴 부버, 『나와 너』, 문예출판사, 1977, 6~14쪽.

로 환기시킨다는 점에서 성숙한 시적 형상화로 주목할 수 있는 것이다.

3. 욕망의 지질학적 탐사

모윤숙(毛允淑, 1910~1990)[57]은 1931년 이화여전 문과를 졸업했으며, 같은 해 『동광』지에 「피로 새긴 당신의 얼굴을」을 발표하며 등단했다. 한국 전쟁 중 「국군은 죽어서 말한다」와 같이 반공 애국의식을 고무함으로써 승전의식을 고취하는 시를 쓴다. 첫 시집인 『빛나는 지역』에서부터 민족주의 지향성은 강렬하게 타올랐다. 시속에 표출되는 '님'은 일등시민인 위대한 민족주의자인 남성으로 표상되는 반면 여성들은 이등 시민적 위치에 놓고 있으며, 시인 자신은 이등 시민으로서 님과 나라를 위해 내조하는 숭고한 여인상으로 드러낸다. 8 · 15해방 이후 그는 이승만 초대대통령을 비롯한 고위직 정치 권력자의 옹호 아래 국가체제에 협력하는 한편 시 창작보다는 권력 지향적 욕망을 견지했다.

"시는 신앙이다. 시의 형태는 신앙의 형태이기도 하다. 그러나 시의 환경은 인간이 도일하지 않음과 같이 동일 할 수 없다. 시대와 같이 시

---

57) 한국현대시인협회장, 통일원 고문, 펜클럽 한국본부 회장, 문학진흥재단 이사장. 대한민국예술원상, 국민훈장 모란장, 3 · 1문화상 수상. 호는 영운(嶺雲). 1910년 함경남도 원산(元山) 출생. 1931년 이화여자전문학교 문과를 졸업, 1935년 경성제국대학 영문과 수료. 월간 『삼천리』, 중앙방송국 기자로 활동. 1933년 첫 시집 『빛나는 지역』, 1937년 장편 산문집 『렌의 애가』 출간. 1940년부터 친일단체인 조선문인협회 · 임전대책협의회 · 조선교화단체연합회를 비롯해 조선임전보국단 부인대, 국민의용대 총사령부 등에서 활동하면서 「대일본제국의 서양 정복전에 협력하자」, 「일본군의 싱가포르 함락을 찬양함」, 「조선 학도여 성전에 참여하라」는 등의 친일적인 내용의 글들을 신문에 연재. 1948년에는 월간문예지 『문예』를 발간. 저서에는 『모윤숙 전집』, 『논개』 등이 있다. 1967년 대한민국 예술원상, 1970년 국민훈장 모란장(1970), 1979년 3 · 1문화상을 받았고, 1991년 금관문화훈장이 추서되었다.

는 변화하고 시대와 같이 논의를 일으키고 있다”라고 말한 모윤숙은 한 남자에게 미안하다는 말을 딱 한번 한 일이 있다. 크리슈나 매논, 인도 사람이다. 유엔 한국위원단 위원장이었던 그는 남한만의 단독 선거를 반대했다. 그 이유는 한국이 영구 분단된다는 것이었다. 그러나 이승만은 남한만의 단독정부라도 세워야 한다고 생각하여 이 두 가지 생각을 잇는 다리역할을 한 사람이 바로 그이다. 매논은 그의 우정에 못 이겨 인도의 입장이며, 자신의 입장이기도 하였던 단독선거 반대를 철회하고 방향을 바꾸었다. 대한민국은 새롭게 태어났으며, 1950년 발족한 ‘대한여자청년단’의 단장으로 건국에 참여하였다.

1953년 어느 날 출장으로 런던을 지나다 펜클럽 간판을 보고 무작정 들어가 한국에도 펜클럽을 만들겠다고 말해 승낙을 받고 돌아와 1954년 한국펜클럽을 개설한 여장부다. 그러나 여성은 대표가 될 수 없다는 철저한 여성경시사상의 덫에 걸려 암울하게 지내다 23년이 지난 1977년에서야 그렇게 소망하던 펜클럽 회장에 역임했다. 그 후 한국전쟁당시에 전사자를 애도하며 국민을 선동시킨 「국군은 죽어서 말한다」는 전쟁 당시부터 지속적으로 국어교과서에 실리게 되었다. 모윤숙은 논개를 존경하여 말년에 쓴 「논개」에서는 임진왜란 당시의 김시민 장군과 논개의 업적을 추모하고 있다. 그런데 이 시는 역사적 사건이나 설화를 1970년대적 상황 속으로 끌어들여 의도적으로 제 3공화국 체제를 옹호한 작품이라는 평이다. 모윤숙이 한국전쟁 당시 ‘낙랑클럽’을 조직하여 벌인 활동은 문화적으로 이등국민인 여성이 일등국민인 남성에게 줄 수 있는 섹슈얼리티나 에로스적 위안으로서 어려웠던 시기에 나라를 위하여 크게 이바지했다는 평가와 밀실외교를 펼쳐 외국인에게 접대행위를 했다는 평가가 맞물렸다.

임이 부르시면 달려가지요.
금띠로 장식한 치마가 없어도
진주로 꿰맨 목도리가 없어도
임이 오라시면 나는 가지요.

임이 살라시면 사오리다.
먹을것 메말라 창고가 비었어도
빚 더미로 엠집 채찍 맞으면서도
임이 살라시면 나는 살아요.
죽음으로 갚을 길이 있다면 죽지요.
빈 손으로 임의 앞을 지나다니요.
내 임의 원이라면 이 생명을 아끼오리.
이 심장의 온 피를 다 빼어 바치리다.

(하략)

　　　　　　　　　　　　　　　　　　　－ 모윤숙, 「이 생명을」 부분58)

(……)

천년을 한 줄 구슬에 꿰어
오시는 길을 한 줄 구슬에 이어 드리겠습니다.
하루가 천년에 닿도록
길고 긴 사무침에 목이 메오면
오시는 길엔 장미가 피어지지 않으오리다.
오시는 길엔 달빛도 그늘지지 않으오리다

(하략)

　　　　　　　　　　　　　　　　　　　－ 모윤숙, 「기다림」 부분59)

　　한국여성의 아니무스는 첫 번째로 자녀교육에서 발휘되고 두 번째

---

58) 송하신, 『한국명시해설』, 국학자료원, 1998, 171쪽.
59) 송영순, 『모윤숙 시 연구』, 국학자료원, 1997, 153쪽.

디에고 리베라, <카라와 나체>, 1944.
내 안에 들어있는 전부 다예요.

로는 자아발전을 향해 정신적으로 더 높은 곳, 더 좋은 곳을 지향해 왔다. 신화나 우화, 문학작품이 정신 작용이 빚어내는 가장 심오한 형태의 언어로 인간의 내면을 드러내주는 것처럼 인류의 마음속에는 각기 왕자와 공주라는 심상이 있다. 이 심상은 모든 인간에게 공통된 원형(archetype)이란 집단 무의식이기도 한데 이 심리적 원형 중 가장 대표적인 것이 아니마와 아니무스다. 이렇듯 인간은 남성적인 잠재력과 여성적인 잠재력을 모두 지닌 양성적인 존재다. 역사에 등장한 왕자로 상징되는 아니무스는 남성적인 책임과 광폭성을 아우르는 심리 원형으로 아폴로나 프로메테우스, 타잔 혹은 체게바라, 낭만적인 리챠드 기어의 모습 등에서도 찾을 수 있다. 반대로 아니무스 중 사회적으로 대표적인 인물은 여류시인, 여류화가, 여자 무기 로비스트들, 앵커우먼 등이 있다. 예를 들면 성모 마리아나 에바페론, 마릴린 먼로와 마돈나 같은 사람 또는 조국이나 혁명도 아니무스를 대변한다. 마찬가지로 모윤숙의 에로티시즘적 아니무스 역시 조국을 향한 일편단심으로 내달렸음을 미루어 짐작할 수 있다.

큐피드의 화살은 멀리 날아가지 못한다. 지리적 · 관계적으로 가까운 사이일수록 타 존재에게 호감을 갖게 되는 중요한 요인이 근접성이기 때문이다. 일단 마음에 드는 대상이 생기면 그의 눈에 자주 띨 것을 권하는데 이것은 단순접촉효과(Mere Exposure Effect)의 효용을 알리는 경우다.

위의 두 시에서 모윤숙의 '임'이나 '그대'를 민족이나 사랑하는 여인으로 상정하더라도 그는 영락없이 사랑에 골몰한 강박증 환자처럼 보인다. 그리고 그의 '님'은 아직 확실한 존재가 아닌 결여된 존재지만 단순접촉효과로 완벽하게 오길 기대하는 존재다. 즉 금띠 - 진주 - 구슬 - 심장 - 피 - 장미 - 노을 - 달빛들은 감각적 요소들인 형태나 냄새, 색채들로서 그의 무의식과 의식에 어떤 의무를 가하는 화자의 에로스와 타나토스의 힘으로 형상화되었다. 여성의 관능적 면모를 드러나게 풍기진 않지만 그런 그의 시적 심상 아래 누적되어 있다가 언젠가는 길어 올려야 하는 의미의 원천으로 표명된 것이다. 여기서 시적 화자의 태도가 늘 수동적으로 드러나는 것은 그의 시정신의 한계로 드러나는 부분이기도 하다.

인간의 몸 안에 정신이 있고 정신 안에 몸이 있는 욕망의 지질학적 탐사다. 정신의 쾌락과 몸의 쾌락은 등가성을 갖기 때문에 어느 쪽이 고상하고 어느 쪽이 저열한 것이라 말할 수 있는 성질의 것이 아니다. 여성의 섹슈얼리티가 수동적이고 복종적으로 규정되어 범사회적 성 억압 현상이 자리 잡고 있던 당시에 성(性)이 단순한 '생식'의 차원을 넘어 '쾌락'의 차원에서 '쾌락을 위한 성'에 대한 죄의식이 줄어든 것은 쾌락이 자본주의의 소수 특권귀족의 전유물에서 벗어났기 때문이다. 하지만 모윤숙이 '몸'과 '정신'을 따로 떼어서 '몸'을 '정신'의 하위개념으로 인지한 경향은 데카르트적 이원론에 바탕을 둔 인식으로써 그의 민족지향성이 안고 있는 치명적인 한계이기도 하지만 관계적 투사의 영향이기도 하다.

그 별은
물속에 몸짓하며
둥근 썰매를 탄다.

수은 가루가 쏟아진
작은 하늘의 분쇄
갈증난 산맥이 도취한다.
한창 익은 흰장미들의 몸부림
어느 여름에 만났던

황홀한 열정

(중략)

그 타는 노을 마시고
꽃입술을 깨물어
쾌락의 피를 흘리고 싶었다.

(하략)

— 모윤숙, 「C호수에서」 부분[60]

　「C호수에서」 ‘별’은 함께 한 낭만적인 남성이며 ‘흰 장미’는 순결한 서정적 자아다. 한창 익은 흰장미들의 몸부림처럼 격정에 못 이겨 갈증난 산맥처럼 도취한다. 이 시에는 금기와 징계의 두려움 대신 에로티시즘의 관능성만 충만하다. 어느 여름에 만나 성애를 나누었던 공간적 배경으로 사용된 ‘C호수’가 시적 상관물로 수용된다. "그 타는 노을 마시고/ 꽃 입술을 깨물어/ 쾌락의 피를 흘리며" 더 큰 소리를 지르며 에로스와 타나토스가 동시에 출몰하는 ‘작은 죽음’에 이르고 싶었던 것이다. 신이나 도덕, 그 밖의 일체의 피안적(彼岸的) 요소를 부정하고, 오직 영혼의 당위성만을 주장해온 시적 자아에게 있어 아마도 이것은 그가 에로티시즘의 열락에 도달할 수 있는 최고의 긍정 공식이었을 것이다. 이런 최고의 긍정 공식들은 관능적 극치를 보이는 이미지들로써 원색적 공격성을 암시한다.

　이런 죽음을 환기시키는 이미지들은 살기성을 내포한 공격적 이미지와 겹쳐져 있다. 에로스와 타나토스를 동시에 투사하는 이런 관능성과 살기성이 공존하는 「C호수에서」는 성이 함축하고 있는 생명과 죽음의 이중적 기호와 성의 금기성이 결합된 결과이다. 이런 디오니소스

---

60) 모윤숙, 『얼룩진 미소』, 서울중앙, 1967, 279~280쪽.

적 육체의 희구는 모윤숙의 모든 작품을 통털어 에로티시즘과 극을 이루는 이 작품은 섹스가 육체의 에너지를 소모한다는 점에서 의사(擬似) 죽음의 체험이라 할 수 있다. 그리스인들이 예술의 이중적 원천으로서 두 신 즉 아폴론과 디오니소스를 내세워 예술의 대립되는 양식들을 대

변한다. 요컨대 인간은 두 상태, 즉 '꿈'과 '도취' 속에서 실존의 환희
에 도달하게 되기 때문이다.

> 자갈들이 미끄럼 치며
> 기슭은 그 젖가슴을 드리낸다.
> (……)
> 포개진 치마주름 사이론
> 색깔 바랜 벌거숭이 몸들이
> 머리카락에 휘감겨 떠오고 있다.
> 밤의 축제였던가?
> 젊은이들은 왼 마을을 끄을고 검은 강을 모험했다.
> — 모윤숙, 「밀물 썰물」 부분61)

점잖은 여자라도 마음속에는 아편처럼 위험한 중독성을 갖고 싶고,
집착의 이유가 되고 싶고, 금기를 깨부수는 퇴폐의 주인공이 되고 싶
고, 심지어 신의 계율을 어겨 나다니엘 호손 원작 영화 <주홍글
씨>(1995)의 헤스터처럼 되고 싶은 것이다. 그리하여 꽃입술을 깨물며
쾌락의 피를 맘껏 흘리고 싶었던 것이다. 시인은 그렇다. 이 시에서도
에로티시즘을 형상화한 '젖가슴', '벌거숭이', '머리카락' 모두 관능의
요소들이다. 또한 "하늘을 향해 불빛을 뿜으며/ 아직도 무한의 언어를
소산"하는 실존의 무상함에 관한 분명한 인식에도 불구하고 자신의
세계관에 어떤 균열도 느끼지 않는다. 그리하여 계속 젊은이들과 "왼
마을을 끄을고 검은 강을 모험"하며 밤의 축제로 살아갈 수 있다는 이
창조는 무엇인가를 신성화하는 성스러운 것일 수도 있지만, 이 시의
나타난 탐미적 시어들로 보아 원초적 욕동을 고양시키는 효과로 여겨

---

61) 모윤숙, 위의 책, 230쪽.

진다. 사람은 서로 상대성으로 인하여 날아가고 변화한다. 이처럼 욕망의 무의식적 동기라는 개념은 시적 자아의 의식의 현실태와 왜곡의 틈새를 해명하게 해주는 일종의 심리적 추측 이지만 부단하게 일관성을 부여하려는 항상성(homeo stasis)을 지니는 특징은 주목할 만하다.

(상략)
갑시다, 달이 넘도록 산이 어둡도록
저 골진 바위터 산길을 돌아서
강물이 가는대로 먼 신라에 이르기까지
그대와 나 그대와 나
달 흐르는 강에 밤을 저어 갑시다.
— 모윤숙, 「달맞이」 부분[62]

달빛이 가는 대로, 수동태가 되어 사랑과 함께라면 영원한 곳까지 가길 원한다. 이때 시적 자아의 의식은 강물의 반사에 의해 두 개로 분리되기도 하지만 비현실적인 것이 아닌 현실 윤리적인 "갑시다"라는 어조에는 타자에게 명령하는 아니무스의 단호한 의식이 내재되어 있다. 이런 욕구와 그것을 만족 시키는 방식은 그들이 처한 사회상황에 따라 변할 수도 있다. 하지만 대자연의 성욕에 천연스럽게 "이밤은 영원에 이어가서 사랑을 하소하"겠다고 에로티시즘에게 스스로 서명하고 공표한다. 분방하고 격정적인 시인의 지향을 솔직하게 노래한 에로티시즘적 고백이다. 이런 관능적 시어 즉 성을 통해 그대와 나의 관계를 달-강-밤을 연결시켜 성찰해나가고 있다. 이 때 모든 마음이 함께 대화에 참여하기도 하지만 때가 되면 자연의 언어이기에 다른 어떤 언어를 필요로 하지 않는 특징이 있다. 시공간을 초월한 이런 열락(jouissance)의 상상력은 너무 많은 것을 함의하고 있다. 연시인 다음 작품을 살펴보자.

> 시몬! 당신을 통하여 찾으려던 선의 고향! 미의 전당! 이는 당신이 유형한 인간성을 가진 자이므로 슬프게도 찾을 수 없는 미로에 다다르게 되었을 뿐입니다. 시몬! 당신 아닌 무형한 신 앞에……내 육체를 불사르고 눈에 보이는 아름다운 것을 살육하고, 고요한 영혼만을 남기게 할 수 있으리까?
> — 모윤숙, 「제5신, 5월 9일 일기」 후반부[63]

모윤숙 『렌의 애가』의 여덟 편의 편지글과 다섯 편의 일기 중 한편이다. 이 책에 수록된 서간체인 고백적 산문시는 '가정법', '대화체',

---

62) 모윤숙, 『영원한 님의 노래』, 혜원출판사; 1982, 74~75쪽.
63) 모윤숙, 『렌의 애가』, 일월서방, 1937, 37쪽.

델핀 엘졸라스, <편지>, 1891.
오늘밤엔 당신의 비누냄새를 읽겠어요.

'기도조'로 압축된다. 이런 시어체는 그가 존경하고 가장 열렬히 모방
했던 세계적인 시인인 인도의 '나이두'의 시에서 문학적 발판을 빌려
온 것이다. 그 시대에 가장 민족적인 지도자 간디의 동반자인 나이두

처럼 시대를 이끄는 여성으로 살고자 했던 모윤숙의 갈망이 그의 문학과 삶의 행적에 폭넓게 도용했었는지도 모른다. 그럼에도 불구하고 그의 선각적인 목소리를 담은 시는, 인도의 꿈을 줄기차게 노래한 나이두와는 달리, 식민주의자들이 선전하는 '동방주의'로 기우는 한계를 노출했는데, 이는 인도독립을 위해 나이두가 거쳐 온 바와 같은 특별한 고난과 정치적 자각 없이, 다른 이의 작품을 모방함으로써 수월하게 대중적 권력을 얻었다는 점과도 무관하지 않을 것으로 보인다.[64]는 점이 아쉬움으로 남는다.

태평양 전쟁이 한창이던 1944년 6월, 잃어버린 조국을 그리는 시 「화랑(花郞)」을 썼다. "이제 당신이 오실 때는 왔습니다./ 진실한 마음의 갑옷을 입으시고 쓸쓸한 밤을 지나 어서 나의 하늘로 발길을 옮기소서"라고 노래한 시적 자아의 아니무스에 대해, 최동호는 "일제에 협력한다고 하더라도 그 내심에서는 우리들 스스로의 독립과 자존에 대한 열망이 자리 잡고 있을 것이라는 반증이 이 시에 담겨 있는 것은 아닐까"라고 말한다. 일제 탄압 속에서는 순수시적 경향을 띠다가 해방 후에는 민족주의적 이념으로 조국애와 민족애를 고취시키며, 개인적으로는 사회 참여적 성취를 이룬 시 세계라고 평가한다.

---

64) 허혜정, 「모윤숙 초기시의 출처」, 『현대문학의 연구』 제33호, 한국문학연구학회, 2007, 457쪽.

3부　아름다운 충동의 미학

사랑의 비극이란 없다.
사랑이 없는 곳에서만 비극은 산다.

－ 데스카

3부 아름다운 충동의 미학

1. 눈물과 웃음의 변주

중세 이전의 유기적 우주론에서는 지구를 모성에 비유하여 자연과 여성을 동일시하였다. 대부분의 국가 신화에는 창조주로 여신이 등장하고 태풍의 이름에 여성성을 붙이거나, 개발되지 않은 삼림을 처녀림이라 부르는 것 등은 여성과 자연의 연합을 보편적으로 인식하는 구조이다. '원초적 생명성' 역시 문명, 관념, 이성, 자아, 생명, 이항대립, 닫힘에 의한 개념화된 과거의 사회문화로부터 해방을 추구한다. 이것은 충돌하기도 하고 서로와 서로에게 스며들기도 하면서 생명의 고립을 넘어 존재와 존재 사이에서 끈끈한 친족성을 확인하고자 하는 에로스와 타나토스의 미학이다. 그리하여 인간과 자연이 상생하는 에로티시즘적 문학과 융합된 심리학적, 사회학적 미학만이 사회문화제반에 내재되어 있는 전통적 남근질서의 금기를 해체시키고 이분법적 사고를 지향하여 성별, 계급, 인종의 차별 없는 평등한 대안이론으로 통합시킬 수 있다고 본 것이다.

니키 드 생팔, <나나와 보아뱀>, 1970.
나는 생사를 순환하는 여신!

여성은 자연과 더불어 말을 한다고 남성은 말한다. 여성은 대지 아래서 들려오는 목소리를 듣는다고 말한다. 바람은 여성의 귓가에 불어오고, 나무는 여성에게 속삭인다고 말한다. 죽은 사람들이 여성의 입을 통하여 노래 부르고, 어린아이들의 울음소리가 여성의 귀에 낭낭히 들려온다. 그러나 남성에게는 이러한 대화가 불가능하다. 그는 이 세계의 일부가 아니고 낯선 이방인으로 이 세계에 발을 들여놓았다고 말한다. 남성은 여성을 자연으로부터 떼어 놓는다.

『여성과 자연』에서 미국 시인 수잔 그리핀은 여성의 자연 친화력을 강조하고 있다. 남근중심주의의 끝없는 착취에서 자연과 여성 등 지극히 소외되고 주변화 되어 있는 것들을 해방시키자는 이 운동의 취지는 당연히 자연과 인간에 대한 새로운 패러다임의 모델이 되어야 할 것이다. 페미니즘 문학이론은 길지 않은 발전과정을 통해서 그동안 억압받고 제외되고 침묵당해 온 '타자'의 존재에 대한 관심을 환기시키고 남근중심적인 지배이데올로기에 대한 의심과 질문의 기회를 제공하는 성과를 거두었다. 또한 현대 문학이론의 지평을 확대시키는 한편 정치와 미학을 동시에 포용하는 보다 복합적이고 세련된 이념의 틀을[1] 제시해 주었다고 할 수 있다. 그런 과정 하에서 우리 시문학은 1970년대부터 가부장질서에 의해 배재되었던 여성의 말들이 서서히 복원되면서 여성성 특유의 자율성이 구축되기 시작하였다. 1980년대 여성시에는 관능적인 이미지나 에로스적 상상력이 아니라, 성을 구체적으로 묘사하거나 사실적으로 진술하는 시들이 많이 창작되었다.

그 중 **허영자**(許英子, 1938~)[2]의 시는 여성성을 전면에 내세움으로써

---

1) 정종민, 「한국현대페미니즘 시 연구」, 성균관대 박사논문, 2008, 21쪽.
2) 1938년. 경상남도 함양 출생. 숙명여자대학교박사. 1962년 박목월 추천 『현대문학』

남성성인 근대를 극복할 수 있는 가능성을 모색한다. 이것은 여성문학이 주장하는 여성성과는 사뭇 다르다는 점에서 흥미롭다. 우주는 무수한 단자로 이루어져 있고 개개의 단자 속에는 하나의 완전한 우주가 구현되어 있는 것처럼 허영자의 시의 단자 속에는 전통적 서정단자의 연속선상에 있다. 기도와 희구의 여성적 이미지, 감상적 에로스의 세계, 참회와 고백으로 나타나는 염결성 등에는 에로티시즘의 촉수가 보이지 않게 자라나고 있는 것이 특징이다. 60년대는 6·25라는 전쟁상황으로 인하여 여성시인들의 활동이 거의 침체상태에 빠지게 됨은 물론 여성시는 문학사적으로 별 성과를 거두지 못하게 된다. 전쟁이라는 비극적 사건에 실질적 존재로 참여했던 남성들과는 달리 많은 여성들은 사회적 활동대신 가족 부양에 그 모성적 힘을 쏟았다.

에로티시즘시가 필연적으로 갖는 동일시에 대한 욕망과 이를 제어하는 동일시반동에의 욕망은 긴장성을 필요로 한다. 비유적으로 말하자면 생명으로 충만한 원초적인 세계는 생태학에서 추구하고 있는 이상적인 세계와 일치함을 뜻한다. 이때 이상적인 세계란 에로티시즘이 충만한 곳이기 때문이다. 관능적인 자연의 몸을 통해 생명력의 극대화를 유도하는 그러한 상상력은 철학적 전통에서 몸의 초월을 방해하는 유한성의 상징이자, 성욕을 유발하는 골치 덩어리리로 여겨왔다. 여기서 분장되지 않은 자연과 인간이 성적인 관계를 맺으며 카니발을 즐기는 그의 시 「봄날에」는 그 좋은 예라 할 수 있다.

<hr>

등단. 2004년 제20대 한국여성문학인회 회장. 2000년~2002년 제32대 한국시인협회 회장. 1972년 한국시인협회상. 1986년 월탄문학상. 1992년 편운문학상. 1998년 민족문학상. 2003년 녹조근정훈장. 2003년 제9회 숙명문학상. 시집으로『목마른 꿈으로써』,『기타를 치는 집시의 노래』,『조용한 슬픔』,『소멸의 기쁨』,『말의 향기』등 다수. 성신여자대학교수역임.

게르하르츠 다니엘, <플램>, 1965.
수천가닥의 음기가 춤사위로 녹아내린다. 민트색
구두위에서 반짝 빛나는 생.

(상략)

춘삼월 보릿고개 위에

우리 사랑은 숨도 가쁜 한고비

뻐꾸기 울음 자자한 곳에

(중략)

꽹가릴 쳐라

— 허영자, 「봄날에」 부분[3]

---

3) 허영자, 『암청의 문신』, 미래사, 1991, 16쪽.

후루루 몸을 떨곤
천지는 또 한 번
무당의 활옷을 챙겨 입었다

다스려 다스려
반눈이나 붙였던 핏물
치오르는 곤두박질
어쩌면 좋아,

칠칠 흘러내려
비릿내 도는
화냥기를
참말 어쩌면 좋아,

가슴 불꽃을 온통 내쏟아
쨍쨍한 목소리의
노래를 부르리라

미쳐나는 춤
시퍼런 칼춤을
전신만신(全身滿身)으로
또 춤을 추리라

— 허영자, 「녹음」 전문4)

사랑의 여신 아프로디테가 자신의 춤에 흠뻑 빠져있다. 춤은 중독성 짙은 천진난만이다. 가쁜 숨 몰아쉬며 구석구석 열광하는 춤. 춤사위는 웃고, 웃음으로 하나 되는 그 무아지경에서 일상은 자신의 부자유를 망각하며 자기를 버린다. 고대의 다산의식에서 비롯되었다는 이집

---

4) 허영자, 위의 책, 126쪽.

트에서 본 벨리댄스, 그라나다에서 본 플라멩코 역시 생명력 넘치는
성애의 암시들로 넘쳐났다.

키스 반 동겐, <인도 무희>, 1907.
광휘의 물에 빠진 달.

　사랑이야기는 대표적으로 Lee.J.A의 '사랑의 스타일'을 예로 들 수
있을 것이다. 에로스(Eros. 육체적 사랑), 두르스(Ludus. 유희적 사랑), 스토르게
(Storge. 혈육 간의 사랑), 마니아(Mania. 중독된 사랑), 프래그마(Pragma. 계산적 사랑),
아가페(Agape. 이타적 사랑)가 있다.

위의 시 「봄날에」은 무당의 활옷을 챙겨 입고 꽹가릴 치며 카니발적 축제를 수행하는 현장이다. 에로스와 두르스를 지나 마니아에 돌입한 무의식의 통로이며 다함없는 우주적 영토이다. 허영자가 체현하고 있는 것은 현실의 모든 페르소나와 이항대립적인 조건이 모두 사라져버린 충만한 유토피아, 즉 원시공동사회의 집단 섹스의 열락을 대표하던 에로스적 공간 개념이다. 권위는 추락하고 엄숙주의는 조롱당하며 무질서한 상생과 공존 원리를 보여주는 해방된 시공간이다. 헤로스 왕을 홀려 요한의 목을 베게 하는 살로메의 일곱 겹 베일의 춤, 『알리바바와 40인의 도적』에서 두목 목을 베는 모르지아나의 칼춤의 공간이기도 하고, 아내의 정사장면을 보고 추는 처용의 공간이기도 하다. 그가 긍정하기 위해 부정하고, 존중하기위해 조롱하며 죽음 같은 삶, 삶 같은 죽음을 향해 올라가다 내려가야만 하는 그러나 주술적 동화는 실현되지 않는다. 이처럼 축제는 외적으로 볼 때 토해내기의 일부일 뿐만 아니라 결과적으로는 그 반대의 의미도 지닌다. 그렇다하더라도 이 시가 다른 한편으로는 이미 수동적이었던 여성적 삶의 태도를 벗어버렸다는 점에서 그의 한계성을 뛰어 넘는 수작으로서 주목되는 부분이다.

무당이 꽹과리소리에 맞춰 후루루 몸을 떠는 것은 제신행위 축제의 재현이다. 이때 춤은 몸의 해방이다. 부정적인 몸, 부끄러운 몸은 사라지고, 자기 자신을 떠나, 상대방의 마음을 무장해제 시키는 아프로디테 여신의 신비로운 춤이다. 춤은 세속의 일상적 규제, 금기, 억압을 거부하는 시이며, 노래는 주술의 리토르넬로이다. 이 때 말이란 언어 이전의 말, 우주의 혼을 부르는 말, 혼들이 시인의 몸속으로 들어오는 말이다. 몸의 말이란 남성들의 관념적인 언어가 아니라 존재 그 자체와 소통하는 여성성이다. 가난한 보릿고개의 긴 봄날과, 한여름의 녹음 우거진 풀밭은 에로스의 향연이 펼쳐지는 두르스 생명공간이다. 숨이

넘어갈 듯이 가쁜 섹스의 오르가슴, 뻐꾸기 울음 자자한 곳에서 꽹가
릴 치는 눈물과 웃음의 변주야 말로 큐피트의 마법이 그들 사이를 흘
러가는 순간이 아닐까.

　위의 두 시에서 시인이 견지하고자 하는 것은 생태학적 의식을 동반
하는 에로티시즘의 미학으로 생동감 넘치고 활기찬 자연과 인간의 통
합이다. 성을 통해 몸이 연주하려는 것은 에코에로티시즘의 관능으로
서의 생명이기 때문이다. 「녹음」에서 허영자 시적 언어인 "칠칠 흘러
내려/ 비릿내 도는/ 화냥기"와 "미끈대는 검은 욕정/ 그 어둠을 찢는"
「연(蓮)」 중에서, 또는 "저 무성한 지모(地毛)속에/ 알몸을 던져"「잡초」
중에서는 내면적 탐구로서 인간 본능인 에로스의 심화, 즉 정직한 욕
망의 확대이다. 이와 같은 위험스러운 범주의 사랑 행위란 자기폐쇄성
에 서늘한 구멍을 낸 마음과 마음의 교호(交互)작용에 다름 아니기 때문
이다. 그리고 미끈대는 허영자의 검은 욕정의 미끈함은 이 때 성적 쾌
락의 한 질료로써 그 아슬아슬한 균형이 성감을 활짝 열어 제친다.

　　저 무성한 지모(地毛) 속에
　　알몸을 던져
　　울고 싶었다
　　(……)

— 허영자, 「잡초」 부분5)

　허영자가 자신만의 슬픔과 깨어진 꿈, 외상, 상실감을 갖고 찾아간
곳은 그녀가 탄생한 대지 즉 자궁이다. 그곳은 말없이 춤추던 몸이 있

---

5) 허영자, 『암청의 문신』, 미래사, 1991, 112쪽.

던 곳이며 슬픔과 고통이 생겨난 장소이지만 그 고통을 치유 받는 장
소이기도 하다. 치유란 모든 것을 치유하겠다는 의지로부터 시인을 치
유해야하고 그런 자기 자신을, 자신의 허약함과 불완전함으로부터 해
방시키는 소통기제다. 시에 나타난 대표적 금기(결핍)의 장소이며 동시
에 위반(욕망)을 소통시켜줄 장소였던 시인의 알몸은 몸으로 말하는 황
홀한 시다. 자기를 완성시키고자 하는 성적 욕망에서 거세되고 생을
지속해야만 하는 축소된 슬픈 욕망기제인 우레와 같은 울음소리는 전
사로 다시 태어나고 싶은 창의적인 프로젝트에 다름 아니다. 처음부터
자아의 욕망을 몸에 투영시켰던 시인의 에로티시즘이 몸을 통하여 완
결될 수밖에 없다는 것을 인지할 때서야 내면은 치유적 돌파구를 찾게
된다.

존 에비릿 밀레, <물에 빠진 오필리아>, 1852, 런던 데이트 갤러리.
타인을 데려간 시간속으로 떠나는 나.

지난여름 한철
날 사로잡은
짐승의 숨소리
짐승의 냄새
짐승의 울음소리

그 살 떨리던 떨리던
격정의 몸짓이 진다
(하략)

— 허영자, 「낙엽」 부분6)

  쥐스킨트 소설 『향수』에서 인간의 가슴속에 들어간 냄새는 그곳에
서 관심과 무시, 혐오와 애착, 사랑과 증오의 범주에 따라 분류된다. 냄
새를 지배하는 자가 인간의 마음도 지배한다고 말한다. 그런 맥락에서
바라보자면 위의 시에서 허영자의 영혼을 사로잡은 짐승의 숨소리, 냄
새, 울음소리에 원죄의식을 갖게 하는 주요원인은 에로스적인 삶에 대
한 한없는 결핍감이다. 이러한 욕망의 미학은 "먹어도 먹어도/ 배고픈
시장기"「봄」 중에서, "떫고 비 내리던 내 피"「감」 중에서, "눈앞 캄캄
하던/ 몰약(沒藥)의 어둠"「그 무엇으로도」 중에서, "사랑하며/ 미워하며
/ 너무 젊었었느니"「가을날 2」 중에서 반복 변주되는 살아있는 존재
의 불안에 대한 확인이며 그 이름을 살 속에 새기는 암청의 문신은 여
성의 감각에 직접 집중된 에로스의 파토스인 셈이다. 이 시의 파르마
콘을 진동시키고 있는 것은 후각적 이미지다. 여기서 언급하는 '냄새'
는 동물이 짝을 유인하는 번식 행동에서부터 새끼를 확인하거나 영토
를 표시하는 일에 이르기까지 의사소통의 신호로 사용하는 페로몬으

---

6) 허영자, 『암청의 문신』, 미래사, 1991, 48쪽.

로 이해된다. "지난여름 한철/ 날 사로잡은" 냄새, 짐승의 냄새, 짐승같은 사내의 냄새, 그러나 지금은 가고 없는 냄새가 시 전체를 도취시키고 있다.

옛 여성들은 천박한 하위문화를 혐오했다. 그녀들은 이상한 냄새가 나는 순간 향수뿌린 손수건으로 코를 틀어막았으나 현대여성인 허영자의 아니무스는 짐승의 냄새를 마시면서 자신의 경쟁력을 발휘하고 있다. 이는 그의 염결성을 지향하는 무의식에 각인되어 있는 원죄와 참회의식으로 드러나는 능력이다.

허버트 마르쿠제는 만일 모든 유기체의 퇴행충동이 완전한 정적(靜寂)을 추구하는 것이고 열반원칙이 쾌락원칙의 근거라면, 죽음의 필연성은 전혀 새로운 빛의 속도에 드러나게 된다. 죽음의 본능은 파괴를 위한 파괴가 아니라, 긴장의 제거를 위한 파괴이다. 죽음으로의 하강은 고통과 결핍으로부터의 무의식적인 도피이다.[7]라고 말하는데 이것은 고통과 결핍에 대한 허영자의 영원한 투쟁과 궤를 같이 하는 것이다.

> 휘발유같은 여자이고 싶다
> (……)
> 뜨겁고도 위험한
> 가연성의 가슴
> 한올 찌꺼기 남지 않는
> (하략)
>
> — 허영자, 「휘발유」 부분[8]

불길 속에

---

7) 허버트 마르쿠제, 김인환역, 위의 책, 49쪽.

8) 허영자, 『암청의 문신』, 미래사, 1991, 77쪽.

머리칼 풀면
사내를 호리는
야차 같은 계집
(하략)

– 허영자, 「백자」 부분9)

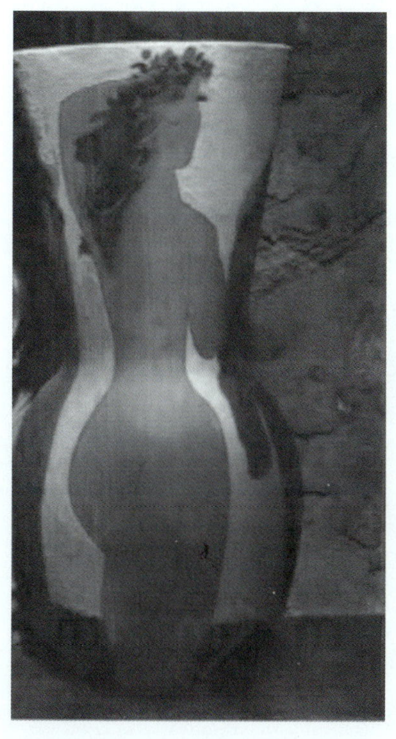

파블로 피카소, <항아리 속 누드>,
1954.

  '검은 황금'이라 불리는 석유의 이면에는 전쟁으로 이어져온 숨겨진 검은 역사가 있다. 남미원주민들은 석유를 '지구의 피'라고 생각했으며, 1, 2차 세계대전도 결국은 석유전쟁이다. 그러고 보면 19~20세기의 역사란 검은 잉크로 쓰여 진 것이 아니라 검은 석유로 쓰여 진 것이다. 석유로부터 자유로워지려면 창조적 파괴를 거쳐야 한다는 죠지프 슘페터의 말처럼 위의 시 「휘발유」에서 시인은 잉크로 글쓰기 하는 여성성보다 휘발유를 알몸에 끼얹고 한 올도 남기지 않고 타오르다 소진되는 찬연한 몸의 파괴를 원한다. "한올 찌꺼기 남지 않는" 열락으로 승화되길 기원하는 에로티

---

9) 허영자, 『암청의 문신』, 미래사, 1991, 55쪽.

시즘의 역동적 순환인 죽음과 재탄생의 기록이다. 몸에 대한 집단무의식을 아키타입(Archetype)의 형식으로 들춰낸다거나 영적인 분위기로 결집시킨 풍경 시다. 이때 시적 자아의 에로스가 염원하는 것은 에로스의 절정에서 촉발되는 죽음의 본능인 창조적 파괴다. 붉게 타오르는 "가연성의 가슴을 지닌" 불꽃은 허영자의 생에 대한 강한 집착인 동시에 완전 소멸을 꿈꾸는 근본적 이성에 의존하는 내면에서의 아키타입적 광기다.

예로부터 항아리는 동서양을 막론하고 여성의 몸으로 비유되곤 했다. 특히 예술 작품에서 여체를 상징하는 오브제로 사용된 것은 생김새가 여인의 긴 목과 볼륨 있는 하체와 여성의 성기를 연상시키기 때문이다. 이처럼 피카소가 큰 항아리에 여자의 누드를 그린 것이나, 그뢰즈가 <깨어진 물병>이란 작품에서 첫 경험을 한 처녀의 불안한 심리를 무참하게 깨어진 물병으로 표현한 것, 옹녀의 한자가 甕(독 옹)女(계집 녀)인 것은 항아리가 주는 관능성 때문이라 할 수 있겠다.

시 「백자」에서 노래하는 에로스는 극적이다. 1행과 4행의 "불길 속에서"의 불길은 항아리를 굽는 불길이면서 동시에 야차 같은 계집의 정념이기도 하다. 따라서 '불길'은 욕정의 불꽃과 연단의 불꽃을 동시에 의미한다. 항아리를 굽느라 활활 타오르는 맹렬한 불길, 그 호모오일리쿠스(Homo Oilicus)의 역동적인 육체와 관세음보살(Aralokitesvara)로 승화된 영혼의 여성 드라마인 것이다. 정해진 발정기가 따로 없는 인간에게 성이 생식본능을 넘어 향유하고자 하는 에로스의 욕동처럼 불길 속에 알몸을 던져 육체적 극복과 정화를 보여주는 그의 「백자」는 에로티시즘의 통과의례에 다름 아니다.

숨-몸-가슴-짐승-몸짓-여자-사내-계집-목소리-노래-춤 등으로 연속되는 감동적 향유는 전복적 카니발적 몸사위이다. 사랑하는 사람만이 카니발적 몸사위를 녹여 낼 수 있고 짜라투스트라의 춤을 출 수 있다. 그런 시인만이 관능의 자유를 획득할 수 있다. 그리하여 그가 에로티시즘으로부터 자유로워지려고 지배한 텍스트는 몸이었다. 불을 소재인 위의 두 시들은 한 올 찌꺼기도 남지 않게 열반적정(涅槃寂靜)으로 진입하여 니르바나에 도달하고자 하는 불꽃의 오르가슴이다. 억압적 성 이데올로기를 부정하고 여성의 욕망을 긍정한 이런 작품은 사회 변혁과 전복적 에너지를 가진 열망의 구체물이었다. 관능적인 성의 표현은 권위적이고 지배적인 담론에 저항하는 기표가 되어 석유보다 휘발성이 더욱 거센 휘발유 같은 여자, 야차 같은 계집이 되어 단 한 번에 세상의 모든 가부장들의 물기를 연소시켜 승화에 도달하고자 하는 즐거운 호모 에로티쿠스(Homo eroticus)의 심리적 전이다. 그러므로 그의 시적 에로티시즘은 자신이 세계와 화해하는 행위로서 모든 이율배반적인 것들이 사라지는 지점이며 사회문화적 억압을 성 억압으로 치환하여 이로부터 벗어나려는 욕망을 객관화시키는 해방 이데올로기[10]라는 송희복의 지적은 일면 타당하다.

이때 계절적 시어로는 봄과 가을이, 식물적 시어로는 물망초, 국화, 나팔꽃, 연꽃, 후박나무, 씨앗, 낙엽 등이 주조를 이룬다. 이는 식물이 지닌 생장의 운동과 열매 맺은, 개화 등이 정염과 정화의 양가적 운동을 통한 승화의 과정을 포괄하고 있기 때문이다. 그의 시가 여성적 화자의 수동적이며 소극적인 어조의 전형성을 보이면서도 여성시의 새로운 경지를 개척했다는 평가를 받는 것은 삶의 근원적 인식을 위해 현실을 냉철한 시선으로 보는 지적인 서정[11]과 이미지의 대담성, 탄력

---

10) 송희복, 「시와 에로티시즘」, 『현대시』, 1994, 11월호, 33쪽.
11) 김현, 「감상과 극기 – 여류시의 문제점」, 『한국여류문학전집 6』, 삼성출판사, 김현자, 위의 논문, 13쪽.

있는 구문과 시어 등으로 정서적 긴장성과 언어의 미감을 갖고 있다는
데 있다.

이러한 허영자 시를 두고 김현은 극기와 응집의 요소는 무시간성과
비역사성 등으로 비판을 받고 있지만 이전의 여성시인들이 보여준 과
거 지향적성과 감상주의를 극복하고 서정시의 경지를 한 차원 상승시
켰다는 평가를 동시에 받고 있다.[12]고 말한다. 한마디로 그녀의 시세
계는 노천명과 같은 선배 시인들의 시 세계와 연결되면서도 그것을 벗
어나려는 노력에 맞게 대립과 화해로서 사랑시의 새로운 가능성을 열
어준 것이 특징이다. 이 때 에로스는 단순히 남녀 간의 에로티시즘에
그치는 것이 아니라, 인간 존재의 눈물과 웃음의 변주이며 존재의 깨
달음으로 까지 확산되기 때문이다.

문정희(文貞姬, 1947~)[13]의 문체전략 중에는 대화체가 많이 발견된다.
대화체는 여성시인들이 자신들의 언술을 상대방에게 전달하고 싶은
간절한 욕망에서 비롯되는데 이것은 마치 『제인 에어』 속에서 작가가
'독자여!'라고 부름으로써 독자를 소설 공간 안으로 불러들이는 것과
다르지 않은데,[14] 이것은 시인이 자신의 여성적 언술이 독자들로부터
호응하고, 공적 언술이 되어 생물학적인 여성의 몸(sex)과 사회문화적 여

---

12) 김용직, 『한국현대시연구』, 민음사, 1989; 김현자, 위의 논문, 9쪽 재인용.

13) 1947년 5월 25일 전라남도 보성 출생. 고려대학교 문예창작학과 교수. 서울여자
    대학교박사. 1969년 월간문학 시 「불면」, 「하늘」로 당선. 2008년 제28회 한국예
    술평론가협의회 올해의 최우수 예술가 문학부문상. 시집으로 『문정희 시집』, 『새
    떼』, 『혼자 무너지는 종소리』, 『찔레』, 『문아우내의 새』, 『하늘보다 먼 곳에 매인
    그네』, 『문별이 뜨면 슬픔도 향기롭다』 등과 시극 『구운몽』, 『도미』 및 수필집
    『당당한 여자』 등 다수.

14) 김혜순, 「페미니즘과 여성시」, 『문화예술』 제153호, 한국문화예술진흥원, 1992,
    15쪽.

성의 몸(gender)으로써 성찰 획득을 간절히 바라는 것이다. 질문하는 사람과 대답하는 사람을 설정하지만 사실은 모두 시적 주체인 자기 자신인 경우가 다반사다. 작품 속을 잘 살펴보면 질문은 대답을 유도하기 위한 의도된 장치이면서 동시에 독자와 자신에게 던지고 있음을 알게 된다. 그가 시에 접근하는 통상적인 코드는 '모성'과 '생태'의 건강한 생명성의 추구다. 산돼지나 배암처럼 짐승의 속성인 야성의 세계를 겨냥하는 시의 중심에는 원시적인 에로스와 에로티시즘이 합일을 이루는 지평이다. 마르쿠제식으로 말해 문명이 원시의 대립항이라면 그것은 곧 문명에 대한 비판의 의미일뿐더러, 인간의 이성으로 파헤쳐진 것이 또한 문명의 발달사일 것이다. 그 발달사에 지속적으로 억눌려온 인간의 원초적 본능을 해방시켜 지구를, 인간의 성을, 에코페미니즘적 미학으로 균형적 발전을 도모하고자 하는 것이 시인의 의도된 토대이다.

저 넓은 보리밭을 갈아엎어
해마다 튼튼한 보리를 기르고
산돼지 같은 남자와 씨름하듯 사랑을 하여
알토란 아이를 낳아 젖을 물리는
탐스런 여자의 허리 속에 살아 있는 불
저울과 줄자의 눈금이 잴 수 있을까
참기름 비벼 맘껏 입 벌려 상추쌈을 먹는
야성의 핏줄 선명한
뱃가죽 속의 고향 노래를
젖가슴에 뽀얗게 솟아나는 젖샘을
어느 눈금으로 잴 수 있을까
(중략)

도시 여자들의 몸에는 없는

쥬세페 아킴볼도, <가을>, 1573, 개인소장.

비옥한 밭이랑의
왕성한 산욕(産慾)과 사랑의 노래가
(중략)
뜻없이 시들어가는 이 거리에
나는 한 마리 산돼지를 방목하고 싶다
몸이 큰 천연 밀림이 되고 싶다
— 문정희, 「몸이 큰 여자」 부분[15]

가을이 오기 전
뽀뽈라로 갈까
돌마다 태양의 얼굴을 새겨놓고
햇살에도 피가 도는 마야의 여자가 되어

---

15) 문정희, 『오라, 거짓 사랑아』, 민음사, 2001, 30쪽.

검은 머리 길게 땋아내리고
생긴 대로 끝없이 아이를 낳아볼까
_(중략)
맨 먼저 말구유에 빗물을 받아
오래오래 머리를 감고
젖은 머리 그대로
천년 푸르른 자연이 될까

　　　　　　　　－ 문정희, 「머리 감는 여자」 부분16)

"몸은 원래 그 자체의 음악을 가지고 있지"로 시작 되는 위의 시를 입속에서 오물거리다보면 오스트리아에서 발견된 2만 5천 년 전의 인류 최초의 조형(造型)인 '빌렌도르프의 비너스'가 선명하게 다가온다. 문정희의 시 「몸이 큰 여자」는 "저 넓은 보리밭을 갈아" 뭉개도록 단일하지 않은 타자인 "산돼지 같은 남자"를 만나 "씨름하듯 사랑을" 하고자 하는 에코페미니즘적인 에로티시즘의 인정이다. 여성의 몸은 미답의 신비와 스스로의 치유능력을 지닌 푸른 초원과 넓고 큰 밀림이다. 즉 자연을 경청하며 모든 것을 본능의 관점에서 통찰하는 작품이다.

<빌렌도르프의 비너스>,
기원전
22,000~25,000년경, 11cm
오스트리아 미술사 박물관

시 「머리 감는 여자」에서 멕시코 원시림 속에 있는 작은 마을 "뽀뽈라로 갈까"는 쾌락원칙에 합류시킨 문

---

16) 문정희, 위의 책, 16쪽.

명사회의 콘돔과 낙태를 떠나서, 빈곤퇴치의 적으로 분류되었던 죄 없
는 다산에 도전하여 "생기는 대로 끝없이 아이를 쑥쑥 낳고" 싶어 하는
건강한 여성성의 발현이다. 이때의 에로티시즘 미학이란 페니스의 쾌
락이나 바기나의 쾌락에 함몰되는 욕구를 위한 욕망이 아니라, 생명욕
으로서의 에로스이며 연속되고 지속되고자 하는 종의 기원으로서의 여
성되기(becoming woman)이다.

문정희는 가부장에 의해 억압된 여성원리와 문명에 의해 훼손된 자
연을 생성과 소멸 즉 에로스와 타나토스로 일체화 시키고 공유하면서
순환적 리듬의 주제자로 앞장서 나아가고자 한다. 1990년대에 들어
몸을 노래하는 시인들이 헤아릴 수 없을 정도로 많아졌지만 그는 이미
80년대부터 '몸 시'를 쓴 것이다. 해체나 분절, 학대나 부정으로서의
몸을 탐색한 것이 아니라 에코페미니즘적인 선상에서 몸과 친밀한 밀
어를 속삭이며, 몸의 소리를 듣고, 눈여겨보고자 하였다. 몸의 소리는
그의 몸에서 생성된 자기중심적 투사의 말이다.

이런 존재성에 대한 건강한 탐색, 건강한 야성적 생명력을 발산하는
시는 당대의 억압적 상황에 도전하는 한 형식으로 해석할 수도 있지
만, 에로티시즘의 생명력으로 충만해 있는 싱싱한 몸은 짓밟아도 뭉개
지지 않는 원시적 생명력과 미답의 신비와 치유력을 지닌다는 것을 공
표하는 것이기도 하다. 몸이 큰 여자, 이미 대지인 여자를 가장 겁내고,
혐오하며, 하위문화의 상징으로 치부하고 있는 현대문화에서는 이제
볼 수 없는 현상이다. 그러나 건강한 '모성'과 '생태'를 지구 전체로 확
장시키고 있어 주목이 되는 시 「몸이 큰 여자」에도 한계는 있다. "젖
가슴에 뽀얗게 솟아나는 젖샘을/ 어느 눈금으로 잴 수 있을까", "나는
한 마리 산돼지를 방목하고 싶다/ 몸이 큰 천연 밀림이 되고 싶다" 처
럼 화자 자신이 대지의 여신인 가이아인줄도 모르고 다만 다산성의 튼

튼하고 큰 자궁의 여자로 지구의 아이들을 낳고 기르고 싶은 욕망을 꿈꾸는 상태다. 완성을 겨냥한 "수많은 자궁이 달린" 튼튼한 모태에 관한 언술인 셈이다.

풍요의 여신 <에페소스 아르테미스>,
A.D. 125~175, 터어키 국립박물관.

이런 심리적 기제가 「머리 감는 여자」에 도달하면 자기 자신 속에 있는 마야(Maya. 창조의지)에 의해서 순수언어인 시로 자기 자신을 현현시킨다. 이때 마야와 연결되면서 역동적인 창조주가 되는 것이다. 그리하여 시 「머리 감는 여자」에서 시적 자아는 순수의식 상태로 자각력이 빛나고 있기 때문에 지금 나 자신의 본성과 이미 대지의 여신과 하나가 되었다는 이 사실을 분명히 느낀다. 이는 자기 스스로를 대지의 여신으로 등극시킨 상태로서 「몸이 큰 여자」가 자각력이 결여되어 있기 때문에 자기 자신의 본성과 하나 되었다는 본질감 또는 자아 존중감을 느끼지 못했던 시각을 넘어선 아트만(Atman. 자아)이라 할 수 있다. 그러므로 이것은 『잃어버린 시간을 찾아서』에서 알베르틴의 입술에 볼이 닿는 순간의 짧은 떨림을 프루스트가 "수많은 머리를 가진 여신"이라고 말하는 것과 같다.

인도삽화, <목욕 후>, 16세기경.
물렁한 몸에 차있던 분노를 죄다 쏟아내고 있다.

신현림이 그의 시 「아이스크림언덕」에서 자신의 아무것도 아닌 실존의 상태를 "몸은 곡식이 다 빠져나간 창고네"라고 자신의 정체성인 모성을 빈 '용기'로 묘사를 끌어낸 것과는 달리 문정희의 모성은 무(無)에서 유(有)를 이끌어내는 실재이자 건강한 실체인 에코페미니즘적 모성인 것이다.

이처럼 데미테르형 대지의 여신 이미지는 여러 국가에서 발견된다. 아르메니아인은 대지를 생명이 발생하는 모태라 여겼으며, 페루인들은 자신들이 산과 돌의 자손이라고 믿었다. 아부루치족들은 오늘날까지 아이가 태어나자마자 강보에 싸 대지위에 놓고, 코카서스의 구리온족과 중국의 일부지방에서는 진통이 시작되자마자 땅 위에 누워 아이를 낳고, 뉴질랜드 마오리족 여성은 덤불 속 냇가에서 아이를 낳고, 아프리카의 부족들은 진통이 오면 여성 혼자 숲속으로 들어가 땅위에 앉아서 아이를 낳는다. 이와 똑같은 의례는 오스트레일리아, 인도 북부, 북아메리카 인디언, 파라과이와 브라질에서도 발견된다.17) 아직도 이집트에서 "땅위에 앉는다"라는 표현이 이집트의 문자문헌에 '분만하다'의 의미로 사용되고 있는 것을 보아도 이 풍습이 건재했었다는 사실을 증명하게 한다.

문정희가 건강한 현재진행형인 여성성을 노래한 것이라면 이승하는 지푸라기 들 힘만 남아 있어도 결코 포기하지 않는 지독한 집념이 자기의 역할을 다하고 하나의 물건으로 돌아간 남성성의 완전소멸을 노래한다.

   (…)
내 목숨이 여기서 출발하였으니

---

17) 김명원, 「한국현대시의 에코페미니즘 연구」, 성균관대학교 박사논문, 2006, 136쪽.

이제는 아버지의 성기를 노래하고 싶다
활화산의 힘으로 발기하여
세상에 씨를 뿌린 뭇 남성의 상징을
(…)

      – 이승하의 「아버지의 성기를 노래하고 싶다」 부분.

남자들은
딸을 낳아 아버지가 될 때
비로소 자신 속에서 으르렁거리던 짐승과
결별한다
딸의 아랫도리를 바라보며
신이 나오는 길을 알게 된다.
(하략)

       – 문정희, 「남자를 위하여」 부분18)

　「물을 만드는 여자」에서 '물'은 비에 의해 끊임없이 보충되는 자원
으로서가 아닌, 다산과 성으로 숭배되었던 여성과 우주사이의 깊은 연
결을 이끌어 내는 '물'이다. "딸아, 아무데서나 서서 오줌을 누지 마라/
푸른 나무 아래 앉아서 가만가만 누어라"라고 넌지시 여자로, 여성성
으로 키워져가는 절차를 형상화한 것이라면, 위의 시 「남자를 위하여」
는 남성이 딸의 아버지가 되면서 인간으로 완성되는 절차를 형상화하
고 있다. 여성들은 여성으로 키워지기 이전, 즉 개체로 태어나면서 이
미 '여신'이었다는 여성의 성과 아름다움을 긍정하는 작품이다. 아버
지가 되어가는 이 의례는 아버지의 에로스로서 여성인 딸을 안아보면
서 체득되는 표상의 미학이다. 그리하여 아버지로 완성된 남성은 자신
의 아니마의 세계에 입문하여 비로소 아니무스를 만나는 것이다. 이로

---

18) 문정희, 『남자를 위하여』, 민음사, 2001, 90쪽.

에곤 쉴레, <자위하는 자화상>, 1911,
빈 알베르티나 미술관.

서 아버지는 남성의 페르소나를 벗어버리고 성숙한 남성, 남성이라는
성정체성의 분별을 떠나 인간으로서 도달해야할 가치를 함의하게 된
다.

남성시인의 시가 타자로 바라보는 모성이라면 여성시인의 시는 체
험, 헌신하는 모성을 개진한다. 이런 측면으로 문정희는 여성의 생산
성과 풍요를 적극적으로 지배하며 스스로 대모신의 자리에 오르는 당
당하고 적극적인 여성성의 신화를 제시한다.

햇살 가득한 대낮
지금 나하고 하고 싶어?
네가 물었을 때

꽃처럼 피어난
나의 문자(文字)
'응'

동그란 해로 너 내 위에 있고
동그란 달로 나 네 이래 떠 있는
이 눈부신 언어의 체위

오직 심장으로
나란히 당도한
신의 방

너와 내가 만든
아름다운 완성

땅위에
제일 평화롭고
뜨거운 대답
'응'

― 문정희, 「"응"」 전문19)

시 「"응"」에서 '응'은 찰스 재럿 감독의 영화 <깊은밤 깊은 곳에>(1987)서 복수로 뒤바뀌는 사랑이 아니다. 폴 버호벤 감독의 <원초적 본능>(1992)에서 얼음 칼로 장식되는 크라이막스도 아니며, 안소니 밍겔라 감독의 <잉글리쉬 페이션트>(1996)에서 죽음으로 치닫고 만 사랑이 아니다. '응'은 가장 고요하고 평화롭고 따스함 지대, 원초적 생명력으로 출렁이는 신들의 집으로서의 자유로운 에너지 집중처이

---

19) 문정희, 『나는 문이다』, 뿔, 2007, 72쪽.

에곤 쉴레, <포옹>, 1917.

다. 에곤 쉴레의 <포옹> 공간은 신들의 집에 도착한 대한민국의 모든 여성성들이 여신이 되는 공간이다. 이 땅의 여성들 누구도 자기 자신이, 자기를 낳고 자기를 먹이며, 자기를 키워내는, 창조의 신이라는 것을 미처 모르고 있을 때 유일하게 자기 안에서 신을 발견한 시인이 문정희다. "이리도 간절히 지상을 걷고 싶은/ 나의 신속에 신이 살아 있다"「먼 길」중에서, "그리고 너 나/ 이미 한편의 시입니다/ 비로소 내가 나의 신입니다. 이 가을날"「사람의 가을」중에서처럼 집집마다 신을 보낼 수 없어서 신 대신 강인한 생명력을 지닌 어머니를 보냈다는 바로 그 생명력 넘치는 모태의 '신'인 것이다. 그 말의 참 뜻을 시속에서 몸으로 체현해낸 것이다. 그것은 어머니라는 정체성의 확신에서 강력한 지지를 얻는 그만의 당당한 시어 덕분이다. 문정희는 '시'라는 언어체에 의지하여 시적 자유를 성취한다.

　이처럼 욕동의 에로티시즘은 몸의 언어로써 구체화된다. 몸에 내재되어 있는 미의식인 삶의 본능과 죽음 본능, 그 둘은 별개가 아니다. 위의 시에서 나타내고자 하는 육체는 생산을 염두에 둔 몸이 아니라 주체의 솔직하고 적극적인 실체로서 '심장으로 나란히 당도'하는 생생한 에로티시즘의 미학이다. 전통적으로 성은 주체의 욕망과는 다르게 생명의 출산을 위한 부수적인 것, 즉 용기로 취급되어 왔다. 그리하여 여성시에 나타나는 금기의 파르마콘들은 고의적으로, 억압되고 은폐되어 온 여성성의 한 측면을 드러내고자 하는 몸짓의 리토르넬로에 다름 아니다. 몸으로 쓴 글에 대해 엘렌 식수는 여성으로 하여금 힘을 되찾게 할 뿐만 아니라 성욕, 재산, 쾌락, 신체기관들, 봉인되어 있던 광활한 육체적 영토[20]를 돌려준다고 주장한다. 위의 시에서처럼 최근 여성시에서는 종족 보존과는 무관한 주체 중심의 에로스적 미학이 표출되고 있다.

바슐라르의 『공기와 꿈』에서 보면 상상력의 궁극은 요나 콤플렉스다. 그것은 어머니 자궁 속에 있을 때 무의식 속에서 형성된 이미지로서, 어떤 공간에 감싸듯이 들어 있을 때 안온함과 평화로움을 느끼는 것이다. 여성의 몸은 의식적이든 무의식 적이든 자신들의 꿈을 듣고, 찾고, 조립하며, 가꾸고 있다. 이것은 남성들이 링가의 목소리를 풀어놓는 것과 여성들이 요나의 목소리를 풀어놓는 것은 생래적으로 그 의미가 다름을 의미한다.

> 내 몸 안에 러브호텔이 있다
> 나는 그 호텔에 자주 드나든다
> 상대를 묻지 말기 바란다

---

20) 엘렌 식수, 위의 책, 175쪽.

수시로 바뀔 수도 있으니까

내 몸 안에 교회가 있다
나는 하루에도 몇 번씩 교회에 들어가 기도한다
가끔 울 때도 있다

내 몸 안에 시인이 있다
늘 시를 쓴다 그래도 마음에 드는 건
아주 드물다

오늘, 강연에서 한 유명 교수가 말했다
최근 이 나라에 가장 많은 것 세 가지가
러브호텔과 교회와 시인이라고
나는 온몸이 후들거렸다
러브호텔과 교회와 시인이 가장 많은 곳은
바로 내 몸 안이었으니까
(하략)

－ 문정희, 「러브호텔」 부분21)

　문제가 많은 호텔과 교회와 시인을 이야기하며 기꺼이 자신의 몸을 대안으로 제시하는 시인. 그러나 그 몸은 삶의 진정성을 향한 자신의 반성으로 열려진 몸이다.
　「다시 알몸에게」에서 시인은 자신의 알몸을 "나의 방앗간, 나의 예배당이여"라고 예찬 하면서 샤워를 하고 알몸을 바라본다. 세월이 흘러 제멋대로 뚱뚱해지고 제멋대로 주름이 생겼지만, 여성의 알몸은 그 자체로 얼마나 참혹하게 아름다운가. 그 알몸이 돌아갈 곳이 바로 마지막 집이자 흙이다.22) 「몸이 큰 여자」에서 생명력 왕성한 흙으로 이

---

21) 문정희, 『오라, 거짓 사랑아』, 민음사, 2001, 14쪽.

에곤 쉴레, <추기경과 수녀>, 1912, 개인소장.
본질을 보라!

루어진 자유를 갈망한 여성성의 알몸이, 「다시 알몸에게」에서는 예찬을 거쳐 존재의 집으로 돌아가는 자연 친화력 상상력을 제시하고, 「러브호텔」에 와서는 반성의 성찰로 마무리하는 시적 지향의 알몸이 된다. 요즘 우리 시에서 흔히 보이는 비판적 탐색이나 비극적 전망, 이로 인한 관념적 상징 같은 것은 문정희의 시에선 별로 보이지 않는다. 교회와 호텔 그리고 시인이 많은 나라에 진정한 사랑과 시인, 그리고 성

22) 최동호, 『진흙 천국의 시적 주술』, 문학동네, 2006, 155쪽.

직자가 있는가를 물으며, 시인은 자신의 사랑 현주소에 대해 다시 성찰하며 묵상한다. 그래서 그의 시는 여전히 건강하고 솔직하다. 그에게 시란 마음의 무늬에 따라 진행된 자연스러운 규범이다. 시적 자아의 이런 일상적 자연스러움은 근본적으로 시인이 자신의 원초적 본능, 자연스러운 몸의 욕망과 시를 일치시키고자 하는 투사적 동일시에서 비롯되었다고 보아야 할 것이다. 다시 말해 관계적 투사에서 자기중심적 투사로 역할역전 된 시적 자아의 몸으로 인식하는 것이다.

다시 아내로 돌아가 보자.

결혼하여 부엌과 집 안에 갇힌 여성들, 현재에는 어떤 논자도 이런 관점을 다 수용하진 않지만, 그런 그녀들의 남편들은 가부장중심의 편견과 횡포에 눌린 아내의 말을 경청(listening closely)해준 적이 있던가? 그 목소리를 듣는 방법에는 두 가지가 있다. 듣기(hearing)와 실제로 귀담아 듣기(listening closely)와 존경하는 마음으로 듣기(listening courteously)이다. 여기서 여성들이 간청하는 듣기는 두 번째인 실제로 귀담아 듣기로 그저 식탁에 앉아 신문에 시선을 둔 채 *끄덕거리는* 침묵의 *끄덕거림*이 아니라 자비의 원리로써의 긍정, 즉 경청인 것이다. 그토록 간절하게 경청해주길 간청해도 들어준 적 없던 남성파시즘들이 공적 사회에서 자신의 언어를 자신의 입으로 당당히 말하는 여성시인들의 목소리에 귀를 기울여주기 시작하였다.

서로의 말을 공유하는 시대는 유연하다. 이런 시대적 변화 속에서, 우리 시단의 여성시인들은 자신들의 한마디로 그들은 말을 빼앗긴 존재에서 말하는 주체가 되었다. 이는 여성이 말하는 주체로서 말이 이루어지는 삶의 토대까지도 형성할 만한 능력을 갖춰가게 되었다는 것을 의미하는 것이다.

2. 매혹과 폭력의 두 얼굴

일제식민지시대부터 한국전쟁, 산업화, 민주화운동의 시대에 이르기까지 겪은 수난과 투쟁의 역사라는 서사구조는 **강은교**(姜恩喬, 1945~)[23]와 고정희로 이어진다. 1960년대 시사는 사실상 4.19혁명으로부터 시작하여 5.16을 거쳐 유신이 선포되는 1970년대 초까지의 정치적, 사회적 진행 과정과 상호 연관성을 지니고 전개되었다. 4.19혁명을 통해 민주주의의 과제는 미완으로 끝나고 혁명 이후에 등장한 군사 정권의 개발정책에 의해 억압되면서 산업화의 과제로 대치되었다. 분단 이데올로기와 지배 이데올로기에 대항하는 이념적 문학의 이분법적 사유의 틀에서 자유롭지 못했던 1970년대 시는 주로 억압적인 정치 체제와 그 폭력에 맞서 민주화를 위한 민중시의 전개와 노동시가 대두되었으며 한편 도시적 감수성의 시는 1980년대와 현실 대응이라는 시적 전략을 겨냥했다.

1980년 5월 광주의 비극으로 이어진 희망과 좌절의 경험은 현실적 변화와 그에 대응하는 문화적, 인식론적 변모를 가져왔다. 그 후 위반이나 전복이라는 용어는 90년대부터 문학비평에서 가장 눈에 띄게 사용되어 온 어휘로 등장, 자유로운 상상력의 비행을 통해 신화적 공간에의 비상을 꿈꾸면서 시의 영역을 확대 시켰다. 이와 때를 같이 한 여성들의 내밀한 삶의 양상들이 솔직하고 정련된 표현을 만나 그 동안 가려졌던 여성적 경험을 길어 올려 빛을 발하게 한 것이 90년대 여성문학의 성과로 보인다. 여성을 억압하는 사회구조에 대한 저항은

---

23) 함경남도 홍원출생. 동아대학교 문예창작과 교수. 연세대학교대학원 박사. 1968년 『사상계』 등단. 1975년 한국문학상. 1992년 현대문학상. 2006년 18회 정지용문학상 수상. 시집 『허무집』외 9권, 시선집 『풀잎』외 3권, 산문집 『그물 사이로』 등 다수.

1990년대 작가들 역시 주목했던 주제이긴 하지만, 강은교와 고정희 경우 이 문제를 시적으로 형상화한 것이 돋보인다.

존 윌리엄 워터하우스,
<질투하는 키르케>, 1892,
애들레이드
사우스오스트레일리아 미술관

강은교가 보여준 시적 문법의 쇄신은 키노타입(Kenotype)으로써 여전히 강력한 영향력을 행사하고 있다. 여성의 글쓰기는 자신의 젖으로 써내려가는 에로스의 행위이며, 어떤 질서에 대한 타나토스의 행위이며, 자기 안을 스스로 노출하는 당당한 에로티시즘이다. 그리하여 여성들은 이렇게 가부장의 지배담론에 도전으로 대응함으로써 육체는 상징계가 여성에게 할애한 침묵이라는 자리와는 다른, 법 이전의 노래, 권위에 의해 분리되기 전의 리토르넬로로써, 체화된 표상으로써, 시대의 문화와 정체성을 운반하게 된다. 그것은 호모토피아(Homotopia. 유사한 질서)의 세계가 아니라 헤테로토피아(Heterotopia. 무질서 해 보이는)의 세계인 셈인데. 이는 시작도 끝도 없이 끊임없이 펼쳐지는 부유하는 세계, 무한히 변주하며 또 다른 세계로 치환시키는 기제들, 자명하다고 여겼던 것들에 의문을 제기하며 낯설은 위안과 치유를 제공해주는 사물들로서의 공간이다. 그것이 그녀의 헤테로토피아적 밀실인 것이다. 보르헤스가 『불한당들의 세계사』, 『픽션들』에서 자주 기이하고 역설이 뒤섞여 있는 허구적 새로운 세계를 보여주는 것처럼, 김승희 역시 현실을 통해 그 너머에 존재하는 감성의 상상력으로 현실과는 또 다른 위안과 안식처를 제공한다.

우리가 물이 되어 만난다면
가문 어느 집에선들 좋아하지 않으랴.
우리가 키 큰 나무와 함께 서서
우르르 우르르 비오는 소리로 흐른다면.

흐르고 흘러서 저물녘엔
저 혼자 깊어지는 강물에 누워
죽은 나무뿌리를 적시기도 한다면.
아아, 아직 처녀인
부끄러운 바다에 닿는다면.

그러나 지금 우리는
불로 만나려 한다.
벌써 숯이 된 뼈 하나가
세상에 불타는 것들을 쓰다듬고 있나니.

만 리 밖에서 기다리는 그대여
저 불 지난 뒤에
흐르는 물로 만나자.
푸시시 푸시시 불 꺼지는 소리로 말하면서
올 때는 인적 그친
넓고 깨끗한 하늘로 오라.
　　　　　　　　　　　－ 강은교, 「우리가 물이 되어」 전문[24]

　「우리가 물이 되어」의 '물' 속에는 석가에게 수자타가 공양한 우유죽과, 노자의 물과, 예수의 포도주와 알라의 일곱 가지 맛인 외설주문

---

24) 한국시인협회, 『한국애송명시』, 문학세계사, 2008, 13쪽.

도 들어 있다. 그녀 시는 '가
뭄'으로 상징되는 문명의 파괴
성에 물의 운동성을 순환시키
고 그 역동적인 '물'의 울림을
통해 사람들의 아픈 마음과
외상을 치료하고 있다. 이때
강은교의 물의 미학은 죽은
나무를 살리는 영묘한 생명수
이며 처녀의 자궁으로 회귀하
는 존재의 원천이 되기도 한
다.

그러나 다른 한편 "저 혼자
깊어지는 강물에 누워 처녀인
부끄러운 바다"에 닿고 있는

피카소, <앵갤 페르난데즈와 여인>, 1898,
개인소장.

지점에서의 시인의 심상은 보편적으로 보이는 여타의 시적 성향과는
다른 동성애적 취향도 감지하게 된다. 생물학적인 욕구인 자위의 개념
으로써의 수치심이나 뻔뻔스러움이 아닌 생명의 공간으로서의 질과
자궁속의 양수로 형상화된 이미지이다. 인간이 세상에 존재하는 한 마
음은 땅－물－하늘로 이어지는 과거－현재－미래처럼 모였다가 흩
어지고 올라갔다가 다시 하강하며 사라지기도 하는 윤회를 되풀이 한
다. 상징계를 떠나 이렇게 부유하며 떠돌 수 있는 시인의 상상계는 문
학인들의 뛰어난 성취 중의 하나로서 정신적으로 동시에 다양한 장소
를 탐색할 수 있는 능력을 발전시킨 결과라고 생각된다. 남프랑스 니
스에서 머물며 일본 그림에 압도되어 그 영감으로 그림을 그리던 반고
흐는 자신이 실제로 일본에 있다고 동생 테오에게 편지를 쓴 것처럼,

얀 베르메르, <우유를 따르는 하녀>, 1658, 네덜란드 암스테르담 국립미술관.
갓 구운 빵 냄새가 연인처럼 다가왔다.

강은교도 상상계와 상징계를 오가며 결코 길들여지지 않는 시적 자아의 야성의 가능성을 시어로 표출한다. 이런 직관이나 고흐의 섬광 같은 통찰력을 신경과학자들은 지적기억(intelligent memory)이라고 부른다.

불은 삶의 기본 원리가 되는 물의 이미지와 대비되는 것으로 죽음,

파괴, 파멸 등 바람직하지 않은 삶의 방향을 제시한다. 이 불이 모든 것들을 깨끗하게 태우고 지나간 후에 "넓고 깨끗한 하늘"에서 만나자는 것은 단순한 연인이나 친구가 아닌, 원시적 생명력과의 만남, 합일에의 희구라 할 수 있다. 『삼국유사』 혜공편을 보면 우물 속에 들어갔다 몇 달 만에 나와도 옷이 젖지 않고, 산길에서 죽어 넘어져 되살아나는 것은 결합과 분리, 승화와 재생이라는 연금술의 이미지다. 그리하여 강은교 시속의 물의 파르마콘은 치유의 순례자로서 세계의 구원을 위해 생명수를 공급하는 수자타로 현신하기도 하고 바리데기로 자리매김하기도 한다.

에즈라 파운드는 『How to read』에서 시의 특성을 멜로포이아(melopoeia), 파노포이아(Phanopoeia), 로고포이아(Logopoeia),로 분류하여 멜로포이아는 주로 음악성에 중점을 둔 시, 파노포이아는 시각적인 심상의 시, 로고포이아는 주로 이론적인 시를 일컫는다고 주장한다. 페미니즘적 에로티시즘은, 인간이 불연속적인 존재이면서 자신의 그러한 존재양식을 뛰어넘으려는 도전을 추구하는 곳에서 출발한다. 그러므로 역설적이게도 에로티시즘은 타나토스와 연결될 수밖에 없다. 죽음만이 영원한 연속을 제공하기 때문이다. 그래서 에로티시즘으로 가는 길목에는 항상 작은 죽음인 오르가즘의 열락이 기다리고 있다.

강은교는 『그대는 깊디깊은 강』 서문에서 "그런데, 언어는 어디 갔는가. 이 자본의 숲, 상품의 핏빛 웅덩이 속에"라고 말한다. 그러면서 이 도저한 자본의 권력 앞에 무릎을 꿇은 소외된 민중들에 대한 지극한 연민과 위안을 생명 완성으로의 서정적 이미지를 지향한다. 위의 두 시에서 시적 자아는 내면에서 에로스와 타나토스가 합일을 몸으로 구현하려는 그의 욕망은 언어적 육체로의 귀환을 완성한다. 그리하여 억압된 정치체제에 대한 대항이 민주화의 쟁점으로 연결된다면, 경제

적 모순과 부조리에 대한 대항은 인간의 평등과 인간성 회복에 대한 과제로 연결시킨다.

　시는 인간의 희·노·애·락, 생·노·병·사에 대해 변함없이 노래해 왔다. 그 노래의 흔적으로 그리스 최초의 여성시인 사포(Sappho. 기원전 7~6세기)25)의 시에서 건강한 에로스의 아름다움을 훔쳐보고, 오마르 하이얌의 『루바이야트』에서는 시들어 가는 생명체의 몸부림을 공

---

25) 아무도 원망하지 않으리라/ 파온이여/ 메리타여/ 내가 죽는 것은 생에 지친 까닭이다/ 더 이상 살 의욕을 잃었고 이런 무의욕한 상태에선/ 한 줄의 시도 나오지 않는 까닭이다/ 녹슨 하프와 갈라진 심장을 내던지고 피안으로/ 나의 영혼의 고향에 휴식하러 돌아가고 싶어진 것이다/ 너희와 나는 다른 고향의 사람이다/ 그것이 우리의 죄의 전부이다/ 따라서 나는 아무도 원망하지 않는다/ 잘 있거라. <사포의 유언>.

로렌스 알마 타데마, <사포와 알카이우스>, 1881.

감했으며, 『시경』에서는 넘쳐나는 정념, 그리움, 연민, 애착, 질투를 다 포함한 사랑26)을 본다. 같은 맥락으로 인간의 사랑과 평등, 죽음과 회복에 대한 과제로 그는 어느새 잠들고 − 떠나고 − 침묵이라는 타나토스성 주술을 온 우주에 부여한다. 살아 있는 것은 모두 죽고 죽음으로써 다시 태어나는 아키타입의 에로스다. 그 주술의 해탈 과정을 통해 시라는 에로스는 에로티시즘의 존재연속에 대한 인간 존재의 향수, 즉 보편적 실재와 자신을 이어주는 연속성에 대한 심리적 유대감을 형성하고 있다.

(상략)
온 하늘에 쨍그랑거리는 소리들
별과 별들 오늘 밤

---

26) 이승하, 위의 책, 11~12쪽.

> 서로의 살을 팅기는 소리
>
> (하략)
>
> — 강은교, 「그 마당의 나무에서 들리다」 부분27)

> 빗방울 둘이
> 소나무 끝에 매달려 있다
> 입술 꼬옥 다물고
> 장수풍뎅이 한 마리
> 기를 쓰며 빗방울 둘을 연다
> ……………………………………
> 그 속으로 포옥 빠진다
>
> (하략)
>
> — 강은교, 「빗방울 둘이」 부분28)

「그 마당의 나무에서 들리다」는 쨍그랑 쨍그랑 별과 별들이 사랑하느라 서로의 살을 팅기는 청각성에 중점을 둔 '멜로포이아(melopoia)'이고, 「빗방울 둘이」는 빗방울을 열고 포옥 빠지는 시각적인 심상의 '파노포이아(phanopoeia)'다. 그 속으로 "포옥 빠진다"는 고도의 친밀성을 전제로 한 섹스에서의 던짐이다.

인간은 내 욕망의 대상이 나를 욕망할 때처럼 떨리는 만족감이 극대화되는 적이 없다. 이런 의미에서 섹스가 고독이라는 근원적인 존재양식으로부터 인간을 구원할 수 있는 출구로 파악된다면 이 두 시의 서로를 열고 서로의 살을 팅기는 시간 속에는 에로스의 충동과 타나토스의 욕동이 작은 죽음이 함께 한다. 이렇게 절정을 향해 무르익는 에로티시즘의 미학에는 시각, 청각, 촉각의 우열이 없다는 것은 다시 말해 헤

---

27) 강은교, 『초록 거미의 사랑』, 창비, 2006, 17쪽.
28) 강은교, 『젊은 시인에게 보내는 편지』, 문학동네, 2000, 165쪽.

겔의 말처럼 '욕구된 욕구(die begehrte Begierde)'보다 더 인간다운 욕구는
없다는 말이기 때문이다.

　강은교의 파노포이아인 「구름의 뿌리」에서 땅을 쓰다듬고, 「몰운
대 2」에서 "주황빛 혀를 내밀어 어둠을 핥"고, 「별 한 개 머리에 인 구
름, 섬 사이로 걸어오네」에서 섬의 허리도 핥아보는 것은, 구강기적 욕
구와 연결된 동시에 여성의 삶에 대한 근본적인 궁금증을 해소하는 에
로스적 정감의 친밀한 교감이다. 서로 부드럽게 매만지지다가 마침내
「보십시요」에서는 "모든 빛나는 것들이/ 내는 이 소리를,/ 모든 따뜻
한 것들이/ 내는 이 향기를,// 보십시오." 라고 구름과 달과 별을 거느
린 자연과의 소통을 통해 세계의 관찰자로서 향기와 소리에 감응한 에
로티시즘적인 탄성을 지르는 것 역시 욕구된 욕구에 다름 아니다.

> (상략)
> 거세게 저 풀을 밟아주어라
> 풀들은 밟히면서 더 커 오르나니
> 아침의 입술에 묻은 이슬이라든가 서리 같은 걸 홀짝거리며 마실 때까지
> 노래여, 나에게서 떠나 나에게로 오는 노래여
> 발목까지 물 차오른
> 이 쓸쓸한 정거장에서
> 그대의 아버지를 찾아라
> 그대의 아버지를 살릴 약수를 찾아라
> (하략)
>
> ― 강은교, 「빗방울 둘이」 부분29)

　위의 시는 바리데기 신화를 인유했다. 한국의 무속신화로 무조전설,

---

29) 강은교, 위의 책, 106쪽.

존 워터하우스, <다나이드>, 1904,
크리스티, 뉴욕.

바리공주, 칠공주, 또는 오구풀이라고도 불린다. 바리데기의 신화적 특징은 개인적인 효녀에서 국가공신으로 집단추앙을 받다 훗날 모든 사람의 죽음을 관장하는 신이 된다는 점이다. 바리데기가 존재성이 미약한 막내로 태어난 여성영웅이야기로서 모든 인간을 평등하게 구원한다는 점에서 에코페미니즘의 샤머니즘적 원리와 맞닿아 있다. '바리데기'라는 기표는 바다가 아닌 설화적 서사에서 나와 그의 시속에서 구체적인 현실태로 상징화된다. 생명수인 '물'은 죽음과 생명의 재생을 의미한다. 타자들을 고통 받게 하고 억압했던 대상들을 모두 끌어안는 여성성, 여성적 이미지의 표상이 주체적으로 존재할 때만이 세계를 인식하고 그 세계로 나가는 힘을 지닌 여성적 글쓰기가 이루어진다.

한국민간설화에 나타난 아니마 아니무스 가운데 가장 대표적인 아니마상은 '선녀와 나무꾼'이다. 이때 선녀는 천상의 존재로써 유혹적이고 비상한 능력의 소유자로 나무꾼과의 결합은 무의식의 요소와 자아와의 합일을 상징한다. 또한 심청과 춘향, 무당의 조상 바리공주는 희생과 시련을 극복하고 성취한 아니무스적 자기실현의 체현물들이다. 즉 영매에 해당하는 인물로서 영혼의 통어자이기도 하다.

그가 자신의 시속에서 바리데기 신화를 원용하여 자신과 타자의 구원문제를 노래하는 것은 여성성 속의 아니무스, 남성성 속의 아니마의 인간본연 모습을 드러내는 것이다. 다시 말해 자궁, 용기로 통칭되는 여성 삶의 주변화를, 가부장권력인 아버지를 구원해줌으로써 질곡속의 여성정체성을 양성평등의 차원으로 끌어 올리는 쾌거를 이루게 된 것이다. 인간 존재의 고통은 근원적으로 외로움에서 비롯되고 에로티시즘이 치유책이라고 본다면 고통 – 애착 – 사랑 – 질병 – 이별 – 슬픔 – 죽음은 뫼비우스의 띠처럼 인간의 생래적 연속적 기제로서 모든 문학작품들의 근원적인 주술적 주제가 될 수밖에 없다. 심리학적인 관점으론 에로티시즘이 모성애에 대한 향수와 도 깊은 관련성이 있어 에로티시즘의 욕망이 단순한 복수에의 열망이 아니라 완전한 性(생명 生＋ 마음 心), 혹은 고독 상태 이전시간으로의 복귀를 추구하는 것임을 미루어 짐작할 수 있다. 지상의 에로스와 타나토스들은 에로티시즘 미학에 의해 '몸'을 얻어 세상의 생명성을 퍼트리게 되는 것처럼 세상을 구원할 수 있는 건 오직 긍정적인 여성성뿐이라는 것을 그의 매혹적인 시적 자아로 함의되고 있음을 볼 수 있다.

　여성주의 문학의 지평을 연 페미니스트 시인 고정희(高靜熙, 1948~1991)[30]는 "1980년대 초부터 여자와 남자가, 그리고 아이들과 어른들이 서로 평등하고 자유롭게 어울려 사는 대안 사회를 모색하는 여성주의 공동체 모임인 『하나의 문화』에 동인으로 참가하여 중추적인 역할을 하였다. 운동가의 강인함과 시인의 열정 및 섬세함을 동시에 갖춘 고정희

---

30) 전남 해남군 출생. 1975년 현대문학 발표. 1983년 대한민국 문학상. 『여성신문』 초대 편집주간. 1984년 기독교신문사, 크리스챤 아카데미 출판간사 광주 YMCA 대학생 간사. 「전남일보」기자. 가정법률상담소 출판 부장. 유고시집 『모든 사라지는 것들은 뒤에 여백을 남긴다』.

왼 쪽 인도 고대 벽화, <붓다와 우주 생명의 나무인 보리수>
오른쪽 인도 서부 왈리 지방의 부족들이 나무와 사람을 그린 민화. 이들에게 나무는
　　　　일상에 필요한 모든 것을 제공해주는 모신이자 가장 친근한 이웃이다. 인문산
　　　　책 제공

시인은 훈련된 지도자로서의 역량으로『여성신문』의 초대 주간을 맡
아 명실상부한 여성주의적 대안 언론의 초석을 튼튼히"[31] 다졌으며,
1991년 지리산에서 갑짝스런 죽음을 맞이하기까지 11권의 시집을 남
긴 시인으로 평가받고 있다.

　고정희의 자기 치유의 기초 개념인 창조적 에너지는 열정적인 에로
스의 대체물이었다. 창작활동이란 의식과 무의식이 상호교류 되는 순
간 추동의 상징으로 표현되는바 그의 내면에 숨겨진 많은 정보들은 자
발적으로 여성주의 문화운동에 투사되었다. 모든 예술가들이 예술작

---

31) 이소희, 위의 논문, 14쪽.

품을 감상하는 에너지도 성욕의 상징적인 만족에 다름 아니다. 대치된 감이 문화적으로 높은 수준의 가치를 지닌 것이면 이러한 전이 (dispacement)의 유형을 승화(sublimation)라 하고, 이 승화란 에너지를 지적이고 인도주의적이며, 문화예술적인 것으로 돌리는 것이다.

　민주화운동의 기수에서, 여성해방운동의 기수로 그 시대 누구보다도 극렬한 삶의 현장에서 남녀가 평등한 글쓰기 노동자의 전형처럼 살다 갔다. 그의 문화운동 실천의 모체는 서로 다르되 함께하는 분위기였다. 빗방울이 – 도랑물 – 개울물 – 시냇물 – 강물 – 큰강물 – 한강 – 북한강 – 낙동강 – 영산강 – 섬진강 – 바다로 흘러간다. 하나의 물방울에서 출발하여 드디어 바다에 이르고 마는 크나큰 힘, 그 다양한 주체들이 생성해내는 집합적 주체성이야말로 여성운동을 통해 얻을 수 있는 여성주의라고 본 것이다. 이렇게 하여 페미니즘의 아우라와 문화정치학은 서로 자연스럽게 역사성을 획득해 나간다.

구스타프 크림트, <생명의 나무>, 1905~1909, 오스트리아 응용미술관.

독일의 신화와 인도의 신화에서는 빗방울을 신의 정액이라 여겨 대지를 수정시켜준다고 믿었다. 시인의 빗방울 역시, 그 원시의 물위에 나라야나(Narayana)가 떠 있고 그 배꼽에서 우주나무가 자라는 데서 차용해온 이미지로 보인다.

융은 자기성찰을 통한 자기치유의 방법으로 다른 사람들이 그의 고백을 반복하도록 협력을 구하는 것이 아니라 그들이 자신이 할 수 있는 것을 배워서 자기 자신에게 몰두 하도록 격려하는 데 그의 지향이 있었던 것처럼, 고정희도 그녀의 시를 통해 가부장들의 문화 권력에 휘둘려 상처 난 여성성들을 위무하고 치유해주려 했음이다. 이는 외부 현실에 위축되거나 자기의 목적을 달성할 수 없게 될 경우에라도 쾌락원칙의 힘은 무의식 가운데 생존할 뿐만 아니라 다층적인 방법으로 쾌락원칙에 대체된 현실에 영향을 미쳐 왔음을 시사한다. 그리하여 문학은 개인의 본능적인 성적기제와 사회적 요구사이에서 갈등을 조정하도록 인간을 도와주었으므로 따라서 넓은 의미에서 이미 치유력을 행사한 셈이다. 시의 파르마콘이 갖는 치유적인 측면은, 글쓰기활동을 통해 인간 정신을 성찰－정화－승화시킨다는 것이다. 작가들은 누구나 자기 전체의 인격을 실현하고자 창작에 임한다. 자기실현이란 인간의 내부에서 우러나오는 필연적 요구로서 인간은 누구나 자기실현을 할 수 있는 가능성을 태어날 때부터 가지고 있다고 한다.

남자에겐 노동, 여자에겐 육아라는 양성에게 엄격하게 구분되어 주어진 사회화 과정은 서로 다른 자아정체성 형성을 초래하였다. 그 결과 여성은 사적 친밀성 영역의 수호자로서 역사의 전면에 등장했던 남근들의 배후에 자리해왔다. 그러던 것이 근대에 들어와 자아완성과 자기실현을 지향하는 여성문학인들이 여성들에게 부과된 사회적 불평등을 글쓰기로 비판하고 조직화된 참정권 운동이 여권운동으로 발전하면서 지금까지 배재되었던 공적 영역에서 개혁을 주도하게 되었다.

> 천지의 정기를 얻은 것이 해방된 여자요
> 해방된 몸을 다스리는 것이 해방된 마음이며
> 해방된 마음이 밖으로 퍼져 나오는 것이 해방의 말이요
> 해방된 말이 가장 알차고 맑게 영근 것
> 그것이 바로 시이거늘
> 그런 해방의 시가 조선에는 아직 없습니다
> (하략)
>
> — 고정희, 「황진이가 이옥봉에게」 부분[32]

> (상략)
> 남자가 모여서 지배를 낳고
> 여자가 모여서 전쟁을 낳고
> 전쟁이 모여서 억압세상 낳았지
>
> 여자가 뭉치면 무엇이 되나?
> 여자가 뭉치면 사랑을 낳는다네
> — 고정희, 「여자가 하나가 되는 세상을 위하여」 부분[33]

> 어머니 공덕 어떤 공덕인가
> 지붕이 생기고 가솔 잇는 그날부터
> 시하 층층 손발되고
> 시하 층층 시집살이
> 젊은 남편 침모되고
> 늙은 남편 노리개 되어
> 장자 아들 밥이 되고

---

32) 박혜란, 『여자로 말하기 몸으로 글쓰기』, 또하나의문화, 1998, 53쪽.
33) 고정희, 위의 책, 83쪽.

중자 증손 떡이 되어
검은 머리 파뿌리 되도록
오장육부 쓸개꺼정 녹아 내린 어머니여
(하략)

— 고정희, 「첫째거리 — 축원마당」 부분34)

억제할 줄 모르는 에로스는 죽음의 본능과 마찬가지로 치명적이다. 문화가 허용하지 않는 만족을 추구하는 에로스는 어떠한 순간에도 만족 자체를 목적으로 하는 만족이다. 그리하여 본능은 어느 정도 금지되고 자신의 목표로부터 조금씩은 굴절되어야 한다. 일차적으로 그 굴절된 힘에 의해 인간의 문명이, 예술이, 그의 시가 창작되기 시작한다. 위의 세 시는 성차별 구조에 대한 고발과 비판을 강하게 표출하는 반면 모성의 포용력과 창조성으로 민중과 민족적 갈등, 가부장질서에 대한 치유적 대안으로 제시되는 것으로 주목되는 작품들이다.

위의 작품 「황진이가 이옥봉에게」는 황진이를 불러내어 여필종부라는 유교질서의 억압을, 「여자가 하나가 되는 세상을 위하여」는 가부장사회의 권력과 폭력체계를 시 쓰기로 폭로하고, 「첫째거리 — 축원마당」에서 어머니의 삼종지도, 현모양처, 조강지처, 정절 등의 이데올로기에 수반된 억압상의 기제는 남성중심주의가 만들어낸 허상이라고 폭로한다. 동시에 단순한 여성성을 넘어서서 모성을 확장시킨 포용과 치유의 본질을 노래한다. 그리하여 생태적 원리로서 역동성과 순환성을 드러냄으로써 여성성속에 숨어있는 가부장질서에 대한 기존의 시각을 교정하는 데 집중하고 있다.

「황진이가 이옥봉에게」는 고정희의 사회문화적 현상의 심층에 있

---

34) 고정희, 『저 무덤 위에 푸른 잔디』, 창비, 1989, 39쪽.

프란시스코 밀레, <아이에게 스프를 먹이는 어머니>, 1860, 프랑스 릴 미술관.

는 형제와 자매애가 드러난 것으로 여성시인들은 여성시인이기 전에 시인이고, 여성시인들은 운동가이기 전에 예술가이며, 여성은 소비하는 자가 아니라 창조하는 자라는 사실[35]을 여성들의 이름을 불러 여성

---

35) 정효구, 위의 논문, 65~66쪽.

들의 목소리로 구체화 시킨 작품이다. 이처럼 복잡하게 짜여진 여성성
들의 정체성의 실타래를 끄집어내고 푸는 일은 쉬운 일이 아니다. 이
것은 여성의 정체성이 문화적인 매트릭스 안에서 재분배되고 있다는
증거로서 여자가 아마추어로 시를 즐기는 것이 아니라 생을 걸고 시에
전념하며 창조자의 길을 간다는 사실, 이런 사실이 1990년대에 들어
오면서부터 여성시인들이 보여주는 예술적 성취는 상당한 결과를 낳
고 있다. 그리하여 현대의 여성시가 전통적인 의미와는 다른 즉 모성
성을 거부하며 야성적으로 분화됨을 원류로 하는 특징을 갖게 되기 시
작하였다. 무아의 체험, 소유가 배제된 성 행위, 의식의 고양, 부권으로
부터의 해방, 도취와 황홀 등이다. 니체의 말대로 '자아에게서 느끼는
기쁨'을 체험하기 위해 시인은 스스로를 해방시켰다. 이처럼 비판적으
로 가부장문화에 대한 경직된 시각을 보이던 시인은 점차 말년으로 가
면서 양성분리주의를 배제하고 양성평등의 원칙에 기대는 성숙된 자
아의 아픈 성찰을 담고 있다.

(쑥대머리 장단이 한바탕 지나간 뒤 육십대 여자 나와 아니리조로 사설)

(······)
조국 근대화가 나와 무슨 상관이며
산업발전 지랄발광 나와 무슨 상관이리
의지가지 하나 없는 인생이 서러워
모래밭에 혀를 콱 깨물고 죽은 들
요샛말로 나도 홀로서기 좀 해보자 했을 때
아이고 데이고 어머니이
수중에 있는 것이 몸밑천뿐이라
식모살이도 이제 싫고
머슴살이도 이제 싫고

페르시앙 롭스, <창부 정치가>, 1896.
너는 돼지, 나는 장님, 그러나 장님의 말을 듣게 되는
건 바로 너다.

애기데기 부엌데기 구박데기 내 싫다
깜깜절벽 외나무다리에서
검부락지 같은 줄 하나 잡으니
그게 바로 구멍 팔아 밥을 사는 여자 내력이라 (허, 좋지)
(중략)
씹구멍가게 차려놓고 하
씹 — 할 — 놈의 세상에서
씹 — 할 — 년 배 위에 다리 셋인 인간 태우고
씹구멍 바다 뱃길 오만 리쯤 더듬어온 여자라 (장고, 쿵떡)

내 배를 타고 지나간 남자가 얼마이드냐,

(중략)

개중에는 별별 물건 다 있었제
말이라면 하늘의 별도 딸 수 있는 물건
돈이라면 처녀불알도 살 수 있는 물건
만원 한 장이믄 배 수 척 작살내는 물건
여자 배타고 하늘입네 하는 물건
들어올 때 다르고 나갈 때 다른 물건
돈만 내고 가겠네 하다가 꼭 하고 가는 물건
한 구멍 값 내고 다섯 구멍 넘보는 물건
하 동정입네 하면서 동정받고 가는 물건……
이런 저런 물건들이
그 잘난 좆대가리 하나씩 들고
구멍밥 고파 찾아오는 곳이 홍등가여
그러니까 홍등가는 구멍밥 식당가다, 이거여
그것도 다 정부관청 인가받은 업소이제
아 막말로 지 구멍 팔아먹는 장사처럼
정직한 장사가 또 어디 있으며
씹할 때처럼 확실한 인간이 또 있어?
구척장신 영웅호걸이라 해도
겹겹이 입은 옷 다 벗고 보면
흰놈 검은놈 따로 없고
잘난놈 못난놈이 오십보 백보라(허, 그래)
인생이 다 밥 한 그릇 연유에 울고 웃는 순진한 짐
생이야!

(중략)

어찌하여 구멍밥 먹는 놈은 거룩하고
구멍밥 주는 년은 갈보가 되는 거여?

(중략)

구멍밥 장사는 비정한 노동이야

물건 대주고 밥을 얻는 비정한 노동이야
혼 빼주고 밥을 비는 갈보로 말하면야
여자옷 빌려 입고 시집가는 정치갈보
지 영혼 팔아먹는 권력갈보가 상갈보 아녀?
아 고것들 갈보 데뷔식도 아주 요란벅적해
금테 두른 이름표 하나씩 달고
염색머리에 유리잔 부딪치면서
정경매춘 꽃다발 여기저기 꽂아놓고
백성의 오복 길흉이 마치
정치갈보 흥망에 달려 잇는 것처럼
오고잡탕 거드름을 떨며(장고, 쿵떡)

(정치 갈보 몰아내고 민주세상 앞당기자)

(중략)

한 생명을 태우고 먹는 첫 국밥이 있고
일 나갈 때 먹는 새벽밥이 있고
민초끼리 나눠먹는 들밥이 있고
인정으로 나눠먹는 고봉밥이 있고
동지끼리 나눠먹는 주먹밥이 있고
배고픈 다리 넘어가는 보리밥이 있고
허튼 귀신 몰아내는 오곡밥이 있고
이웃끼리 나눠먹는 대동밥이 있을진대
이 밥을 먹고 나면 거름똥 아니던가

(중략)

자본주의 꽃이라는 섹스밥이여
허튼 섹스밥이 바로 매춘 내력이로구나

(하략)

　　　　　　ー 고정희, 「몸 바쳐 밥을 사는 사람 내력 한마당」 부분36)

강남 일대가 따라 옷을 벗었다

---

36) 고정희, 『모든 사라지는 것들은 뒤에 여백을 남긴다』, 창비, 1992, 82~89쪽.

토머스 로우랜드슨, <하렘>, 1788.

아득히 솟은 여자의 유방과
아련히 빛나는 강남의 누드 위로
당당하게
말좆 같은 뱀이 기어 올랐다.
소름을 번쩍이며
좆도 아닌 것이
좆 같은 뻣뻣함으로
여자의 젖무덤을 어루만지고
강남의 모가지를 감아 흐느적이고
여자의 입에 혀를 널름거리고
강남의 등허리를 기어내리고

태초의 낙원
여자의 무성한 아랫도리에 닿아
독재자처럼 치솟은 대가리를
강남의 아름다운 자궁에 박았다
여자는 나지막한 비명을 지르고
강남의 불빛이 일제히 꺼졌다

(하략)

－ 고정희, 「뱀과 여자－ 역사란 무엇인가 1」 부분37)

매혹과 폭력의 역사는 생명력이 가득한 현재 진행형이다. 상상과 경험의 적극적 변형으로 이루어지는 위 작품 「몸바쳐 밥을 사는 사람 내력 한마당」은 전통 구비장르인 판소리가락의 아니리 형식과 연희상황에 대입시켜 "그게 바로 구멍 팔아 밥을 사는 여자 내력이라(허, 좋지)"라고 역설적으로 가부장사회의 매매춘현상을 사설시조로 풍자하는 외설이다. 이 때 외설(aischrologia)이란 말은 본래 그리스어로 '부끄러운 것을 말하는 것'이다. 산업화, 군부시대를 거치면서 형성된 부정적인 문화를 스스로 치유할 수 있는 능력이 있다고 본 시인은 "어찌하여 구멍밥 먹는 놈은 거룩하고/ 구멍밥 주는 년은 갈보가 되는 거여?"는 소외된 여성성에 대한 가부장질서의 폭압을 고발하는 것이다. 똑같은 행위를 똑같은 곳에서 함께 했음에도 성차별과 계급차이라는 이중적 탄압으로 고통 받는 격리된 여성들의 목소리이다. 위의 시에서도 역시 유방·누드·말좆·뱀·좆·젖무덤·모가지·등허리·혀·입·여자의 아랫도리·대가리·자궁 등 성적인 상징을 질펀하게 풀어놓고 가부장 지배문화를 통렬히 비판하며, 왜곡되고 상품화되어서 착취의 대상으로 전락한 여성의 성을 폭로한다. 그의 시에선 역사를 앞으로 밀고 나

---

37) 고정희, 『지배문화 남성문화』, 또하나의문화, 1998, 91쪽.

존 콜리어, <뱀과 릴리스>, 1887.

가는 추진력과 파행적인 질서를 바로잡으려는 강한 의지력이 튀어 오른다.

이때 고정희의 몸은 한 개인을 이루는 최소단위인 동시에 타자와 사회로 연결되는 무한한 관계의 고리이며 여성성을 그대로 드러내는 가장 내밀한 영역이다. 이를 두고 김승희는 고정희는 안티고네처럼 폭력적 아버지의 이름에 저항하기 위해 독재 정치에 항거했고, 기독교인이면서도 하느님 – 아버지보다 하느님 – 어머니를 호명했으며 여성 – 최후의 식민지를 해방하기 위해 『여성해방 출사표』를 썼고 또한 자본 · 권력에 억압된 모든 주변부적 존재들, 민중(노동자, 농민, 소외계급)이 사실 여성과 같은 타자의 입장에 있다는 것을 인식했다.[38]고 말한다.

페미니즘적 시각으로 전개되는 성적표현은 권위적 언어, 공식적 언어에 정면으로 반발하고 민중 자신의 정체성 확립을 위한 문학의 필요성을 제기한 것이다. 성의 본원적 욕구를 노출하여 민중의 솔직성을 보여줌으로써 인간 해방의 이데올로기 실천을 문학적으로 승화시킨

---

38) 김승희, 『남자들은 모른다』, 마음산책, 2001, 47쪽.

사례에서 보는 바와 같이 판소리, 탈춤, 등 조선 후기 민중 예술에 나타
난 음담패설이 집중적으로 나타난 것은 사대부의 4음보의 평시조와
가사문학을 뒤집으려는 민중의 저항 이데올로기를 형상화하기 위한
전략이었다. 특히 의태어의 사용과 해학적인 표현으로 작품의 주제를
형상화한 것은 관념적 언어에서 벗어나 구체성과 현실성에 입각한 민
중의 솔직성을 보여주는 사례라 할 만하다.

　남근 중심사회에서 여성이란 실존은 남편의 아내로 살며 찬양받거
나, 매춘부로 살며 멸시를 받거나, 매혹과 폭력의 두 얼굴 모두 다 기존
질서의 사회적 인정 대상은 결코 되지 못했다. 물질적 욕망에 타락한
현실을 격찬하는 듯 하다가 비꼬아 풍자하는 등, 이 시의 성적 표현이
갖는 비속성은 당대의 사화구조와 삶의 건강하지 못한 기능을 드러냄
으로써 삶에 대한 반성적 인식을 유도한다는 점에서 비판적 담론이라
할 수 있다.

　'매춘부(courtesan)'를 라틴어로 메레트릭스(meretrix)라고 불렀는데 이는
돈을 버는 여인을 의미했다. 매춘부는 「길가메시 서사시」에 나오는 마
술사나 무당에 이어 두 번째로 오래된 직업으로 기록되어 있다. 성애
와 출산을 신성시 여겼던 바빌로니아 시대나 그리스시대의 창녀는 신
성한 매춘부(prostitute)로 숭배되었다. 기원전 1700년경 함무라비 왕조
시대의 수도원에서 창녀들은 신과 숭배자 사이의 영매역할을 맡았으
며,39) 기원전 4세기경 그리스 아테네에는 프리네와 헤타이라라는 고
급 매춘부가 있었다. '매매춘'은 강요된 노동 과정 속에서 발생하는 인
간소외의 전형이지만 이 세상의 두 번째 직업이었다는 기록은 종교와
밀접하게 결합되어 있었다. 그러나 고정희는 위의 시에서 삶의 현장에

---

39) 이인식, 위의 책, 125쪽.

오브리 비어즐리, 희대의 창부
<메살리나>, 1897.

서 육체가 돈 때문에, 생존 때문에 천대받고 부당하게 모독당하는 폭정을 보여준다. 이는 훼손되고 피폐화되는 자신들의 육체를 전시함으로써 억압을 폭로하는 부정적인 방식이다.

우리 사회도 유신시대의 경제제일정책 이후에 본격적으로 산업화, 자본주의화 되어 감에 따라 이 매매춘 현상이 일종의 공공연한 은폐된 사회제도로 고착화되어 왔다. 뿌리 깊은 여성의 차별고용정책으로 여성노동력의 상당부분이 산업현장보다는 매매춘을 비롯한 접객서비스 부문으로 쏠리게 하였다.[40] 가부장중심사회에 저항하고 매매춘 현상의 실태를 폭로하는 여성 시인의 비장한 어조는 남다르다. 그의 페미니즘적인 시각 속에는 남성, 여성의 성차별에 대한 강력한 비판이 들어있다. 그러나 매매춘의 성행위 장면을 바로 묘사하고 있지는 않는 반면 성행위로서의 매매춘에 대해 아주 강력한 시적 발언을 하고 있다. 자본주의 사회에서 '성'과 '엽기'와 '돈'은 서로 맞물려 돌아가는 톱니바퀴와도 같다. 상업적인 의도로 만들어진 광고의 상당수가 성(sex)과 여성의 몸을 교묘하게 이용한다. 인터넷 포르노 사이트를 예로 들지 않더라도 한쪽에서는 성의 자유를

---

40) 고현철, 「현대시의 성 표현과 주제의식」, 『한국문학논총』 제 19집, 한국문학회, 1996, 101쪽.

장 레옹 제롬, <배심원 앞에 선 프리네>, 1861

마음껏 누리고 있고 다른 한쪽에서는 성이 인간을 억압하는 기제가 되고 있다고 볼 수 있다[41]. 한쪽에서는 성을 이용해 돈을 벌고 다른 쪽에서는 성이 여전히 금기의 대상이다.

1961년 제정된 관광산업진흥법에 따라 특수 관광호텔에서의 외국인 상대의 매매춘 행위를 허용하기 시작했다. 미군군정기의 매춘을 거쳐 일본인 상대의 기생관광매춘을 거쳐 1970년대 고도성장체제를 유지하기 위해 단순 일자리가 줄자 저임금에 시달리던 여성들이 향락산업의 고소득에 몰리게 되었다. 더욱이 남성에게는 퇴폐적 자유를 인정하면서도 여성에게는 강력한 문화적 정조대의 착용을 강요하고 있다. 이러한 사회문화적인 풍토 내지 사실은 여성의 억압과 성의 상품화,

---

41) 이승하, 「한국 현대시에 나타난 폭력과 광기」, 『이화어문논집』 제 20집, 이화어문학회, 2002, 24쪽.

매춘의 발생구조를 온존시키는 배경이 되고 있다.[42]

욕에는 웃는 욕과 우는 욕이 있다. 욕설과 지나친 성기표현도 화합본능이 축소된 즉 타나토스의 결과로서의 웃는 욕이다. 이를 마르쿠제는 현실원칙이 도입되어도 현실의 검열로부터 자유롭고 오직 쾌락원칙에만 종속되는 정신활동이 남게 되는데, 실제적인 대상에 의존하지 않는 상상력이 바로 욕이다. 본능에 대한 의식의 억압이 아무리 심하여도 상상력과 놀이에는 언제나 남아서 생생하게 활동하며 쾌락원칙에 위탁[43]하여 표현되고 있다고 정의하고 있다. 그는 이렇게 말한다. 오직 내가 바라는 것이 있다면 작업을 하는 동안에 이 형태들이 생명력을 가지게 되며 궁극적으로 생명의 의미성을 가지게 되길 바랄 뿐이다.

"욕설들은 건전한 본능의 실현이 아니라 과잉억압 상태에서 파괴본능의 강화된 모습인 것"[44]처럼 위의 작품 고정희의 「몸 바쳐 밥을 사는 사람 내력 한마당」에 나오는 '씹구멍'과 '구멍밥', '섹스밥', 이연주의 시 「매음녀 3」에 나오는 '가랑이', '보지'는 여성성기의 대체용어로서의 여성비하가 담긴 욕이며, 과잉억압 상태에서 파괴본능이 강화된 모습이다. 잡년, 쌍년, 아랫것 장사, 갈보, 똥갈보, 화냥년 등도 역시 여성 전용의 욕이다. 찢어 죽일 년, 찢어진 년에 맞비길 '튀어나온 놈'

---

42) 김정자 외, 위의 책, 327~330쪽.

43) 허버트 마르쿠제, 김인환역, 위의 책, 350~351쪽.

44) 김열규, 위의 책, 110~113쪽. 여성에 대한 욕의 성차별은 낱말 차원의 형용사에서부터 시작된다. '요망한, 요상한, 간사한, 간특한, 간악한, 발칙한, 추잡한, 방정맞은, 재수 없는, 부정 타는, 시끄러운, 잡스런, 교활한, 경망한, 수다스러운, 재잘대는, 촐랑대는, 까불대는, 꼬리치는, 눈꼬리 찢어진 …… 마찬가지로 부사의 욕에도 여성 전용이 있다. 배시시, 게슴치레, 키득키득, 알랑알랑, 께죽께죽, 재잘재잘, 뾰로통, 삐쭉삐쭉…….

'차고 다니는 놈'이란 욕은 존재하지 않는다. 금간 존재, 상처 난 존재 그 자체로 여성은 원천적으로 찢어진 존재가 된다.[45] 이와 같은 여성에 대한 욕은 성차별의 대명사에 다름 아니다. 이것은 남성파시즘의 공격적인 시각에 대한 저항의 목소리에 해당한다.

그한 예로, 레오나르드 다빈치의 드로잉 중 <성교단면도>란 그림을 보자. 여성은 소음순이 제거된 생식기관과 유방, 몸통으로 생략하여 그렸다. 이와 반대로 남성은 완전한 인간의 모습으로 음낭과 발기된 음경의 단면도가 세밀하게 묘사되었다. 소묘들에서 조차 과학적, 예술적인 에로티시즘을 추구하던 천재는 여성의 쾌락조차도 남근주의의 아버지 법과 언어로 본 명백한 증거였다. 이와 같은 구도에서 보건대 남근들이 여자를 사용할 때 그들이 실제로 사용하는 것은 여성 즉 객관물로서의 여자가 아니라 그릇 – 용기의 빈 공간이다.

라캉에 의하면 상상계의 거울단계 개념에서 허상이 갖는 소외효과는 자아를 공격하는 외상으로서의 죽음충동이다. 이러한 죽음충동은 아버지의 법과 언어로 이루어진 상징계의 개입을 야기 시키는데, 상징계의 기능은 상상계 가 배척하고 부정하는 것, 즉 실재에 이름을 주는 것이며, 상상계적 형태를 파괴시킴으로써 해방된 낯선 힘이 된다. 이 때 바타이유는 개체성을 파괴시키는 죽음의 충동, 혹은 존재의 연속성을 향수하는 충동에서 에로티시즘의 핵심이 발견된다.

이런 맥락에서 보면 상징계가 베풀어주었던 어떤 유대보다, 상상계의 소외효과 유혹으로의 이행이 더 빨라진 것이다. 개체성이 상실된 하나의 용기에 지나지 않는다는 자아의 고립적인 콤플렉스가 경계를

---

45) 김열규, 위의 책, 110~113쪽.

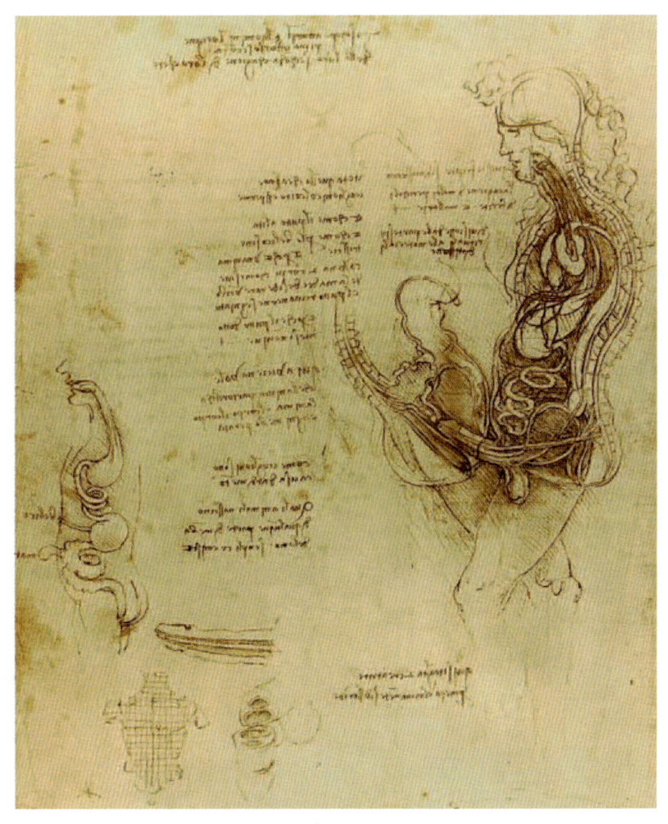

레오나르드 다빈치, <성교 단면도>, 1492.

깨뜨리고 죽음으로 치달은 것이다. 이것은 그에게 길들여지지 않은 본능, 즉 죽음본능이 그를 승화시켰다는 것을 예증해주는 사실이다.

오늘날 인간의 섹슈얼리티는 몸으로 대변된다. 몸이 한 존재를 대표하고 섹슈얼리티가 몸을 상품화하는 시대에 살고 있다. 섹슈얼리티가 자연적이지 않은 것은 당연한 결과다. 왜냐하면 상징적이고 매체집중적인 환경 속에서 기억과 환상 그리고 무의식의 형상들이 충돌하는 몸짱의 시대에 거주하는 현대인들이기 때문이다. 그들의 시적 디스플레이의 오브제(object), 소유를 위한 오브제인 '씹구멍'과 '구멍밥', '섹스밥'은 이연주의 시 「매음녀 3」에 나오는 '가랑이'는 여성이 된다는 것은 이런 상징적 이미지가 되는 것을 강조한 것은 여성성이라는 문화적 장치로서 기능을 내포 한 것으로 본다. 이때 섹슈얼리티는 개인적이고 주관적인 용기이라기보다는 사회제도의 폭력에 대항하는 기능을 수행한다고 보겠다. 물론 자연스럽거나 이상적인 완벽한 공간은 따로 존재하지 않는다. 또한 이처럼 시인의 지향을 충족시키는 지각은 근원적인 본능의 지각을 전제로 한 것이다.

도상학적으로 볼 때 '성기'라는 여성이미지는 판도라의 상자와 동일시 될 수 있는데 그 여성 성기는 판도라의 연상 작용을 통해 신비와 유혹의 성격을 지니게 된다. 로라 멀비식으로 말해 판도라의 도상학에서 중심이 되고, 신화적 사고의 특징인 것으로는 유혹의 가면 뒤에 숨겨진 불가사의한 여성성과 위험을 감행하는 위반과 금기로서의 여성 호기심이다. 그 호기심을 못 이겨 금지된 상자를 열자 그 안에 있던 모든 불온한 상징들이 세상으로 나가고 한 가닥 희망만이 그 안에 남게 된다. 그 남은 한줄기 희망이 억압적인 남성중심적 질서를 넘어서는 여성적 삶과 글쓰기를 가능하게 하는 새로운 해방공간으로 나타나기도 한다. 그 둘 사이의 긴장을 놓치지 않는 일이 중요하다.

강은교와 고정희의 에코페미니즘시는 바리데기, 황진이, 신사임당과 같은 역사 속의 인물을 여성해방적인 새로운 시각과 목소리로 재해석함으로써 그간 왜곡되고 비하되었던 여성성을 복원시키고 있다. 또한 송명희는 그들 선각적 여성을 통하여 해방된 여성간의 평등과 공동운명체로서의 자각과 결속을 일깨우고 있다[46]고 말한다. 그리하여 사회의 온갖 병폐와 모순을 총망라하여 극복하기를 희망했고, 남녀의 벽, 지역의, 계층의, 분단의, 종속의 벽을 넘어 남녀가 함께 평등한 세계를 열망했다는 평가도 역시 가능하다.

3. 오래된 파르마콘(pharmacon. 독과 약)을 찾아서

예술의 본래적 특성은 고대의 수렵을 위한 동굴벽화나, 이집트 파피루스에 기록된 서사시, 로제타스톤에 적힌 상형문자 등처럼 죽음의 공포로부터 벗어나고자 제작된 유감 주술적인 의식 또는 오브제의 고백에서 그 기원을 찾아볼 수 있다. 최승자, 김혜순의 시 역시 고백체가 유용하게 선택되고 있다. '고백' 을 이루는 유일한 방법은 그 자아를 울림 깊은 아포리즘으로 들키게 하는 것이다. 고백문학은 현 존재인 자아의 부정에서 출발, 현실 세계에 대한 불만과 쌓여있던 억압을 드러내 보이는 긍정의 반응인 동시에 억압, 죽음의 공포로부터 벗어나고자 제작된 작품이다. 한 사람에게서 울려나와 여성들의 삶 전체로 스며드는 가장 빛나는 고백은 여성문인들의 다양한 작품인 고백서이다. 문학자로서, 에로스에 대한 욕동으로서, 타나토스에 대한 질시로서, 성적인간의 에로티시즘으로서 고백형태는 자기 동일성 회복을 위한 실존적 의지에 다름 아니다. 고백은 자아의 내성(內省)을 강조하는 기제로 거의 모든 문학에 직접적 혹은 간접적으로 배경화 되어 있는 인간 심리적 요소이기 때문이다.

최승자(崔勝子, 1952~)[47]는 여자인 자신의 "탄생을 슬퍼하기 위하여 이

---

46) 송명희, 「고정희의 페미니즘시」, 『비교문학』, 한국비평문학회, 1995, 164쪽.

47) 충남 연기 출생. 고려대 독문과. 계간 『문학과 지성』 1979년 등단. 1981년 첫 시집 『이 시대의 사랑』. 2010년 대산문학상. 지리산문학상. 『기억의 집』, 『내 무덤, 푸르고』, 『즐거운 일기』, 『내게 새를 가르쳐 주시겠어요』, 수필집 『노을 밭에 지는

세상에 태어났다"라고 말한다. 왜냐하면 이 세계가 뭉뚱그려져서 그의 안에 들어 왔고, 그는 그것을 끊임없이 생산하여야 하는 어머니, 예언자 테이레시아스(Teiresias)로 태어났기 때문이라는 것이다. 더욱이 그의 시에 나오는 그의 남편은 거대한 손, 죽음, 남자, 니힐리스트, 미래 등의 이름을 갖고 있다. 그런데 한 번도 그의 남편은 정상적으로 아름답고, 사랑스럽고, 귀여운 아기를 선사해준 적이 없다. 그는 그녀에게 사산된 아기를, 녹슬은 세상을, 사막을, 아기가 어디가고 양수만 질편히 흐르는 세상을 선사했다. 그리하여 최승자시의 문체는 애달프게 달래고 어르다가 갑자기 꾸짖는 어조를 구사한다. 이러한 시적 자아의 직시와 투사는 자기의 자아분열을 꾸밈없이 드러내는 실존적 행위는 그래서 언제나 현재진행형을 감수한다.

> 일찍이 나는 아무것도 아니었다.
> 마른 빵에 핀 곰팡이
> 벽에다 누고 또 지린 오줌자국
> 아직도 구더기에 뒤덮인 천년 전에 죽은 시체
> 아무 부모도 나를 키워주지 않았다.
> 쥐구멍에서 잠들고 벼룩의 간을 내어 먹고
> 아무데서나 하염없이 죽어 가면서
> 일찍이 나는 아무것도 아니었다.
> (중략)
> 내가 살아있다는 것
> 그것은 영원한 루머에 지나지 않았다
> — 최승자, 「일찍이 나는」 부분[48]

소리』, 『빈센트, 빈센트, 빈센트 반 고흐』, 『짜라투스트라는 이렇게 말했다』 등 다수.

[48] 최승자, 『이 시대의 사랑』, 문학과 지성사, 1999, 13쪽.

세잔느, <빵과 달걀이 있는 정물>, 1865, 미국 신신내티 미술관.

1990년대 여성문학에서 모성적 몸에 대한 시각은 양가적이다. 그의
형식 파괴시는 1980년대 양식 파괴를 넘어 기성시단에 충격을 던지며
새로운 세대의 키노타입 시 쓰기 전략으로 등장한다. 이 경향은 시적
인 것이 고정된 실체 개념이 아니라 문화 사회적 상황과 수용 주체의
관점에 따라 변화될 수 있는 가치 개념으로 간주하는, 시적 자아의 근
본적인 혁신 때문이었다. 이때부터 최승자 시의 파르마콘은 형식 파괴
를 통해 비시와의 경계를 허물고 현실의 모순에서 파생된 나와 너의
가면을 벗겨 내는 전위적인 실험을 감행하게 된다.

「Y를 위하여」에서 "절망하기 위하여 밥을 먹고/ 절망하기 위하여
성교를" 하듯 성적 욕망을 억압하는 규범적 질서로 나타나기도 하지
만 유년기의 성적인 혼돈에 대한 기억을 역추적 한다. 성욕과 식욕은

램브란트, <오줌 누는 여자> 1631, 파리
국립도서관.
침대위에서 녹아내리던 여자의 물이다.

이란성 쌍둥이다. 단시간에 곧바로 채워지는 잡식성 욕망이라는 점에서, 단시간에 곧바로 채워지는 에너지를 상징한다는 점에서 흡사하다. 위의 시에서 여성들의 절망을 상기시키는 상상계속의 레미니상스(reminiscence. 想起) 체험들은 마른 빵에 핀 곰팡이-지린 오줌자국-구더기에 뒤덮인 천 년 전에 죽은 시체-벼룩의 간으로 이어진다. 시각을 통해서 무의식적인 추억의 재생으로 되살아나는 이런 표상들은 아니마,

아니무스의 도움 없이도 복원이 가능한 것처럼 과거 유년기 체험에 대한 진술이 현 실태에 대한 언표가 될 수 있음을 볼 수 있다.

크리스테바가 『공포의 힘』에서 이론화한 애브젝션은 똥, 오줌, 월경혈, 분비물, 구토물, 시체와 같은 폐기물과 흉포하고 야비한 범죄까지 다 비루한 것들이다. 이것은 정체성, 체계, 질서를 위반함으로써 혼돈 속으로 복귀한 자아가 죽음의 본능조차 삶의 본능으로 상정시키는 지점이다. 다시 말해 그의 시 속에 나타나는 죽음은 몹시 고통스럽고 처절하기는 하나 통과 제의적이다. 시에서의 생존방법이다. 그는 시속에서 몸을 다루듯 죽는 연습을 한다. 흘러가는 세상처럼 혹은 병든 세상처럼 시인도 똑같이 병들어 사라져가는 것들이 되어야 하기 때문이다.

「수면제」에서 "대낮에 서른 세알의 수면제를 먹는" 행위는 죽음이라는 미학을 통하여 물질형태 이전의 세계로 가보고자 하는 오래된 파르마콘의 노력이다.

최근 여성문학에서 주목해야 할 점은 훼손된 몸을 단순히 희생의 이미지로 재현하는 데서 한 걸음 더 나아가 아예 자신의 몸을 적극적으로 해체하는 과격한 시적 상상력이다. 그것들은 타자화 되고 구도화 되거나 조각조각 파편화되어 포르노그래피적인 페티시즘의 대상으로 존재한다. 시적 자아가 텍스트 속에서 적극적으로 자기 몸을 해체하는 행위는 일종의 동종요법(homoeopathy)으로써 억압적인 현실을 체험하는 공간이자 그러한 억압에 온전할 수 있는 도구로 나타난다. 그리하여 남성적 시각에 의해 도구화되고 대상화된 여성의 몸을 적극적으로 훼손함으로써 새로운 여성적 자아를 구축하고자 시도하는 여성 주체의 모습을 보여준다.

다른 시 「여성에 관하여」에서는 "여자들은 저마다의 몸속에 하나씩의 무덤을 갖고 있다. / 죽음과 탄생이 땀 흘리는 곳"이라 말한다. 이런 경우 여성의 성기는 하나가 아니다. 여성은 자기 안에 하나로 규정할 수 없는 다양한 타자성을 가지고 있기 때문에 보편적 언어로 자신을 표현할 수 없다. 하나일 수 없기 때문에 규정될 수 없고 규정될 수 없기 때문에 여성의 말하기는 남성과 다를 수밖에 없다고 말한다. 그러면서 이 작품에서 시인이 말하고자 하는 의미는 불모의 은유가 아니라 하나의 생을 생성시킨 성소로서의 축성된 의미소를 부여한다.

벚나무의 열매 '버찌'는 새의 똥을 통해 나온 것만이 싹을 틔운다고 한다. 최승자는 자신의 시속에서 버찌처럼 능동적으로 제사처럼 죽음에 입문한다. 죽음은 또 하나의 삶과 탄생을 향한 반복의 첫걸음이 된다. 그러나 탄생은 여성시인의 죽음을 거쳐야만 이룩되고 죽음만큼 고통스럽다. 그러나 그는 죽음위에서 삶을 다시 '스스로' 시작한다.[49] 죽음의 미학을 거쳐 탄생을 예비하는 에로티시즘적 양상은 여성시의 대표적 통과의례의 장치이며 총체적 공간으로 통합하고자 하는 열망이라 말할 수 있다.

> 흐르는 물처럼
> 네게로 가리.
> 물에 풀리는 알콜처럼
> 알콜에 엉기는 니코틴처럼
> 니코틴에 달라붙는 카페인처럼
> 네게로 가리
> 혈관을 타고 흐르는 매독균처럼
> 삶을 거머잡는 죽음처럼.
>
> — 최승자, 「네게로」 전문[50]

물의 속성은 흐름의 여성성이다. 난자와 정자 또한 유동성 액체이다. 액체의 욕동에는 순환과정이 전개된다. "흐르는 – 풀리는 – 타고 흐르는 – 엉기는 – 달라붙는 – 거머잡는" 시어들이 유도하는 경로의 미학은 생명의 코드인 난자와 정자의 경로와 맞닿아 있다. 그리하여 에로스에서 다시 타나토스로, 또다시 생명본능인 물 – 알콜 – 니코틴 – 카페인 – 매독균 – 다시 죽음본능으로 순환을 거듭하게 된다. 그러면서 여성의 성(性)스러운 마음은 흐른다. 흐르는 삶을 거머잡는 타나토스의 정념에서 들끓고 있는 마력의 원인은 에로티시즘의 미학이다. 그러나 에로스는 좀처럼 리얼하게 섹슈얼한 체위를 드러내는 법은 없

---

49) 김혜순, 위의 논문, 18쪽.
50) 최승자, 위의 책, 17쪽.

다. 시인은 몸과 몸을 통해서 자신의 존재를 현시해보이고자 한 것이

빈센트 반 고흐, <론강의 별밤>, 1888, 파리 오르세 미술관.

라기보다 오히려 알콜－카페인－매독의 '너'와 극단적인 합일을 통
해 향유를 경험하기에 이른다.

최승자의 시 「그리하여 어느 날 사랑이여」에선 자신의 몸을 잘라
꽃병에 꽃처럼 꽂아 책상위에 놓고 도망치는 행동은 역으로 육체의 해
리(dissociation)를 통하여 죽음으로의 단절을 상기시킨다. 어쩜 해리 반응
은 가역적인 반응으로, 평형상태로 존재하기도 하지만 여성의 육체를
해체함으로써 죽음을 조롱하고 극복하여 그 빈자리에 현실보다 더 명
징한 삶의 에로스, 현실보다 더 실체적인 죽음의 에로티시즘을 제시하
기도 한다. 그의 이러한 자기변형적 행동은 육체 단절과 소멸에의 의
지로 표면적으로 남성적인 세계로부터 도피하려는 의지를 나타내는

것처럼 보인다. 그러나 이런 도피는 역설적으로 해체의 과정을 거쳐 새로운 형태의 삶을 허락한다. 그러므로 여성시인들의 무시무시한 파괴 행위는 고통을 넘어, 일상적인 반복을 지나, 남성적 세계에 편입되려는 시인51)의 역할 수행이라고 말한다. 그런가 하면 최승자는 곰팡이-오줌자국-시체-똥-오물-쌍-이년-개새끼 등 쓸쓸하고 무섭고 버림받은 어두운 세상으로 자신의 시적 언어를 형상화하기도 하고 "살의와 사랑-별과 똥-비망과 미망-목숨과 오물" 등 이항대립 된 말놀이(fun)로 가부장사회에 대한 사적 검증수법으로 사회를 역설화52)한다. 개인과 집단의 모순을 허무는 혁명을 치루지 않고는 새 생명으로 거듭나긴 힘들다. 그렇기 때문에 그의 말놀이는 대중적 세계와 합일을 이루며, 비속어는 비속어 그 자체의 뜻에 근거하여 시어로서 희화화 된다.

한편으로 「사십세」에서는 "오 행복행복행복한 항복/ 기쁘다 우리 철판 깔았네"라는 시인의 반어적 모순 속에서 전형적인 행복한 여성성을 만나기도 한다. 어떤 이데올로기나 사회적 페르소나에서 벗어난 신을 경험하는 극치와 합일의 순간을 보여준다. 에로티시즘의 미학은 삶/ 죽음, 성/ 속, 기쁨/ 슬픔, 선/ 악, 순간/ 영원, 고통/ 환희, 공포/ 관능, 육/ 정신을 토대로 한다. 몸을 토대로 하는 에로티시즘의 명쾌하고 쾌활한 항복, 생동감 넘치는 웃음소리가 현실을 탈주해버리는 공간에서, 서로 이탈하고자 하는 반대의 의미들이 교차와 재교차의 말놀이 과정을 통해 분리가 아닌 일치의 세계로 고양되고 완성된다.

　　내 애인은 태평양처럼 누워 있다.

---

51) 김혜순, 위의 논문, 19쪽.
52) 이혜원, 「사막을 건너는 사랑」, 『시작』 봄호, 2007, 121쪽.

내 애인의 눈동자 속으로
한 낯선 사내가 걸어 들어간다.
그녀의 홍채가 휘황한 꽃잎처럼
벌어졌다 접히고
일순 나의 일평생이 조용히 닫혀진다.
(하략)

— 최승자, 「S를 위하여」 부분53)

로렌스 알마 타데마, <로마 목욕탕에서 목욕하는 여자>, 1881.

밤부엉이 한 마리가 창가에서
나를 꼬나보기 시작했어.
나는 허둥거리며 내 몸의
모든 기관들을 닫아 버렸지만
부엉이의 눈빛이 오토머신처럼
내 몸 구석구석을 헤집어 열고
노란 방사선을 쏘아 부었어.

— 최승자, 「밤부엉이」 부분54)

---

53) 최승자, 『즐거운 일기』, 문학과 지성사, 1984, 66쪽.

상대의 성(gender)을 좋아하는 사람에게 있어 성(sex)은 어떤 의미일까? 최승자의 시 「S를 위하여」는 동성애적 섹스장면을 묘사한 것이다. 끊임없이 상처받으며 사랑하는 그의 동성애적 상상력은 2000년대의 신세대 전유물이 아니라는 것을 이미 자신의 시를 통해 입증해주고 있다. 이것은 여성적 죽음의 모티브와 성의 분리와 대립을 초월하는 양성구유(androgyny)의 지향으로서 포괄적 세계관이다. 그러나 그가 겨냥한 핵심은 그 대상이 인간이 아닌 가부장질서의 폭압이라는 점이다. 그의 애인이, 동성애인인 자기를 배제하고 이성인 남성을 끌어 들여 성관계를 한다. "홍채가 휘황한 꽃잎처럼 벌어졌다 접히"는 동공홍채의 에로티시즘은 오르가슴의 기막힌 영상미학이다. 밖에서 숨죽여 엿보고 있는 동성애인의 소음순은 슬픔에 젖어 조용히 닫쳐진다. 배신에 몸을 떨며 완전한 결별의 이니시에이션(initiation. 고통이 따르는 원시사회 성인식)을 결심한 것이다. 프레임을 보면서 프레임의 밖까지 감상하게 하는 작품이다.

「밤부엉이」는 왜곡된 성의 존재방식, 즉 간통이나 강간의 공포를 강렬하게 시각화하여 오감을 자극한다. 시 「밤부엉이」 속의 '밤부엉이'는 오토머신과 같은 강력한 기계적 힘을 지닌 초인간적 남성으로써 노란 방사선을 마음대로 쏘아댄다. 잔인한 자, 즉 제우스가 다나에에게 황금색 정액을 들이붓는 크림트의 그림이 연상된다. 다시 말해 타락한 관계의 표상이지만 존재간의 뒤틀린 관계방식과 오염된 성을 통해서도 실체와의 직접적 대면은 가능하다는 것을 보여준다. 시적 자아를 박해하는 비인간적이고 위악적인 인물에게는 원초적 존재 의미를 과감하게 지워 버린다. 스스로를 무화하는 자기 비하와 혐오의 감정은

---

54) 최승자, 위의 책, 21쪽.

격절의 심리를 상징화하여 문학의 목적성으로 극대화 시킨다. 이로 인하여 소외와 고립의 삶은 '나 – 너'의 관계가 단절되었을 때만이 아니라 관계방식이 진실성을 상실했을 때도 발생하게 되는 것을 알 수 있다.

> (……)
> 찔린 몸으로 지렁이처럼 기어서라도
> 기고 싶다 네가 있는 곳으로
> 너의 따뜻한 불빛 안으로 숨어 들어가
> 다시 한 번 최후로 찔리면서
> 한없이 오래 죽고 싶다
> (하략)
>
> — 최승자, 「청파동을 기억하는가」 부분[55]

그는 생전에 입으로 수태하는 곤충을 보고, 교미가 끝나자마자 암컷의 먹이가 되는 수컷 사마귀를 보고 충격을 받았다고 하였다. 섹스를 관념으로 이해한 것이 아니라 사랑놀이가 아니라 실제적인 생존으로 받아들인 것이다. 마찬가지로 예술의 창조 즉 그의 시창작법에 있어선 절박한 생존의 문제에 대해 세태의 부정, 자아에 대한 부정이란 이중적 의미로 보고 행동으로 체현한 진정한 프로메테우스였던 셈이다.

위 시에서는 자신의 존재부정과 비극적인 자신의 상처를 드러냄으로써 왜곡된 세계와 자율성을 박탈당한 자신의 내면을 동시에 투사한다. 한편 남성중심주의의 중심으로 들어가 안온한 삶을 영위하고자 열망하는 작품도 있다. 예를 들면 "너의 따뜻한 불빛 안으로 숨어 들어가/ 다시 한 번 최후로 찔리면서/ 한없이 오래 죽고 싶다"가 그러한데 이 문장 또한 시각을 조금만 돌리면 박진표 감독의 영화 <죽어도 좋

---

55) 최승자, 위의 책, 71쪽.

한스 발등 그린, <아리스토텔레스와 필리스>,
1513, 목판화.
새디즘과 마조히즘의 만남.

아>(2002)의 에로티시즘의 극치를 보게 된다. 그러나 한편으로는 루이 말 감독의 영화 <데미지>(1992)의 크라이막스 정점처럼 계단에서 추락하는 '고통'과 '죽음'이라는 타나토스의 폭력이 기다리고 있기도 하다. 이 시에서의 고통이란 에로티시즘의 정점임을 암시하는 부분이기도 하다. 굴복할 때 사랑은 아름답다고 말하는 최승자의 매저키즘적 에로스 역시 왜곡된 세계인 육체의 죽음 너머에서 새로운 소통구조를 찾고자하는 성찰방법에 다름 아니다. 이런 존재탐구의 매저키즘적 사랑방식은 고통의 지연으로서 일종의 통과제의적 성격을 지니게 된다. 자본으로 대체된 이런 관계는 존재의 실체를 묵살하고 서로간의 내적 친밀감을 박탈해버리며, 성관계의 왜곡을 통해 세계와의 불화를 표현하고 있다. 서로에 대한 믿음과 신성함이 제거된 왜곡된 성관계를 통해 철저하게 균형감각을 잃은 타락한, 비정상적인 에로스 미학이다. 이것은 어쩌면 자웅동체의 세상을 꿈꾸며 세계와의 불화하고 있는 자신의 처지를 생생하게 전달하고 있는 것56)인지도 모른다고 안효근은 평가하고 있다.

전통적으로 여성은 부드럽고 온화하며 차갑고 습한 존재로 여겨졌으며 남성은 단단하고 뜨겁고 건조한 상징으로 표현되어왔다. 그러던 것이 1990년대 여성시인들의 작품에 와서는 여성적 가치와 문제점을 찾아내고 그동안 시속에서 소외되어 왔던 여성문학의 균형감각을 복구한다는 점에 큰 의의를 두게 되었다. 그리하여 1980년대 여성시중 하나의 분기점이 되었던 **김혜순**(金惠順, 1955년~)57)시인 역시 전통적 여성시의 곱고 부드럽던 온화한 감수성과는 거리가 멀어져갔다. 김혜순은 시 속에서 과감하게 단언하고, 잔인하게 폭로한다. 시적 자아는 더 나아갈 데가 없을 만큼 강렬해진 비극적 전망을 궁극에까지 밀고 나간다. 자아의 철저한 긍정에 도달하기 위해 매혹과 폭력의 세계에 대한 철저한 부정을 수행하는 것이야말로 생명과 희망과 사랑에 대해 절망적으로 말하는 방법이라고 말하고 있다.

초기부터 일관되게 자신의 몸을 유일한 대상으로 삼아 다양한 각도에서 학대해 온, 그의 전 작품을 관통하는 주제는 몸의 물질성과 그 한

---

56) 안효근, 「여성의 분노로 세상을 사랑하는 방법」, 『배워서 남주자』, 해오름, 2007, 152~154쪽.

57) 경상북도 울진 출생. 1978년 동아일보 신춘문예 '문학평론 부문 입선. 1997년 김수영문학상. 2000년 소월문학상. 2008년 제16회 대산문학상. 2006년 미당문학상. 『불쌍한 사랑기계』, 『나의 우파니샤드 서울』, 『우리들의 음화』 등 다수. 건국대학교 및 동대학원 국어국문학과를 졸업. 현재 서울예술대학 문예창작과 교수.

계다. 그의 몸은 대부분 절단되고 부패하고 스러지며 해체되는 생명현
상의 거처이며 죽음의 유랑 처로서의 '몸'의 사회·문화적 코드는 들
뢰즈가 말하는 유목의 개념적 의미를 포기한다. 다만 정처 없이 움직
인다는 의미만을 가지고 유목을 생각할 경우, 유목을 통해 기대고 싶
은 것은 역으로 따뜻한 자궁, 대우받는 안정된 현실일 것이다. 그는 여
성에 대한 가부장의 억압과 파괴를 폭로하고 변태적인 섹스, 괴기분
만, 너덜너덜 헤진 자궁, 낙태와 사산 등을 강조함으로써 비평가들의
주목을 받았다. 실제로 김혜순의 시집『불쌍한 사랑기계』에서는 '피'(17
회 반복사용), '침'(6회), '시체'(4번), '땀'(3번), '눈물'(11번), '젖'(5번)으로 집계
되었다. 신체로부터의 폐기물 그 비루한 것이 개인적 집단적 삶에서
중요한 것은 그것이 '정체성, 체계, 질서'를 위반함으로써 자아가 존재
하기 위해 떨어져 나온 원초적 융합의 상태 속으로, 혹은 모든 경계들
이 사라진 혼돈 속으로 자아를 복귀시키기 때문이다.

　크리스테바는 저급하면서도 신성한, 정숙하면서도 열등한, 주술적
이면서도 제의적인 양가성을 함축한 이런 물질들은 모든 인위적인 구
분과 이분법의 도식의 틀에 붙잡히지 않는 것들이다. 이 소재들은 처
음부터 어떠한 성적 구분이나 성악(聖惡)의 도덕률로부터도 자유롭다.
왜냐하면 이것들은 자연으로부터 추출한 순정한 재료들이기 때문이
다. 그러면서 크리스테바는 애브젝션(abjection)[58] 을 세 가지 형태로 구

---

58) 애브젝트가 되는 것은 부적절하거나 건강하지 않은 것이라기보다 동일성이나 체
　계와 질서를 교란시키는 것에 가깝다. 그것 자체가 지정된 한계나 장소, 규칙들을
　인정하지 않는데다 어중간하고 모호한 혼합물인 까닭이다. 애브젝션은 도덕(상징
　질서)을 알면서도 그 가치를 인정하지 않고 부정하는 것이어서 훨씬 더 우회적인
　어떤 것이다. 예컨대 자신을 숨긴 테러 행위, 미소 짓는 증오, 껴안는 대신 품는 육
　체에 대한 욕망, 비수로 나를 찌르는 친구 등이다. 시체처럼 천하고 공포스러운 애
　브젝트는 무의식의 저편, 희열과 정서, 성스러움(종교적), 도덕성, 숭고함, 예술성
　등을 다 품고 있다. 그렇기에 그것은 주체가 자신의 존재, 의미, 언어 그리고 욕망

분한다. 음식물과 구강의 관계, 배설물과 항문의 관계, 그리고 성욕을 의미하는 생식기구분 관계이다. 김혜순은 자신의 그런 단어들의 조합에 대하여 나만이 알고 있는 내 안의 상처들을 조심스레 두드리고 핥아주는 유일한 파르마콘코드들이라고 말한다. 여성주체의 사실존재, 의미, 언어, 그리고 욕망을 가능케 하는 결핍을 인지할 수 있도록 하는 데는 자신의 성적인 애브젝션에 필적할 만한 것이 없다. 애브젝션은 상징계의 조건이며 부산물이며 상징적 기능에 의해 이용되지 않는 주체 정체성 경계선에 세워진 심연이기 때문이다.

부정하면서도 닮을 수밖에 없는 애증의 대상인 '어머니'는 '나'의 분신이며 동료로서 자리 잡는다. 그의 시에서 현재의 '나'는 할머니이기도 하고 어머니이기도 한 수많은 '나들'의 총체이며 집합이다. 그것은 이미 내안에 타자를 포함하고 있는, 다양하고 복합적이며 융통성 있고 부드러운 자유로운 주체[59]의 발견으로 본다. 이것은 다시 말해 시적 자아가 애브젝션 코드로서 자신의 몸을 사용하여 사회 · 문화적인 기제로 연결시켰다고 볼 수 있는 것이다.

> 물동이 인 여자들의 가랑이 아래 눕고 싶다
> 저 아래 우물에서 동이 가득 물을 이고
> 언덕을 오르는 여자들의 가랑이 아래 눕고 싶다
>
> 땅속에서 싱싱한 영양을 퍼올려
> 굵은 가지들 작은 가지들 속으로 젖물을 퍼붓는

을 가능케 하는, 결핍을 인지할 수 있도록 하는 것이며, 그래서 주체의 경험에서 그 절정의 형태를 갖는다. 줄리아 크리스테바, 서민원역, 『공포의 권력』, 동문선, 2001, 21~43쪽.

59) 문혜원, 위의 논문, 232쪽.

여자들 가득 품고 서 있는 저 나무
아래 누워 그 여자들 가랑이 만지고 싶다
짓 이겨진 초록 비린내 후욱 풍긴다
(중략)
물동이 인 여자들이 치켜든
분홍색 대걸레가 환하다

— 김혜순, 「환한 걸레」 부분[60]

시 「환한 걸레」에는 「청색시대」에서 보여주었던 성적 억압 같은 묘한 슬픔이 아니라 프로이트의 정신분석학의 공명, 의식 속의 꿈이나, 환상의 세계와 맞닿는 지점이 있다. 이것은 상징계의 전복이며 자기의 전복이며 여성성의 전복으로서만 도달할 수 있는 언덕이다. 김혜순의 시에 나타난 언어적 상상력은 메를로 퐁티의 말처럼 지각은 몸으로 부터 신체와 주관을 통해 인식의 완성이 이루어진다. 생생한 장소인 몸은 구체성인 자아로서 세계와 관계망을 이루는 통로이다. "밤의 샅이 찢어지고 비릿한 피가 새어 나왔다"「월출」 중에서, "저 하늘이 미끌미끌하다/ 입술을 대니 비릿하다"「현기증」 중에서, "달이 가는/ 그 길이 비릿하다"「길을 주제로 한 식사 4」 중에서 나타나는 비린내는 그 발생 터가 비슷하거나 다르거나 근원적으로 관능이 함의된 쾌락의 한 질료다. 미끈함 또한 은밀한 질속의 고유한 액체를 연상시킨다. 연어가 부화를 위해 태어난 곳의 물냄새를 찾아 가는 것처럼 말이다.

위의 시는 그로테스크한 에로스를 투입시켜 "가랑이 아래 눕고 싶다"와 "만지고 싶다"는 조화와 균제를 허락받고자 하는 아슬아슬한 에로스의 상승기제이다. 이때 땅속에서 싱싱한 여자 – 물동이 – 우물 – 물 – 싱싱한 영양 – 젖 물이 퍼 올려 져 가지들 속으로 퍼붓는 움푹한 구

---

60) 안도현, 『안도현의 노트에 베끼고 싶은 시』, 이가서, 2006, 41쪽.

멍이 있다. 여성의 생식기로 상징되는 위의 시어들은 전통사회의 섹시즘(sexism)이 전제되어 있는 것으로, '물'의 상징성은 부정을 금기시하면서 아득한 근원의 세계인 카오스로 회귀하는 데 있다. 그리하여 그 움푹한 구멍이 실은 길게 이어지는 물관이 되는 것이다. 암컷이자 동시에 수컷이 되는 것, 양성자로서의 평등에 도달한 평온한 에코에로티시즘의 미학이 드러나는 곳이다. 이를 두고 이지엽은 자신을 드러내놓고 방임시키는 대담함이 엿보이고 있다. 물론 이 작품들은 적당히 숨기고 양보하는 것이 여성의 미덕이고 은근한 멋이라고 생각하는 가부장적 사회의 전통

도미니크 앵그르, <샘>, 1808, 오르세미술관.

적 여성관에 대한 도발적 의미를 함유하고 있다고 볼 수 있다. 이 도저한 흐름은 이제 양성평등의 시대를 맞이하면서 시대적 흐름에 편승, 21세기 우리 시문학의 주요담론이 될 것이 확실하다.[61] 고 평가한다.

(상략)
어두운 밤의 난간에 기댄
죽은 나무가 아직도 눕지 않고 서서
문틈으로 깜박거리는
눈썹을 보며

---

61) 이지엽, 위의 책, 534쪽.

밤새도록 흐르는 달의
살을 훔친다
　　　　　　　　　　- 김혜순, 「아직도 서 있는 죽은 나무」 부분62)

인간과 자연의 결합은 생명이라는 하나의 텍스트를 통하여 거대한 그물망을 형성한다. 비가시적인 생태계의 에너지에는 순기능적이고 창조적인 에로스의 에너지가 있고, 역기능적이고 파괴적인 타나토스의 에너지가 있다. 위의 시적 자아는 삶의 에너지로 굽이쳤던 나무가 죽어 타나토스의 영역인 중음계(中陰界)에 들어서도 욕망을 놓지 못하고 관음증적 집착을 보인다. 훔쳐보기인 관음증은 도시증, 절시증, 암소공포증이라고도 하는 인간의 은밀한 욕망이다. 취향과 편견이 배제된 욕망의 기호다. 관객의 자리에서 성취되는 즐거운 타락은 불끈 도덕심에 당겨지는 폭죽으로 인해 장님이 되고 마는 예언가 테이레시아스다.63)

김혜순의 시 "세상의 소리란 소리/ 모두 합쳐져 한소리를 내지"「지구를 베고 잠들어 버리면」 중에서 지구를 껴안고 잠든다는 발상과 시인의 청각에 결집되는 모든 '소리'들은 생명상실에 대한 자가진단인 동시에 생명회복의 희구를 드러내는 에코페미니즘적 미학이다. 생태적 언어의 기의가 하나의 청각영상으로 결합되는 순간은 물화된 실제적 소리가 아니라, 그 소리의 이미지, 흔적, 즉 감각으로 감지할 수 있는 소리의 재현이다. 자연의, 어떤 실재의 목소리에서 에로스와 타나토스의 합일을 듣고 존재를 치유하는 것이다. 여기서 에로티시즘이 취하고 있는 생명욕은 본능적으로 죽음에 대한 견제심리가 있다는 점에

---

62) 김혜순, 『나의 우파니샤드 서울』, 문학과지성사, 1999, 46쪽.

63) 윤향기, 『욕망의 전이』, 우리글, 2002, 9쪽.

서 바슐라르의 모든 이미지는 육체를 가지고 있다는 주장과 일치하는 셈이 된다. 김혜순의 육체의 자기발견 속에는 순응적 지표에 머물지 않는 현대 여성적 섹시함이 묻어 있다. 대체로 이런 경우 여성의 공격이 잠복된 형태로 나타나는데 그 한 예가 아래의 시다.

송편을 찌다가
(중략)
침을 막 뱉고
마구 내던지고 싶다가도
쟁반 위엔
형형색색의 가지런한 송편
술을 따르다가
술잔을 내던지고
깨뜨리고
깨어진 술병을 들고
마구 찌르고, 뚝뚝 듣는
선혈을 보고 싶다가도
약간 떨며
술잔 모서리에
찰랑 알맞게
언제나 고요한 시선, 고요한 수면
하늘 한번 쳐다보고 한숨한번 쉬고
불을 지피다가
불붙은 장작을 초가삼간 지붕 위로 내던지며
(중략)
용천발광하고 싶다가도
문풍지가 한밤내 바르르 떨고
하이얀 식탁보는 눈처럼 짜여지고
— 김혜순, 「레이스 짜는 여자」 부분[64]

요하네스 베르메르, <레이스 짜는 여자>, 1669, 루브르박물관.

  진화된 성 심리기제에서 '집'이라는 공간은 욕망이 쥬이상스를 낳는 성소이다. 동시에 여성에게 있어 상처와 억압을 수행당하는 장소이기도 하며 퇴행과 격리를 삶의 조건으로 받아들이는 장소이기도 하다. 초자연적인 본능은 현실에서 보다 시속에서 더 비옥하게 살아간다.

---

64) 김혜순, 『우리들의 음화』, 문학과지성사, 1995, 27쪽.

가부장질서에 대한 시인의 외면적 순응은 지배분화 구속으로부터 맹렬히 탈출하고자하는 욕망의 치환된 모습에 다름 아니다. 한올 한올 짜여지는 레이스는 시대에 대한 적의(敵意) 혹은 불만, 의심, 두려움을 나타내는 저항의 장치다. 늘 자아의 존재성이 부정되고, 자아의 현존 감이 배제되는 기존 질서에 대항하여 "불붙은 장작을 초가삼간 지붕 위로 내던지며 용천발광"이라는 적극적 태도를 취하고 싶으나, 다른 한편으론 아버지의 법으로부터 추방될지도 모른다는 현실감에 "문풍 지가 한밤내 바르르 떨고/ 하이얀 식탁보는 눈처럼 짜여지고" 마는 슬 픈 에고(ego)로서의 소멸을 의미한다. 여기서 에고의 소멸이란 성욕기 제의 극대화를 말하는데 그것은 욕망이 환유처럼 미끄러져 내리는 것 이 아니라 죽음을 향해 달려가는 충동 즉 타나토스의 에로티시즘미학 에 함몰되는 것을 의미 한다.

> 그는 넣었다 토마토 케첩을
> 끓어오르고 있는 나의 뇌수에
> 그는 논리정연한 태도로 발라내었다 입맛마저 다시며
> 그의 앞엔 나의 촉수가 불을 밝히고 있었다
> 그는 다시 이성적으로 휘저었다 예리하고 작은 나이프로
> 아직 익지도 않은 마지막 뇌수마저.
> 다 먹어치우고 나서 그는
> 번질거리는 입술을 닦았다 희디흰 냅킨으로.
> 그는 잔을 들었다
> 한 손에 갓 따온 먹이의 유방에 빨대를 꽂아서
> 코를 킁킁거리며.
> 그 다음 그는 홀짝홀짝 즐겼다
> 다른 한 손에 갓 뽑아낸 피에 얼음을 조금 섞어서.
> 그리고 그는 불을 붙였다 내 머리칼에.

그는 만들었다 동그라미를
검은 콧구멍에서 나온 연기로.
그는 털었다 재를 내 시린 양 무릎에다.
그 다음 그는 일어섰다.
그리곤 텅 빈 나를 향해 빙긋거리며 손을 내밀었다
양미간에 내 눈동자가 달라붙은 것도 모르는 채.
그래서 나는 던졌다 힘껏 그의 아가리를 향해.
너덜거리는 내 영혼을 뽑아서.
    — 김혜순, 「프레베르의 아침식사에 대한 나의 저녁식사」 전문[65]

에두아르 마네, 까미유와 쿠르베가 모델이 된 <풀밭 위의 점심식사>, 1863, 파리 오르세미술관.

---

65) 김혜순, 『아버지가 세운 허수아비』, 문하과지성사, 1994, 53쪽.

그는 부었다 커피를 찻잔에
그는 부었다 커피잔에
그는 넣었다 설탕을 밀크 탄 커피에
작은 스푼으로 그는 저었다
그는 마셨다 밀크 탄 커피를
그리고 놓았다 잔을 내게 아무 말 없이
그는 불을 붙였다 담배에다
그는 만들었다 동그라미를 연기로
그는 털었다 재를 재떨이에다
내게 아무말 없이 날 거들떠보지도 않고
그는 일어났다
그는 썼다 모자를 머리에
그는 입었다 레인코트를 비가 내리고 있었기에
그리곤 그는 떠났다 빗속으로
한마디 말도 없이 돌아보지도 않고
그래서 손에 머리를 파묻고서
나는 울었다

— 프레베르, 「아침식사」 전문

희노애락(喜怒哀樂)의 성정 중 노(怒)는 뿌리를 알리려는 심리기제다. 상대에게 모욕당했을 때 분노가 이는 것이나, 서로 모욕하는 사람끼리 분노로 몸을 부들부들 떠는 것은 다 '너'에 의해 '나'가 다치고 있다는 신호의 발로이다. 김혜순의 시적 갈등 역시 분노의 불쾌감이나 불안 수위를 넘은 지 오래다. 자식을 품에 두었을 때는 자식을 제대로 평가할 수 없다. 오직 품에서 벗어나 일정한 거리를 두었을 때에야 자식의 본래 모습이 보이는 것처럼 위의 시는 여성과 식사를 하는 한 남성의 가부장적 식사 예절을 일정한 거리를 견지한 채 히스테리 병자처럼 소개되고 있다. 남근에 의해 지난한 세월동안 다쳐왔고, 다치고 있는 여성들을 대변하기 위해 시적 자아를 내세워 악몽에 대한 보상을 받는 대신 스스로의 치유점을 타인과 공유하려 한다.

이 음식을 받아먹는 남성의 임무와 음식을 공급하는 여성임무의 일거수일투족에 대해 세밀한 심리묘사를 한 프레베르의 「아침식사」를 패러디한 이 시 속의 '그'와 원작의 '그'는 동일인물처럼 구강욕망만 채운다. 그의 음식탐욕은 예민해질 대로 예민해진 여성의 촉수에 차가운 이성의 나이프를 집어넣어 논리정연하게 흠집을 내고 있다. 몸을 파먹고 마지막 뇌수까지 파먹으며 애브젝션 이론에 도달하는 시적 자아의 그로테스크함은, 마지막 남은 자신의 영혼마저 던져 버리는 행위를 수행함으로서 가부장질서의 비정상성을 고발하는 적극적인 태도로 합리화 된다. 우리는 고대문명의 토대를 이루어 온 개념들이 수백만 종의 두더지에 의해 훼손당하는 시대에 살고 있다. 여성은 자기에게 부과된 어둠속에서 터널을 파고 있는 두더지들이다. 그 훼손의 과정이 성공적으로 마쳐질 때 모든 이야기는 지금까지와는 다른 방법으로 다시 반복 될 것이고 미래는 예측할 수 있게 될 것[66]이라고 엘렌 식수는 말한다.

진정한 가부장질서비판은 지금 여기의

이부영, 「아니마와 아니무스」
한길사, 본문 중에서.

---

66) 김승희, 위의 책, 133쪽.

현장성인 동시에 세계적인 역사성을 한몸에 지닌 속성이다. 이때 그의 몸에 대한 예리한 자의식의 투사는, 패러독스와 아이러니를 내포하며 영혼 없는 육체성으로의 타나토스적인 극치의 에로스만 전경화 된다. 지배이데올로기에서 희생되며 파괴되는 천박한 몸인 부정물의 변모양 상과 끊임없이 갈등하고 있는 자아사이에서 여성이 감내해야만 하는 성의 불평등구조를 재정립하고 있는 체현의 현장이다.

청천병력
정전. 암흙천지
순간 모든 거울들 내 앞으로 한꺼번에 쏟아지며
깨어지며 한 어머니를 토해내니

모든 내 어머니들의 어머니
조그만 어머니를 들어 올리며
말하길 손가락이 열 개 달린 공주요!

— 김혜순, 「딸을 낳던 기억」 부분[67]

이 상황, 암흙천지에서 한 어머니를 토해내는 위의 시는 불행을 상상력으로 극복하고, 풍만한 여성성으로 세상을 끌어안은 프랑스 조각가 니키 드 생팔이 작품 <혼>을 연상시킨다. "나는 어머니 안에 있는 어머니다.(I was the mother inside the mother)" 라고 말하며 두 다리를 벌리고 누워있는 만삭인 여자, 그녀는 질구를 통해 사람들을 탄생시키고 다시 흡입시키며 치유와 평화로서의 여성성을 노래하는 퇴행 연습과 같은 맥락이다. 사랑에 대한 들끓음으로 가득하다. 출산직전의 체험과 출산

---

67) 김혜순, 위의 책, 39쪽.

순간의 수없이 많은 몸으로 겹쳐진 투사적 동일시의 체험 즉 외고조할머니 - 외증조할머니 - 외할머니 - 어머니 - 나 - 나의 딸 - 나의 딸의 딸 - 그 딸의 또 딸로 연결되는 순환적 세계에서 몸이란 관념이 아니라 구체적인 현실이며 구체적인 실체로서 넓은 세계로 연결되는 탯줄인 것이다.

바흐친이 시의 본질을 대화성으로 보고『도스트예브스키 시학의 문제들』에서 다성성(polyphony)을 제시한 것처럼, 김혜순 역시 여성이 여성을 낳고 여성이 여성에게 수유한다. 이렇게 다성성 하나의 텍스트 안에서의 여성의 몸은 수없는 과거와 미래 어머니들의 복합체로 복잡하게 섞이며 끊임없이 대화를 이루고 있다. 이를 두고 김혜순은 나의 시에 대한 몸의 확산은 대개 반사경의 이미지로서, 자기상사(自己相似)를 통한 순환적 세계관을 보여주는 프랙탈 기법으로 인식된다. 그러므로 여성은 자신의 몸 안에서 뜨고 지면서 커지고 줄어드는 달처럼 죽고 사는 자신의 정체성을 본다. 그러기에 여성의 몸은 무한대의 프랙탈 도형[68]이며 시는 내 태안의 모성을 깨우고 출산하는 행위[69]라고 말한다. 위의 시는 반복적 암시로 상징성을 획득한다. 시들의 보편성이 태고 적

---

[68] 프랙탈은 부서짐의 뜻을 가진 fracture와 파편,또는 소수의 의미를 가지는 fraction에서 그 어원을 찾는다. 유클리드의 기하학에 대한 한계를 인식한 만델브로트가 소개한 기하학이다. 프랙탈의 주요 특징으로는 자기유사성(self-similarity)과 반복성(iteration)을 들 수 있다. 세르피스키의 양탄자라고 하는 유명한 프랙탈 도형의 한 예를 보면 전체 모양과 그 전체 모양을 이루고 있는 파편들의 모양이 같다. 다시 말해서 일부를 이루는 일정한 모양의 개체들이 모여서 그보다 더 큰 같은 모양의 개체를 만들어내는 것이다. 이는 무한히 반복된다. 흔히 우리 생활에서 구름의 모양이나 눈꽃의 모양, 주가 등락의 그래프 등이 이 프랙탈 구조의 하나라고 얘기되고 있다. 이 프랙탈 구조는 규칙적이지만 또 한편으로는 불규칙적인 수많은 자연현상을 설명하는데 이용되고 있다. 카오스 이론과도 밀접한 관련성을 가지고 있다. 김혜순, 「프랙탈, 만다라, 그리고 나의 시공화국」, 『현대시사상』, 1997.

[69] 김혜순, 「한국일보」, 2003년 1월 21일.

니키 드 생팔, <혼>, 1966.
누구도 이 길을 통하지 않고 온 자는 없다.

부터 별반 다름없는 인간의 원본능인 에로스와 타나토스란 연기적(緣起的)주제가 시의 진정성으로 담보되듯이, 딸을 출산한 어머니의 원형적 체험은 무의식적으로 유전 받은 여성을 인식하고 자신의 여성 계보인 어머니와 외가 여성들의 유적인 과거의 몸과 하나를 이룬다. "갖은 양념 가(加)하는지 맛있게도 아파야라"고 출산의 고통과정을 밀도 있게 표출한 나혜석의 「母된 감상기」가 자식을 처음 낳는 뿌듯한 어머니로서의 심리적 타나토스였다면, 김혜순의 "조그만 어머니를 들어 올리며 말하길 손가락이 열 개 달린 공주요!"를 외치는 광경은 어머니 이전의 여성으로서 딸을 낳는 슬픈 타나토스의 고통이다. "손가락이 열 개 달린 공주요!"는 거세콤플렉스를 이겨내려는 가부장중심사회에 던지의 처절한 항변이며, "조그만 어머니"란 그녀의 딸이되 또 누군가의 부인이 되고 또 딸을 낳아야할 숙명을 지닌 여자로 본 여성의 처지, 즉 여성의 심리적 파토스(pathos. 감정적 요소)이다.

앞 장에서 살핀 허영자와 문정희가 다소 전통에 기댄 고뇌의 통과의례로서 존재의 성찰을 통한 길 찾기였다면, 강은교, 고정희는 삶의 진실에 다가가기 위해 개별적 서사형식으로부터 인간의 기억과 언어에 대한 유기적 결합으로 발전된 것이다. 이로 인해 최승자, 김혜순의 일련의 작업들은 산업사회에 대한 민중들의 비판의식을 새로운 시 문법으로 반전통의 토대를 마련한다. 그리고 나의 몸과 세상의 몸을 동일시하는 거친 언어와 쉼 없는 그로테스크한 이미지를 통해 모순된 세계를 극복하기 위해 리얼리티를 체현한다.

허영자와 문정희의 시적 에코페미니즘은 파괴된 자연과, 지배받는 여성과, 경쟁과 탐욕 속에서 생활하는 현대사회에 긍정적이며 희망적인 인간관계를 이끌어 낸다. 그들의 관계적 투사와 자기중심적 투사 사이의 혈전은 총체적 인관관계를 형성하기 위한 새로운 패러다임으로서 메타포이며, 강은교와 고정희의 시적 에코페미니즘은 끝없는 착취로부터 자연을 해방시킴과 동시에 한없이 소외되고 주변인화 되는 것들로부터 여성을 해방시키려는 시도이다. 또한 최승자와 김혜순의 시적 자아가 추구한 것은, 세계에 만연해 있는 가부장적 이데올로기에 대한 도전이며 힘을 폭력으로 정의하는 지배적 개념으로부터 힘이 비폭력으로 정의되는 새로운 개념이다. 이는 에로스 미학의 핵심전략인 상생으로 예견된다. 그리하여 그들이 몸으로 보여주고자 한 여성문학이란 결코 어떤 이데올로기나 정치문화에 부속될 수 없는 언어 예술, 즉 양성평등인 자연중심으로서의 미학성을 표출한 것이다. 이런 상생 개념이란 자연을 도피처가 아니라 쉼터이며 출발점인 동시에 돌아가야 할 마지막 파라다이스로 보는 견해다. 이런 상생개념을 이해한 에

드가 모랭은 『지구는 우리의 조국』에서 '우리에게 아직도 공동의 조
국이 있다는 것은 좋은 소식이다. 길을 잃은 우리가 스스로를 구제하
기 위해서라도 형제가 되어야한다'고 주장한다. 맞는 말이다. 이제 시
는 자연을 모방하지 않는다. 시는 자연의 일부이기 때문이다. 그리하
여 자연의 절대성을 불러들인 시는 신을 영접하는 장소가 된다. 이 때
무의식이 만드는 이미지들을 적극적으로 떠오르도록 지구는, 시는, 인
간의 몽상 속에서 스스로를 상상할 것이다.

4부 욕망의 사회적 배치

인간은 운명의 노예가 아니라
자기 생각의 노예다.
― 프랭크린 루즈벨트

4부 욕망의 사회적 배치

21세기의 성은 사랑이나 낭만, 결혼과도 동일한 의미소가 아니다. 계급과 인종, 젠더 등의 원인과 입장들이 개개인의 침실은 물론 그들의 가상세계에까지 공공연히 스며들었다. 그 어느 시대보다도 성의 범람과 공포에 시달리는 대중과 그 세력을 조장하는 세력이 존재한다는 구도를 보여주는 시대다.

전통 문학이 실재의 모방이라는 개념을 축으로 삼았다면 근대에는 실재를 포기하거나 새로운 형태로 구축하고자 하는 원본의 다원화로, 현대에 이르러서는 원본을 갖지 않는 독립적 이미지가 실재보다 더 실재 같은 초실재(hyperrealiy)을 만들어낸다. 그리하여 에로티시즘은 원본과의 유사성이 아닌 각각의 동일성과 차이의 시뮬라크르를 상사성(similitude)으로 채우게 되었다. 시뮬라크르에 의한 가상공간에서조차 대중은 성이라는 논의와 변화의 수해자인 동시에 가해자인 셈이다. 그리하여 과학은 자연현상의 실재성을 변형하거나 파생 실재화 하는 기술을 소유함으로써 창조의 원실재까지도 시뮬라크르로 대치하는 데 이르렀다. 그렇다면 가상현실의 우수와 권태는 어디로부터 오는 것일까? 자연뿐만 아니라 관념의 실재마저도 점령하여 식민화 시킨 호모 파베르(Homo Faber. 도구인간)들이 그런데 왜 아직도 불안해하는 것일까?

그것은 한마디로 탈신체화를 강요받는 가상세계 일원으로서의 레미니쌍스때문이며 이들은 하나같이 디지털 테크놀로지와 사이버네틱스의 발전에 의해 몸으로부터의 해방을 추구하는 정체성 혼란과 상실을 경험하기 때문이다. 21세기는 혼돈의 세계다. 선형적인 산업사회와 달리 다양성이라는 말로는 부족하게 예측불능의 복잡계가 되었다. 컴퓨터와 사상, 과학과 종교가 서로 뒤섞이며 개념의 장벽을 허물어 가고 있다. 가상세계란 물질의 세계가 아닌 만큼 산업사회의 규칙은 적용되지 않는다. 가치관 역시 혼돈 그 자체다. 실재를 상실한 인간은 문자의 역사와 사물세계의 필연성이 전면적으로 의심받으며 공통분모를 잃고 부유하는 부재의 현존이 되었다. 현대의 자아정체성의 위기란 가상공간의 부정적 측면인 익명성이다. 누구나 익명성이라는 페르소나를 쓰고 무책임한 행동과 무절제한 방문을 통해 자기통제라는 상실을 겪기 때문이다. 자아탐색, 자아발견조건을 무의미하게 생각하는 개체로서의 자아를 상실한 사람들이 당연한 결과로서 타인의 실존적 존재를 인정할 줄 모르게 된다는 것이 문제점으로 대두된다. 그러나 자아정체성이 확립된 인격체로서 자아의 실존에 대한 탐색이 분명한 사람들은 가상공간에서의 다양한 자기실험을 유도할 수 있다는 긍정성을 부여받는다.

이러한 시대에 에로티시즘에 대해서 그것이 얼마나 우리 삶의 조건을 규정하는지는 아무도 모른다. 공기가 없으면 숨을 거두는 것처럼 그것이 우리 삶을 얼마나 제약하는지를 깨닫기는 어렵다. 다시 말해 에로티시즘의 많은 부분이 우리가 미쳐 의식에 떠올리지도 않은 사회 문화적 여건들에 의해 조건화 되어 있기 때문이다. 어찌되었든 전통서 정을 옹호하거나 고전적 낭만을 고집하는 시인들이라 할지라도 에로 스에 의한 에로티시즘 미학으로부터 자유로울 수 없듯이 이제는 하이 퍼링크에 의한 하이퍼텍스트기법을 무시하기는 어렵게 되었다. IT산 업의 확산으로 가상세계로 들어가는 관문인 컴퓨터는 이제 초대형냉 장고나 은나노 세탁기보다 더 친밀할 뿐만 아니라 가장 주요한 자리를 차지하는 생활기기로 등용되었다. 알게 모르게 가상의 공동체에서는 실제 세계의 시뮬레이션을 발달시키고, 한걸음 더 나아가 가상현실을 창조하기에 이르렀기 때문이다.

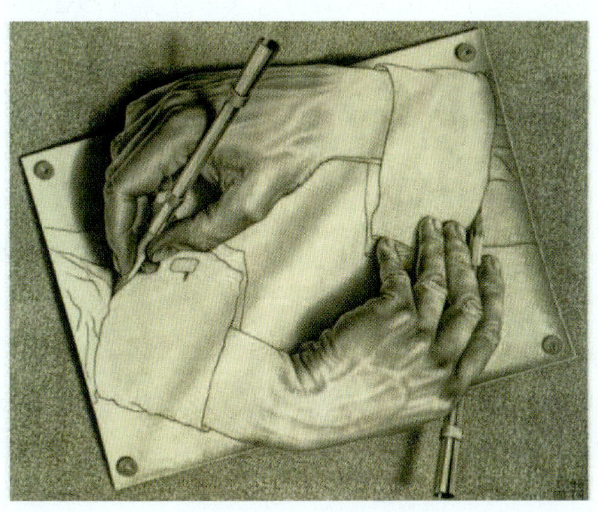

모리츠 코르넬리스, <그림 그리는 손>, 1948.
당신에게 감염되고 싶어 당신을 그린다

통계에 의하면 인터넷에 그림같은 집을 짓고 아이를 키우며 사는 사이버 부부가 30만 쌍이 훌쩍 넘었다 한다. 이렇게 가상세계에서 디지털 정보와 인간의 지각이 만나 사이버 문화가 창조되어 가고 있는 시대에, 현대인으로서 아무리 육필 원고를 고집하는 작가라 하더라도 컴퓨터 정보에 의지하지 않고는 동시대의 문화를 깊이 향유할 수 없다는 얘기가 된다. 노마드(nomad. 유목민)시대에는 필요한 정보나 물건을 얻기 위해 문화의 소비주체자인 인간 자신이 끊임없는 장소이동을 통해 생을 소비했지만, 네오 노마드(neo nomad)문화 안에서는 컴퓨터 모니터가 바로 드넓은 초원인 셈이다. 이것이야말로 네오 노마드 시대의 대대적인 변환이자 삶의 질적 변화가 일어났음을 의미한다. 시를 생산하는 시인과 시를 소비하는 독자와의 관계에도 네오 노마드 시스템은 가동된 지 오래다. 이제는 시집을 사러 서점에 가지 않아도 된다. 인터넷으로 구매하거나 굳이 책을 갖지 않아도 모니터 상에 시를 불러내 얼마든지 읽을 수 있게 되었기 때문이다.

이런 욕망의 사회적 배치현상을 두고 이승하는 시문학은 이미 빈사의 상태이다. 서점 한구석을 아직도 차지하고 있으나 눈부신 영상의 시대에 시집은 그 수명을 거의 다 한 것 같다. 대한민국만큼 시집이 잘 팔리는 나라가 없다고 하지만 이 땅의 시는 이미 한 시대의 빛이 아니다. 우리의 뇌리를 울리는 것은 시 한구절의 감동이 아니라 광고문안 한 소절의 참신함, 그 강력한 메시지 그 총천연색 영상미이다.1)라고 진단한다. 이로 인해 전통적인 실재관과의 대화에만 익숙해 있던 시인들은 자신의 현실을 새롭게 점검하지 않으면 안 되는 충격을 경험하기 시작했다. 인간이 이제는 계절의 순환이라는 느린 리듬에 몸을 맡기는 대

---

1) 이승하, 『생명옹호와 영원회귀의 시학』, 새미, 1999, 3~4쪽.

신 불가항력적으로 질주하는 기계의 리듬에 자신의 육체를 맞춘 지 오래되었음을 나타내는 징표가 되었다. 그래서 인간들은 잠식당한 속도의 강박증에서 탈주하고자 들어간 상상으로서의 도피처가 가상현실인 것이다. 그곳에서 물신의 육체를 잊고 가상의 육체와의 섹스에 몰입하는 것이다. 지금 필요한 것은 질주하는 테크놀로지 문명에 대한 성찰의 시기이며 초월과 화합의 시기로 가는 경계인으로서의 안목이 필요한 시기인 것이다. 그러므로 부재하는 현존에게서 현존을 느끼려 하는 섹스는 공허를 이끌어 낼 뿐이다. 가상세계에서 부유(浮游)하는 고독한 영혼들의 에로스를 상실한 섹스에는 자기현존을 확인하기위해 권태로운 과장이 필연적이다.

이런 배경에서 1980년대 말부터 대두한 사이버페미니즘을 주목할 필요가 있다. 키라 홀이 『사이버 페미니즈』(1996)에서 컴퓨터를 매개로 하는 의사소통에 따른 페미니스트의 반응을 두 가지로 구분하고 있다. 하나는 유토피아적 상상의 이론에 기반한 것으로 남녀 간의 불평등이 사이버 상에서는 무의미해질 것이라고 보는 것이며, 또 다른 하나는 인터넷이 남성 · 여성의 차별을 중화해 줄 것이라는 것이다. 그러나 이 이론은 기대와는 달리, 육체성이 사라진 사이버 세계에서도 남성성과 여성성은 더욱 과장되어 나타나고 있음을 보여주고 있다.

그는 전자를 '자유주의적 사이버페미니즘', 후자를 '근원적 사이버페미니즘'이라고 말하였다. 이는 네트(net) · 웹(web) · 가상현실(virtual reality) · SF · 사이보그 등의 개념으로 대변되는 당대 테크놀로지의 발달에 상응하는 페미니즘 운동이며 사이버 공간과 정보 테크놀로지를 접하는 몸의 실질적인 변화와 인식론적이고 심리적인 변화에 대응되는 이론이다.

사이버 페미니즘의 등장은 사이버 공간이 현실사회의 해방구 역할

폴 델보, <매장>, 1951, 폴 델보 박물관.
순탄치 않았던 거친 파고를 헤치고 이제사 내 생의 물결을 말하려는 것이다.

을 할 수 있을 것이라는 기대로 작동했다. 사이버 페미니스트 다나 해
러웨이는 사이버공간에서는 현실의 육체가 중요성을 상실하기 때문
에 남성과 여성, 인간과 기계, 인간과 동물 등의 경계가 사라질 것이며
타자를 억압하지 않는 새로운 역사가 쓰여 질 것이라고 예견했다. IT
강국답게 우리 문학사조에도 예외 없이 이러한 조류가 접목되어가고

있거니와 투사적 동일시 또한 이루어지고 있음을 볼 수 있다.

현재 사이버 공간과 여성의 몸의 문제를 탐구하는 연구가 많지만 신현림, 김언희, 최영미는 남성·여성의 차별을 중화해주는 '자유주의적 사이버페미니즘'에 부합되며, 안현미, 김이듬은 남성성과 여성성은 더욱 과장된 '근원적 사이버 페미니즘'으로 분류하기로 한다. 인터넷 등 소통의 문제보다는 물질적인 몸의 변화에 대한 관심이 가상공간에 구현되었기에 가상세계의 영역과 경계를 넘나들면서 여성의 몸을 노래한 시 작업을 살펴보겠다. 그러면서 성을 다루고 있는 여성시의 파르마콘 기존 사회의 어떤 금기를 깨뜨려 비판하고 있는지 그 긍정적 의미를 규명해보자. 이 시인들 역시 사이버 공간에서 여성들이 새로운 언어, 프로그램, 이미지, 유연한 정체성을 창조할 수 있다고 믿을 것이다.

고대문명들이 여신을 경외하는 신화를 남기고, 여성성이 '모태'와 동일한 의미로 이해되었던 시절이 분명 있었다. 한스 페터 뒤르는 딸에게 교육시킬 때 젊은 가임여성과 결혼한 여성들이 단정치 못한 자세로 앉는 것은 성적자극으로 간주되며 외설스러운 것으로 가르쳤다. 또한 정확하게 전수되어온 전통적인 '육체의 언어'를 지키지 못하면 아주 혹독한 벌을 받았다[2]고 전언하는데, 지금도 일부 여자 아이들은 어린 시절부터 예의바르게 앉는 것을 내면화시키지만, 1900년대를 전후해서 남자아이들과 대등하게 키우는 교육관을 찾아 볼 수 있게 되었다.

역사적으로 개관하면 이제는 과거와 반대의 경우가 일어나고 있다. 중심부를 향하여 여성의 계급분리가 극복되어가고 있을 뿐만 아니라 예속의 상황으로부터도 훨씬 자유로워졌다. 이런 명제의 흐름에 부응한 2000년대의 여성시는 급속하게 남성성과 충돌 내지는 우위의 고지

---

2) 한스 페터 뒤르, 위의 책, 190쪽.

를 점령하고자하는 도전으로 변모하기 시작했다. 이것과 관련하여 남성들의 '육체언어'와 여성들의 '육체언어'가 오히려 서로 맞추어진 것 같다는 점을 명확히 알 수 있다. 그 여파로 오늘의 여성시는 세계의 불협화음을 타전, 폭로하며 남성시와 동등한 위치를 점령한 것은 물론 부정정신 속에서 동성애적 영토인 새로운 동성애 영역까지 모색하기에 이르렀다. 더욱이 생명공학이 발달하면서 신의 영역이었던 인간의 생명경계가 해체되고, '과학자의 영역'으로 해석 되어야 할 만큼 변화를 가져왔다. 이러한 변화는 기존의 과학이 주도하던 산업혁명식의 변화와는 전혀 다른 인간 사고체계의 변화를 예고한다.

1. 성(性)과 속(俗)의 동침

최초의 인간은 네 개의 팔, 네 개의 다리, 두 개의 성기를 갖고 있었다. 그러나 그의 거만함에 분노한 신은 그를 둘로 갈라놓자 니체가 신을 죽인다. 그때부터 인간은 자신의 다른 반쪽을 그리워하며 찾아 헤매고 20세기 들어서는 에리히 프롬이 인간을 죽인다. 그런 21세기 윤리와 도덕은 계약동거, 계약결혼, 혼전 경험, 혼외정사, 동성애, 스와핑(swapping)등의 삶의 다양한 양상으로 해체된다. 근대적 시간이 참기 힘든 차이없는 반복으로서의 리토르넬로의 표본이라면 2000년대 여성 시인의 에로티시즘적 시들은 사회문화적인 어떤 구속도 받는 일없이 개인적인 취향이 선택되어진 작품 군들이다. 20세기 이후에는 일상의 모든 것이 다 예술이라고 불리고 있다. 연속적으로 갈구하던 진정한 아름다움을 그 속에서 찾아야 하는 시대다. 그러나 이러한 때일수록 문학속의 성이 질식당한 생명력의 해방분출구로서 사용되던 과거 저항의 개념에서 탈피해, 문학 속에서 다루는 정치나, 경제, 문화와 같이 대등한 개념으로 다루어져야 할 때이다. 그래야만 일반적인 사회현상과 함께 섹슈얼리티와 에로티시즘이 중요한 요소로서 자리매김 할 것이기 때문이다. 그리고 외설의 담론 또한 늘 그 한계설정을 놓고 문제를 일으키고 있지만 건강한 생산과 서정이 바탕이 되는 한 어떤 예술이든 상식으로 받아들여야 될 것으로 본다.

이어 고찰할 **신현림**(1961~)3)과 이연주 두 시인은 자본주의 사회 하에서 타락한 성과 물신화된 성으로 퇴색되어 가는 에로티시즘 미학에 대해 도발적 충격을 주고 있다. 솔직하고 사실적인 서사로 그려진 타락한 현실에 대해 성적인 도발성으로 도전장을 내민 것이다. 그것은 사회에 대한 저항과 전복적 표현이며 동시에 진정한 의미의 성과 에로티시즘을 복원하려는 노력으로 보인다.

> 여기 성적 노이로제가 심한 이 땅의 속 좁은 자들은 편견과 선입견을 버려야 한다. 성과 누드를 죄악시하는 비뚤어진 세계관에서 탈출해야 한다. 옷을 벗든 말든, 잘났거나 못났거나 그것이 무슨 상관인가. 무엇을 어떻게 표현하느냐가 중요하다. 있는 그대로의 모습, 나신을 통해서 인간 존재의 본질에 다가갈 수 있다. 사회통념이나 자신을 포장하는 모든 것을 벗고 정신의 해방과 함께 인간의 거짓 없는 모습을 표현하고 싶다. 그러나 일상적인 것과 멀리 떨어진 방법으로 나는 내 사진에 힘과 생명을 주려고 한다. 이런 나의 생각도 무시하고 작품을 보이는 그대로 느껴보시라.
>
> — 신현림, 「한국일보」,4) 1997.2.10.

---

3) 경기도 의왕출생. 상명대학교대학원 석사. 사진작가. 시집 『세기말 블루스』 외 2권. 미술에세이 『신현림의 너무 매혹적인 현대미술』, 산문집 『시간창고로 가는 길』, 『내 서른 살은 어디로 갔나』, 영상에세이 『나의 아름다운 창』 등 다수 간행.

4) 송명희 외, 『페미니즘과 우리 시대의 성담론』, 새미, 1998, 12~13쪽.재인용.

페르난트 크노프, <스핑크스의 애무>, 1896, 벨기에 왕립미술관.

감동하고, 사랑하고, 희구하고, 전율하는데 성보다 더 좋은 도구는 없다. 성을 천박하고, 지엽적이고, 말초적이고, 표피에 그친 것이라고 착각하는 사람들에게 관계적 투사의 페르소나를 벗으라고 역설한다. 그런 오이디프스의 유혹, 성의 현상에 대한 통찰과 이해는 자기중심적 투사로 집중된다. 여성의 몸이 다산과 성으로 숭배되었음을 알려주는 고대문명의 토우들처럼, 여성의 몸과 달의 주기를 연결시켜 몸과 우주의 깊은 투사적 동일시를 이끌어 내었던 과거의 논자들처럼, 신현림의 몸, 그의 성은 실존의 조건으로서의 아름다움을 긍정한다.

공감하는 모든 사람들은 일반화한 타자를 갖고 있고 자신의 평가보다 외적기준을 필요로 하기도 한다. 그러나 신현림은 당당히 자기중심적 투사를 체현함으로서 자신의 내적 기준을 자신의 내면에서 길어 올리는 성과로 드러내어 죽음 같은 섹스만이 살아 있음을 느끼게 한다는 진솔한 시인의 성(聖)스러운 성(性) 시를 살펴보자.

> 가끔 나는 내 머릿속에 든 것의 '8할'은 섹스, 그것
> 이 아닐까……
> 윤후명의 소설에 밑줄을 그었다 공감해! 그녀는 뿔
> 처럼 짧게 외쳤다

> ……섹스는 인생의 극치입니다 그걸 죽을 때쯤 알거
> 나 대부분 모르고 죽습니다……재빠른 목소리의 기차
> 가 그녀의 기억 속에서 스쳐갔다
> (하략)
>
> — 신현림, 「자정의 시계」 부분5)

세익스피어의 황홀한 거짓말에 익숙해지고, 가끔씩 악마같은 보들레드의 악의 꽃에 취하고, 에곤 쉴레의 잔혹한 붓질에 넋을 놓았음에도 불구하고 "머리속에 든 것의 '8할'은 섹스"라는 말에 숨이 멎는다.

「자정의 시계」는 인간 본질의 순수성 회복이라는 성(性)과 속(俗)의 대명제를 바탕으로 한다. 에로스이며 죽음의 본능에까지 이르기도 하는 에로티시즘은 섹스에 대해, 섹스로부터 얻을 수 있는 쾌락에 대해, 섹스의 비밀, 전능한 신비, 감춰진 의미의 끊임없는 연속성에 대해 끝없이 고뇌한다. 인내와 인내로써 해결하려던 시적 자아의 관계적 투사를 접고 무의식의 난해한 진실을 찾아 "사랑하는 이의 냄새를 맡고 혼자가 아님을 살/ 아 있음을 진하게 느끼는 것이" 라고 거리낌 없는 자기중심적 투사의 솔직함과 조우한다. 그러면서 "섹스는 인생의 극치입니다 그걸 죽을 때쯤 알거/ 나 대부분 모르고 죽습니다"라고 에로티시즘 미학에 달관한 사람처럼 가면을 벗어던진 채 하는 말은 그래서 공감을 유도한다.

몸과 정신의 완전한 합일에서 삶의 원본능을 뽑아내는 위의 시처럼 에로티시즘을 표현하는 데 있어서 선행되어야 할 것이 바로 인간 존재의 근원적 문제해명에의 노력으로서 에로스 인식이다. 도덕과 법률, 인격과 이성 등 모든 인위적 규범은 자연 그대로의 생명력을 억압하고

---

5) 신현림, 『세기말 블루스』, 창비, 1996, 21쪽.

인간의 생존을 끝없이 억제한다. 그리하여 현대는 생명력의 상실과 문명의 폭압에 의해 몰 개성화, 획일화 되고 있다. 섹슈얼리티가 삶의 근원성이나 인간의 순수성, 더 나아가 인간성 회복의 차원에서 사용되어질 때에는 그것은 섹슈얼리티의 단계를 넘어서게 되는 것[6]이며 그것이 바로 에로티시즘 위상에서 파악되어진 미학의 속성이다.

폴 델보, <피그말리온>, 1939, 베아러스 아트 뮤지움, 브르셀.
희망은 고래도 춤추게 한다.

신현림은 시집 『세기말 부르스』에, 프리다 칼로의 요니에서 아기머리가 막 빠져나오고 있는 그림 「나의 탄생」이라든가, 니키 드 생팔의 질구를 통해 사람들을 탄생시키고 다시 흡입시키며 치유와 평화를 노래하는 「혼」 보다는 약하지만, 자신의 뒷모습 누드가 당당히 실린 것은 자신의 몸에 대한 개체성이 없다면 생각조차 하기 힘든 일이다. 그

---

6) 홍경사 · 김경복, 「한국 현대시에 나타난 에로티시즘 연구」, 『여성문제연구』 제18집, 1990, 286쪽.

러나 여기서 여성으로 여성시인으로 옷을 벗는 성적도발이라는 화두
뿐만 아니라, 몸을 소재로 채택하여 미학적으로 형상화시킨 과감성은
칭찬받아야 마땅하다. 이것은 유한한 인생에 불멸의 명성을 입혀 무한
으로 존재하고 싶은 욕망과 문학 자체가 지닌 창조적인 개념인 에로티
시즘이 이곳에서 외설로 추락하지 않는다는 것을 의미한다. 그리하여
그들은 육체의 현실태로 육체의 죽음을 말하기도 하고, 육체의 감옥을
외치기도 하며, 육체의 기형성과 불구성을 증언하기도 한다.

> (상략)
> 올 겨울엔 나도
> 빨랫줄에 간신히 매달린 흰 치마 같은
> 금욕의 철저함을 해체하고
> 이글이글한 정사를 치러 볼 것이다
>
> 어떻게 - 슬픔의 체위를 바꾸면서
> 어디서 - 헤어지지 않을 곳에서
> 누구랑 - 헤어지지 않을 사내랑
> 왜 - 해실해실 웃는 아기를 가질까 해서
> 뭔가 꽉 잡고만 싶어서
>   - 신현림, 「립스틱과 매니큐어」 부분[7]

　현실의 허위와 가식을 다 벗어 버리고 원시 그대로의 생성원칙의 통
로를 통해 본능을 생생하게 드러내는 시. 인간이 자기본질로 돌아가
완전한 생명력을 유지하기위해서는 존재(being)를 생성(becoming)보다 우
위에 두어야만 한다는 마르쿠제의 정의처럼 그녀에게 텅빈 실존을 채

---

7) 신현림, 위의 책, 12쪽.

워줄 비극적인 에너지야말로 생명의 희구이며 죽음을 극복해내는 열
정의 리토르넬로이며 더 나아가 매개를 필요로 하지 않는 타자와의 건
강한 동일시라고 말한다. 이 비극적인 에로스의 에너지의 모델은 프리
다 칼로, 니키 드 생팔, 바흐만, 전혜린과 같은 진취적 여성 운동가들과
고요히 불타는 구두를 신은 익명의 여자들이다.

이들의 자기중심적 투사인 치열한 예술혼은 생명력과 연결되는 동
종요법(homeopathy)으로 다시 인간의 생명성인 원본능에 가까이 도달할
수 있다고 예증 한다. 이런 영혼의 소통이 가능한 신현림에게 성적 억
압은 "빨랫줄에 간신히 매달린 흰 치마 같은/ 금욕의 철저함"이다. 숨
기듯이 치루는 정사가 아니라 모든 외부의 시선을 해체하고 "이글이
글한 정사를" 아무런 걸림 없이 치러 보고 싶다는 고백성사이다. 섹스
가 섹스의 진실에 대해 말하는 것은 동물적인 사랑법으로 무장한 남성
들의 페르소나에게 전하는 진솔한 훈계인 셈이다.

이 남자 저 남자 아니어도
착한 목동의 손을 가진 남자와 지냈으면
그가 내 낭군이면 그를 만났으면 좋겠어
호롱불의 무드를 살려놓고
서로의 누드를 더듬고 핥고
회오리바람처럼 엉키고
그게 엉켜봤자라는 걸 알고 싶고
섹스보다도 섹스후의
갓 빨래 같은 잠이 준비하는 새 날

세 아침을 맞으며
베란다에서 비둘기의 노랫소리를 듣고
승강이도 벌이면서 함께 숨 쉬고 일하고

폴 드 노이어, <아침 잔디를 다리는 다리미>, 1974.
내 가슴에 숨어있는 트라우마도 다려주실거죠?

당신을 만나 평화로운 양이 됐다고 고맙다고
삼십 삼년을 기다렸다고 고백하겠어
                              ─ 신현림,「꿈꾸는 누드」전문8)

　「꿈꾸는 누드」는 여성성의 무의식에 잠자는 착한 남성성을 일깨우

---

8) 신현림, 위의 책, 105쪽.

고 남성성의 무의식에 남아 있는 여성성을 일깨워 의식화시키는 순간
이다. "회오리 바람"과 "호롱불" 은 아니마와 아니무스의 상징, 즉 심
혼의 상징으로 이보다 더 적절한 것은 없다. 바람은 기(pneuma)로 움직
여 생명을 생산하는 것이 아니무스의 상징이기 때문이다. 불 역시 심
혼의 불로써 정화하여 불태워 소멸시키고, 세상을 환하게 밝히는 에너
로서의 아니마와 아니무스인 것이다. 이때 이 둘은 다 존재를 새로워
지게 만드는 변환의 원동력, 에로티시즘의 원형적 힘이다.

"당신을 만나 평화로운 양이 됐다고 고맙다고/ 삼십 삼년을 기다렸
다고 고백하겠어"는 시적 자아의 의식의 통제를 벗어나 무의식의 심
층으로 떨어져 나갔다 돌아와 합일을 이루기를 갈망하는 결핍의 콤플
렉스다. 이것은 샤먼이 잃어버린 혼을 찾아오는 데 보호신의 도움을
필요로 하는 것, 즉 이니시에이션을 통해서 영험한 힘(靈力)을 획득하는
것과 같은 경우이다. 마찬가지로 작가들이 그 시대의 보편적인 도덕률
이나 지배질서보다는 조금 앞서가는 사람이라는 점을 고려하더라도
신현림의 몸은 발언하는 몸, 그 육체로 쓰는 글쓰기이다. 몸은 모든 사
회, 역사, 문명과 문화의 토대로써 발언하기 가장 좋은 선험적 존재라
고 할 때 그의 글쓰기는 첫째, 자신 몸의 궤적을 가늠해 보는 체험으로
서의 몸이 지니는 위상이고 둘째는 선험적 몸의 정치적 함의다. 그것
이 근자의 몸 담론이나 사이버페미니즘과 어떤 접점을 이루는지를 파
악되어야 하는 일로서 이는 궁극적으로 그의 발언이 우리 몸의 현실을
얼마나 의미 있게 조명하는지를 판단하는 중요한 근거가 되는 지점이
기도 하며, 세상의 황폐와 잔인 앞에서 스스로의 전신을 노출시키고
있다라고 평하게 만든 에로티시즘적 요소이기도 하다.

　　　너는 섹스한다 고로 존재한다 놀리지 말게

키타를 안 듯 스무명의 여자를 안았지만
그저 무엇을 찾아다닌 듯 하네
여자는 세숫비누와 같네
향기 짙고 부드럽고 나를 씻어주고
다 써버리면 향기는 멀어지고
나라는 남자는
한 여자만 깊이 사랑할 수 없나보네
(하략)

— 신현림, 「시민 K씨」 부분[9]

가나 아샨티족의 청동 금박 조형물, 19세기.

「시민 K씨」는 가부장중심 사회에서 여성이 생명성이 없는 사물 즉 '세수비누'나 그 비누의 '향기', 또는 촉촉하고 부드러운 '따뜻한 진흙' 정도로 비하되어 버리는 것을 여성성에 포착되어 비판에 오른 경우다.

「너희는 시발을 아느냐」에서 고통과 고통 사이를 왕복하는 현실원칙의 필요조건을 배운다. 현실사회란 쾌락원칙과 현실원칙 사이에서 왕복운동처럼 반복되는 갈등양상이다. 쾌락원칙을 수행할 여유도 없는 여자 가장의 일상은 쾌락원칙이 현실원칙으로 바뀐 결핍과 불안의 공간으로 변환한다. 그는 투사적 동일시와

---

9) 신현림, 위의 책, 97쪽.

전이, 억압, 분노를 통해서 원치 않는 상황과 고통스런 감정과의 연계를 분화시키고자 한다. "그림자처럼 달라붙는 정욕을 터뜨릴 방법"을 찾아 자신이 자신에게 고백하는 이 형식에는 억압에 대한 한 방법으로서 자기연민이 수반된다.

왜냐하면 이것은 성행위가 삶에 대한 의지의 구체적 표현이기 때문이다. 이런 성적 본능의 리비도는 살아있는 모든 것을 감아쥐려는 에로스의 본능과 일치하기 때문이며 자본주의 사회의 맥 빠진 요구로 인해 진상이 은폐되는 것에 대한 시적 자아의 시원한 카타르시스의 끝은 '불쌍한 씨발'이다.

바타이유에 따르면 인간은 두 가지 속성에서 불연속성을 띤다. 즉 개인과 개인 사이에서의 불연속과 개인 안에서의 불연속이 그것이다. 개인 대 개인의 불연속성은 여성과 남성이 결합하는 성을 통해 연속성을 획득할 수 있다. 즉 정자와 난자가 만나는 순간 두 개인과 개인은 연속성을 획득할 수 있는 것이다. 이는 꽃의 경우도 유사한데, 정자와 난자의 개별적인 성질은 잃어버리지만 그 둘이 하나의 새로운 생명을 만들어 내는 그 때가 바로 개인과 개인의 연속성을 이루어내는 유일한 때인 것이다. 그 시기에는 죽음과 생명을 동시에 경험하면서 연속성을 획득하게 된다.[10] 또 하나 인간 개인의 불연속은 삶과 죽음이다. 여기서 에로스의 세계를 단순한 육체의 결합으로만 생각하면 안 된다. 이것은 자아본능과 성적본능으로만 보지 말고 죽음본능과 생명본능 사이로 옮겨와야 할 것이다. 죽음과 죽음 비슷한 것까지 경험하게 하는 성행위는 대상을 범하는, 그래서 존재의 가장 깊은 심혼, 아니마 아니무스까지 건드려 와해시키는 죽음에 가까운 행위인 것이다.

---

10) 여지선, 「1950년대 시의 에로티시즘」, 『겨레어문학』 제27집, 겨레어문학회, 2001, 278쪽.

아, 시바알 샐러리맨만 쉬고 싶은 게 아니라구

내 고통의 무쏘도 쉬어야겠다구 여자로서 당당히 홀
로 서기엔 참 더러운 땅이라구 이혼녀나 노처녀는 더
스트레스 받는 땅 직장 승진도 대우도 버거운 땅
어떻게 연애나 하려는 놈들 손만 버들가지처럼 건들
거리지 그것도 한창때의 얘기지
같이 살 놈 아니면 연애는 소모전이라구 남자는 유
곽에 가서 몸이라도 풀 수 있지 우리는 그림자처럼 달
라붙는 정욕을 터뜨릴 방법이 없지 이를 악물고 참아
야 하는 피로감이나 음악을 그물침대로 삼고 누워 젖
가슴이나 쓸어내리는 설움이나 과식이나 수다로 풀며
소나무처럼 까칠해지는 얼굴이나
좌우지간 여자직장을 사표내자구 시발
(하략)

— 신현림, 「너희는 시발을 아느냐」 부분[11]

발정기에 교미를 하지 못해 힘들어하는 이 시를 처음 대한 순간 그리스 거지 철학자 '개 같은 디오게네스'의 일화가 떠올랐다. 하얀대낮 광장에 앉아 자위로 욕망을 달래던 그는 이를 비난하는 구경꾼들에게

"아, 배고픔도 이처럼 문질러서 해결할 수 있다면 얼마나 좋을꼬!" 라고 말했다 한다.

이 시의 첫 행은 만성피로에 처져있는 샐러리맨이 피로회복제를 마시고 있는 제약회사의 광고문을 패러디한 것이다. '씨발'이란 외설스런 욕[12]을 '시바알'로 음절을 늘려 음가를 약화시킨, 분명한 욕이다.

---

11) 신현림, 위의 책, 98쪽.

12) 욕의 사전적 정의는 적대자나 적의를 품은 자, 또는 증오스런 자를 패퇴시키거나,

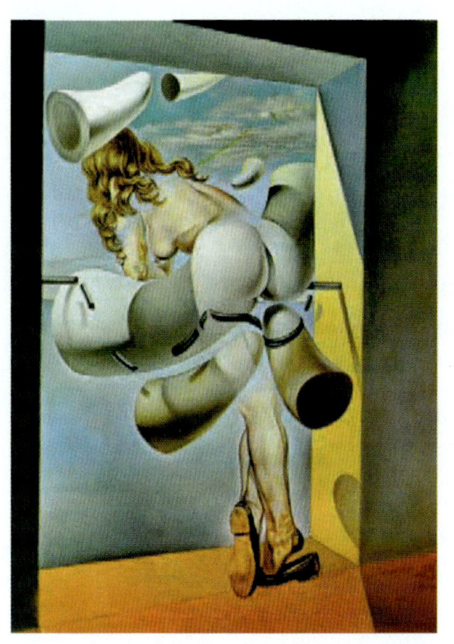

살바도르 달리, <뿔로 스스로의 순결을 범한 젊은 처녀>, 1954.

맺힌 가슴 풀어주는 유일한 해방구인 욕, 욕은 카타르시스의 대명사다. 발정기에 교미를 하지 못하는 불쌍한 동물처럼 신현림의 희(喜), 노(怒), 애(哀), 낙(樂), 애(愛), 오(惡), 욕(浴) 칠정은 언제나 의식의 통제 바깥에 거주하며 여성의 에로스를, 성욕을, 승진을, 홀로 서기를 인정하지 않는 가부장사회를 겨냥하여 산타페의 클랙슨을 빵빵 누르듯 거침없이 '씨발'을 날리는 것이다. 이처럼 욕은 에로스의 성욕과 타나토스의 공격이라는 양가성의 한 표상으로 나타난다. 탱고를 추려면 두 사람이 필요하듯 섹스를 하려면 이에 동의하는 두 주체를 필요로 한다. 합일과 열락이 성립되기 위해서는 기꺼이 주는 자와 받으려는 수혜자의 욕망이 전제되어야 한다. 그런데 시적 자아는 남자(man)만 인간(human being)이라는 불가항력적인 현실 앞에서 결핍감과 패배감이라는 극한 감정에 매몰되어 있다. 모든 성적 일

굴복시키기 위해 던지는 거친 말이나 어구다. 욕의 특징은 짧아야 효과적이며, 가식이 없으며, 사회상을 그대로 반영하고, 슬픔이나 절망 등 퇴영정서는 없다. 욕이 비록 거칠고 험하기는 해도, 명랑하고, 공격적이며, 활기가 넘친다. 먼저 욕의 기본으로 쓰이는 '씹'과 '좆'은 성인 여자와 남자의 성기를 가리킨다. 이병혁, 「한국인의 욕에 대한 정신분석학적 해석」, 『라캉과 현대정신분석』 Vol 8, 라캉과 현대정신분석학회, 2006, 144~145쪽.

게릴라걸스, 아르테미시아 젠틸레스키의 1610,
<수산나와 장로들>에 고릴라 얼굴을 합성해 만든
패러디 포스터.

탈이 상대적으로 허용된 남성들과는 달리 그는 허기진 성욕을 과식이
나 수다로 풀거나 – 이를 악물고 참거나 – 음악의 그물침대에 눕거나
– 혼자 누워 젖가슴이나 쓸어내리는 방법을 취할 수밖에 없음을 폭로
한다.

결혼 신고를 법적으로 하지 않은 상태에서 아이를 갖는다는 것은 가
부장중심사회에 대한 위반이다. 미혼모의 행로가 그토록 끔찍한 일임
에도 불구하고 시 「우린 한때 미혼모가 되고 싶었다」에서 당당히 미혼

모가 되고 싶었다 라고 스스로 말하고 있다. 또한 여성의 성욕을 인정하지 못하는 성숙하지 못한 문화를 고발하는 것, 바로 이것은 여성의 몸으로 홀로 이 세상을 살아가야 하는 두 가지 어려움인 것이다. 이런 과감한 위반의 성담론을 통해 획일적인 배경이었던 여성성을 거부하고 주체적인 여성성을 당당하게 선언한 셈이다.

모든 인간은 사랑의 존재(homo amores)이며 성적존재(homo sextus)이다. 박서원의 시 「마리아가 목수의 아들 예수에게 주는 메시지」에서는 예수를 겨냥하여 성적존재로 태어났음을 '씹새끼'라는 비속어로 현신시킨다. 성경 속 인물을 패러디하여 모든 인간이란 섹스의 결과물이며 모든 여성은 에로티시즘으로 휘감겨진 창녀에 준한다고 비가시적 상상력을 동원하여 남근질서에 유린당한 여성성들의 육체를 욕으로 고발한다. 신현림의 「너희는 시발을 아느냐」에서 '씨발', 과 이상의 「구 8씨의 출발」에서 '18'숫자처럼 육두문자 '×팔씨'와 같은 '구 8씨'나, 김남주의 「전후 36년사」에서 '좆대강이', '잡년아 썩을 년아'와 김영승의 「반성 563」에서 불타나 예수, 대통령이나, 아버지, 스승이 고개를 끄떡거리며 발음해보는 '보지'나, 최승자의 「Y를 위하여」에서 "오, 개새끼/ 못 잊어', 최영미의 「Personal Computer」에서 '씹', 장정일의 「늙은 창녀」에서 '보×', '항문'은 하나같이 외설스러운 상징인 성적존재인 인간의 욕이다. 이러한 성적 표현들은 세상이 정상적인 삶을 영위할 수 없는 왜곡된 곳임을 폭로하는 풍자의 수단으로 등장한다.

욕(辱)은 남녀의 성기와 그들 사이의 성행위의 모든 것을 즐겨 소재로 삼는다. 성에 관한 한 음담패설이 못될 것은 아무 것도 없다. 성과 성행위는 온통 욕으로 얼룩져 있으며 웃음과 뒤범벅이 되는 게 특징이다. 남근문화의 반영인 음담패설만큼 일상에서 성적실천에 봉사하는 것도 없으리라. 그렇다면 왜 그렇게 시대를 건너 사람들은 음담패설을 즐기는 것일까? 아마도 그것은 저속한 욕설을 발설함으로써 금기라는 장치를 깨뜨리는 쾌감을 맛보기 때문이 아닐까한다. 다시 말하면 평소에 억압했던 감정들을 내뱉음으로써 배설의 쾌감을 느끼는 심리와 같은 현상처럼 보인다.

변덕이 심하고 종잡기 힘든 것, 자유이자 억압이고 쾌락이자 죄악인 에로스속의 에로티시즘을 매개로 시인의 정직한 본능적 욕동인 성을 솔직하게 욕설로 드러냄으로써 보다 치열한 자기응시 적 치유에 이르고자 하는 것이다.

의도된 외설이 예술을 표방해서 보호받아서는 안 된다. 절대 안 된다. 하지만 성이나 욕이 금기의 위반사항이라고 하여 무조건 부정적으로 보아서도 안 될 일이다. 이제는 성 자체에 대한 논란보다도 그것이 작품 속에서 에로스와 에로티시즘의 미학 차원으로 논의 될 수 있는 것인지 아닌지를 살펴보아야 함은 물론, 성의 세계를 전체적으로 비판, 검토, 성찰하여 그 이면과 전체를 통시적으로 들여다보아야 할 때이다.

인간의 본능적인 욕구중의 하나인 욕은 본질적으로 자연 발생적이다. 현대문학의 가장 현대적인 성과는 광기와 통하는 영감, 패륜과 벗하는 창의에서 나왔다. 적어도 그곳에는 다양한 욕설이 생기발랄하게 현장성을 유지하며 튀어 오르고 있다. 그 떠들썩한 광끼의 카니발이야말로 페르소나를 벗어버린 인간의 원시 공통체의 언어이다. 문학작품 자체의 언어적, 형식적, 예술적 자질을 감식하지 못한다면, 그 작품이 문학적 발견의 역사 속에서 차지하는 위상을 가늠하지 못한다면, 그 작품이 산출한 새로움을 알아볼 도리가 없다. 토마스 만이 『파우스트 박사』에서 '예술가는 범죄자와 미치광이의 형제다'라고 말한 것처럼 말이다.

인간의 원초적 본능은 학습의 결과가 아니다. 그러나 남자와 여자의 자연스러운 본성(nalure)과 본질은 생물학적 속성이라기보다 사회·문화적 속성으로 보고 있다.

그래서 여성시인들은 이제 더 이상 특정소재에 구속받지 않는다. 시를 가능하게 하는 에로스 충동의 다양한 형태만큼이나 그 다양한 형태를 형상화하는 소재 또한 다언어(polylogue)로 다양해진 덕분이다. 다시 말해 욕망의 즉물화를 통해 욕망의 에로티시즘을 직접적으로 표출하는 것이다. 이렇게 소재가 다양해진다는 것은 에로티시즘의 내용이 다 변화한다는 것이며 이는 그대로 다원주의와 미시적인 사회문화 정체성과도 맞닿는 다는 개념을 정립시킨다는 것을 뜻한다. 남근위주로 흘러가는 사회의 특징에는 여성들이 욕 스트레스에 시달린다는 사실이다. 음담패설이나 모든 욕이 제작자는 하나같이 얼굴없는 남성들이라는 점이다. 그들은 자신들을 위해 쌍욕을 제작하고 자신들을 위해 사용하는 것은 본적이 없다. 탈춤을 추며 양반에게 상소리를 퍼붓고는 낄낄거렸던 자존감을 이제는 여성성들에게 들이붓고 있는 것이다. 융이 여성이었더라면 이 같이 인간의 무의식 속에서 인간의 감정 표현이 비롯되기 때문이라고 과연 설명할 수 있을까?

이연주(1953~1992)[13]의 시는 극단적인 자기모멸과 해방에 대한 동경이 반문화적 충동 속에 집약되어 있는 심리 기제이다. 동성을 버린 양성일 때 성(性)은 존재한다. 다시 말해 아니마와 아니무스로 갈라지지

---

13) 전북 군산출생. 1991년 『작가세계』 등단. 바로 그 해 10월 10일 첫 시집 『매음녀가 있는 밤의 시장』 발간. 그러나 시인에 대한 문단의 평가가 미처 이루어지기도 전인 1992년 10월, 시인은 시집 분량의 원고를 첫 시집을 내준 세계사에 우송하고 자살. 작고 후에 『속죄양, 유다』가 세계사에서 1993년 출판.

않으면 성이 성립되지 않기 때문에 성을 위해서라면 몸은 갈라져야만 한다는 의미이다. 라틴어 sexlum(나뉜/ 쪼개진것)처럼 갈라진 순간 다시는 채울 수 없는 갈망이 먼저 생겼고, 성행위는 이에 대한 미봉책으로써 모두 갈라진 상처가 만들어 내는 영원한 허전함, 공허함, 갈망에 시달리는 강렬한 욕동에 시달리는 에로티시즘이다. 라캉 식의 완전한 욕망의 충족과 합일의 형태인 희열[14]의 삶을 철저하게 관통하려 했던 이연주는 이시대의 심리적, 역사적진화론에 자신의 작품이 어떤 영향을 주었는가에 대해 언급하길 거절한다.

소금에 절었고 간장에 절었다
숏타임 오천원,
오늘밤에도 가랑이를 열댓번 벌렸다
입에 발린 XX, XXX
죽어 널브러진 영자년 푸르딩딩한 옆구리에도 발길질이다
그렇다, 구제 불능이다
죽여도 목숨값 없는 화냥년이다
멀쩡 몸뚱어리로 뭐 할 게 없어서
그짓이냐고?
어이쿠, 이 아저씨 정말 죽여주시네
            — 이연주, 「매음녀 3」 전문[15]

위 그림을 보자. 매춘부의 몸은 부유한 젊은 남자가 만지고 있고 늙은 남자는 고개를 숙인채 그녀가 동그랗게 말아 쥔 손을 바라보며 없는 돈과 떨어진 발기력 앞에 무기력하게 서있다. 실제 매매춘을 하다

---

14) 윤혜준, 「갈라지기 뜬 성의 상품화」, 『비평』, 2002 봄호, 188~189쪽.
15) 김영하, 『몸속에 별이 뜬다』, 윤컴, 1998, 20쪽.

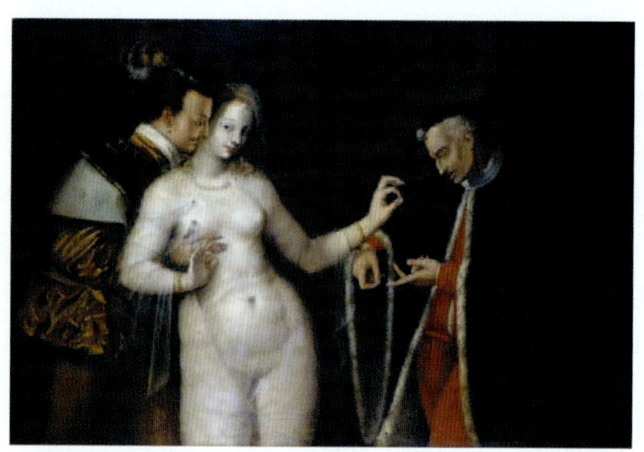

폿텐블로 화파, <노인과 젊은이 사이의 여자>, 1579, 렌 보자르 미술관.

자살한 그녀의 시 「매음녀 3」에는 돈과 권력의 구조만 나타날 뿐 쾌락 이란 직관은 없다. 그리하여 아이러니와 욕설, 모욕과 넌센스로 얼룩 진 매매춘의 현실은 은유와 동일화로 투영된다. 착한 여자 콤플렉스에 서 벗어나 자신을 욕망하는 남근들을 객관화시킨 매우 당당한 공간이 다. "숏타임 오천원"은 매춘세계에서의 여성과 남성이 서로를 목적기 제로 관계하는 것이 아니라 오직 수단기제로 관계하는 일상용어들 중 의 하나이다. 과거 남성에게는 퇴폐적 자유가 용납되면서도 여성에게 는 강력한 문화적 정조대(Chastity belt)를 착용시켰던 것처럼 현대의 사회 문화적인 풍토는 여성성의 상품화, 매춘의 발생구조를 온존시키는데 부끄러움이 없다. 그뿐만이 아니다. 이연주의 시적 자아를 상징하는 시어들에는 폭력과 잔혹의 이미지들 예컨대, 발작 · 시신 · 병균 · 전 염병 · 피 · 간음 · 도살 · 낙태 · 죽은 쥐 · 혼령 등 폭력적인 애브젝 션들이 시 한편 한편마다 정제되지 않은 채 각인되어 있다. 그의 불안 은 강박증적 불안, 존재론적 그리고 현실적 불안 등으로 덮여있으며

파블로 피카소, <바에 있는 매춘부>, 1902.
슬픔의 술잔이 고여있는 듯

이런 폭력성의 근거는 그의 시작법으로 보아 그녀가 생의 터전으로 삼았던 매춘 현장임을 알 수 있다.

위 작품이 고발하고자 하는 파르마콘은 저항 이데올로기적 역할 수행이다. 화합본능이 축소되고 파괴본능만 강화된 여성의 왜곡된 존재방식은 공식문화의 상품가치로 전락하고만 '구제불능'의 "목숨 값없는 화냥년"으로 격하된 여성성이다. 더욱이 이러한 여성의 문제는 그들을 소외여성으로 규정하여 사회에서 격리시킴으로써 성과 계급에 의해 이중적 좌절을 당하고 있다. 이런 좌절 속에서 삶을 영위해나가야만 하는 시적자아에게는 타나토스적 에로티시즘만 증폭될 뿐이다.
그리하여 매매춘은 자본주의 공간에서 강요된 노동 과정 속에서 발생
하는 인간소외의 의미소로 전락한다.

> (상략)
> 빵이 될 수 있을까?
>
> 살빛을 노르스름 태우고
> 오븐이라는 진송실을 빠져나오는
> 양성을 버린 동성, 한,
> 몸으로의 환생.
> (하략)
>
> — 이연주, 「우리라는 합성어로의 환생」 부분16)

고대 이집트의 회화와 조각품 중에는 밀가루를 반죽하여 빵을 굽는
사람이 있고, 당시 이집트인을 '빵을 먹는 사람'이라 불렀다고 한다.
마찬가지로 위의 시 「우리라는 합성어로의 환생」에서 "빵이 될 수 있
을까?"에서 '빵'은 누구를 위한 빵이 아니라 생존을 위해 갓 구워낸 간
절한 '빵'이었다. "오븐이라는" 공간은 자신과 단절되고 외부세계와
격리되었던 공간, 뜨거운 불에 온몸을 노랗게 태운 빵으로 빵 값을 구
하던 매춘세계에서의 마지막 희망이었다. 그곳에서 빨리 벗어나 양성
을 버린 동성, 한 몸, 즉 동성만 있는 유토피아, 즉 이 지상에 우리로 다
시 환생하여 먹고 싶은 '빵', 원하는 방향으로 삶이 흘러가는 사람들이
먹던, 그토록 먹어보고 싶었던 부드럽고 달콤한 '빵'을 먹어보겠다는
다짐에 다름 아니다.

---

16) 이연주, 『속죄양 유다』, 세계사, 1993, 18쪽.

게오르크 프레겔,
<빵과 설탕과자가 있는 정물>, 1610.

친애하는 선생
이 도시엔 경계망이 대단하오.
하루 세 번 교대되는 경비초소의 무장 군인들
시간은 촘촘한 그물망처럼 규격이 단단하오.
소통은 벌써 끊겼소이다. 거리마다 화농한 살덩어리
불그스럼한 피고름이 질펀하오.
(하략)

　　　　－ 이연주, 「집행자는 편지를 읽을 시간이 없다」 부분[17]

　편지글 형식을 빌려 "소통은 벌써 끊겼소이다. 거리마다 화농한 살덩어리/ 불그스럼한 피고름이 질펀"한 격리된 공간에서 시적 자아는 우울증에 시달리며 썩어가는 몸으로 자신의 죽음집행일을 예비하고

---

17) 이연주, 『매음녀가 있는 밤의 시장』, 세계사, 1997, 12쪽.

있다. 이와 같은 맥락에서 「매음녀 7」에 나타나는 매춘세계에서의 생산은 수동적인 육체의 일로서 저주 그 자체이다. "싼 애비 모르는" 매음녀가 낳은 핏덩어리를 쓰레기통에 처박는 존재의미의 사실은 시적 자아가 가족으로부터 버림받은 어린 시절의 비극적 세계관과 맞물려 있다. 마치 통한을 수용하기 위해 존재하는 듯한 매음녀 시리즈들은 이연주의 몸은 살아있으나 존재가치를 부여받지 못한 냄새나고 부패해가며 타나토스를 지향하는 시체로 규정하고자 한다.

더욱이 시에서 "촘촘한 그물망"으로 표현된 격리된 공간이란 자살과 탈출을 미연에 방지하기 위한 포주들의 감시망으로써 푸코식 권력의 절합 구조인 판옵티콘(panoption. 감시)을 연상케 한다.

이 용어는 푸코가 벤담의 원형감옥을 차용한 개념으로 '봄'—'보임'의 결합을 분리시키는 장치로 근대 사회의 특징을 한 권력자가 만인을 감시하는 체제를 설명하는 것이다. 즉 주위를 둘러싼 원형의 건물 안에서는 밖을 보지 못한 채 완전히 보이기만 한다는 것으로 이것은 권력에 의해 자동적으로 비개성적이 된다는 것을 강조한 것[18]이다. 여기서 한걸음 더 나아간 것이 시놉티콘(cynopticon. 역감시)이다.

사이버세상이 열리면서 24시간 CCTV, 인터넷, 이메일, 휴대전화, 신용카드에 의해 전자감시가 가능하게 되었다. 원형감옥에 갇혀 보이지 않는 간수의 시선을 피할 수 없듯 현대인들은 전자감옥에 갇혀 누군가의 시선을 의식하며 살고 있다. 이연주 역시 세상과 격리된 매춘이란 원형감옥에 갇혀 살았던 것이다. 이 시에서 감시받는 매춘팝옵티콘이라는 감시구조는 디지털 네트워크의 속성과도 흡사하다. 그 삶의 중심에는 늘 그들이 지켜보고 있다는 느낌만이 실재한다. 시인은 감시

---

18) 양광준, 「이연주 시의 공간 연구」, 『비평문학』 제30호, 한국비평문학회, 2008, 52쪽.

당하고 있다는 느낌 때문에 실재하지도 존재하지도 않는 감시자에게
쫓겨 자신의 행동을 묶고 억압한다. 마치 판옵티콘안에 판옵티콘이 있
는 것처럼, 그래서 그는 그의 사고에게 다쳤고 삶의 덫에 의해 많은 것
들을 잃었다. 그가 가졌던 재능, 영감, 순수함 들은 이제 보이지 않는
다. 그의 고통은 상처가 난 후 생기는 흉터와 같이 마음속 깊은 곳에 있
는 어둠처럼 타나토스적 미학에 길들여질 뿐이다.

> (상략)
> 지독한 삶의 냄새로부터
> 쉬고 싶다.
>
> 원하는 방향으로 삶이 흘러가는 사람들은
> 어떤 사람들일까……
> 함박눈 내린다.
>
> — 이연주, 「매음녀 5」 부분[19]

　"지독한 삶의 냄새로부터/ 쉬고 싶다."는 시적 자아는 소통부재의
단절된 공간에서 홀로 고통의 축제를 벌였던 카니발 현장의 냄새로 부
터 조용히 사라지고 싶다는 죽음의 간접적 전언이다. 자기 환멸의 사
도─마조히즘의 폐수로 방류된, 시신을 먹는 이 시대의 어두운 초상으
로 전락한 자아다. 이때 드러나는 사도─마조히즘은 1990년대 여성시
인들에게서 종종 발견되는 심리현상으로 피학과 분노를 문화적 승화
없이 분출하는 충격어법이다.
　이런 맥락에서 보면 상징계가 베풀어주었던 어떤 유대보다, 상상계
의 소외효과 유혹으로의 이행이 더 빨라진 것이다. 개체성이 상실된

---

19) 이연주, 『속죄양 유다』, 세계사, 1993, 21쪽.

파블로 피카소, <고양이와 두 사람의 초상>, 1902.
냄새를 그려놓고 냄새로 말을 거는 남자

하나의 용기에 지나지 않는다는 자아의 고립적인 콤플렉스가 경계를
깨뜨리고 죽음으로 치달은 것이다. 이것은 가난한 창녀를 등치고 사랑
을 돈으로 교환하다 강물에 밀어버리는 펠리니 감독의 영화 <카비리
아의 밤>(1957)처럼 위의 시에서도 화자는 추락과 어둠, 누추함의 세계
를 반복적으로 오간다. 그녀에게 길들여지지 않은 본능, 즉 죽음본능
을 만나고서야 그는 승화되는 자기애를 보게 된다. 자기 확장으로서의
시적 디스플레이의 오브제(object), 소유를 위한 오브제인 '씹구멍', '구
멍밥', '섹스밥', 「매음녀 3」에 나오는 '가랑이'는 여성 상징 이미지가
강조된 삶의 블랙홀, 하위 장치로서 기능을 연출한 아포리아이다. 이
때 이연주의 섹슈얼리티는 개인적이고 주관적이라기보다는 사회제도
의 폭력에 대항하는 기능을 수행으로 공표된다. 이성적으로는 매춘이
역사상 가장 집약된 모순체계 중의 하나라고 인지하면서도, 시인은 남

근지배질서에 저항하는 저항의 한계선에 도달하여 서는 더 이상 삶의
지향점을 찾지 못하는 한계를 보이고 있다.

(상략)
돌멩이,
어렴풋이 기억나는 사람의 가슴 같은 돌에게서
숨 쉬는 방법을 다시 배우고 싶다
　　　　　　　　　　　　　　　　　－ 이연주, 「성자의 권리 · 3」부분[20]

그가 나를 실망시킨다 나는 실망한다.
또 다른 그가 나를 모욕한다 나는 모욕당한다.
그와 또 다른 그를 나는 눈 속에 집어 넣는다.
(중략)
돌멩이를 사랑하는 일은 쉽다
걷어차도 배반 없는, 그러나
애정 없는 섹스.
　　　　　　　　　　　　　　　　　－ 이연주, 「최후 사랑법」부분[21]

　「성자의 권리 · 3」의 "어렴풋이 기억나는 사람의 가슴 같은 돌에게
서/ 숨 쉬는 방법을 다시 배우고 싶다"는 「최후 사랑법」에서 "돌멩이
를 사랑하는 일은 쉽다/ 걷어차도 배반 없는, 그러나/ 애정 없는 섹스."
에서와는 달리 희망적이며 새로운 누군가와 배반 없는 소통을 욕망하
는 에로스의 생명의지다. 그러나 「최후 사랑법」의 섹스에 와서는 자유
로운 육체의 쾌락원리가 수행하는 어떤 요소도 발견되지 않는다. "실
망시킨다 나는 실망한다./ 또 다른 그가 나를 모욕 한다 나는 모욕당한

---

20) 이연주, 위의 책, 31쪽.
21) 이연주, 위의 책, 62쪽.

존 윌리엄 워터하우스, <보레아스. 북풍의 화신>, 1902.

다.” 매일 반복되는 매춘부의 삶이다. 치욕과 모멸로 점철될 수밖에 없는 “잃을 것도 없다는 것은”살기위한 시적 자아의 치열한 생존 현장으로 자학적인 타나토스의 에로티시즘만 두드러진다. 두 시집 내내 전반적으로 가늘게 비쳐 들어오던 유토피아적 문맥은 다음 시들에서 막을 내리는 듯하다.

「풀어진 길」에서 “치유 받을 수 있는 곳이라면 나도 가고 싶다.”라든가 「방화범」에서 “살아남아 슬프지 않은 나라,/ 옳거니, 기쁜 일이

다, 가자.”와 「행로와의 이별」에서 “나는 달빛의 은가락지를 풀어 물
에 던진다”는 아웃사이더였던 이연주가 유서에서 밝힌 것처럼, 처절
하게 생과 싸우다 북한강에 유골로 뿌려지는 풍경은 살기 위해서 선택
한 자해의 패키지이다.

　등단 1년 만에 그것도 서른아홉 이라는 젊은 나이에, 온몸으로 죽음
의 극단까지 끌고 갔던 그의 문학적 성취는 삼키기, 깨물기, 체념하기
로 이어지는 죽음 퍼포먼스다. 온몸을 시학을 위해 죽음과 진정한 융
화를 성립시킴으로써 그녀가 원했던 새로운 유토피아에 입성하게 된
것이다.

　앞에서 살펴보았듯이 자기 파괴적 시어로써 추의 미를 낱낱이 밝혀
우리시의 현대적 문제성을 부각시킨 것은 추락과 자기비하에 대한 반
발이며, 자유정신의 찬가였다. 그 결과 처절한 삶속에서도 건강한 삶
을 강렬하게 사모했던 시인의 의도는 타나토스에로 하강하고 만 셈이
다. 상처 입은 자존감(self- esteem)은 죽음으로서 과연 위로받았을까?

헨리루소, <잠자는 집시>, 1897, 뉴욕 근대 미술관.
때론 긴 휴식도 필요하다.

2. 몸의 권력과 자본의 소비

성담론이 가상세계의 소비문화로 연결되는 사이버상의 문화적 변동이 일어났다. 이것은 변화에 대한 새로운 지식체계에 대한 이해와 욕구가 증대된 결과이다. 몸의 권력과 자본의 소비가 되어버린 성문화에 뒤이은 미시권력(micnopouvoir)의 성찰 작업의 일환으로 섹스, 에로티시즘은 필수 요건이 된다. 따라서 현대 성문화연구의 성격을 규정하기 위해서는 그것들의 위치를 재인지하여 우리들의 관심을 확장해야 할 시기에 와 있음을 의미한다. 섹슈얼리티는 사람들로 하여금 특정해석을 믿게 하고 다른 생각은 배제시키는 힘을 발휘하기 때문에 상징권력(symbolic power)으로도 구현된다. 이런 성 상품으로서의 여성적 가치는 사회적 문화조건의 차이에 따라 후천적으로 획득된 미학적 성향에 준거한다. 하지만 그 미학적 성향 속에 녹아있는 에로티시즘은 에로스에 의해 형성된 아우라이다.

사회적 실천영역에서 형성되는 상징적 행위를 전략이라 한다면 **최영미**(崔永美, 1961~)[22]의 첫 시집 『서른, 잔치는 끝났다』(1994)는 뜻밖의 폭발적인 베스트셀러가 되면서 '매춘부의 언어'라는 전형적인 남근중심적인 사고의 매도와 찬미를 한 몸에 받는다. 이렇게 양극단으로 갈라선 문학외적 풍문에 대해 아비투스(habitus. 역사로부터 생성되지만 역사로부터 벗어난다)의 발현과정이라고 설명할 수 있을까. 어쨌든 도시적 감수성으로 정직하게 노래하고 있는 젊은 영혼의 시세계를 에로티시즘 미학으로 찬찬히 따지는 작업은 정작 통시적이지 않았나 한다. 다시 말해 시인이 표출하는 섹슈얼한 언어가 사회적 실천영역에 일으킨 파장에 비

---

22) 서울대학교 졸업. 홍익대학교대학원 서양미술사 석사. 1992년 『창작과 비평』 등단. 2006년 이수문학상. 민족문학작가회 회원. 시집 『서른, 잔치는 끝났다』. 산문집 『화가의 우연한 시선』, 장편 소설 『흉터와 무늬』 등 다수.

해 자신의 인식 범주 속에 충분히 내면화 되지 못하고 있는 것은 아닌 지에 대해 분석해보고 가상세계의 에로티시즘 방향성을 제시해 주는 공간으로 재설정 하고 메타비판에 초점을 맞추려 한다.

> 아침상 오른 굴비 한 마리
> 발르다 나는 보았네
> 마침내 드러난 육신의 비밀
> 파헤쳐진 오장육부, 산산이 부서진 살점들
> 진실이란 이런 것인가
> 한꺼풀 벗기면 뼈와 살로만 수습돼
> 그날 밤 음부처럼 무섭도록 단순해지는 사연
> 죽은 살 찢으며 나는 알았네
> 상처도 산자만이 걸치는 옷
> 더 이상 아프지 않겠다는 약속
>
> 그런 사랑 여러번 했네
> 찬란한 비늘, 겹겹이 구름 걷히자
> 우수수 쏟아지던 아침햇살
> 그 투명함에 놀라 껍질째 오그라들던 너와 나
> 누가 먼저 없이, 주섬주섬 온몸에
> 차가운 비늘을 꽂았지
> 살아서 팔닥이던 말들
> 살아서 고프던 몸짓
> 모두 잃고 나는 씹었네
> 입 안 가득 고여 오는
> 마지막 섹스의 추억
>> — 최영미, 「마지막 섹스의 추억」 전문[23)]

성적 시어들이 여성문학인에게 장애로 출몰하던 시대는 사라졌다.

---

23) 최영미, 『서른, 잔치는 끝났다』, 창비, 1994, 22쪽.

구스타프 크림트, <다나애>, 1907~1908, 개인소장.
제우스의 황금정액에 취한 다나애처럼 여자는 모두 황홀한 아기가 되고 싶다.

무의식의 심층을 여과 없이 보여주는 것을 금기시 했던 시어들이 이젠 어떤 권력으로부터 무슨 보상이나 기대감 없이 고도로 전문화된 여성들만의 마켓으로 자리 잡았다는 것을 의미한다. 위의 시 「마지막 섹스의 추억」에서 생산의 장, 정치의 장으로부터 완벽하게 분리되었다고는 말 할 수 없으나 최영미는 성적 표현을 억압된 피지배자의 욕망과 본능, 다양성으로 확장 드러냄으로써 현실적 모순을 노출시키고 있다. 1연의 상처란 실연의 옷이다. "산자만이 걸치는 옷/ 더 이상 아프지 않겠다는" 눈물어린 약속이다. 그 누더기 옷 사이로 보이는 시적 자아의 투명한 알몸은 모순으로 내비치며 무차별하게 자기를 폭로하는 솔직한 자기발언인 동시에 사회에 대한 정직성이다. 2연은 자신의 구체적인 삶속의 레미니쌍스의 표출방법이다. 아침햇살/ 그 투명함에 놀라 껍질째 오그라들던 너와 나/ 누가 먼저 없이, 주섬주섬 온몸에" 꽂았던 차가운 비늘을 모두 잃고 쓰는 정직한 사랑의 궤적 발언이다.

어젯밤
꿈속에서
그대와 그것을 했다

그 모습 그리며
실실 웃다
오늘 아침 밥상머리
돌을 씹었다

그대에게 가는 마음 한 끝
콱!
깨물며 태어난
눈물 한 방울

− 최영미, 「꿈 속의 꿈」 전문24)

「마지막 섹스의 추억」뿐만 아니라 「꿈 속의 꿈」 시에서도 그랬다. 아름답기는커녕, 쿨 하기는커녕 오히려 가슴이 뻐근해왔다.

위의 시 "그대와 그것을" 하던 "마음 한 끝/ 콱!/ 깨물며 태어난/ 눈물 한 방울"은 아니무스의 원형으로서 아니마를 그리워하는 시적 자아의 서로의 결과물이다. 영혼과 육체를 가로질러 섹스와 어떤 친화력을 갖는 무수한 쾌락의 상징, 감각의 체현이 사유의 거처에서 지금은 다만 서로 상호작용으로만 남아 있다. 아니마와 아니무스가 자아와 자기를 이어주는 중간다리와 같은 것처럼 여기에는 시적 자아의 인격화된 에로스적 에로티시즘이 함께 있다. 항상 의식을 넘어 내면의 세계를 인식하는 최영미 같은 시인은 의식과 무의식의 대립관계와 경계를 상당히 넘어선 사람들이다. 마음을 숨기지 않고 진창에 넘어져 허우적

---

24) 최영미, 위의 책, 10쪽.

대는 자신의 모습을 여과없이 보여 준 것은 이미 '자기' 가까이에 가 있음을 고백하는 것에 다름 아니다. 그는 자신의 추한 체험을 추하지 않게 드러낼 줄 아는 방법을 알고 있다.

섹스에 대해 말하거나 여성의 섹스가 활자화 된다는 것은 곧 그 여성이 순결을 잃어버린 여성, 음욕이 강한 여성이라는 전제가 깔린다. '부정'한 그런 사회적 금기에도 불구하고 여성이 당당하게 자신의 섹스를 자신의 언어로 말했다는 것은 괄목할 사건이다. 이러한 경우 진정으로 남성들이 바라고, 말하고 싶었던 것은 어쩌면 여성을 '마녀'라든가 '팜므파탈'이란 단어로 묶어 놓고 싶은 그들의 무의식적 의도가 있었을지도 모르겠다. 오시마 나기사 감독의 영화 <감각의 제국>(1976)에서 밖은 한창 전쟁의 포화가 난무하는데 두 주인공은 방안에서 섹스에 탐익한다. 이처럼 그 역시 「마지막 섹스의 추억」에서 두 주인공이 아무도 들어오지 못하는 방안에서 섹스에 탐닉했던 순간을 추억한다. 지워짐으로써 완성되던 풍경을 추억한다. 가장 강한 현실 원칙이 지배하는 밖과 가장 강한 쾌락 원칙이 지배하는 '안' 사이에 형성되는 긴장된 에로티시즘 미학의 묘미를 적나라하게 보여주고 있는 시적 자아를 재발견한다.

> 새로운 시간을 입력하세요
> 그는 젊잖게 말한다
> (중략)
> 이 기록을 삭제해도 될까요?
> 친절하게도 그는 유감스런 과거를 지워준다
> 깨끗이, 없었던 듯, 없애준다
>
> 어쨌든 그는 매우 인간적이다
> 필요할 때 늘 곁에서 깜박거리는

파블로 피카소, <화가와 모델>, 1964.

친구보다 낫다
애인보다도 낫다
말은 없어도 알아서 챙겨주는
그 앞에서 한없이 착해지고픈
이게 사랑이라면

아아 컴 – 퓨 – 터와 씹할 수만 있다면!
— 최영미, 「Personal Computer」[25]

래리 워쇼스키 감독의 가상영화 <매트릭스>(1999)를 보고 온 후에
도 며칠 동안 스멀스멀해 뒷머리를 만졌던 기억처럼 최영미의
시 「Personal Computer」를 처음 보았을 때도 비슷한 감정을 느꼈다.
현대인들의 모습을 그만큼 섬뜩하고 정확하게 비유한 영화가 있을까
싶게 위의 시 역시 이 시대의 현 주소로구나 라는 생각에 도달했다. 인

---

25) 최영미, 위의 책, 74쪽.

공두뇌를 가진 컴퓨터(AI: Artificial Intelligence)가 지배하는 세계. 인간들은 태어나자마자 그들이 만들어낸 인공 자궁 안에 갇혀 AI의 생명 연장을 위한 에너지로 사용되고 AI에 의해 뇌세포에 매트릭스라는 프로그램을 입력당하는 디지털 세상은 어찌 보면 매일 컴퓨터 앞에 혹은 텔레비전 앞에 앉아 있는 우리의, 시인의, 자화상 같았기 때문이다.

현대여성시인들은 타인의 침입으로부터 상대적으로 보호된 마지막 공간인 가상세계에서 통행, 탐험할 수 있는 자유를 고조시켜 사생활을 투명하게 드러낸다. '귀여운 여인' '온순한 소녀' '참한 여자'. 최영미의 시는 이런 관념을 과감하게 해체하며 도전하는 여전사의 도발적인 시적 자아다. 그녀는 에로티시즘의 미학, 그 정수를 보여준다. 그런 의미에서 과거 남성의 성적 기대를 채워주던 환상적 용도에서 벗어난다. 무제약적 향유가 넘쳐나는 현실에서 그녀의 가상섹스는 카페인이 제거된 커피, 지방 뺀 크림, 알콜 없는 맥주와 같은 한정된 향유다. 이어폰을 들으며 자신을 가상공간인 헤테로토피아로 이행시키는 한정된 움직임은 시간을 순서로 정하지 않는다. 무인격 존재인 컴퓨터와 섹스를 꿈꾸는 이 요지경의 파노라마를 남성성들은 '매춘부의 공격성'으로 폄하하지만, 기실 그들의 내면에서는 남성성인 자신들을 내팽개쳐 버리고 체온도 없는 비 인격체와 사랑하는 여성을 두려워하며 비하하고 싶었는지도 모른다.

시 「Personal Computer」는 남성, 여성이라는 기표로서의 거짓상징과 젠더의 차이를 벗어나 기계적인 대상에서 시적 자아를 찾으려는 물질 우선주의에서 한 단계 더 나가 있는 작품이다. 무인격 존재인 컴퓨터는 "젊잖게 명령하고, 부드럽게 명령하고, 모든 걸 다 알며 아무것도 모르는" 대상이다. 칙칙하고 상처투성이인 과거를 깨끗이 지워줄 뿐만 아니라 너무나 인간적이어서 필요할 때마다 그의 곁을 떠나지 않는

펠리시앙 롭스, <제물>, 1883.
사랑의 엑스타시 라는 제단.

다. 친구보다, 애인보다도 나은 이게 사랑이라면 아아 그와 씹하고 싶다고 고백하고 만다. 어둠에 감싸여 수치와 혐오를 불러일으키는 까닭에 관찰자의 시선 안으로 들어올 수 없었던 섹스가 아니라 열락과 합일을 숭고하게 여기는 섹스를 말하고 있다.

비인격체인 컴퓨터에게 '씹'이라는 기이한 상상력을 유발하는 시어는 자극적이다 못해 도발적이다. 「가을에는」이라는 시에서는 "내가 그를 사랑한 것도 아닌데/ 미칠 듯 그리워질 때가 있다/ (……)/ 엉금엉금, 그가 내 곁에 앉는다 / 그럴 때면 그만 허락하고 싶다", "뜨거운 국수가락처럼 헐떡이던 혀"(「다시 찾은 봄」 중에서)", "너의 심장 가장 깊숙한 곳으로/ 헤엄치고프다, 사랑하고프다"(「아도니스를 위한 연가」 중에서)는 사랑이 아니어도 그 곁에 키를 낮춰 누워 그와 섹스를 하고 싶다고, 외설스러운 성욕을 이렇게 공공연히 드러낼 때 아마 여성독자들은 막혔던 가슴이 '펑'하고 뚫리는 듯한 쾌감을 느꼈을 것이다.

>
> 1
> 언제든지 들려다오, 편리한 때
> 발길 닿는 대로 눈길 가는 대로
> 시동 끄고 아무데나 멈추면 돼
> (하략)
>
>
> 2
> (중략)
> 아침이면 한없이 착해질
> 욕망도 당당히 자기를 주장하고
>
>
> 3
> 기다리고 있을게
> 너의 손길을
> 여기는 너의 왕국
> 그저 건드리기만 하면 돼
> 눈길 가는대로 그저 한번, 건드리기만 하면 돼
> (하략)
>
> — 최영미, 「24시간 편의점」 부분26)

---

26) 최영미, 위의 책, 78쪽.

한때 너를 위해
또 너를 위해
너희들을 위해
씻고 닦고 문지르던 몸
(중략)
살 떨리게 화장하던
(중략)
삶아먹어도 좋을 시간이여

                                       – 최영미,「목욕」부분[27]

르노아르, <목욕하는 여인들>, 1887, 메트로폴리탄 미술관.

21세기에 와서 몸은 단순히 타고난 자연의 선물이 아니라 끊임없이 가꾸고 관리해야 할 일종의 프로젝트, 즉 미시권력으로 현신한다.『몸

---

27) 최영미, 위의 책, 35쪽.

의 사회학』에서 크리스 쉴링은 몸 자체가 연구대상으로 등장하게 된
배경으로 다음과 같은 네 가지 요인을 제시한다. 첫째로는 1960년대
페미니즘운동으로 산아제한과 낙태가 설정되고 두 번째로는 산업인
구의 증가와 사회복지제도 운영 세 번째는 현대자본주의의 소비증가
로 아름다운 몸만들기 네 번째로는 인공수정, 시험관아기, 성형수술
등으로 몸의 위기에 대한 불확실성이다. 몸이라는 개념은 단지 생물학
적 차원에 한정되는 것이 아니라 사회문화적 관계 속에 작용하는 매우
총체적이면서도 포괄적인 함의를 갖는 현존이다.

「24시간 편의점」에 나타나는 시적 자아는 "언제든지 들려다오, 편
리한 때" 아무 때나 이곳은 너의 왕국이니까에서 '너' 와 시 「목욕」에
나타나는 '너'는 나에게 자기를 내어주었던 너이며 나와 끊임없이 이
야기를 나누며 사랑했던 관계의 '너'이다. 개체적 존재인 너에게서 나
인 자기를 분리시키고 싶지 않고 지금도 그 사람의 소유로 남고 싶은
너인 것이다. 당당히 자기를 넘겨 달라 아우성치고, 읽어 달라 애원하
는 간절한 눈빛은 젊은 영혼의 도시적 감수성이다. 이렇게 정직하게
노래하며 그녀는 욕망의 스위치를 다시 올린다.

「목욕」에서 "너희들을 위해/ 씻고 닦고 문지르던 몸/ (중략)/ 살 떨리
게 환장하던" 시적 자아에게 있어서 가치였던 몸의 존재는 나의 사랑,
나의 창작, 나의 독창력에 관여하는 몸의 경배와 광란이다.

"내 입술은 순결을 잃은 지 오래"(「담배에 대하여」 중에서)는 공포
와 파괴로 비하된 자아를 상실한 몸이다. "여기는 너의 왕국 – 삶아먹
어도 좋을 시간"은 잡다한 관념과 선입견이 완전히 제거된 공간, 무
한한 무시간성(non time)과 무장소성(non places)으로 시공간을 뛰어넘는
공간으로 상정된 섹스란 어쩌면 산자만이 걸치는 옷, 그 어떤 싸움의
기록인지 도모다.

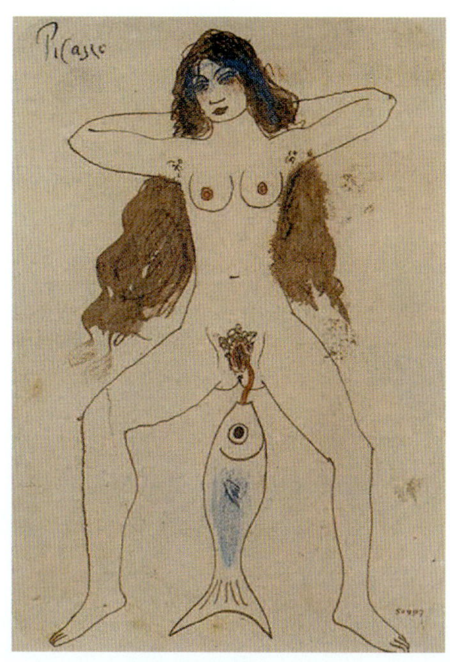

피카소, <고등어>, 1902.
21살의 피카소는 자신을 고등어로 만들었다.

「2007년의 사포」에서 "무릇 여자로 태어나 노래하는 것들/ 홀로 달콤하며 홀로 아프고/ 홀로 뜨거운 것들의 운명은 변하지 않았다./ 너는 나를 짓밟지만, 나는/ 화려하게 지구를 물들일 거야"를 읽노라면 「마지막 섹스의 추억」으로부터 멀리 달려온 시간인데도 화자는 1920년대의 김명순시인이나 나혜석, 김일엽과 별반 다르지 않은 수난을 당한다. 그런 사회적 제도의 부당함을 깨고 당당히 일어나 가장 아름다운 별, 지구를 멋지게 물들이겠다고 포효하는 모습까지도, 자신에게 약속하는 모습까지도 같·다. 대대를 물려온 결핍 속에 여성이 있고, 여성 속에 결핍이 있다. 결핍을 채우기가 이리도 험난한 것인가?

최영미나 신현림에게 있어 섹슈얼리티는 기존질서에 대한 반항이라는 문화적 의미를 공통적으로 담고 있다. 특히 여성에 대한 남근중심문화의 성적 억압에 대하여 도전과 야유를 보내고 있으며, 이들은 자신들의 문학적 소재로 성담론을 다룸으로써 더 이상 성이 남성의 전유물일 수 없다는, 즉 여성의 주체성을 당당하게 선언한 셈이다. 이처럼 2000년대 성담론과 연관된 남성 시인들의 시세계에서 성욕망은 자기 성찰과 타자와의 완벽한 결합에 이르는 도구로 상정되는 데 비해 2000년대 성담론과 연관된 여성시인들의 시세계는 남근지배이데올로기에 반항하거나 가상세계로의 도피성 성격이 강하게 나타나는 점이 주목된다.

아르킴볼도 주세페, <메멘토 모리>, 1700년경. 거꾸로 읽어보라! 인간의 양면성을 나타낸다.

2007년 우리나라에서 처음 전시회를 연 독일 화가 게오르크 바젤리츠(1938~)는 기존의 나무를 거꾸로 돌려세워 그린 그림인 「머리 위의 나무」를 발표하여 기존 화단에 선쎄이션을 이르켰다. 마찬가지로 **김언희**(1953~)28)의 시적 파괴주의는 새로운 지향을 향해 열려 있다는 점에서 유혹적이다. 진정한 파괴란 이처럼 새로운 생성을 담보로 할 때 의미를 갖기 때문이다. 시 「트렁크」에 들어 있는 "팅팅 불은, 질겨빠진, 코를 찌르는 시체"는 아버지의 법을 행사하는 데 필요 없는 어머니의 몸이며 동시에 시인의 몸이며 여성들의 천박한 몸을 뜻한다. 사회와 가족을 모독하고 부정하느라 정작 자신의 정체성마저 가늠할 겨를이 없어 보이

---

28) 경상남도 진주 출생, 경상대학교졸업, 1989년 현대시학 등단. 2005년 경남문학상. 2004년 박인환 문학상 특별상. 대표작 『말라죽은 앵두나무 아래 잠자는 저 여자』등.

는 천박한 몸인 부정물(不淨物)은 경계 또는 주변부에서 내던져진 대상
의 이미지들이다. 이런 이미지들은 어머니를 생물학적 욕구의 영역에
한정시켜 놓고, 에고가 상징 질서의 언어 영역에 진입하기위해 어머니
의 천한 몸을 개방해야 한다는 프로이트의 논리를 시작으로 바흐친 -
라캉 - 크리스테바의 애브젝션 이론에 까지 근접하고 있다. 이것은 그
가 그곳에서 한 발짝 벗어난 가상세계에서의 몰입을 입증하는 것이다.
보편적으로 예술가를 일러 반미치광이라 칭하긴 하지만 문학이란 이
름을 빌려 정신분열증환자의 저주스런 환몽이나 불안장애증세 같기
도 한 시적 자아의 생산성 부정은 그래서 더욱 필연적 귀결로 나타나
는 기제로 주목된다.

(상략)
벗겨주소서
벗겨내주소서아버지
나를 아버지
콘돔처럼아버지
아버지의좆대가리에서아버지!

- 김언희, 「벗겨내주소서」 부분29)

나에게는
뾰족하게 깎은 연필 한 자루 있네

나에게는 뾰족하게 깎은
자지 하나 있네

뾰족하게 깎은 자지, 아버지의

---

29) 김언희, 『말라죽은 앵두나무아래 잠자는 저 여자』, 민음사, 2000, 26쪽.

자지로 오늘도 나는
내 눈을
찌르네

아버지, 아버지가 밴 아이는
내 아이가

아네요

― 김언희, 「나에게는」 전문30)

　엽기적이고 충격적인 근친상간, 집단섹스, 로리타콤플렉스 등의 텍스트 중에서도 가장 강력한 의미로 받아들여지는 것은 근친상간이다. 근친상간이란 코드는 금기의 위반이란 에로티시즘의 본질이다. 모든 신화의 최초의 테마는 영웅에 의한 어머니와의 근친상간이다. 그러나 위의 시에 나타난 부녀관계는 전통적 가치와는 탯줄로 연결되어본 적 없는 급진적이고 실험적인 코드로서의 실행이다. 근친상간에는 부녀상간, 모자상간, 남매상간, 동성상간 등의 네 가지 형태가 있다. 가장 사례가 많은 경우는 엘렉트라 콤플렉스(Electra Complex)인 아버지와 딸 사이에 성관계를 갖는 부녀상간이지만 가장 원형성을 띠고 있는 것은 아들과 어머니의 관계인 오이디프스 콤플렉스(Oedipus Complex)다. 이 이론에 꼭 들어맞는 시가 있다. 그 예로 장정일의 시를 읽어보자.

방이 하나면
근친상간의 소문을 무릅쓰고
(……)
아들과 어머니 사이에

---

30) 김언희, 『뜻밖의 대답』, 민음사, 2005, 115쪽.

진짜 근친 같은 일이 벌어지기도 한다
(……)
방이 하나면
아아 개새끼!
나는 사람도 아니다.

— 장정일의 「방」부분

반 고흐, <슬픔>, 1882, 암스테르담 반 고흐 미술관.
고개 숙여 나를 울어 준다.

이런 불안정한 무질서를 드러내는 에로티시즘은 언제나 이성의 세계와 충돌한다. 에로티시즘의 활동 속성에는 이미 타나토스의 활동성이 잠재되어 있기 때문이다. 다양한 부조리들 속에서 보는 이의 트라우마를 자극시키는 쥴스 데이신 감독의 새엄마와 전실 아들의 근친상간인 이 오이디프스 콤플렉스를 그린 영화 <페드라>(1962), 루이 말 감독의 시아버지와 며느리의 근친상간을 엽기적으로 연출한 <데미

지>(1992), 톰 칼린 감독의 비정상적인 모자관계를 그린 충격 실화 <세비지 그레이스>(2007) 역시 극단적이다. 광기와 욕망으로 얼룩진 근친상간과 에로티시즘, 스릴러가 혼합된 이런 영화는 일반통념으로 이해하기 어려운 독특한 미학을 지니는 특징을 지닌다. 이런 예술작품을 보고도 성숙한 남자와 여자가 방종한 성관계를 맺고 싶은 욕구를 전혀 느끼지 못하는 사람이라면 일종의 신경증적인 죄책감의 압박에 시달리고 있는 것이라고 빌헬름 라이히는『성혁명』에서 말한다.

불륜에서의 쾌락원칙의 승리는 억압된 것의 귀환이기도 하지만 자기를 규정해왔던 것에 대한 무관심 혹은 껍데기에 불과할지도 모른다는 회의와 자신 속에 눌려 있던 또 하나의 삶의 무가치성을 견인하는 작업이다. 같은 맥락에서 죽음으로 몰고 가는 에로스와 공포로 몰아가는 타나토스는 감정을 극단으로 몰고 간다는 점에서 동일성을 획득한다. 여성 속에 깃들어 있는 모성은 치유하고, 먹여주고, 분리에 저항하고, 절단을 허용하지 않는 힘이다. 많은 여성시가 영혼을 치유하고, 결핍을 채워 주며, 화합의 논리로 접근할 때, 몇몇 젊은 여성시들은 분리, 절단, 파괴, 외설 등을 허용함으로써 모성성을 미리 견제하고, 배재하고, 상실한다.

김언희의 시「벗겨내주소서」가 가족으로부터, 아버지의 권력으로부터 이탈을 갈망하는 것과는 달리「가족극장, 나에게 벌레를 먹이시는」은 색골인 아버지가 딸에게 음식처럼 매일 벌레를 먹이고 있다가「나에게는」와서는 아버지가 드디어 아이를 낳는다. 김언희의 시에서 유폐된 내면적 진실성의 세계를 형성하는 가장 근원적인 외적 억압은 바로 가족이다. 이것은 그의 출구 없는 몽환의 세계를 암시한다. 일종의 도착중인 근친상간을 일삼는 색골인 아버지의 말초적 쾌락을 위해 진설되는 상품은 딸 – 수많은 여성들 – 희생자의 이미지로 연속되어

파블로 피카소, <도라와 미노타우로스>, 1936.
때론 나도 황소같은 남자를 만나고 싶다.

재생산된다. 이때 시인은 장주네나 뭉크, 고흐에게서 발견되는 의식의 극단적 격렬함을 근친상간이란 범주속에서 문자로 환언시킨다. 정신분석학에선 인간에게 근친상간의 보편적인 강박관념이 없었다면 근친상간의 금기가 전 세계적으로 그렇게 엄숙하게 표현 되지는 않았을 것이라 한다.

도덕으로 정해 놓은 금기대상은 사간, 수간, 근친상간, 알몸 보이지 않기 등으로 동물성으로부터 멀어지고자 하는 욕망의 산물이다. 다시 말해 '금기위반'이란 동물성으로 회귀인 동시에 신성으로의 돌입이기 때문이다.

김언희는 이런 변태적인 성행위와 비상식적인 가족관계들을 그려 냄으로써 여성의 육체에 가해진 남성적 시각의 야만적인 도착증을 폭로하고 있다. 이와는 반대로 문정희의 "오빠! 이렇게 불러주고 나면/ 세상엔 모든 짐승이 사라지고/ 헐떡임이 사라지고"(「오빠」 중에서)는 이성적인 근친상간을 이룸으로써 오히려 섹스를 상실케 하여 본래 탈성화된 개체로서의 무한한 자유를 보장받는다. 그러나 위의 시에서 보여주는 김언희의 도착은 특별한 성적 환상, 자위행위, 성적 기구 그리고 성적 파트너에 대한 특별한 요구사항들에 의해 특정지어진다. 전형적인 예들은 주물성애, 의상 도착증, 관음증, 노출증, 가피학적 성욕(sadomasochism) 그리고 소아 성애이다. 그는 '천박한 몸(abject body)' 이라는 코드를 통하여 가부장적 사회와 남성중심주의의 질서에 대한 비판이자 그러한 문명 자체에 대한 비판으로 읽힐 수가 있다.

아버지라는 거대한 남근에게 반복해서 먹이로 진상되는 것은 부당하게 억압당하고 있는 현실에 대한 반항이며 평등한 주체들의 공간인 유토피아를 염원하는 강박증이다. 그 강박증으로부터 탈출하기 위해 마치 무당이나 주술사의 입에서 쏟아져 나오는 말처럼 그의 몸을 점령하고 있던 아버지를 벗겨내는 것이란 바로 순진하면서도 교활한 말, 자신의 거짓말을 믿게 만드는 또 다른 아버지의 말이다. 그러나 이제 그는 아버지의 파르마콘에 속지 않는다. 그녀는 미리 예상된 지식에 도달하기 위해 현재에서 벗어난다. 이 능력에서 다른 능력이 파생된다. 그것은 숭고한 자가생식능력이다. 그럼으로써 김언희는 아버지의 말들로부터 완전한 해방을 기약 받는 것이다.

근무 중의 수음(手淫)
책상다리 사이로 매독이 퍼진다 아침 열시에
디지털 자지에서 디지털 정액이 흘러
넘치고 빠는 기계 당신은
빨아서 모든 것을
말려
죽이지
불길하고 더러운 새 소식과

만 원짜리 몇 장이 쥐고 흔드는 음탕한 미래

깜박
잠들었다가 나는
백발이 된 채 깨어난다 미스 리
천국에서 나가는 길 좀
가르쳐줘
(하략)

— 김언희, 「9분전」 부분31)

    디지털 코드로 무장한 위의 시는 키노타입의 독특한 상상력의 산물이다. 포화 상태로 이끄는 성적 욕망을 단절시키기 위해 컴퓨터를 사용하여 이 세계를 벗어나려 한다. "디지털 자지에서 디지털 정액이 흘러"버린 기계들과 뒤섞이는 지점에서 시적 자아의 끝날 줄 모르는 에로티시즘은 그러나 존재의 가장 내밀한 곳, 기력이 미치지 못하는 곳까진 건드리지 못하고 있다. 이미 비정상 상태로부터 에로 상태로의 추이는 불연속적 질서, 또는 형태적 존재의 상당한 와해를 전제하기 때문이다. 가상세계에서 유기체인 인간은 근본적으로 기계와 한 몸이 될 수 없는 한계를 지니고 있다. 이러한 차원에서 보면 인터넷은 시인에게 또 다른 폭력과 광기의 원천인 셈이다. 자연과 인간이 단절되고 감동이 사라진 현실에서 주체를 상실한 인간들은 테크노피아의 사막에 홀로 버려지게 될지도 모른다는 불안감에 놓이게 된다. 이 때 사회의 부정적 징후들로 인해 우울증적 자기 분열의 노출을 경험하게 되는 것도 가상세계에서 흔히 만나는 일중의 하나이다.

    사회문화적 억압과 관행으로부터 그들의 자유를 수호하기 위해 연

---

31) 김언희, 위의 책, 18쪽.

에드 모르건, <맘몬의 숭배>, 1909.

대를 한 사람들 같이, 새로운 창조를 이룩하려고 끝없이 질주하는 혁명가가 되어 아낌없이 휴먼노이드(지능형 로봇)와의 섹스 속으로 몰입해가는 시대다. 현란한 어휘, 파격적인 구조로 새로운 감수성을 가장 잘 표현해낸 김언희의 성문학은 신세대의 가치와 실천의 결과물이다. 그리하여 반 권위적 개성에 대한 폭발적 욕구로서 섹스, 향락, 퇴폐, 저속한 쾌락에의 탐닉이라는 용어들도 기존의 패러다임과는 과감히 구별짓고, 소비문화의 한 전형으로 행세하기에 이르렀다. 이들이 거리낌없이 추종하는 것은 하나같이 자아완성을 향한 자기 감수성을 보다 잘 반영해주는 것을 선택할 따름이라는 것뿐이다.

　도발적인 상상력으로 몸을 경쾌하게 다루었던 첫 시집 이후, 그의 시를 해독하는 일은 이중의 고통을 확인하는 과정이기도 하다. 이것은 다시 말해 미지의 언어가 초래하는 공포, 그리고 그 밑에 또아리를 틀고 있는 공포를 확인해야하는 공포의 심연이다. 「9분전」에서 '디지털 정액'이란 회임을 꿈꾸지 않는 생명수이다. 무정자증의 에로티시즘 상태에서는 존재가 주관성을 상실한다. "만 원짜리 몇 장이 쥐고 흔드는 음탕한 미래"에서의 주체는 대상과 동일시된 채 性을 단지 문명의 비판을 위한 도구로 사용하고 들끓는 욕망의 이미지는 죽음의 이미지와 연결되는 양상을 보인다. 그렇다면 욕망하는 기계의 최후의 절규인 존재의 탐구는 이제 어디를 향할 것인가.

한다
한시간이고
두시간이고한다
물을먹어가며한다
하품을해가며꾸벅꾸벅
졸아가며한다
한다깜박
굴러떨어질뻔하면서그는
(하략)

— 김언희, 「한다」 부분32)

찰리 채플린이 감독한 영화 <모던 타임즈>(1989)의 주인공 찰리 채플린은 노동자다. 공장안의 기계 돌아가는 소리, 그 리토르넬로(합주와 독주가 되풀이 되는 형식)에 맞추느라 정작 자기 고유한 리토르넬로를 잃어버린다. 그는 공장에서 하루 종일 나사못 조이는 단순 작업이 반복되

---

32) 엄경희, 『빙벽의 언어』, 새움, 2002, 216~243쪽.

페터 파울 루벤스, <레다와 백조>, 1598, 빈 미술사박물관.
감미롭기만 하다면 백조도 괜찮아.

면서 눈에 보이는 모든 것을 조여 버리는 강박증에 시달린다. 기계가 멈춰서도 채플린의 리토르넬로의 효과는 강박적으로 들려온다. 마찬가지로 무의식적으로 반복되는 위의 시 「한다」는 섹스를 욕망하는 기계로서의 부조리한 리토르넬로이다.

의식의 한 꺼풀 속살을 열어, 생명을 낭비하고 싶은 성감기제와 그러한 충동의 자유를 억압하려는 불연속적인 존재의 고립감이 존재의 연속적인 리토르넬로사이에서 후퇴를 모르고 있다. 이드(id)의 본능원칙에 따라서 쾌락의 리토르넬로는 질주를 단행하는 것이다. 위의 시에서의 섹스는 죽음을 향해 내달리는 에로스와 타나토스의 에로티시즘 미학의 속도이다. 그러나 여기서 드러나는 감각의 돌진력은 리토르넬로의 다발로서의 감각의 맹목성에 다름 아니다.

3. 가상 세계의 성적 도발성

기원전 5세기에 만들어진 그리스 도자기에는 수많은 남녀의 섹스 파티가 그려져 있다. 소크라티스의 남색 알키비아데스, 최초 여자시인이며 레즈비언인 사포와 그녀의 여색 등등이다. 그 후 르네상스 그림과 조각도 예외는 아니어서 제우스와 남색 가니메데스, 아폴로와 남색 히아킨토스의 강간까지 묘사하고 있다. 사르트르의 소설 『어떤 지도자의 어린 시절』에서 동성애를 무질서, 부자연적, 불결한 것으로 비방하고, 아서 단토는 그의 사진 『미스터 10과 1/2』를 동성애적 시각으로 보게 하고 이런 시각이야말로 인간들이 원했던 사진의 궁극적인 목적이라고 말한다. 그러나 에로틱 예술이 깊은 의미에서 단순히 성만을 다룬 것이 아니다. 예를 들어 "T.S. 엘리엇 의 시 「버려진 땅」에서 성을 주제로 한 짧은 이야기 중에 동성애자의 유혹은, 세잔느의 그림과 같이 성욕을 채우기 위한 목적이 아닌, 현대 사회의 부패와 정서적 황폐화를 은유한 것이다. 이것은 이 작품들이 갖고 있는 궁극의 동기가 유머이기 때문이다.[33]

또 한편으로 발타사르 클로소프스키의 『기타레슨』은 여선생님이 의자에 앉아 있고, 그녀의 다리 위에 12살 정도의 여학생이 누워 여선생님의 오른쪽 젖꼭지를 주무르고 있는 그림으로 미켈란젤로가 이름을 새겨 넣은 유일한 작품 『피에타상』자세와 같다. 소녀의 치마는 그

---

33) 리처드 포스너, 이민아 · 이은지 옮김, 위의 책, 549쪽.

녀의 배꼽까지 올라가 소녀의 음부가 드러나 있다. 선생님의 손은 소녀의 음부로 향해 있으며 오른손은 소녀의 머리칼을 쥐고 있다. 이렇게 에로티시즘의 미학은 예술 안에서 에로틱한 표현, 찬미의 기능, 성욕촉진의 기능으로 종종 공공장소에서 벌이는 외설행위(public indecency) 같은 기능으로 표출되기도 한다. 현대시의 섹슈얼리티,

발타사르 클로소프스키, <기타 레슨>, 1934.

동성애 역시 몸을 둘러싼 사회문화적 담론상에서 과대포장 되어 온 것은 같은 맥락이라 평할 수 있다. 신세대 여성시인들은 모성이라는 생산조건을 왜곡되고 도착된 성행위로 제시함으로서 출산을 유혜하는 이런 현상은 사람들이 섹스를 일종의 거래라 생각하여 이익과 손해를 따져본 뒤 합리적으로 선택하는 것과 같은 맥락이다.

1990년대를 전후하여 여성시는 주로 몸의 욕망과 몸으로 인한 성적 불평등을 제시해 왔다. 이혜원의 지적처럼 낭만적 사랑이 근대적 노동구조의 산물이라거나 섹슈얼리티가 사회전면에 편재하는 권력의 장치라는 획기적인 담론들은 에로스와 에로티시즘을 둘러싼 환상이 상당부분 제거된 것이다. 그것은 에로티시즘이 일반적으로 처음에 부여받던 것과 다른 쓰임새를 향해 호출되는 것과 같은 이치다. 신세대 시인들은 더 이상 낭만적 에로스의 미혹에 유혹되지 않는다는 것을 의미한다. 주체의 해체와 전위에 골몰해 있는 그들의 예리한 시선은 주체

를 넘어 타자와 소통하려는 연애의 범주에 닿지 않고 연애 최소 조건은 주체를 열어 대상과 접촉하려는 소통만을 열망한다. 정체성에 대한 회의에 빠져 소통의 결과를 두려워해서는 결코 다가갈 수 없다. 성적 제한은 시대와 장소에 따라 크게 다르다. 하위문화, 대안가족, 동성애 등의 새로운 문화개념이 더 이상 낯설지 않은 이 시대에 가족과 성을 재구성하고 있는 **안현미**(1972~)[34]와 김이듬의 시는 동성애적 푸닥거리이다.

프란시스 베이컨과 조지 다이어

기이하고(queer) 별난 존재로서의 동성애자들은 동성애적 욕망과 이성애적 공포가 충돌하는 부정적 제단에 삶·사랑·섹스·자유 등을 명확히 진열하며 형식의 해체를 보여주는 작품들은 매우 대담하고 선진적이다.

과거 근대 여성들이 급진적인 성에 대한 열렬한 추구가 사회와 타협점을 찾지 못하면 급기야는 죽음으로 치닫는가 하면 아예 여론에 오르내리지 않도록 은밀하게 동성애(homosexuality)로 눈길을 돌리던 것과는 달리 신세대인 안현미와 김이듬은 여성 동성애 대표 시인으로서 당당하게 한자리를 섭정하는 차이를 보이고 있다. 이것은 문학이 현실도피적 성향으로 독자만을 향해 빗나가고 미끄러지던 것에서 벗어나 가장 먼저 현실적 존재인 자신을 향해 구원의 손길을 뻗는 치유행위임을 암시하는 부분이다.

---

34) 1972년 태백 출생. 2001년『문학동네』로 등단. 2006년 시집『곰곰』,『이별의 재구성』출간.

낙타의 쌍혹 같은
사내의 고환을 타고
달도 없는 밤을 건넌다

(중략)

이곳은 철량리 588번지
오아시스도 낙타도 없는 사막
새벽은 멀고
육교의 마지막 계단을 내려와
달을 본다
토끼눈을 한 사내가
방아를 찧고 있다
여자는 그믐이다

― 안현미, 「육교」 부분35)

　타나토스가 죽음의 충동이라면 에로스는 삶의 끝없는 충동이다. 몸속이 어두워질때마다 울음을 터뜨리는 안현미는 현실의 사막을 꽃밭이라고 기만하지도 않으며, 불모적인 육체들의 교합이 결코 좁히지 못하는 허무의 심연을 생산적 텃밭으로 둔갑시켜 서둘러 봉합하지도 않는다. 또한 자신들의 무용한 시작행위를 스스로 대단한 창조적 산물이라고 의식하지도 않는다. '개의 교미'에 비유되고, 스스로 '똥'이 되며, '습관성 유산'만을 반복하다가, 마침내는 "그믐밤의 덧없는 육교"가 되고 마는 이 무용한 섹슈얼리티 ― 생 ― 시는, 정직하고 고통스러운 자기직시를 통해 오히려 세계에 대한 그 자신의 시적 에로티시즘의 존재를 역설적으로 반증하고 있다.36)

---

35) 안현미, 『곰곰』, 중앙M&B, 2006, 28쪽.
36) 함돈균, 위의 책.

위의 시는 에로스와 타나토스의 스토리다. 사내가 방아를 찧는 순간부터 여자는 그믐이 되어 죽음의 세계로 여행을 떠난다. 타나토노트(thanatonaute. 영혼의 세계를 탐사하는 사람)가 되는 것이다. 거기로부터 에로스의 질료와 섹슈얼리티의 메타포와 삶에 대한 알레고리를 만들어내는 것은 상상력이다. 기이한 꿈을 토대로 그가 그려내는 세계는 비현실적인 장면들로 채워진다. 그러나 과연 그것이 단지 기이한 꿈에 지나지 않을까. 그는 꿈과 현실의 경계를 부정하며, 존재의 비밀에 대해 끊임없이 도전하는 철학자보다도 더 철학적 의문을 품고 그 베일을 벗기기 위해 과감히 도전장을 던지는 것이 다반사다. 그의 용기 있는 행동은 이제 새로운 일가를 이루기에 이르렀다.

"네가 세상을 떠날 때/ 네가 죽는 그 날부터/ 너의 더러운 육신은/ 악취를 풍기기 시작하리니……" 한낱 '썩은 고기', 혹은 '똥자루'에 불과한 인간에게 과연 어떤 일이 일어날까? "더러움밖에는 아무것도 없다./ 점액, 타액, 온갖 잡스러운 부패물들,/ 썩어 악취를 풍기는 배설물들./ 이 자연의 산물들을 잘 보시라……" 여기서 장 켈레비치가 말한 '생명내적인 죽음(mort intravitale)'이라는 개념[37] 과 크리스테바의 애브젝션이 나타난다. 흡수되고 배설된 대상이 나중에는 성감대로 전이되는 즉 죽음으로 결집되는 삶-사랑-섹스-자유 등의 연속적인 시간성이 인간의 배설물 또는 비하된 시적 언어를 통한 파괴성을 띤 에로티시즘로 규정되기에 이른다. 시간내존재(時間內存在)들의 비밀과 신비는, 어떤 선악이나 윤리로부터도 자유로운 이런 자연의 추출물들 속에 내재되어 있는 타나토스와 에로스의 전복으로부터 찾은 에로토스인지도 모른다.

---

37) 고종석, 위의 책, 128쪽.

구스타프 클림트, <키스>, 1907, 오스트리아 빈 미술관.

도둑처럼 사내의 입술이
사내의 입술을 훔쳐 달아날 때

(중략)

창녀처럼 그녀의 입술이
그녀의 젖꽃판을 깨물 때
구멍은 구멍을
편견은 편견을
아버지는 아버지를 버린다

(중략)

나는 오래도록 불행과 함께 행복했다
하하 해피투게더

— 안현미, 「해피투게더」 부분[38]

---

38) 안현미, 위의 책, 50쪽.

빨간 장미 서른 세 송이를 들고 여자가 나를 찾아왔어요
(…)생이 다 그런거라고 능치지 말아요 시시해요 시(詩)
까지 시시해요 시체처럼 평온했음 좋겠어요 내 영정 사진
앞에서 향나무 향이나 실컷 마시다 배불렀음 좋겠어요(…)
빨간 장미 서른 세송이를 들고 내 여자가 나를 찾아
왔어요
— 안현미, 「고장난 심장」 부분39)

의학용어인 '동성애'는 1940년대까지는 대부분 서구의 독자들에게
생소한 것이었다. 의사들조차 성에 관한 토론을 했다는 이유로 공공연
히 모욕을 당했다. 동성애나 이성애라는 말조차도 널리 쓰이지 않았
다. 대중적으로 동성애자들은 계속 선녀, 아줌마, 또는 남색꾼 같이 경
멸적인 투로 불려졌으며 1952년 캐나다에서는 『여성 막사 Women's
Barracks』라는 통속 소설이 동성애적 외설이라는 이유로 기소되기에 이
르렀다. 성과학 역시 사회가 순조롭게 돌아가도록 보장해줄 새로운 형
태의 치료를 약속함으로써 시대적 문화 혐의에 맞서 싸웠다. 변태성욕
논쟁이 일어난 것은 성역할의 경계가 사라지고 있는 것처럼 보이는 거
대한 사회적 전환―출산율의 저하, 페미니즘의 발흥, 사무직 노동자계
급의 출현―이라는 심상치 않은 배경에서였다. 1990년대에 들어와서
는 '퀴어 네이션(Queer Nation)'같은 더욱 급진적인 그룹들이 퀴어라는―
과거에는 경멸적인 뜻으로 쓰였던―용어를 가져와서 성적 소수 집단
전체를 망라하는 상징으로 삼았다.40)

한편, 프로이트의 주장에 의하면 이성애자들에게도 무의식적으로
동성애는 존재한다. 동성애적 리비도의 목표가 육체적인 쾌락에서 사

---

39) 안현미, 위의 책, 52쪽.

40) 앵거스 맥래런, 『20세기 성의 역사』, 현실문화연구, 2003, 185~338쪽.

회적으로 존경받는 사람에게 봉사하는 형태로 꿈, 퇴행, 불안할 때 나타난다고 한다. 많은 동성애자들은 정상적인 생활은 물론 심각한 정신병리를 갖고 있지 않다. 역시 진화적 관점에서 보면 동성애는 영원한 미스터리다.

안현미의 시 「단풍나무 고양이」에서 "세상에서 가장 큰 보시는 육보시"라며 그녀의 입술이 그녀의 꽃판을 깨물 때나, 시 「해피투게더」에서 "사내의 입술이 사내의 입술을 훔쳐 달아나도" 개의치 않고 시 「고장난 심장」에서처럼 여성인 시적 자아를 사랑하는 "내 여자가 나를 찾아"오는 것처럼 그의 동성애적인 시어는 높은 수준의 개인적 성취와 성공적인 삶에 따른 갈등과 불안에 대한 방어적 수단일 뿐이다. 동성애적 성은 기성문화의 규범과 금기에 어긋나는 행동들이다. 권위 있는 규범을 보란 듯이 모독하는 유희적 위반의 카니발이다.

이런 카니발적 광기는 이성에 대한 타자이지만 또한 이성의 친근한 반려이기도 하다. 이성과의 사랑 경험이나 결혼에서 실망한 아버지는 동성애를 조장하는 아버지로 형상화 된다. 그러므로 안현미의 동성애적 입장은 생물학적, 심리학적, 문화적 영향의 복잡한 상호 기제가 얽힌 현상일 것이다. 「해피투게더」에서 화자는 아버지를 버림으로써 불행했던 행복을 버리고 「고장난 심장」에 와서 세상에 걱정할 것 하나 없이 시체처럼 누워 인간사의 즐거움이나 초자연적인 내적 평화 같은 자신감을 갖게 되기를 희망한다. 몸이 문화상품으로 전시되고, 동성애가 커밍아웃 된 지금 그는 스스로를 가로질러 상징의 숲을 끌어안음으로써 자신의 삶에 지속적이고 긍정적인 변화가 도래되기를 희망한다.

현대인들은 아주 순진하게 즐기는 대신 금지와 위반 사항을 즐거움의 내부로 아주 자비롭게 강제적으로 이주 시키고 있다. 역사적으로 도덕은 한 번도 인류를 평화와 화합으로 이끈 적이 없다. 도덕은 고상

구스타브 쿠르베, <잠>, 1866.
너의 숨결, 너의 내음, 넌~나야!

한 개념이긴 하지만 결코 짐승의 본성을 바꿔놓지 못했으며 더욱이 예전에는 완강한 적의 우두머리였던 도덕과 윤리가 드디어 행복과 결합을 하고 말았다. 프랑수아 모리악식으로 전하면 행복에 의해 집요하게 괴롭힘을 당하는 존재들이 있다. 마치 위의 시 「해피투게더」에서 "나는 오래도록 불행과 함께 행복했다"고 말하는 것처럼 행복이 불행이기도 했다. 그런 맥락에서 그가 "행복했다, 하하 해피투게더 하하 해피투게더" 라고 고백하고 있다. 이것은 동성애가 도덕이지 않았다는 것, 그리하여 행복과 불행이 뒤바뀌는 모순과 역설을 통하여 안현미의 시적 에로스가 또 다른 현실에서 무심한 다행감(indifferent euphoria)으로 행복을 점유했음을 알리는 징표가 된다.

> 섹스로도 도(道)를 통할 수 있다고
> 사내를 후려놓고
> (중략)
> 뜰앞의 잣나무!
> (중략)
> ― 늘 속지마라
> ― 속지 않겠다
> 할(喝)!
> (중략)
> 죽비를 맞고 사내를 따라가는 그림자
> 잣나무 밑을 도란도란 지난다
> ― 안현미, 「나 VS 잣나무」 부분41)

융은 『사랑에 대하여』에서 성애란 동물적 본성에 속한다고 말하지만 다른 한편으로는 정신의 최고 형태에 속하기도 한다. 이러한 성애는 정신과 본능적 충동이 일치할 때에만 꽃을 피운다. 둘 중 하나라도 모자라면 손상이 생기고, 최소한의 균형이 깨어져 쉽게 병적인 것으로 빠져든다. 한줄기 빛 안에 무지개의 모든 색상이 있는 것처럼 사랑은 모든 빛깔의 충족을 품고 있다. 위의 시에서 시적 자아는, 본질 안에서 너무나 밝게 빛나는 이 빛이야말로 에로스적 에로티시즘이 좇는 온갖 충족의 근원이자 창조의 실체로 여긴 것이다. 이러한 충족을 품은 시인의 개념은 정통적인 밀교사상으로서 개체와 전체의 신비적 합일을 목표로 하며, 그 통찰을 전신적으로 파악하는 실천과 의례의 체계를 갖게 되기에 이른다.

열락에 이르는 섹스란 완전한 나눔을 구현하는 총체적 완성이다. 나눔과 받음의 궁극적 시현(示顯)이고, 합일이고, 조화다. 그리하여 신으

---

41) 안현미, 위의 책, 76쪽.

쇠라, <그랑드 자트 섬의 일요일 오후>, 1885, 미국 시카고 아트
인스티튜트

로 여겼던 인간과의 결합이라는 추상적인 합일은 꿈도 꾸지 않는 깊은
수면상태나 열락 즉 섹스를 나누며 함께 도달하는 때의 크라이막스와
같은 완전 소멸을 의미하게 된다. 이때 몸과의 대화를 통해 존재의 우
주로 통하는 것은 몸뿐이다. 사랑의 감정 속에서 느끼는 폭풍의 속성
즉 타자를 강렬하게 욕망했을 때 경련, 불면 등 일상적인 감정과는 다
른 것이 나타나게 되는데 이 순간을 경유하여 우리들은 다른 삶속으로
들어갈 수 있게 되기 때문이다. 이렇게 광휘나 열정에 휩싸였을 때 시
인은 무한영혼의 영역과 접촉한 것이며 그때마다 사랑에 관한 무수한
찌꺼기들은 폐기처분되고 그 에너지로 인해 새로운 세계로 미끄러져
나아가게 된다.

밀교에 해당하는 인도의 호칭은 바지라야나(vajra-yāna. 金剛乘)인데, 이
것은 후기 대승불교를 대표한다. 즉 바지라야나는 실재와 현상을 자기

의 한 몸에 융합하는 즉신성불(卽身性佛)을 목표로 한다. '다양한 것의 통일'이라는 사상을 바탕으로 하고 있는 것으로, 그 통일원리는 공(空)과 자비의 일치(空悲無二), 즉 반야(般若. 지혜)와 방편(方便)의 일치로 나타난다. 이러한 바지라야나에는 사크티적(的) 경향, 즉 성력적 성격은 없으며 밀교란 우리가 흔히 알고 있듯 성적인 뉘앙스를 갖는 탄트라 불교가 아닌 것이다.

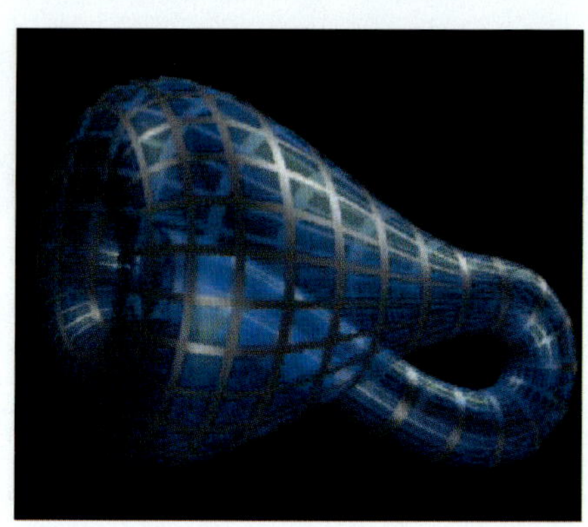

왼 쪽 모리츠 코르넬리 에셔, <뫼비우스의 띠 2>, 1963.
오른쪽 펠릭스 클라인, <클라인 병>, 1899.

그러므로 위의 시에서 사내와 그 사내를 따라 잣나무 밑을 도란도란 지나가는 그림자는, 스스로 신성한 본성을 진화시켜 나갈 시간과 공간이기도 하며 자연과 인간, 실재와 현상, 개체와 전체, 상상계와 상징계, 지혜와 방편, 의식과 무의식, 인격과 비인격 속에 내재되어 욕동을 자극하는 에로스와 타나토스의 근원적인 힘이기도 한 것이다. 그것은 '나를 찾아 떠나는 여행에서 나를 비우는 여행이 되기까지'의 삶의 궤도를 따라 움직이는 에로티시즘의 극점인 것이다. 소통과 치유라는 그 적멸의 공간은 존재가 사라지고 존재가 나타나는 공간이기도 하다. 그것은 다시 지속이라는 직관으로 흐르는 뫼비우스의 띠와 클라인의 항아리의 모습을 견지함으로써 유지되는 적멸인 것이다. 그리하여 섹스를 통해 신비한 통찰력을 갖는 순간, 확장된 의식과 본질에 대한 직관력의 시간과 공간이야말로 우리의 물리적인 우주가 되는 셈이다. 그의 글은 불편하지만 외면할 수 없는 우리의 현실과 대면하도록 우리를 격려한다. 예술의 치열함과 현실을 직시하는 태도가 갖는 힘이다.

> 여상을 졸업하고 더듬이가 긴 곤충들과 아현동 산동네에서 살았다 고아는 아니었지만 고아 같았다 사무원으로 산다는 건 한 달 치의 방과 한 달 치의 쌀 이었다 (……) 높은 빌딩으로 출근했지만 높은 건 내가 아니었다 높은 건 내가 아니라는 걸 깨닫는 데 꽃다운 청춘을 바쳤다 억울하진 않았다 불 꺼진 방에서 더듬이가 긴 곤충들이 나 대신 잘 살고 있었다 빛을 싫어하는 것 빼곤 더듬이가 긴 곤충들은 나와 비슷했다 (……) 벌레가 된 사내를 아현동 헌책방에서 만난 건 생의 꼭 한 번은 있다는 행운 같았다 그 후로 나는 더듬이가 긴 곤충들과 진짜 가족이 되었다 (……) 꽃다운 청춘을 바쳐 벌레가 되었다 불 꺼진 방에서 우우, 우, 우 거짓말을 타전하기 시작했다 더듬더듬, 거짓말 같은 시를!
> — 안현미, 「거짓말을 타전하다」 부분[42]

언어를 가지고 언어의 내면에서 언어의 바깥까지 왕복하는 것이 시인이다. 추억과 기억이라는 익숙한 언어의 뒷면 공간들은 대개 과거의 감각적 경험에 대한 무의식적 기억을 불러일으킨다. 한 장소에서 오래 살았다면 그 곳의 풍경이나 느낌, 냄새나 소리가 그 사람의 유년과 아동기, 청소년과 성년기, 장년기속에 스며들었다가 어느 날 우연히 해 뜨기 전의 여명(黎明)이나 해 질 무렵의 박명(薄明)처럼 다시 기억 속에 살

---

42) 안현미, 위의 책, 16쪽.

아난다. 마르셀 프루스트의 소설 『잃어버린 시간을 찾아서』에서 콩브레의 주일날 아침 레오니 고모의 방에서 맛보던 보리수차에 담근 마들렌 과자를 먹다가 그 냄새에서 유년의 기억을 떠올리듯이 안현미는 자신의 오감을 통해 향수를 자극한다. 엘리아데는 향수(鄕愁)라는 말속에 두 가지 상반된 의미가 있다고 지적했다. 하나는 고향에 돌아가고 싶은 귀향의지, 다른 하나는 미지의 세계나 옛날을 동경하는 막연한 이향감정이다. 「거짓말을 타전하다」에서 자신의 오감을 통해 기억을 추적하고 있는 시인은 벌레가 된 사내를 만난 건 생의 꼭 한 번은 있다는 행운 같았고 그 후로 더듬이가 긴 곤충들과 진짜 가족이 되었다고 말한다. 안현미의 여성 정체성 찾기와 몸에 대한 발견은 "벌레가 되었다 불 꺼진 방에서 우/ 우, 우, 우 거짓말을 타전하기 시작했다"처럼 동일한 구조를 가진 카프카의 『변신』에서 어느 날 아침 벌레로 변신하는 그레고르 잠자를 발견하게 된다. 이러한 시속의 벌레가 강렬하게 각인되었던 것은 시적 자아가 어떤 삶을 살았느냐의 선이해가 있었기 때문이다. 물론 시속의 벌레가 시인의 실험성에 힘입어 시인 자신에게로 잠시 반환되는 듯 했던 것도 알고 보면 예술작품을 통해 일어나는 초월성의 한 사건일 뿐이다.

　20세기 말의 광포하게 급변하는 자본주의 문화 홍수 속으로 시인은 섹슈얼한 언어, 에로스의 언어를 던짐으로써 사회문화적 성억압으로부터 해방되고자 하는 강한 욕망을 제시한다. 이는 시적 에로티시즘이 도시의 병적인 생명성을 시인의 내면으로 불러들여 야성성의 건강성으로 치환하고자 하는 염원을 담고 있다. 분노, 두려움, 비관, 나태, 복수심 등 우리안의 모든 부정적인 파괴적인 행동 성향들은 마치 타나토스의 중력과 같아서 아무리 벗어나고자 애를 써도 부정적인 것들의 에너지는 끊임없이 시적 화자를 에로스적 에코페미니즘쪽으로 끌어내

리고 있다. 그러면서 죽음인 '라모르(la mort)'와 사랑인 '라무르(L'a mour)'
를 섞는다.

　이런 맥락에서 **김이듬**(1969~)의[43] 시에서 성의 지평이 전경화 된 것
은 현재 질서를 전복시키고자 하는 지향으로서 억압된 여성성의 본능
인 에로티시즘을 해방시켜 인간의 균형적 발전을 도모하자는 의도로
해석된다. 안현미는 "사막이 아름다운 건(우물을 숨기고 있어서가 아니라)흔적
을 부정하기 때문이"라고 말할 수 있는 정도로 니힐리즘의 윤리학을
수긍하지만, "치사량의 열정과 눈물 한 방울만큼의 광기와 고독/ 개미
의 페르몬 같은 상상력"(「짜라투스트라는 이렇게 말했다」)은 시인의
광기와 고독과 상상력조차 복제되는 사이버 우주시대의 자본에 불과
하다. 환상을 보여주고 그것을 부정하고 그 부정을 또 뒤집을 때, 또는
독자의 기대지평이 깨진 부정어법의 끝에서 진정한 이야기가 시작되
는 것이다.

> 내 열쇠는 피를 흘립니다 내 사전도 피를 흘립니다
> (중략)
> 나의 눈에서 물이 흐릅니다 한쪽 눈알은 말라빠졌
> 습니다 두 다리의 무릎까지만 털이 수북합니다 음부
> 의 반쪽에선 피가 나오고 오른쪽 사타구니엔 정액이
> 흘러 내립니다
> (중략)
> 지금은 뼈만 남은 늙은 이와 놀다 쉬는 참입니다
> (중략)
> 지하실엔 매달 공간이 없답니다 정원에도 파묻을
> 자리가 없구요 누군 나더러 불러들였다는데 제 발로

---

43) 부산광역시출생, 경상대학교대학원졸업. 2001년 '포에지' 등단. 경상대학교 국문
　과 강사. 대표작『별 모양의 얼룩』.

율리우스 클링어, <살로메>, 1909.
시인은 마음을 고침으로써 거짓말을 하지만
화가들은 자연을 고침으로써 거짓말을 한다.

찾아와 발가벗는데 난들 별수 있나요 공평하게 대할
수밖에

(하략)

    − 김이듬, 「푸른 수염의 마지막 여자」 부분[44]

엘렌 식수스는 양성애(bisexuality)에 대해 우리 인간의 기원이자 목표이며, 영웅적인 사람만이 되찾을 수 있는 것이라고 보았다. 양성애의 개념을 통상적 의미의 동성애에 대립시키지 않고 남성의 '단성애(monosexuality)'의 대립개념으로 파악한 것처럼 이 시에서 양성애적 장소로 인양된 '지하실'과 '정원'은 자라고 존속하고 뿌리내리는 종족 보존의 공간이 아니라 치환되고 간섭하다 서로에게 무관심해지는 종족

---

44) 김이듬,『명랑하라 팜 파탈』, 문학과지성사, 2007, 42쪽.

본능이 상실된 공간이다. 서사적 얼개를 가지고 전환되는 이 공간에서 김이듬은 이성애라는 몸에 체화된 무의식을 부정하는 행동방식으로서 양성애적인 시어를 생산해냈다. 그런 확장된 문화적 자원을 차용함으로써 점점 더 혼종적인 실천을 실천하는 것이다. 양성애자에 대한 연구는 아직 미흡하지만 분명한 사실은 양성애자가 독자적인 성정체성이지 동성애에 대한 하위범주에 속하지 않는다는 것이다.

전통적인 정신분석학자들은 청소년기의 과도기적인 양성경향에서 벗어나는 것을 정상적 발달로 간주하였다. 그러나 많은 페미니스트들은 이러한 견해에 동조하지 않는다. 여기서 단성애의 개념이 성립하는 것은, 남성의 성행위가 그 상대가 여성이건 남성이건 간에 주로 남근에 중점을 두는 것으로 여성의 욕망을 배제하기 때문이다. 이와 같이 정의되는 단성애와는 대조적으로 양성애는 포괄성·복합성·개방성·다양성을 지녔다고 보았다. 엘렌 식수스는 두 개의 반신(半身)이 하나의 중성적 전체를 이룬다는 지금까지의 통설적인 양성애의 정의를 몰성적(沒性的)이라고 비판하면서 양성의 현존이자 쾌락의 증식인 다른 양성애의 정의를 도입하고자 하였다. 그리고 양성애는 소녀뿐만 아니라 소년에게도 잠재되어 있으나 역사상 현 시점에서는 여성이 남성보

에드윈 롱, <마음의 동쪽>, 1882.
마음의 동쪽에서 온 당신
사랑의 동쪽으로 가실까요?

다 더 양성애에 가깝다고 보았다.

플라톤도 『향연』에서 그리스 신화 속의 '안드로기노스(androgynos)'를 소개하면서 인간은 본디 양성구유의 전인이었으나 신의 노여움을 사서 둘로 쪼개져 남성과 여성으로 나뉜 이후 온전한 하나가 되기 위해 서로 잃어버린 반쪽을 애타게 찾게 됐다고 주장했었다. 'andro'는 '남성', 'gyne'은 '여성', 'androgynos'는 양성구유(兩性具有)의 전인(全人), 인간의 몸은 'andro'와 'gyne'로 나뉘어졌을망정 마음은 아직도 'androgynos' 인지도 모른다.

1

(……)

2

(상략)

발바닥의 모래 알갱이가 묵직해지면 난 성벽을 빠
져나와 죽은 새들의 해변을 지난다 불결한 생리대 같
은 구름이 찢어지는 숲길을 스쳐간다 방아쇠에 탐닉
하는 손가락들과 가면들이 걸린 사형대와 강간범들
의 웃음소리 지반을 흔드는 군인들의 행렬을 통과한
다 나는 하찮은 국경을 하찮게 넘는다 다큐멘터리를
찍는 부르주아 여성운동가의 셔터 소리 이 소리는 왜
이리도 관능적인가

(중략)

3

(중략)

4

— 김이듬, 「침묵의 복원」 부분45)

중세의 수도자들 역시 종교적인 희열을 느끼기 위해 자신의 몸에 채찍질은 물론 고름을 빨고 똥을 자신의 몸속에 넣는 등 도착적이고 피학적인 행동을 서슴지 않았던 것처럼 부조리에 부조리로 대응하려던던 사드는 '인간이 지금까지 미덕이라고 여겨왔던 모든 것들은 추한 것이다. 인간은 자연적인 질서를 따라야 하는데 이 때 자연이란 비역질, 항문성교, 근친상간, 가학, 피학적 성교, 신성모독, 폭력, 강간 등 인간이 지금까지 추하다고 여겨왔던 것들이다'라고 말한다. 김이듬의 시 「침묵의 복원」에서 "강간범들의 웃음소리"와 "여성운동가의 셔터 소리 이 소리는 왜 이리도 관능적인가"는 사드의 말처럼 부조리에 대칭되는 부조리의 표본인지도 모른다.

어떤 사람은 특정한 것의 노출에서 수치심을 경험한다. 그런가 하면 거절당하는 것, 결함 - 약함 - 더러움 - 불완전함 - 가소로움 - 불명예스러움을 두려워하는 사람들이 있다. 또 다른 어떤 사람은 보는 것과 보여지는 것, 듣는 것과 들려오는 것과 관련된 모든 행동에 대한 일반적인 두려움을 갖는다. 이렇게 되면 모든 종류의 노출들, 심지어 호기심도 수치스러운 것46)이 되고 마는데, 위의 김이듬의 시에서 뻔뻔스러

---

45) 김이듬, 위의 책, 16쪽.

제임스 앙소르,
<가면에 둘러싸인 앙소르>, 1899,
개인소장.
내안에 너무 많은 당신
그리고 나.

움은 수치심의 부재라기보다는 수치심에 대한 방어기제 즉, 가면으로 대치된다. 무의식적 수치심은 부정적 치료 관계 안에서 나타날 수 있는데, 이때 모든 그녀의 시적 성공은 신비를 헐벗게 한 자기 경멸―굴욕감―좌절에 의해 보상받게 된다.

김이듬의 시 "너는 얇은 막을 핥았을 뿐인데 양복바지가 젖는구나"(「막」 중에서)에 이어 "뺐다 잘랐다"(「타블라」 중에서)는 "랑크에 의해 처음 명명되었으며 페렌체에 의해 정교화 된 '이빨을 가진 질(vagina dentata)'의 형상화다. 이런 현상은 대체로 신경증과 성적 문제를 가진 사람들에게서 발견된다. 이 환상은 거세공포증과 관련되며 거세공포가 전치됨으로써, 질은 게걸스럽게 먹어치운다고 여겨지는 환상속의 이빨은 종종 아버지의 성기를 상징한다. 그리하여 여성 성들은 끊임없이 아버지의 질서―아버지의 말―아버지의 이빨을 벗어버리는 순간에야 완전한 자유인으로 거듭나게 된다. 긴 치마를 입었으나 한 손으로 점잖게 치마를 들치어 자신의 페니스를 공공연히 내보이는 디오니소스, 상처받지 않고, 죽지도 않는 거인 카우네우스가 된

---

46) 미국정신분석학회, 이재훈 외역, 위의 책, 238쪽.

처녀 카이니스, 이 모든 것은 남성으로 회귀한다. 불멸에 도달하기 위해 그들은 잠깐 여성의 상태를 거칠 뿐이다.[47] 처럼 위의 시 「침묵의 복원」 속의 아버지는 딸 무릎에 앉아 제 손으로 제 페니스를 만진다. 불멸에 도달하기 위해 잠깐 여성의 상태에 놓여 있는 딸에게 디오니소스 같은 체위를 가리키는 중이다. 아버지는 딸과 근친상간이라는 의례 속에서 혼융이라는 성감기제의 중요한 원리를 행함으로써 드디어 현실의 아버지를 넘어 동격으로 승화되는 것이다.

에곤 쉴레, <기대어 있는 소녀>, 1910.

삶이란 희극일까? 비극일까? 삶이란 가까이 보면 모두 비극이고 멀리 떨어져서 보면 희극이란 말이 있다. 소설이나 영화도 정상적인 구도는 흥미를 유발하지 못한다. 당연히 삼각이든 사각이든 불륜구도를 잡고 동성애나 양성애가 양념으로 들어가야 구미를 당겨한다. 마찬가지로 누구나 상상 속의 여인과, 상상속의 남자와 섹스하는 생각을 갖는다. 풍습, 의례, 신화, 금기 역시 일종의 생각 언어이다.

1. 팔

너를 만지기보다

---

47) 엘렌 식수 · 카트린 크레망, 위의 책, 104쪽.

나를 만지기에 좋다
팔을 뻗쳐 봐 손을 끌어당기는 곳이 있지
미끄럽게 일그러뜨려지는, 경련하며 물이 나는
장식하지 않겠다
자세를 바꿔서 나는
깊이 확장 된다 나를 후비기 쉽게 손가락엔 어떤 반지도
끼우지 않는 거다
고립을 즐기라고 스스로의 안부를 물어보라고
팔은 두께와 결과 길이까지 적당하다

(하략)

— 김이듬, 「지금은 自慰중이라 통화할 수 없습니다」 부분48)

보들레르가 시 쓰기를 매춘에 비유한 것은 낯선 영혼을 겨냥하여 자신의 몸(우주)을 개방함으로서 세계(우주)를 선체험으로 확장하는 이론체계다. 타자의 상실로 인한 고립지역에서 스스로 자신에게 위무를 해주면서 경련하며 물이 흐르도록 혼자만의 시간을 즐기는 것을, 함돈균의 지적처럼 아마도 최승자 같았으면 '치명적인 매독'에 감염되는 일 같은 것으로 비유했을 것이다. "너를 만지기 보다/ 나를 만지기에 좋"은 손가락엔 어떤 반지도/ 끼우지 않는 시적 자아는 여성의 몸을 내세워 여성의 몸이 행하는 이러한 체험들을 여성만이 가지는 고유한 속성으로 주목한다. 그러나 지금은 자위(自慰)중이라 통화할 수 없는 것이 문제일 뿐.

시는, 예술은, 어차피 무용한 것이다. 중요한 것은 이 피폐한 생을 견디는 이 건조한 시적 자의식에는 어떤 방법으로든 체험의 정직한 확장으로서의 탐구정신이 깃들어 있어야만 한다는 것인데 이것은 즉 한 편의 시에 시인 자신의 세계관이 고스란히 담겨있다는 뜻이기도 하다.

---

48) 김이듬, 위의 책, 18쪽.

구스타프 크림트, <눈을 감고 앉아 있는 누드>,
1913, 빈 역사박물관.

상당히 어려운 문제이긴 하지만 편협하거나 치우치지 않는 바른 세계관을 갖는 것은 무엇보다 중요하다. 오늘날 많은 젊은 시인들은 이 문제를 심각하게 생각하지 않는다. 모든 문제를 심각하게 생각하는 것도 병일 수 있지만 그러나 적어도 자신이 쓰고 있는 시나 창작 작품이 어떤 사유와 목적으로 창작되고 있는지를 그 작품을 쓰는 시인은 명확하게 인지하고 있어야 한다.[49]

생물학적 종(species)의 개념인 일차적 번식가능성을 거부하며 자신을

---

49) 이지엽, 위의 책, 45쪽.

성적 대상으로 삼는 페티시즘으로부터 이 시는 출발한다. 신세대들에게 놀라 호들갑을 떠는 시단에서 도발적이며 엽기적인 언어들로 가득한 김이듬의 시에 대하여 이승훈은 김이듬의 시에선 인간의 목소리가 아니라 물건들 부딪치는 소리가 들리고, 이 소리는 인간의 가치가 사물로 전락한 시대의 무의식이고 강박증이다 라고 말한다. 히스테리 옆에 강박증이 있다. 그의 경우 이 강박, 강제, 반복되는 내적인 힘은 죽은 것에 대한 성적 충동으로 변주되고 그러므로 가로등은 노란 팬티이고 도로는 이불이고 시멘트는 떡이고 기타소리는 성기가 된다. 그의 강박증은 죽은 사물과의 간음을 꿈꾸고 그것은 아무것도 생산할 수 없는 이 시대의 삶에 대한 그로테스크한 반응이라고 말한 적이 있으며 이와 대조적으로 안도현은 이즈음에 유행하는 엽기적인 언어에는 일회성의 공허한 유희만 있을 뿐 삶을 관통하는 반성적 성찰이 없다고 말한다.

　요즘 신세대들에겐 어떤 것도 본질적인 것은 없다. 파편화, 밀실화된 자폐적 감성은 말놀이의 빠른 속도감에 편승하거나 가상 문화의 빠른 속도에 의지해 자기 탐닉에 들어간다. 육체성에 근원을 두고 부정의 발상으로 혐오스러운 이미지를 형상화 하는 것은 육체가 지닌 강한 생명에의 욕구, 바로 자위(masturbation)이기 때문이다. 위의 시적 자아는 권태롭다. 진기한 흥분, 사람들이 향유하되 노출되기를 꺼렸던 때 묻지 않고 본성적인 쾌락을 탐닉한다. 즐거움을 더욱 즐기기 위한 방법으로 사드는 의식적 안정과 의식적 무관심을 폭력에 끌어 들인 것처럼 자위환상이 행동으로 이어지는 것은 성숙한 자아의 욕망이다. 이렇게 원본능이 다른 사람에게 향하지 않고, 주체 자신의 몸으로 향하며 그것을 통해 만족을 얻는 것은 시인의 자체성애(autoerotism)적 만족감이다. 이런 욕망은 언어의 양극단에서 서로 길항하며 스스로의 실존을 상대방에게 빚진 채 시인들의 복잡하고 다중적인 정신활동에 소통의 통로를 제공한다. 이처럼 스스로 길항하는 성적 표현은 열린 문학을 지향한다. 굳어진 관념 체계를 깨뜨리고 인식의 전환을 통해 현실의 문제와 존재의 문제를 한꺼번에 제기한다.

레이먼드 윌리엄스가 인정한 경쟁처럼 한국시단의 새로운 흐름은 경쟁을 기반에 둔 젊은 신세대가 기성세대의 문화에 대응함으로서 시 문학은 변모된다. 또한 문화를 동적인 것으로 해석하는 젊은 신세대가 '지배적인 문화', '잔여적인 문화', '돌출하는 문화'들과 공존하며 대화를 통해 개인의 권태를 원초적인 질서와 연결시켜나갈 것을 믿어 의심치 않는다. 하여 여성들의 시는 정복자 혹은 반항자로서의 인간의 영광에 바치는 찬사가 아니라, 자신의 고통스런 전락 밑바닥까지, 시인과, 말괄량인 인간, 자신의 고통을 승리와 내적 고양으로 변모시키는 인간의 영광에 바치는 찬사인 것이다.

> 말총머리 아이가 쓰러져 있었네
> 두 어른은 서로 가지라며 언성을 높였네
> 부부싸움의 공백을 메우는
> 천진하고 날카로운 울음소리
> 끌 수 있는 데까지 나는 소리를 끌고 갔네
> (중략)
> 백화점 차고에서 아빠가 내렸네
> 한 개의 현은 멀어져 갔고
> 멀어지는 것은 끊어지는 것보다 두려웠네
> (중략)
>   — 김이듬, 「바삭 마른 태아를 해금으로 연주할까요」 부분[50]

---

50) 김이듬, 위의 책 『명랑하라 팜 파탈』, 문학과지성사, 2007, 88~89쪽.

　　남성성개체와 여성성개체가 만나 에로스의 합일을 이루고 에로티
시즘의 결정체인 아이가 출생한다. 이 상황의 실재성은 아빠와 엄마라
는 두 존재감사이에서 버림받은 딸의 내면이다. 그러나 방황하는 아이

펠리시앙 롭스, <감성적 입문>, 1887.

의 시선을 조금만 각도를 돌려보면 "백화점 차고에서 아빠가 내렸네"
에서 '차고(여성)'에서 '아빠(남근)'을 뺀 이 장면과 "끌 수 있는 데까지 소
리를 끌고"가는 장면을 성적인 묘사로 읽어내는 것은 어렵지 않다. 그
러나 중요한 것은 어떤 모욕, 어떤 아픔, 어떤 기이한 쾌락을 수반하게

만드는 시인의 상상적 모험의 궤적이다. 그러면서도 그 에로스적 에로티시즘이 "멀어지는 것은 끊어지는 것보다 두려웠네"라고 고백하는 순간만큼은 보편성으로서의 여성성을 발언하고 있다.

「바삭 마른 태아를 해금으로 연주할까요」처럼 에로스와 타나토스라는 요소는 기계화된 사이보그에서도 원천적인 모티프로 작용한다. 이때 바싹 마른 태아는 지속이 끊어진 액체의 흐름이자, 그 흐름의 과정에서 차이들을 산출해내는 의식이다. 단조로운 축적인 그 오래됨을 자연스럽지 않게, 삶을 향한 연민을 예리한 감각으로 쪼개거나 분쇄시킨다. 생의 소중함, 에로스의 황홀함, 극렬한 사실성을 배제한 채 새로운 상상력으로 도처에 날카로운 칼날을 들이댄다. 김이듬이 그린 부정의 아이스테시스(Aisthesis)의 상징은 자아와 세계 간에 거리 조절을 가능케 해 현실 세계의 부정성으로 고착된 아름다움을 부정성으로 벗어나게 해준다.

그의 아이스테시스 상징계의 바다에는 사이렌-박쥐-꿀벌-고양이-물고기-두더지-관-버림받은 어린 딸-유령-사자-뱀-흡혈귀-죽은 새떼-멧비둘기-오줌-불에 달궈진 쇠구두-철판보자기-노랑 쥐-죽은 아이-닭-까마귀-개-장끼-소-코끼리-바싹 마른 태아-빨간 오줌-바퀴벌레-곰-도마뱀-백조-독수리-비둘기 똥(『명랑하라 팜파탈』 중에서)-정액-똥막대기-사체-유산-유방-엉덩이-똥덩어리-원숭이-물소떼-쥐새끼-나방-쌀벌레-(『별 모양의 얼룩』)이 모국어로 뒤섞어 방언처럼 떠다니고 있다. 다양한 이니시에이션 성적 표현이 보여준 정신과 기법은 여성의 해방의미를 강하게 드러내는 욕망의 기제들로써 이들은 다함께 이니시에이션을 치루는 시인의 동지들이다. 그렇다면 정상적 관계가 아니라 변태성 관계를 통해서 시적 자아의 이미지를 찾으려하는 이유는 무엇일까? 그것은 프로이드의 '두려운 낯섬' 즉 언캐니(uncanny)의 감정을 불러일으켜 그 불안한 감정이 역설적이게도 이미지를 인식시키는 데 효과를 거두기 때문이라는 것이다.

이런 부정적 접근은 자동화된 심미적 경험이 부정됨으로써 발생한다. 즉 추하고 변태적인 것, 이른바 엽기 취향은 일종의 터부였다. 그러던 것이 사랑, 행복뿐 아니라 두려움, 혐오, 반감 등 미학중독은 욕구 결핍에서 출발하는 점에 착안한 것이다. 마찬가지로 신세대 시인인 안현미와 김이듬은 스스로 똥－똥 덩어리－똥 막대기 되기를, 배설의식에 대한 경배를, 거리낌 없는 지향으로 견지한다. 성욕, 식욕, 배설욕구는 인간의 기본 욕구중 하나이다. 욕망에 충실한 사람을 보편적으로 인간답지 못하다고 탓하지만 이런 기본 욕구를 충족시키지 않고 살 수 있는 사람은 단 한명도 없다. 그 욕구(needs)와 충동(drive)으로 이루어진 여성문인들의 '몸으로 글쓰기'가 욕구충동의 억압에 의한 산물인 것과는 반대로 욕구충동의 억압이 어느 여성에게는 '신들림' 혹은 '히스테리'로 발전하여 이방인으로 남는 서글픈 경향도 있다. 그것은 대상과 하나 되기를 갈망하던 욕망이 부단히 미끄러지며 부재의 상태로 거듭 돌아간 탓도 있으리라.

각설하고, 사이버 페미니즘의 등장에는 사이버 공간이 현실사회의 해방구 역할을 할 수 있을 것이라는 기대로 작동했다. 사이버 페미니스트 다나 해러웨이는 사이버공간에서는 현실의 육체가 중요성을 상실하기 때문에 남성과 여성, 인간과 기계, 인간과 동물 등의 경계가 사라질 것이며 타자를 억압하지 않는 새로운 역사가 쓰여 질 것이라는 예견하였다. 이 예견은 여성의 소명인 '모성애'를 무시하여 혈연에 대한 애착을 느끼지 못한다면 미래 인류는 멸종을 할지도 모른다는 이론을 성립시키게 된다. 그러나 최영미, 안현미, 김이듬은 역시 사이버 공

간에서 여성들이 새로운 언어, 프로그램, 이미지, 유연한 정체성을 창
조할 수 있다고 믿고 있기 때문에 헤러웨이가 갖는 우려는 아직은 없
으리라 여겨진다.

5부 팜므파탈 그 사랑의 문법

화살처럼 살을 가로지르는 전기
눈꺼풀 위에 어른거리는 찬연한 무지개
두 귀에 감기는 거품같은 음악
그것이 오르가슴이어라.
— 아나이스 닌

에로티시즘이란? 선험적인 것이라기보다는 시대상황에 따라 변화 가능한 역사적인 것이다. 에로티시즘이 진정한 완성 즉 자연의 순환을 완성하게 되는 것은 성행위를 통한 원초적인 몸으로 부터 출발한다. 그렇다하여 에로티시즘이 단순히 말초적인 육체적 쾌락만을 의미하는 것은 아니다. 생명의 근원인 성은 새 생명의 탄생을 통해 죽음을 극복하고, 인간의 쾌락은 숭고한 종교적인 영역에까지 이를 수 있기 때문이다. 그리하여 쾌락은 그 자체로 이미 정신적인 것이며 사랑이나 종교와 연결될 때 그 숭고함은 더욱 의미심장해진다. 더구나 이러한 인간의 성과 사랑, 육체와 쾌락의 문제를 문학적인 언어로 포착하여 형상화 할 때 가지는 복잡성과 의미는 매우 크다고 하겠다. 고대로부터 대자연의 폭력과 치유, 에로스와 타나토스, 황홀경과 배설물 등은 인간에게 공포의 대상으로 존재했으며 경배 혹은 기피의 대상이기도 했다.

이것은 인간의 몸이 제한적이고 생물학적인 요소로서의 기관이지만 동시에 인간이 가진 제 2의 언어로서 초자연에서부터 가상세계까지 넘다드는 불멸의 생명공간이임을 암묵적으로 시사하는 것이다. 에로티시즘 미학 그 생성의 공간이야말로 생명력이 충만하고 자아가 회복되는 지대이며 인간의 자연스러운 본질인 삶과 죽음이 내재되어 있는 에로토스의 근원적 장소이기 때문이다. 그럼에도 불구하고 그동안 성에 대한 편견으로 인해 에로티시즘이 문학연구에서 논외로 취급되거나 주변부에서 소외당해 온 것이 사실이다. 그래서 특정한 목적과 경제적 지배구조에 따라 끊임없이 변천하는 인간의 자기정체성인 성을 통해 에로티시즘의 세 가지 형태, 즉 육체의 에로티시즘, 내면의 에로티시즘, 그리고 신성의 에로티시즘이 시문학 속에서 다양한 사회적, 문화적 요인들과 뒤얽히면서 존재의 고립감에 어떻게 상징화되었으며 존재의 연속감을 어떻게 드러내었는지에 대해 차례로 살펴보았다.

역사속의 철학자들이 찾은 에로티시즘에 대한 분석의 틀을 보면 서로 비슷한 주제를 다루고 있지만, 내건 이름들은 다 다르다. 하지만 연구하는 방식과 예술의 몇몇 특징들은 공통점을 수반한다. 감정교류라는 점에서 커뮤니케이션에 속하는 성과 에로티시즘은 기본적으로 쾌락을 동반하는 놀이와 유머에 가깝다. 그리고 욕망은 그것이 소유에 의해서만 해소 된다는 점에서 치유를 필요로 한다.

그렇다 하더라도 신비스러운 생산력으로서 숭배의 대상이 되었던 성과 에로티시즘의 문제는 매우 복잡하다. 생물학의 문제, 사랑이라는 감정과 사회학적이고 담론적인 문제, 제2의 성이라는 젠더와 남성중심주의에서 발생하는 억압과 평등의 문제, 종교적 에로티시즘에 이르기까지 매우 광범위한 분야를 가로지르게 마련이고 그 문제들은 모두 그 자체로 자명한 것들이 아무것도 없으며, 이에 대한 논의도 매우 분분한 상태이기 때문이다. 이러한 담론적 지평 속에서 한국 여성시에 나타난 에로티시즘을 여성성의 문제 틀에서 논의하였다. 또한 숭배와 억압이라는 기존 연구들의 문제점을 인식하고서, 한국 여성시에 수용된 에로티시즘의 전개양상에 대해 고찰함으로써 한국에서의 에로티시즘 문학연구의 시발점이 되고자 하였다. 에로티시즘 문학비평론으로 총체적인 여성 시론을 형성하는 것은 한국문학에서는 잘 이루어지지 않은 작업임으로 에로티시즘을 형성하는 지배논리가 어떠한 수용양태로 진화하는지를 규명하기 위해서 첫째, 에로티시즘의 개념과 정의를 규정하였고 둘째, 에로티시즘을 보다 거시적인 작가 정신으로 확산하여 조명하였다. 셋째, 작품 속에서 그들이 여성으로 체현된 에로스와 타나토스의 상상력을 분석하여 에로스와 타나토스가 에로티시즘의 다층적인 의미망을 형성하는 상호 결속적 관계임을 알게 되었다. 따라서 에로티시즘 미학이 주요한 문학적 소재임을 작품을 통해 밝힘으로써 성담론의 논의를 중심부로 승격시키는데 일조를 하리라 여긴다.

시문학에 나타난 에로티시즘의 본질은 자기완성이나 자기고양과 단단히 결속되어 있다. 여성시 작품속의 에로티시즘을 통하여 에로스의 상상력에 창작적 토대를 둔 시인들의 작품을 면밀히 분석한 결과, 통시적인 전개과정에 따라 에로티시즘의 양상도 다르게 나타날 수밖에 없다는 것을 알게 되었다. 인간의 보편적이고 근원적인 의식에 숨어 있는 에로티시즘을 목도하고 도출해내는 이러한 작업을 통해 에로티시즘의 여성적 주제학적 위상이 마련될 것이다. 논의를 여성성과 결부시킨 것은 인류보편의 에로티시즘에 관한 연구가 되지 않게 하고, 사회적 약자인 여성들의 성, 즉 사회적 의미의 여성성이라는 관점 하

알폰스 무하, <춤>, 1898, 프라하 무하 박물관.

에서 여성들의 몸과 여성들의 에로티시즘을 논했다. 이를 위해 한국의 대표적 여성시인, 호모 로퀜스(Homo loquens) 17명을 논의의 대상으로 삼 았다. 이 시인들은 문학비평사에 자주 언급되었거나 시적 표현의 파격 성에 담긴 여성성으로 인해 논의 선상에 놓였던 시인들이다.

에로티시즘의 첫 번째 장에서는 욕망의 기호로서의 몸과 가부장질 서에 대한 반항에 해당하는 페미니즘적성향의 시편들을 다루었다. 이 장에서는 한국 근대 초기에 가부장 질서로부터 벗어나 여성으로서, 인 간으로서 '여성적 자아'를 찾기라는 공통점이 발견된다. 이들은 가부 장제도와 싸우면서 투사의 면모를 보였고, 또 개인적으로 시대의 희생 양이 되기도 했지만 이들의 노력과 담론적, 문학적 성과에 힘입어 한 국의 여성해방과 여성문학이 싹틀 수 있었다. 바로 그러한 저항과 자 아각성에서 자아를 발견하는 1920~1950년대에는 김명순, 나혜석, 김 일엽, 노천명, 모윤숙을 조명하였다.

해방 이후 이들의 뒤를 잇는 시인들로는 노천명과 모윤숙을 다루었 다. 일반적으로 볼 때 이 두 시인은 앞서 언급한 김명순, 나혜석, 김일 엽 등의 시인들과 다른 시세계를 갖는 것으로 생각된다. 근거 없는 주 장은 아니지만 여성성과 에로티시즘의 관점에서 보자면 이들 시세계 의 상이성에도 불구하고 공통의 면모가 드러난다. 향토적 서정성의 이 면에 여성성이 녹아들어 있고, 그것이 남성 이데올로기에 포섭된 여성 의 순응적이고 체념적인 자아를 노래하는 것 같지만 그 이면에는 여성 만으로의 시적 감수성, 여성으로서의 자의식이 녹아 있음을 볼 수 있 었다. 흔히 노천명의 시는 기독교적 원죄의식에서 자유롭지 못했다고 평가되지만 이 말을 뒤집어 보자면 자신의 몸을 정화하여 신성성의 에 로티시즘을 획득한다는 것은 결국 생명성을 회복하는 일이 되는 것으 로 해석될 수 있다. 다시 말해 세속성은 죽음의 의미를 함축하고, 신성성은 생명의 의미를 함축하는 에로스적 기호로서 현실에서 이루지 못한 욕동기제와 트라우마를 치유하고자 높은 이상향인 유토피아를 그리워한 것이기 때문이다.

이에 비해, 같은 시대 모윤숙은 민족 자존심이 투철한 민족애로 미래지향적이며 우주적인 시를 남겼다. 전기적 생애를 빌미로 그가 독재권력의 주구 노릇을 했다는 일각의 평가가 없지 않고, 그러한 평가 또한 타당하다. 그러나 시인의 작품을 그의 개인사적 의미와 별도로 생각하는 관점에서 시를 객관적으로 평가하고자 하였다. 모윤숙이 살았던 시대정신의 진솔한 반영으로서 초극의 의지가 두드러지는 시는 개인적 서정에 머물지 않고 사회적, 민족적 위상에 자신을 투사시켜 국가나 민족에 대한 여성의 자각을 구체화 시키려 했다고 평가할 수 있다. 그것이 후대의 담론으로 평가하자면 순응적이고 사회의 지배이데올로기의 타협이며 그것을 공고화 시킨다고 볼 수 있는 여지 또한 충분하다. 하지만 그는 영육 이원론을 지지하며 『렌의 애가』에서는 자신의 플라토닉 사랑을 그려내어 많은 반향을 얻었다. 여성으로서 사회에 발언하고 민족의 현실을 고민하는 것은 노천명과 대비하자면 두드러진 면모라고 할 수 있다. 그러나 김명순, 나혜석, 김일엽이 찾은 여성정체성과 여성의 몸에 대한 발견이 사회적이고 정치적인 함의를 갖는 반면 광범위한 의미에서는 이들과 동일한 의미구조를 가질 수 있다하더라도 여성시가 찾아내려고 하던 사회적 · 정치적 에로티시즘의 시학을 개인적 · 정서적 차원으로 후퇴시키는 경향을 갖는다는 점에서는 한계라고 지적할 수 있다. 결국 노천명과 모윤숙이 찾은 에로티시즘 미학은 축소지향적인 성격을 띠는 한계를 나타내고 말았다.

두 번째 장에서는 원초적 성이 욕망의 체현으로 남근질서를 탈출하려는 시도의 양상들을 다루었다. 이 1960~1990년대는 허영자, 문정희, 강은교, 고정희, 최승자, 김혜순을 조명하였다. 허영자와 문정희의 작품들은 여성성이 시속에서 체현하는 것은 자신의 몸이 결핍을 인식하면서도 우주와의 끝없는 통합을 이루어내려고 노력하는 점이다. 이를 연구자는 원초적 생명성으로서의 여성시라고 명명하였다. 원초적 생명성으로서의 에로티시즘은 궁극적으로 세계―우주와의 합일을 의미하고 제의의 에로티시즘이 함축하고 있던 것으로 원초적 본능의 회복, 상실된 개체의 회복, 조화로운 낙원을 의미한다. 이들은 몸을 통해 대지와 합일을 이루고 우주와 열락을 이루어 생산적인 건강한 모성을 주저함 없이 시로 묘사하는 것이다.

인류사 속에서 인간의 낙원은 모태나 자궁을 통해 상징적으로 재현되어 온 것처럼 각 시대에 따라 에로티시즘의 정점이 여성의 몸을 매개체로 완결되고 있다는 점은 시사하는 바가 크다. 우주는 무수한 단자로 이루어져 있듯 개체의 성이 모여 그 시대의 담론인 사회학적인 성을 이루는 근간이 되는 것은 당연한 결과이기 때문이다. 개개의 단자 속에는 하나의 완전한 우주가 구현되어 있는 것으로 시적 형상화를

고야, <옷 벗은 마야>, 1800, 마드리드 프라도 박물관.

이룩한 강은교, 뿌리 깊은 여성의 차별고용정책과 남근중심사회에 저항하고 매매춘 현상의 실태를 폭로하는 고정희의 비판정신을 조명하였다. 이것을 연구자는 여성시가 민중성을 복원하려고 하는 것으로 간주한다. 이 때 민중성이란 계급적인 개념이 아니라 보다 보편적이고 폭넓은 개념이다. 생명을 가진 모든 존재자들, 그러나 사회적으로 약자인 자들을 가리킨다. 이러한 사회적 소수자들이 자연을 통해, 자아를 회복하는 과정을 다룬다고 본 것이다. 이런 의미에서 강은교와 고정희의 여성시들은 바리데기, 황진이, 신사임당과 같은 역사속의 인물을 여성해방적인 새로운 시각과 목소리로 재해석함으로써 그간 왜곡되고 비하되었던 여성성을 복원시키고 있다.

자본주의가 발달하고 성적 쾌락이 물신화 되며, 성이 쾌락의 도구가 되어 버린 시대를 질타하고 이런 여성의 성을 착취하고 핍박하는 사회 속에서 소외된 여성들을 폭로하는 1990년대에는 최승자, 김혜순을 살펴보았다. 그런데 이 방법은 특이하게도 힐난과 책임전가가 아니라 역설적으로 고백의 양식이고, 자기를 폭로하는 방식이라는 점이 독특하다. 최승자는 자신의 몸을 해체함으로서 파괴의 죽음을 조롱하고 고통을 극복하여 남성적 세계를 넘어가려는 시인의 역할 수행이 시속에서 체현한다. 김혜순의 여성성은 비가시적인 생태계까지 성과 속, 모든 선과 악을 넘어서서 스스로 그렇게 존재하는 자연과 생명이라는 하나의 텍스트를 통하여 결합의 완성을 정립시킨다.

세 번째 장에서 가상세계에 나타난 에로티시즘 양상에서는, 욕망의 기호로서의 도발적인 몸의 권력과 몸이 찾은 남근질서에 대한 반항인 기계와의 섹스에 해당하는 사이버 페미니즘적성향의 시편들과 동성애적 상상력을 담은 시편들을 다루었다. 2000년대의 에로티시즘 시인들로는 신현림, 이연주, 최영미, 김언희, 안현미, 김이듬의 작품들을 고찰하였다. 이들 시인은 비교적 젊은 편이고 아직 그들의 작업이 도상에 있으므로 더 지켜볼 필요가 있겠다. 이들 가운데 성적인 도발성이 급격한 작품으로 신현림과 이연주를 조명하였으며, 가상세계에 드러나는 사이버페미니즘 방법론으로는 최영미, 김언희를 살펴보았다. 그리고 동성애적 상상력을 유발하는 동성애와 이성과 동성

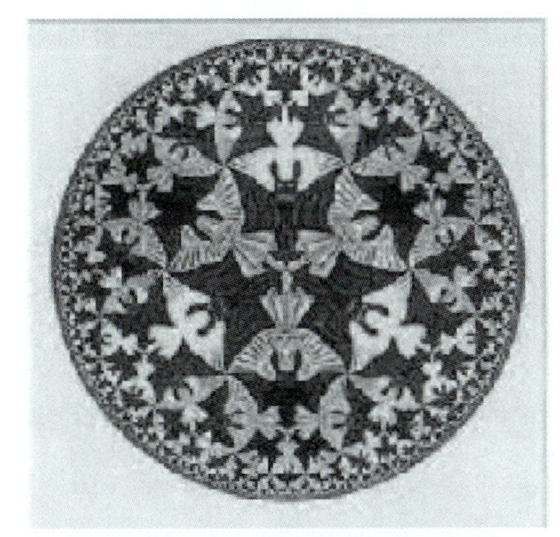

에셔, 무한 원형 4 <천국과 지옥>, 1960. 윤회하는 그로테스크한 세계다.

의 양성평등을 지향하는 양성애방법론으로는 안현미, 김이듬을 고찰하였다.

신현림의 시에 나타난 여성성은 도발적인 자신의 몸을 열어 성적 도발은 물론 몸을 소재로 채택하여 미학적으로 형상화시킨 과감성이 특징으로 주목되는 점이다. 극단적인 자기모멸과 해방에 대한 동경이 반문화적 충동 속에 집약되어 있는 심리 기제다. 이것은 시문학과 기성문화 질서를 해리시키고자 하는 카니발적 기능을 수행하며, 현실에 대한 극도의 부정 인식을 통해 상징계의 가변성에 대한 모든 상상계가 소멸되었음을 의미하는 동시에, 그 세계의 권력 앞에서 무력하게 노출된 개인의 악마성을 암시한다. 때론 육체의 감옥, 육체의 죽음, 육체의 기형성과 불구를 변용, 증언하기도 한다.

이연주의 경우에서도 자기의 존재를 폭로하면서 섹슈얼리티는 개인적이고 주관적인 표현이라기보다는 사회제도의 폭력에 대항하는 기능을 수행한다. 이럴 때 섹슈얼리티는 에로티시즘의 영역으로 상승

한다. 이연주는 더러운 것에 대한 추억을 일깨우고, 추억의 힘이 얼마나 대단한 것인가를 충격적으로 보고하며, 적절한 현실인식에 기초해서 막연하게 인지되고 있는 관념에 반격을 가한다. 그래서 아름다움이 얼마나 추악함에 근거하고 있는가 밝히고, 추악함이 아름다움에 의해 위장될 때에 삶의 실상이 왜곡될 수 있음을 반어적으로 보여주었다. 그런 점에서 참다운 삶을 갈망하면서 학대받고 멸시받는 여성의 자아 정체성을 시적 대상으로 삼은 이연주의 자발적 죽음과 시세계는 1990년대 죽음과 관련된 우리 시단의 징후를 가장 극단의 자리에서 표출한 하나의 예에 해당된다고 할 수 있다.

최영미의 여성성이 생산하는 말은 사회·문화적 금기를 위반하고 '씹', '그것을 했다', '마지막 섹스'라는 외설스러운 시어를 등장시킨 것이다. 이는 성에 도사린 환상성과 위선의 베일을 벗겨내려는 언어전략이다. 이러한 도발성은 남성의 성적 기대를 채워주던 기존 여성의

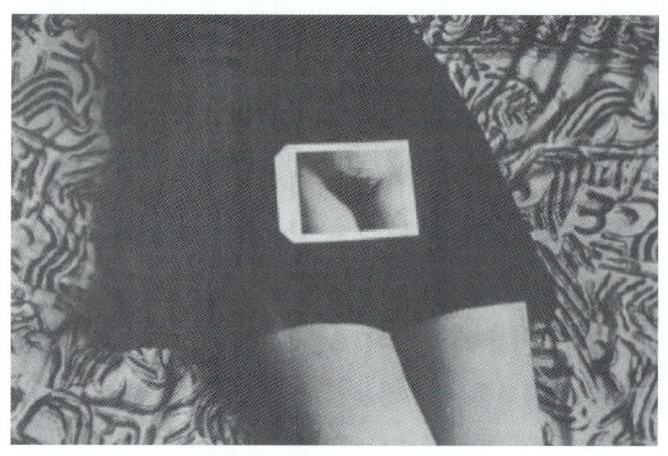
케네스 조지프슨, <폴라 플랜>, 1973.
혜안이 열리셨다구요?

용도에서 벗어난 시어였으며 나아가서는 무인격의 존재인 컴퓨터와 섹스를 꿈꾸는 것이다. 이 도발적 분위기를 남성성들은 '매춘부의 공격성'으로 폄하하기도 하였다.

이성의 성적 시어들이 여성문학인에게 장애로 출몰하던 시대는 사라졌다. 금기시했던 시어들이 이젠 남근 권력으로부터 무슨 보상이나 기대감 없이 고도로 전문화된 시정신으로 자리 잡았다. 생산의 장, 정치의 장으로부터 완벽하게 분리되었다고는 말할 수 없으나 시문학에 있어 성적 표현은 억압된 피지배자의 욕망과 본능의 다양성을 한껏 드러냄으로써 현실의 모순인 구속 의식, 소외의식, 유폐의식은 외양적으로 자유로워지는 듯했으며 부분적으로 자아존중감(Self-Esteem)도 나타났다.

김언희의 여성성의 시어들은 엽기적이고 충격적인 텍스트 중에서도 가장 강력한 의미로 받아들여지는 것들 중 하나인 근친상간이다. 시인의 도발적 파괴주의는 새로운 지향을 향해 열려있다는 점에서 유혹적이다. 진정한 파괴란 새로운 생성을 담보로 할 때 의미를 갖기 때문이다. 시속에 드러나는 김언희의 몸의 의미는 아버지의 법을 행사하는데 있어서 필요 없는 어머니의 몸이며 동시에 시인의 몸이며 여성들의 천박한 몸으로서 경계 또는 주변부에서 내던져진 대상의 부정적 이미지들이다. 크리스테바의 애브젝션 이론에까지 근접하고 김언희는 그곳에서도 한 발짝 벗어난 가상세계에서까지 몰입에 열중이다. 여성인 시적 자아의 생산성 부정은 그래서 더욱 필연적 귀결로 나타나는 기제이다.

동성애적 상상력을 유발하는 동성애와 이성과 동성의 양성평등을 지향하는 안현미, 김이듬이 생산해 내는 말들은 더 이상 낭만적이지 않다. 주체의 해체와 전위에 골몰해 있는 그들의 예리한 시선은 주체를 넘어 타자와 소통하려는 연애의 범주에 닿지 않는다. 연애시의 최소 조건은 주체를 열어 대상과 접촉하려는 소통의 열망이다. 하위문화, 대안가족, 동성애 등의 새로운 문화개념이 더 이상 낯설지 않은 이 시대에 가족과 성을 재구성하고 있는 안현미와 김이듬의 시는 기이하고 별난 동성애적 욕망과 이성애적 공포가 충돌하는 공간에서 죽음으로 집약되기도 한다. 남성주체에 대한 객체로서만 존재하던 여성들의 욕망이 어느 사이, 관계적 투사에서 벗어나 주체로서의 욕망을 자각하는 자아중심적 투사에 매우 대담하고 선진적이다. 그곳에는 자기의 우주(자연)를 창조한 중심적 존재라는 인식이 스며 있는 것이다

이들의 성적 표현이 비록 저속하고 파괴적으로 치달아 문학의 타락을 불러올지 모른다. 한편으로 그런 걱정과 우려도 있을 수 있지만 그것보다 성적 표현이 갖는 의미가 예술을 현실적 삶의 장으로 되돌아오게 하고 굳어진 인식, 즉 관념의 파괴를 통한 평등적 사고를 유도한다는 점에서 오히려 생산적인 문학 양식이라 봐야하겠다. 그런 점에서 성적 표현은 열린 문학을 지향한다. 굳어진 관념 체계를 깨뜨리고 인식의 전환을 통해 현실의 문제와 존재의 문제를 한꺼번에 제기한다. 그리하여 현실 속에서 자칫 상실하기 쉬운 주체의 회복과 그로 인한 자유의 의식을 일깨워주는 것이다. 때문에 그것은 바로 우리 내부에 열린 사고를 가능케 하는 생산적인 담론이라 하겠다.

문명을 깨부수는 에너지가 되고, 문명을 변화시키는 에로스가 되어 현대의 문명질서를 문명 이전의 질서로 되돌려 보낼 수 있게 하는 여성시의 힘이란 지배와 피지배사이에서, 가학과 피학 사이에서 원초적 쾌락을 성취해온 에로티시즘의 힘이다. 여성시문학에 수용된, 미학적 기반과, 문학이론, 페미니즘, 에코페미니즘시에 나타난 에로티시즘의 생명성, 위반과 귀속, 치유와 폭로를 살펴보았다. 더 나아가 가상세계에 나타난 에로티시즘에서는 몸의 도발성과 비인간화된 가상세계와

존 윌리엄 워터 하우스, <에코와 나르시스>, 1903.

성적 카니발 그리고 요즘 현상인 동성애적 상상력에 이르기까지 에로티시즘의 다양한 양상을 분석하였다.

생명공학이 발달하면서 성문화의 경계가 해체되고, '과학자의 영역'으로 해석되어야 할 만큼 변화를 가져왔다. 내밀하고 개인적인 영역이었던 성이 까발려지고, 변화무쌍한 신세대의 연애공식 때문에 사랑이란 낭만적 감정에 대한 재 정의가 필요하고, 섹스어필한 몸 이미지만이 최고의 가치가 되어가고, 초지능 문명의 시뮬레이션 속에서 살며 남녀평등을 넘어서 여성 우위의 사회로 전환되려는 21세기에 와 있다. 그러나 사이버섹스를 실용화한 신세대의 사랑 문법과 성의 신비를 이야기하던 어제의 사랑 문법이 이 책에서는 미래를 예견하며 서로 모습을 조우하는 것은 매우 흥미로운 일이다. 한편의 시를 통하여 시적 자아의 관계적 투사에 자기중심적 투사를 영입하고 서로의 삶에서 역할 역전, 퇴행, 격리, 해리를 반복하며 투사적 동일시를 이끌어 내기도

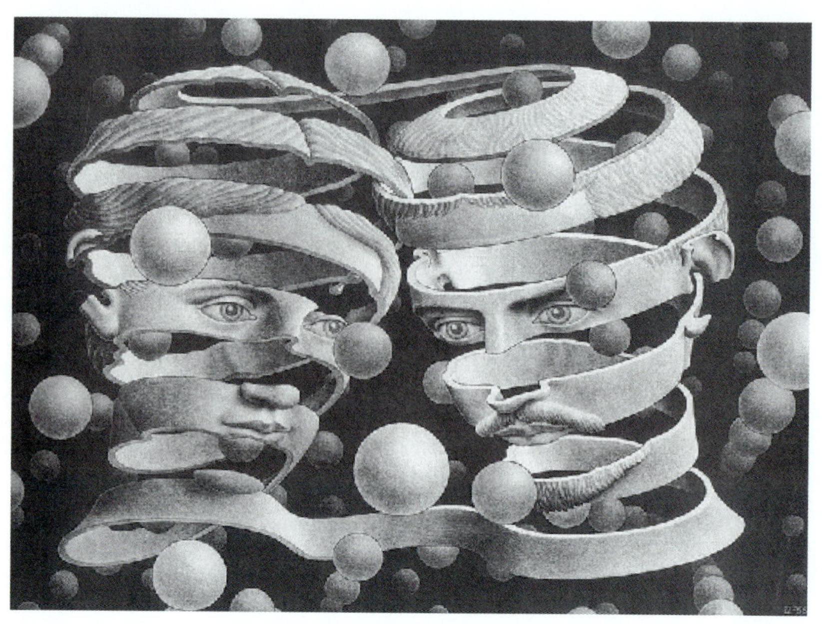

모리츠 코르넬리스 에셔, <결합의 띠>, 1956.
인간은 감정과 편견을 통해 사물을 걸러내고 자신이 보고 싶은 것만 본다.

하는 것, 이것이 에로티시즘에 대한 철학적 고찰의 과제요 목표가 아닐까 한다. 철학은 성의 세계를 전체적으로 비판 성찰하여 재해석, 재검토함으로써 에로티시즘을 통해 인간 존재를 더 깊이 해명하게 된다. 모호한 성에 대한 답을 찾기보다는 끊임없이 질문을 던지고, 시를 직접 분석하여 에로티시즘의 의미와 근거를 끊임없이 되물었다. 그리하여 시인이 시를 쓴다는 것은 시를 쓰는 것이 아니라 우주법계가 시인을 통해 시로 표현된 것을 받아쓰기 한 것에 다름 아니라는 것을 안다.

이러한 맥락에서 새로운 문화적 감수성과 경험들을 지닌 젊은 여성 시인들이 21C 감성시대를 이끌어 갈 진정한 이매지너(Imaginer)로서 소비를 창조의 매개하는 상징생산자로서, 매개자로서의 역할이 더욱 중요해지는 때이다. 대중문화의 가치구축으로 산발적인 수준에 머물렀던 성문학이 다의적인 의미의 공간으로 재규정되면서 저항적 의미를 지나 향유에 초점을 맞춰 누군가에게 기쁨과 위안을 주는 담론 속에서 적극적인 성과를 올리고 있다.

인간 수명연장을 위해 텔로미어(telomere)를 조절하고 질병유전자를 수선하는 미래에는 모든 사람들에게 치유와 희망, 충족감을 제공하는 성에 대한 철학적 고찰이 이루어진 총체적 예술로서의 에로티시즘적 작품이 고안되기를 고대한다.

1. 기본자료

김명순, 『생명의 과실』, 경성, 1924.

김명순, 「저주」, 『김명순 전집』, 현대문학, 2009.

김원주, 「여자교육의 필요」, 『동아일보』, 1920. 4. 6.

김승희, 『남자들은 모른다』, 마음산책, 2001.

김이듬, 『명랑하라 팜 파탈』, 문학과 지성사, 2007.

김이듬, 『별 모양의 얼룩』, 천년의 시작, 2005.

김일엽, 「신정조론」, 『조선일보』, 1927.

김일엽, 『당신은 나에게 무엇이 되었삽기에』, 문화사랑, 1997.

김혜순, 「환한 걸레」, 『처음처럼』, 신경림 저, 다산책방, 2006.

김혜순, 「아직도 서 있는 죽은 나무」, 『나의 우파니샤드 서울』, 문학과지성사,
          1999.

김혜순, 「레이스 짜는 여자」, 『우리들의 음화』, 문학과지성사, 1995.

김혜순, 『아버지가 세운 허수아비』, 문학과지성사, 1994.

김언희, 『말라죽은 앵두나무아래 잠자는 저 여자』, 민음사, 2000.

김언희, 『뜻밖의 대답』, 민음사, 2005.

고정희, 『여자로 말하기 몸으로 글쓰기』, 박혜란 저, 또 하나의 문화, 1998.

고정희, 『저 무덤위에 푸른 잔디』, 창비, 1989.

고정희, 『모든 사라지는 것들은 뒤에 여백을 남긴다』, 창비, 1992.

고정희, 『지배문화 남성문화』, 또하나의 문화, 1998.

강은교, 『풀잎』, 민음사, 1995.

강은교, 『풀잎』, 민음사, 1995.

강은교, 『젊은 시인에게 보내는 편지』, 문학동네, 2000.

강은교, 『초록 거미의 사랑』, 창비, 2006.

나혜석, 『인형의 집』, 매일신보, 1921. 4.3.

노천명, 『사슴』, 문학과현실사, 1999.

문정희, 『오라, 거짓 사랑아』, 민음사, 2001.

문정희, 『남자를 위하여』, 민음사, 2001.

문정희, 『나는 문이다』, 뿔, 2007.

문정희, 『어린 사랑에게』, 미래사, 1991.

문정희, 『찔레』, 북인, 2008.

신현림, 「자정의 시계」, 『세기말블루스』, 창비, 1996.

이연주, 『속죄양 유다』, 세계사, 1993.

이연주, 『매음녀가 있는 밤의 시장』, 세계사, 1997.

안현미, 『곰곰』, 중앙M&B, 2006.

허영자, 「나와 나」, 『허영자 선수필』, 마을, 1998

허영자, 『소멸의 기쁨』, 한국문학도서관, 2007.

허영자, 『암청의 문신』, 미래사, 1991.

최승자 · 최영미, 『서른, 잔치는 끝났다』, 창비, 1994, 책 뒤 커버 평.

최승자, 『이 시대의 사랑』, 문학과 지성사, 1999.

최승자, 『즐거운 일기』, 문학과 지성사, 1984.

최영미, 『서른 잔치는 끝났다』, 창비, 1994.

2. 단행본

김재기, 『철학, 섹슈얼리티에 말을 걸다』, 향연, 2008.

김열규, 『욕』, 사계절, 2009.

김열규, 『한국신화와 무속연구』, 일조각, 1982.

김영애, 『페로티시즘』, 개마고원, 2004.

김상봉, 『서양 고전학 연구』, 한길사, 1995.

김욱동, 『문학 생태학을 위하여』, 민음사, 1988.

김종길,「허영자 시의 특질」,『전시집』, 마을, 1998.

김용직,『한국현대시연구』, 민음사, 1989.

김현자,『한국시의 감각과 미적 거리』, 문학과 지성사, 1973.

김승희,『남자들은 모른다』, 마음산책, 2001.

김형기 외,『가면과 욕망』, 연극과 인간, 2005.

김상환 · 홍준기,『라캉의 재탄생』, 창비, 2005.

고종석,『어루만지다』, 마음산책, 2009.

고미숙,『나비와 전사』, 휴머니스트, 2006.

고미숙,『호모 에로스』, 그린비, 2008.

권영민,『한국현대문학사 1』, 민음사, 2003.

권성훈,「시 치료의 이론과 실제」, 시그마프레스, 2010.

나혜석,『연옥에서 고고학자처럼』, 이명원 저, 새움, 2005.

모윤숙,『한국명시해설』, 송하선 저, 국학자료원, 1998

박철희,『한국시사연구』, 일조각, 1984.

백기수,『미의 사색』, 서울대학교 출판부, 1996.

서진영,『20세기 한국시의 사적 조명』, 태학사, 2003

석지현,『우파니샤드』, 일지사, 2000.

성현경,『한국소설의 구조와 실상』, 영남대학교출판부, 1981.

송희복,『시와 문학의 텍스트와 상관성』, 월인, 2000.

송연옥,『페미니즘 연구』, 한국여성연구소, 2001.

이지엽,『21세기 하늑의 시학』, 책만드는 집, 2002.

이재인,『한국의 에로스 문화』, 도서출판 우석, 1999.

이재인,『성매매의 정치학』, 한울, 2006.

이승하,『생명옹호와 영원회귀의 시학』, 새미, 1999.

이승하 외,『한국 현대시문학사』, 소명출판, 2005.

이지훈,『예술과 연금술』, 창비, 2004.

이부영,『아니마와 아니무스』, 한길사, 2001.

이부영,『자기와 자기실현』, 한길사, 2002.

이진경,『철학과 굴뚝청소부』, 그린비, 2007.

이상경,『나는 인간으로 살고 싶다』, 한길사, 2009.

이희원,『무감각은 범죄다』, 이루, 2009.

윤향기,『욕망의 전이』, 우리글, 2002.

정종진,『한국현대문학의 성묘사 전략』, 우리문화사, 1990.

정희진,『페미니즘의 도전』, 교양인, 2005.

정진홍,『열림과 닫힘』, 산처럼, 2008.

정대현 외,『감성의 철학』, 민음사, 1996.

최동호,『진흙천국의 시적 주술』, 문학동네, 2006.

최동호,『시 읽기의 즐거움』, 한국문학도서관, 2008.

한국여성연구회,『여성학 가의』, 동녘, 1991.

한자경,『자아의 연구』, 서광사, 1997.

허혜정,『에로틱 아우라』, 예옥, 2008.

황종연,『비루한 것의 카니발』, 문학동네, 2001.

3. 국내논저

김헌선,「여성적 서정성의 차별적 변모」,『현대시세계』제14호, 1992.

김경주,「현대시에 나타난 에로티시즘」, 경북대 석사논문.

김민경,「서정주 시에 나타난 에로스」, 숙명여대 석사논문.

김종엽,「섹슈얼리티에 대한 탐구들」,『황해문화』12호, 새얼, 1996.

김종태,「노천명 시에 나타난 여성성의 발현 양상」,『한국문예비평연구』제28
        집, 창조문학사, 2009.

김정자,「한국시에 나타난 페미니즘」,『동양문학』33호, 동양문학사, 1991.

김현자,「식물적 상상력과 전제의 미감」,『노천명전집』1 비평,

김　현,「감상과 극기 － 여류시의 문제점」,『한국여류문학전집 6』, 한국여류문학회.

김명원,「한국현대시의 에코페미니즘 연구, 성균관대 박사논문, 2006.

김혜순, 「프랙탈, 만다라, 그리고 나의 시공화국」, 『현대시사상』, 1997.

김경복, 「한국현대시의 성의시과 이데올로기」, 『한국문학논총』, 한국문학회, 1996.

강상희, 「반시민적 여성 내면주의의 기원과 지향」, 문학동네, 2001.

강상희, 「공포의 상상력」, 『현대시』, 한국문연, 1997.

강윤회, 「인도네시아 쁘딸랑안 여성들의 외설주문」, 『비교문화연구 제13집』, 서울대학교 비교문화연구소.

고현철, 「현대시의 성 표현과 주제의식」, 『한국문학논총』 제19집, 한국문학회, 1996.

고명수, 「모반의 시, 혹은 극단의 시학」, 『문학과창작』 제8권, 문학아카데미, 2002.

고명수, 「진주에서 온 아웃사이더와의 만남」, 『현대시』, 한국문연, 1997.

구명숙, 「나혜석의 시를 통해 본 여성의식 연구」, 『여성문학연구』 제7집, 에림, 2002.

권희철, 「서정주 시에 나타난 에로스」, 서울대학교 석사논문, 2004.

권수현, 「문화적 지평에서 바라본 생물학적 성 담론」, 『철학연구』 103집, 대한 철학회, 2005.

노미림, 「김일엽의 여성성 고찰」, 『여성연구』 제67호, 한국여성개발원, 2004.

남진숙, 「한국현대시의 에코페미니즘적 상상력연구」, 동국대 박사논문, 2002.

문혜진, 「서정주 초기시에 나타난 에로스」, 한양대학교 석사논문, 2003.

문혜원, 「우리 여성시 속에 나타나는 여성성의 특징」, 『현대시학』 455호, 2007.

박혜경, 「제도의 바깥을 꿈꾸는 몸, 혹은 정신」, 『문학과 사회』, 1997.

박죽심, 「근대 여성 작가의 자기표현 방식」, 『어문논집』 제32집, 민족어문학 회, 2006.

백은주, 「1990년대 한국 현대시에 나타난 금기와 위반으로서의 성」, 『한성어 문학』 제23집, 한성대학교어문학부, 2005.

송문 외, 「젠더를 말한다」, 박이정, 2003.

송희복, 「시와 에로티시즘」, 『현대시』 11월호, 한국문연, 1994.

송명희, 「고정희의 페미니즘시」, 『비교문학』, 한국비교문학회, 1995.

이경영, 「한국여성시의 흐름과 전망」, 경기대학교여성학연구실, 2002.

이지엽, 「한국 여성시의 흐름과 전망」, 『여성논총』 제5집, 경기대여성학연구실, 2002.

이승하, 「한국 현대시에 나타난 폭력과 광기」, 『이화어문논집』 제20집, 이화어문학회, 2002.

이승하, 「성욕/ 컴퓨터/ 어른들」, 『현대시학』, 1997.

이희경, 「여성문학의 흐름에서 본 1920년대 여성시」, 『한국언어문학』 제48권, 한국언어문학사, 2002.

이승훈 대담, 「시와 에로스」, 『현대시학』, 현대시학사, 1973.

이어령, 「달래 마늘의 향기」, 중앙일보 문화칼럼, 2009. 5. 1.

이어령, 「세 살 때 버릇 여든까지 ④」, 중앙일보 문화칼럼, 2009. 4. 5.

이덕화, 「몸으로 쓴 시 나혜석」, 『현대시학』 420호, 현대시학사, 2004.

이현석, 「프로이트의 승화 개념에 관한 연구」, 홍익대 석사논문, 2000.

이경영 · 윤향기, 「매창집에 나타난 '새' 이미지 연구」, 『한국문예비평연구』 제28집, 한국현대문예비평학회, 2009.

이태숙, 「유리성의 공주에서 탕녀로, 다시 근대의 여신으로」, 『현대시학』 420호, 2004.

이희경, 「여성문학의 흐름에서 본 1920년대 여성시」, 『한국언어문학』 제48호, 한국언어문학회, 2002.

이소희, 「고정희를 둘러싼 페미니즘 문화정치학」, 『젠더와 사회』 Vol. 6 no. 1, 한양대 여성 연구소, 2007.

이혜원, 「사막을 건너는 사랑」, 『시작』 봄호, 2007.

이송희, 「김혜순 시의 몸 상상력과 의미구조」, 『호남문화연구』 제36집, 전남대호남문화연구소, 2005.

이병혁, 「한국인의 욕에 대한 정신분석학적 해석」, 『라캉과 현대정신분석』 Vol. 8, 라캉과 현대정신분석학회, 2006.

이연주, 「매음녀」, 『몸속에 별이 뜬다』, 김영하 저, 윤컴, 1998.

양은경, 「문화연구의 신수정주의 패러다임과 대중문화 비평」, 『언론정보연구』,

언론정보연구소, 2002.

여지선, 「1950년대 시의 에로티시즘」, 『겨레어문학』 제27집, 겨레어문학회, 2001.

오생근, 「육체의 시대와 육체의 시학」, 『동서문학』 제27호, 동서문학사, 1997.

윤향기, 「기생문학에 나타난 성」, 경기대학교 석사논문, 2002.

윤향기, 「『딕테』에 나타난 디아스포라의 언어 고찰」, 비평문학, 제29호, 2008.

윤향기, 「다음성 구조와 소통의 거리 발견」, 비평문학, 제26호, 2007.

윤혜준, 「갈라지기 뜬 성의 상품화」, 『비평』, 2002.

안효근, 「여성의 분노로 세상을 사랑하는 방법」, 『배워서 남주자』, 해오름, 2007.

양광준, 「이연주 시의 공간 연구」, 『비평문학』 제30호, 한국비평문학회, 2008.

전미정, 「에로티시즘 시의 잠언을 위한 몇 가지 독법」, 『문학과 의식』 57호, 2002.

전미정, 「에코페미니즘으로 본 황석우의 시세계」, 『여성문학연구』 제12호, 한국여성문학회, 2004.

정효구, 「최근 우리여성시의 성취와 나아갈 길」, 『문학선』, 와우출판, 2003.

정효구, 「살기 위해서 선택한 죽음」, 『현대시학사』 341호, 1997.

정순진, 「외설과 에로티시즘의 경계」, 『인문과학논문집』 24호, 1997.

정순진, 「여성이, 여성의 언어로 표현한 섹슈얼리티」, 『대전대학교 인문과학논문집』 제39집, 2004.

정종민, 「한국현대페미니즘 시 연구」, 성균관대학교 박사논문, 2008.

최동호, 「디지털 코드의 시대성과 도깨비 그림자」, 『시와시학』, 2006.

최진양, 「한국현대시의 에로스 시론 시고」, 부산대 석사논문, 1985.

하경숙, 「기녀 시조 속에 나타난 에로스 양상」, 선문대 석사논문, 2004.

홍경사·김경복, 「한국 현대시에 나타난 에로티시즘 연구」, 『여성문제연구』 제18집, 1990.

4. 국외단행본

칼 구스타프 융, 이부영 옮김, 『인간과 무의식의 상징』, 집문당, 1983.

칼 구스타프 융, 유기룡 · 양선규 옮김, 『컴플렉스, 원형, 상징』, 경북대 출판부, 1984.

今道友信, 백기수 역, 『애론』, 탐구당, 1981.

나탈리 엔지어, 이한음 옮김, 『여자』, 문예출판사, 2003.

D. H. 로렌스, 홍사중 역, 『성적인간』, 태극출판사, 1978.

다이앤 애커먼, 백영미 옮김, 『감각의 박물학』, 작가정신, 2004.

팀 에덴서, 박성일 옮김, 『대중문화와 일상 그리고 민족 정체성』, 이후, 2008.

리샤르, 윤영애 옮김, 『시와 깊이』, 민음사, 1995.

리치 아드레네, 김인성 역, 『더 이상 어머니는 없다』, 평민사, 1995.

리처드 포스너, 이민아 · 이은지 옮김, 『성과 이성』, 말 · 글빛냄, 2007.

R. 베이커 · F. 엘리스톤, 이일철 역, 『철학과 성』, 홍성사, 1982.

로제 카이로이스, 권은미 역, 『인간과 성』, 문학동네, 1996.

로버트 A 존슨, 고혜경 옮김, 『She』, 동연, 2006.

르네지라르, 김진식 · 박무호 옮김, 『폭력과 성스러움』, 민음사, 2006.

루스 이리가레이, 박정오 옮김, 『근원적 열정』, 동문선, 2001.

마르틴 부버, 표재명 옮김, 『나와 너』, 문예출판사, 1977.

마이클 하트, 김상운 · 양창렬 옮김, 『들뢰즈 사상의 진화』, 갈무리, 2004.

미르세아 엘리아드, 이동하 옮김, 『성과 속』, 학민사, 1983.

미국정신분석학회, 이재훈 외 옮김, 『정신분석 용어 사전』, 한국심리치료연구소, 2002.

미국컬럼비아대학출판부, 황종연 옮김, 『현대문학 · 문화비평 용어사전』, 문학동네, 2007.

미셸 푸코, 이규현 옮김, 『성의 역사 1』, 『성의 역사 2』, 『성의 역사 3』, 나남, 1990.

미셸 푸코, 박정자 옮김, 『성은 억압되었는가』, 인간, 1979.

M.H. 아브람스, 최상규 옮김, 『문학용어 사전』, 예림기획, 1997.

바슐라르, 김현 옮김, 『몽상의 시학』, 홍성사, 1986.

바슐라르, 이가림 역, 『물과 꿈』, 문예출판사, 1992.

반게넵, 전경수 옮김, 『통과 의례』, 을유문화사, 1985.

번 벌로 · 보니벌로, 서석연 · 박종만 옮김, 『한국문학논총』, 까치글방, 1992.

번 벌로 · 보니벌로, 서석연 · 박종만 옮김, 『매춘의 역사』, 까치글방, 1992.

빌헬름 라이히, 곽진희 옮김, 『작은 사람들아 들어라』, 일월서각, 1991.

빌헬름 라이히, 윤수종 옮김, 『성혁명』, 새길, 2000.

빌리 파시니, 이옥주 옮김, 『욕망의 힘』, 에코, 2006.

반 넵, 전경수역, 『통과의례』, 을유문화사, 1985.

S. 프로이트, 김종호 역, 『문화의 불안』, 박영사, 1974.

소피아 포카, 윤길순 옮김, 『포스트 페미니즘』, 김영사, 2001.

수전 손택, 이민아 옮김, 『해석에 반대한다』, 이후, 2002.

수전 손택, 김유경 옮김, 『강조해야 할 것』, 시울, 2006.

에두아르트, 이기웅 · 박종만 옮김, 『풍속의 역사 1』, 『풍속의 역사 2』, 『풍속의 역사 3』, 『풍속의 역사 4』, 까치, 2005.

에릭 올슨 · 립튼 공저, 이일철 옮김, 『죽음의 윤리』, 문지사, 1982.

엘리자베스 라이트, 이소희 옮김, 『라캉과 포스트페미니즘』, 이제이북스, 2002.

앵거스 맥래런, 임진영 옮김, 『20세기 성의 역사』, 현실문화연구, 2003.

엘렌 식수 · 카트린 클레망, 이봉지 옮김, 『새로 태어난 여성』, 나남, 2008.

안토니 기든스, 황정미역, 『미셸푸코, 섹슈얼리티의 정치와 페미니즘』, 새물결, 1995.

알베르토 괄란디, 임기대 옮김, 『들뢰즈』, 동문선, 2004.

예후다 베르그, 구자명 옮김, 『내 영혼의 빛』, 나무와 숲, 2003.

월리 파시니, 이옥주 옮김, 『욕망의 힘』, 에코, 2006.

조르쥬 바타이유, 조한경 옮김, 『에로티즘』, 민음사, 2008.

조르쥬 바타이유, 유기환 옮김, 『에로스의 눈물』, 문학과 의식, 2002.

조르쥬 바타이유, 최윤정 역, 『문학과 악』, 민음사, 1997.

조세핀 도노번, 김익두·이월영 옮김, 『페미니즘 이론』, 문예출판사, 1993.

줄리아 크리스테바, 김영 옮김, 『사랑의 역사』, 민음사, 1996.

줄리아 크리스테바, 유복렬 옮김, 『반항의 의미와 무의미』, 푸른 숲, 1998.

자크 아탈리, 편혜원·정혜원 옮김, 『21세기 사전』, 중앙M&B, 1999.

장 클로드 기유보, 김웅권 옮김, 『쾌락의 횡포 상·하』, 동문선, 2001.

파스칼 브뤼크네르, 김웅권 옮김, 『영원한 황홀』, 동문선, 2001.

파트릭 르무안, 이세진 옮김, 『유혹의 심리학』, 북폴리오, 2005.

프로이드, 김종호 옮김, 『문화의 불안』, 박영사, 1974.

프리드리히 니체, 김대경 옮김, 『비극의 탄생』, 청하, 1993.

폴 리꾀르, 양명수 옮김, 『악의 상징』, 문학과 지성사, 1994.

필립 윌라이트, 김태옥 옮김, 『은유와 실재』, 문학과 지성사, 1993.

한스 페터 뒤르, 박계수 옮김, 『은밀한 몸』, 한길, 2003.

H. 마르쿠제, 김인환역, 『에로스와 문명』, 나남출판, 2004.

지은이 소개 ∣

　진화하는 인문학자 윤향기 교수는 시대를 앞서가는 유익한 통찰력으로 아름다움도, 도덕도, 치유도, 스스로 창조하라고 말한다. 경기대학교 국어국문학과에서 「한국여성시의 에로티시즘 연구」로 박사학위를 받고, 같은 대학에서 인문학을 강의하고 있다.

　명상가이자 여행가로 많이 알려진 그녀는 자신을 찾기 위해 떠난 시간 여행에서 지구를 한 바퀴 돌았으며, 그 흔적을 새로운 글쓰기라는 문예 미학으로 접목, 드러내는 작업을 계속 하고 있다.

　1991년 시인으로 등단한 후 시집『피어라, 플라멩코!』, 시평사(2005. 서울문예진흥기금 수혜)등 6권, 수필집『아니무스의 오래된 변명』, 고요아침(2007)등 5권, 여행기『인도의 마법에 빠지다』, 고요아침(2006. 경기도문예진흥기금수혜)가 있으며, 『따시델렉 티베트』를 생각의 나무(2010)에서 발간한 베스트셀러 작가다.

011-749-8605. orangeyoon1@hanmail.net
(415-753) 김포시 풍무동 서해 아, 206-1304호

에로티시즘 ^詩 심리학에 말 걸다

초판 1쇄 인쇄일	2011년 6월 1일
초판 1쇄 발행일	2011년 6월 1일

지은이	윤향기
펴낸이	정구형
총괄	박지연
편집 · 디자인	김현경 김영희
마케팅	정찬용
관리	한미애 김민아
인쇄처	현문
펴낸곳	**국학자료원**

등록일 2006 11 02 제2007-12호
서울시 강동구 성내동 447-11 현영빌딩 2층
Tel 442-4623 Fax 442-4625
www.kookhak.co.kr
kookhak2001@hanmail.net

ISBN	978-89-279-0130-3 *93800
가격	26,000원

* 저자와의 협의하에 인지는 생략합니다.
잘못된 책은 구입하신 곳에서 교환하여 드립니다.